梁衡文存 貳

# 不要辜负属于你的时代

梁衡 著

中国青年出版社

(京)新登字083号

图书在版编目(CIP)数据

不要辜负属于你的时代/梁衡著. —北京：中国青年出版社，2016.1
（梁衡文存）
ISBN 978-7-5153-4011-1

Ⅰ.①不… Ⅱ.①梁… Ⅲ.①杂文集－中国－当代②随笔－作品集－中国－当代 Ⅳ.① I267

中国版本图书馆 CIP 数据核字 (2015) 第 302346 号

# 不要辜负属于你的时代

梁 衡 著

策　　划：李钊平
责任编辑：李钊平　彭慧芝
装帧设计：今亮后声
出版发行：中国青年出版社
社　　址：北京东四十二条21号
邮政编码：100708
网　　址：www.cyp.com.cn
编辑中心：010-57350366
营销中心：010-57350370
印　　装：三河市君旺印务有限公司
经　　销：新华书店
规　　格：710×1000mm 1/16
印　　张：25
字　　数：360千字
版　　次：2016年3月北京第1版
印　　次：2021年9月河北第2次印刷
印　　数：12001-15000册
定　　价：49.00元

如有印装质量问题，请凭购书发票与质检部联系调换　联系电话：010-57350337

# 目 录

梁晓声 - 静夜时分的梁衡 -006
季羡林 - 追求一个境界 -012

## 壹

爱国的理由 —016
说时尚 —024
说兴趣 —026
嫉妒论 —029
笑谈真理又何妨 —031
读书是为了生命的完整 —033
如何用科学思维讲故事 —041
中学生不可缺少的四种素质 —045
匠人与大师 —048
人人皆可为国王 —050
母亲石 —053
故乡的基因 —056

# 贰

学问不问用不用，只说知不知 —060
我们顶住了一场破坏性考验 —062
地震教我们如何说话 —065
假奶粉拷问真道德 —068
让法律保护阳光 —070
警惕学习的异化 —073
美是什么 —076
我看舞蹈的美 —082
语言文字是民族生命的一部分 —085
文化贴牌是自杀 —089
怎么区分低俗、通俗和高雅 —091
肢体导演张艺谋 —094
题为根干，戏为枝叶 —098

# 叁

什么是政治 —102
老百姓怎么看政治 —106
权力是人民给的 —108
不患不均而患不明 —110
居官无官官之事 —112
用其力还是用其心 —114
淡泊：政治家的修身戒条 —116
清贫之碑 —119
普京独行在空旷的大街上 —121
谁敢极言？谁能极言？ —124
碑不自立，名由人传 —127

让形式不再只是形式 –129

一把跪着接过的钥匙 –131

山中夜话 –133

# 肆

说官德 –136

实事求是为什么这样难 –139

怎样才能实事求是 –155

说文风 –164

开会与讲话 –167

有感于干部不会说话 –172

发言时少些表扬与自我表扬（外一则）–174

当干部与写文章 –178

干部何必展示才艺 –180

为什么不能用诗作报告 –182

官员答记者问的 14 个不要 –184

# 伍

忠诚老实 言行一致 –188

弄虚作假是事业的大敌 –190

心中要有主义有信仰 –192

应有更高的精神追求 –195

享受岂能是头衔 –197

杂谈九则 –199

对政治人物不应称爷爷 –208

上北戴河不办公书 –210

# 陆

人与石头的厮磨 —214

做人如写字，先方后圆 —226

人生没有返程票 —229

石头里有一只会飞的鹰 —231

反求我心　大慧大觉 —233

砍的不如旋的圆 —236

享受人生 —238

小细节　大道理 —241

还有八种人不很幸福 —243

节的联想 —246

凌晨就诊记 —249

试着病了一回 —251

夜　市 —261

太原往事 —266

海　思 —269

# 柒

记者的责任 —274

记者的素质 —282

名记者的四条标准 —284

手中一管墨，胸中墨一桶 —286

新闻的生命力即政治生命力 —289

"哇"字牌通讯 —294

"要"字牌言论 —297

# 捌

毛泽东怎样写文章 —302

《岳阳楼记》是怎样写成的 —351

为文第一要激动 —378

词汇的力量 —381

影响中国历史的十篇政治美文 —387

梁衡 - 跋　文章为思想而写 -390

梁晓声 – 序

# 静夜时分的梁衡

一次见面握手后，梁衡悄声说："晓声，给我即将出版的新书写序吧！"——说得那么认真。

我不禁愕然，疑惑地看他，一时竟有点儿不知该作何种表示。

他又说："过几天我嘱出版社把校样寄给你。"

我赶紧推谢："不行，不行，我怎么好给你的书写序呢？"

"写吧，写吧，出版社一提出希望有人写序，我当即就回答请你写，他们已经同意了。最近在忙些什么？"

他把话岔开了。似乎关于写序的事，我们一言为定了。

梁衡每出一本书都赠我，我却只回赠过他一本自己的书。我们谈不上过从甚密，但开某些会的时候，倘他不是以官员身份坐在台上，我们便往往坐在一起。我们都姓梁，一般的会"二梁"照例不分开。某次座谈会，未摆桌签，给他留了一个主座。他到场后，见我身边空着一个座位，就习惯地径直朝我走来坐下。我心里明白，他一直当我是朋友。

梁衡很谦虚，待人很诚恳。在文学这个"界"里，梁衡一点儿文化官员的架子也没有。不,是没有文化官员自觉高人一等的意识,他始终视自己为中国散文作家中的普通一员。若因文化官员的身份而被另眼相看,他内心反而大不自在,甚至暗觉沮丧。有次他跟我谈到过这一点,我能理解。虽身在中国官员的序列中,但他天性有一颗亲近文学和普通百姓的心,这与他长期在基层当记者有关。我确信他是这样一个人,也喜欢他这一点。是的,我喜欢他的谦虚、诚恳和做人低调。

梁衡作为中国当代优秀散文作家的地位已获读者和评家广泛认可,他却不止一次对我说:"还应该写得更好一点儿,就要求那一点儿进步,竟成可望而不可即的标准……"是的,梁衡现在的散文成就,远未使他自己满足过。

我喜欢梁衡散文,一如尊敬他的为人。仅就散文而言,他的作品给我不少营养。他的那些名篇,如《这思考的窑洞》《红毛线,蓝毛线》《大无大有周恩来》《特利尔的幽灵》《把栏杆拍遍》,我几年前就拜读过。当年转载率很高,也曾听别人当面向我称道。

有的评家将他这些散文概括为"政治散文",散文之文本而载政治之内容,政治的抒情遂成特色。抒情是一种自然而然的人性表现,是心灵活动自然而然的外溢。政治每演绎出人类的大事件，它所蕴含的正反两方面的思想元素，倘经散文家客观揭示，诉诸抒情性文笔，对读者毫无疑问极有认识价值。比如，毛泽东的《为人民服务》《纪念白求恩》《愚公移山》，我都视为经典"政治散文"。又比如在法庭上曾以律师身份援引"天赋人权"学说、语惊四座的帕特里克·亨利的《不自由，毋宁死》演说，乔治·华盛顿的总统就职演说和告别演说，拉尔夫·爱默生的《一个普通美国人的伟大之处》，罗斯福的《勤奋的生活》，马丁·路德·金的《我有一个梦想》，雨果的《巴黎的自由之树》等，我也都是当作优秀散文读的。

"政治散文"在改革开放前的中国是难以想象的。有过，也很难称其为散文。故这一文本，后来差不多成了中国文苑的一处荒圃。梁衡的"政治散文"，使那荒圃有了粲然绽放的花朵。梁衡这些散文中的思考、议论、抒情是真挚的，又是谨慎而有分寸的。他的抒情欲言又止，偏于低沉凝重。今天看来，甚而使人有不够酣畅之憾，但在当时已属难能可贵，已是"政治散文"的幸事和欣慰。即使在这些凝重含蓄的散文中，字里行间也时见其睿智，比如"在中国，有两种窑洞，一种是给人住的，一种是给神住的"，"窑洞在给神住以前，首先是给人住的"（《这思考的窑洞》）；"马克思是一个伟大的思想家，而我们却硬要把他降低为一个行动家。共产主义既是一个'幽灵'，就幽深莫测，它是一种思想而不是一个方案。可是我们急于对号入座，急于过渡，硬要马克思给我们说个长短，强捉住幽灵要显灵"（《特利尔的幽灵》）。梁衡毕竟是中国意识形态领域级别较高的行政官员，即使思想到了三分深，有时也仅言及一二分，我以为未尝不可。

我确信，作为一个很有思想的作家，梁衡对历史的反思肯定比他写出来的更深邃、更全面。他后来创作的《最后一位戴罪的功臣》《觅渡，觅渡，渡何处》《把栏杆拍遍》，证明了这一点。他的思想一游到更远的历史中去，一与那些历史人物敞开心扉对话，就变得火花四溅；文字也时而激昂，时而惋叹，时而叩问，时而调侃，恣肆张扬起来……而《觅渡》等还入选中小学教材，堪称文章典范。

总而言之，梁衡的"政治抒情散文"（恕我冒昧加上"抒情"二字）是严谨、周正、抑制内敛的，是虔诚的。两种风格包裹着他的深思熟虑，如厚玻璃板底下的照片，预先定下了摆放的位置。

他的散文是积极向上的，这显然是他对自己"政治抒情散文"的要求。

我也很欣赏梁衡的另外一些散文篇什，写普通人的那些。梁衡是从农村走出来的知识分子，他对普通人长期不泯关爱之心。在一篇题为《青山不老》的散文中，他就将几十年如一日以愚公移山般的精神改造环境的植树老人，比作《三国演义》里身后抬着棺材与关羽决一死战的庞德，"死了也没什么了不起"，进而赞曰："真是一副堂堂男子汉大丈夫的气概。"该文后来也入选小学语文课本。

他还写到两位乡村女教师，题记云："我自惭，我遗憾。我这个记者曾写过许许多多的人们，可就是很少写她们。是因为她们实在太伟大了，却又太平凡。事情平凡得让人无从下笔，可品格又是高尚得教人心颤。我每采访一次，心里就经历一次这样的矛盾和痛苦。"梁衡的百姓心，还需要再强调吗?

"土炕,我下意识地摸摸身下这盘热烘烘的土炕。这就是憨厚的北方农民一个生存的基本支撑点,是北方民族的摇篮。"梁衡一语中的,将土炕与北方农民的关系写到了根子上。

写她们时,梁衡其实已是中国最高文化机构里的官员,可他仍以"我这个记者"来自报家门。

另一篇的题目干脆是《事业便是你的宗教》,我倒觉得不如直接改成《教学就是你的宗教》。一位注定要将一生奉献给一所中学的乡村女教师,大约已没了什么事业不事业的意识。教学之于她,已纯粹化了只是教学这一件事了吧!文中写道:"阳光从窗户里斜射进来,勾出你端庄慈祥的剪影。我感觉到你脸上漾起的微笑,也伤心地发现你脑后散着几缕白发……大凡世界上的事太普通了倒反而很难,做一个纯粹的普通人难,为这样的人写篇稿也难。这种负疚之情一直折磨了我好几年,你的形象倒越磨越清晰,于是我终于动笔写下这点文字,不算什么记述,只是表达这一点敬意。"

我读梁衡以上散文的第一感觉是,与他的"政治抒情散文"(我将他那种极有分寸的议论视为抒情式议论)相比,笔调由严谨而变得异乎寻常的温暖、谦卑了。从农村走出来的梁衡,只要一见到一想到中国"纯粹的普通人",就似乎心生一种惴惴不安的负罪感,仿佛他是官员所坐的小汽车,咄咄逼人径直开到了"纯粹的普通人"的贫困之境,却又深感无能为力,唯有"表达一点敬意"而已。更重要的是,他将这些"纯粹的普通人",与瞿秋白、毛泽东、周恩来、邓小平、马克思、列宁、居里夫人等伟人编进一册，敬意之高深，不言自明。

我愿对于"纯粹的普通人"有这一种情愫的官员多起来，再多起来。

我愿中国爱读书的官员多起来。

故我的眼前，每每浮现出深夜持笔沉思的梁衡的身影来。

季羡林 - 序

# 追求一个境界

谈梁衡的散文

最近几年,我在几篇谈散文的文章中,提出了一个看法:在中国散文坛上有两个流派。一个流派主张(或许是大声地主张),散文之妙就在一个"散"字上,信笔写来,松松散散,随随便便,用不着讲什么结构,什么布局,我姑且称此派为"松散派"。另一个正相反,他们的写作讲究谋篇布局,炼字断句,我借用杜甫的"意匠惨淡经营中"一句话,称此派为"经营派",都是杜撰的名词。我还指出,在中国的文学史上,散文大家的传世名篇无一不是惨淡经营的结果。

我窃附于"经营派"。我认为,梁衡也属于"经营派",而且他的"经营"无论思想内容还是艺术表现都非同寻常。即以他的写人物的散文来说,一般都认为,写人物能写到形似,已属不易,而能写到神似者则不啻为上乘。可是梁衡却不以神似为满足,他追求一种更高的水平,异常执着地追求。但是他追求什么呢?我想了好久,也想不出一个恰当的名词。我曾想用"境地",觉得不够。又曾想用"意境",也觉得不够。也曾想用"意韵"、"韵味"等等,都觉得不够。想来想去,我突然想到王国维的"境界",自认得之矣。"境界说"是王国维论词的新发明,《人间词话》有很多地方讲到"境界":

> 词以境界为最上。有境界则自成高格，自有名句。
>
> 境非独谓景物也，喜怒哀乐亦人心中之一境界。故能写真景物、真感情者谓之有境界，否则为之谓无境界。

"境界"，同"性灵"、"神韵"等一些文艺理论名词一样，是有一定的模糊性的，颇难以严格界定其含义，但是统而观之，我们是能够理解的。这是一个富有启迪性、暗示性、涵盖性的名词，上举《人间词话》最后几句话可以给我们一些启迪。现在从梁衡散文中举出一个例子来，他的名作《觅渡，觅渡，渡何处》是写瞿秋白的。瞿秋白这个人才华横溢，性格中和行动中有不少矛盾，梁衡想写这样一个人，构思了六年，三访瞿秋白纪念馆，迟迟不敢下笔。他忽然抓住了"觅渡"这个概念，于是境界立出，运笔如风，写成了这篇名作。

梁衡是一位肯动脑、肯刻苦，又满怀忧国之情的人。他到我这里来聊天，无论谈历史、谈现实，最后都离不开对国家、民族的忧心。难得他总能将这一种政治抱负，化作美好的文学意境。在并世散文家中，能追求、肯追求这样一种境界的人，除梁衡以外，尚无第二人。

# 爱国的理由

我们为什么要爱国？一句话，国家养育了你。这好比问我们为什么要爱父母，因为父母生你养你，你与他们有了不可改变的血缘关系。同理，人与国家也是一种天然的血缘关系。你在这个国家里出生、成长，国家给了你特定的种族遗传、生活基础、社会关系、价值观念、文化修养。你的身躯、你的精神是国家塑造的，国家民族的个性已经深深地融化在你的血液里。国家的名誉、利益和你的名誉、利益紧紧地连在一起，于是你与祖国就既有了情感上的依存，又有了利益上的一致，这是我们爱国的天然的、血缘上的理由。人必须爱父母，这叫孝；人又必须爱祖国，这叫忠。忠孝二字是人类的基本道德，是人类对自己的母体：父母和祖国的回报，是天然的法则，属天理良心一级的最高又是最起码的道德标准，无论哪个民族，概莫能外。乌鸦反哺，羔羊跪乳，动物且然，况于人乎？于是我们就有了一种无法割舍、无法忘怀、如影随形、伴我终身的恋国之情。这是爱国的第一个理由，天然的无可辩争的理由。

第二个理由是你既在国中，就要为国效力，就要关心这个"家"。当年方志敏见祖国积贫积弱，被强敌欺侮，他在《可爱的中国》中说，母亲"哭得伤心得很呀！她似乎在骂着：难道我这四万万的孩子都白生了吗？"公民如果不爱国，这公民又有何用？真这样，这个国家怎能生存？国家是我们大家的家，是民族的大家庭，她也需要不断维持，不断发展。对内来说，祖国的繁荣发展得靠子女们的辛劳建设，如蜂酿蜜，如燕垒窝，不能有一时的停顿。对外来说，祖国必须有人来保卫。一国既处于世界各国之林，必然会有各种利益冲突和竞争，甚至会遭遇欺侮和侵略。任何国家的独立、发展和强盛都是靠它的全体人民，竭力奉献换来的，每个国民都有出力费心，直至牺牲的义务。这是爱国的第二个理由。如果哪个人身处国中却漠视国运，那是最大的不忠不义。虽然各个历史时期都有汉奸、败类，但这些人总是被人所唾弃。

理由既立，便是爱什么？怎么爱？即爱国的内容和表现方式。

依内容而论大致有三：爱祖国河山，爱祖国人民，爱祖国文化。

一要爱祖国河山。无论在哪个民族的心目中，土地都享受至尊、至敬的荣誉。记得小时候每逢过年，村里必为土地神换一次春联："土能生万物，地可载山川。"我们的一切一切都是祖国这片土地所承载，所养育，主权、人民、事业、财富等都因国土而存在。希腊神话，大力士安泰其力量只源于土地，只要他不离开大地，任何人都不可能将他战胜。中国古代皇城里专建有社稷坛，用五色土拼成，皇帝每年要祭坛拜土，土即代表社稷。国土是一个国家赖以生存的根基，是它的第一物质形态，是硬件。皮之不存，毛将焉附？国土不存，国将不再。历来的侵略战争都是先攻城略地，犯人国土，而战败国最大的屈辱就是割地赔款，是去国逃亡或在已沦陷的国土上做亡国奴。"最是仓皇辞庙日，教坊犹奏别离歌"，何其凄凉。1937年起，日本全面发动侵华战争，掠我大半个国土长达八年。抗日烈士吉鸿昌临刑前赋诗曰："恨不抗日死，留作今日羞，国破尚如此，我何惜此头。"祖国的土地岂容外人踩蹋？"还我河山"这是古往今来一切爱国志士泣血而呼的口号，"爱我家乡"是一切爱国者发自内心深处的共同呼唤。爱国首先就要爱河山，爱国土。要保卫她，维护她，让她更富饶，更美丽。许多游子，去国之时身边带一把祖国的土，阔别归来，不由得跪吻祖国的热土。禾苗离土即死，国家无土难存。要热爱祖国的土地，这是我们生存的根基。

二要爱祖国人民。人民是国家的主体，人民的意志支持着国家的存在。一个爱国者首先要摆对个人和人民的位置，封建时代也强调民重君轻，进入资本主义更有了民本、民主意识。一国之中从国家元首到普通百姓都是人民的一分子。对治国者来说，是人民之水推举着国家之舟，敬民爱民，按照民意来决策行事，就国运兴，国事盛，国势强；轻民贱民，逆民意专横妄为，就国运衰，国事败，国势弱。从这个意义上说，凡亲民爱民、治国有成的国君、总统、元首都是伟大的爱国者，而那些玩弄民意，轻贱民心，甚至置民于水火的人，都是误国盗国者，甚至是卖国者，遍观历史无不如此。每一个生活在一定国度里的人，都必须按照国中最大多数人的意志行事。没有人民的解放就没有个人的解放，没有人民的幸福就没有个人的幸福。那些握有一点权力就向人民作威作福、欺压人民、反人民的人，那些不顾人民利益暗售其奸、中饱私囊的人，都会被社会所唾弃，都会被钉在历史的耻辱柱上。所以每一个爱国者，每一个志士仁人，都把能为人民做一点贡献看作自己终生奋斗的职责。陈毅有诗云"靠人民，支援永不忘。他是重生亲父母，我是斗争好儿郎"，邓小平说"我是中国人民的儿子"，毛泽东将这一爱国思想提炼为精辟的"为人民服务"五个字。虽然中外历史上曾对无数的帝王、元首喊过万岁，但只有"人民万岁"才是颠扑不破的真理，而"人民的功臣"则是历史对爱国者的最高奖赏。

三要爱祖国文化。文化是一个民族的血型，是这个民族在长期的历史演变中所积累、所认同的精神准则。国家和民族的概念不完全相同，一个国家可以是单民族也可以是多民族，但只要几个民族在一个统一的国度里生活，就可因国家的影响力和长期的融合，形成一个大的民族群体。如我国有56个民族，又可统称一个中华民族。这样从文化上也就会分出此国与彼国的不同。就像人的基因遗传分出不同的肤色、体形，一个国家的文化遗传也会分出不同的信仰、好恶、精神、道德等标准。文化是一个国家的魂，是祖国为她的儿女留下的精神基因。我们看海内外的中华民族子孙，尽管多少年来可能居住环境不同，政治派别不同，生活习惯不同，但还是年年要到陕北祭黄帝陵，到福建拜妈祖庙，在家里供关公，与子孙说岳飞，就是因为还有文化这条根，这个魂。一个中国人，当他离乡背土在国外时，当他暂时脱离祖国人民时，他仍感到自己是一个中国人。但是假如他不认识祖国的文字，不知道祖国的历史，已没有本民族的习俗时，他纵然还是黑发黄肤也不能再算是一个中国人了，因为他精神世界中的这条文化之根已被彻底拔掉，所以历史上一切侵略者在攻城略地之后接着便是同化人家的文化。都德的小说名篇《最后一课》，就是写德国人侵入法国，从次日起学校里将不能再用法语上课。清入关强制汉人剃发，"留发不留头，留头不留发"，一个发型何至于这样重要？其目的就是不许你留一点故国痕迹。日本人一占领东北就强制推行日语，企图从根子上奴化下一代，让你几代之后竟不知自己是何人种。爱国须爱祖国的文化，因为这是国家、民族的灵魂。

　　国土是根，人民是本，文化是魂。一个人如果无根、无本、无魂是多么可怜，不但他的身体漂泊无定，就是灵魂也无处归宿。所以爱国，一要爱祖国的河山土地，二要爱祖国的人民，三要爱祖国的文化。有这三样，就是一个赤子，就是一个爱国者，一个有血、有种、有志的人。

　　明白了爱国的含义，我们该以一种什么样的爱心去实施这份爱意呢？概括起来有三，即：忧国、救国和报国。

　　忧国是对国家命运的关切与思考。自从范仲淹长叹一声"先天下之忧而忧，后天下之乐而乐"之后，这句话就成为一切爱国者的座右铭。忧心，是一种责任，没有一定觉悟、一定社会责任感的人不会心忧天下。这是因为，一者，国家离个人实在太远，一般人为柴米之事所扰，人情得失所缠，哪有心有力顾及国事。二者，平时治国赖有良才重器、高官谋臣，一般也轮不到普通百姓去思考国事。三者，和平时期，国家正常运转，可忧之事并不突出。但正是平地惊雷、鹤立鸡群才显得不一般，在平平常常的日子

里能有一些平平常常人去思考国家大事，这才是最可贵的。所谓天下兴亡，匹夫有责，所谓身无分文，心忧天下。这种忧心是真正把国家挂在心上，忘不得，放不下，想得苦，思得深，不但表现为深切的责任，更表现为惊人的才学和政治智慧，遇有阻力时又表现出非凡的勇敢。现代人中如马寅初，他在1957年中国人口还只有6亿时就提出要计划生育，却受到批判。他说："我虽年近八十，明知寡不敌众，自当单身匹马，出来应战，直到战死为止。"古人中，如辛弃疾流亡南渡后共生活了40年，南宋对他时用时弃，加起来只用了20多年，20多年间又调动了37次，但他还是不停地上书提建议，并以词抒忧愤。外国人中，如美国第一位总统华盛顿，在干满两任后发表演说绝不连任，以免为后人留下坏先例。还有1962年当我国经济困难，农村又正是公社化高潮时，陕西一个叫杨伟名的农民知识分子上书中央，要求退回到单干的生产关系。当时这实在大逆不道，他后来被迫自杀。但历史证明他们都忧之有理，他们的忧国文章成了历史的经典。以忧心来体现爱国要靠理性的思考，需要广博的知识和对社会规律的深刻认识，所以忧国之心多存在于知识分子之中。这是一种先知先觉，大仁大智。

救国是在国家危难时刻所表现出的牺牲精神，历史上每一次国家民族

2015年10月,在中央社会主义学院授课

危亡之时,都会出现一批民族英雄,同时也会有汉奸、叛徒。国家危机当然首先考验着政府,但同时也考验每一个公民。这种时刻,救国是最起码的做人标准,又是凝聚全国人民的精神支柱。这时,无论哪个党派、哪个人只要能高举救国的旗帜,它就顺民心、得民意,就能得天下。中国共产党就是在领导全民的抗日战争中得到民众的认同和拥护,终于战胜国民党,创建了一个新中国。在这种关键时刻,一个人可立成英雄,扬名于世,也可立成汉奸,遗臭万年。周作人,本是一个有影响的作家,炮声一响,便当了汉奸。千百年来,岳飞和秦桧已经成为爱国者和卖国者的代名词,分别代表忠奸的形象。从历史唯物主义出发,凡当时为民族、为国家利益做出贡献和牺牲的人都是爱国的,他们所体现的爱国精神并不会因现在的时势不同而失去光辉,所以苏武、辛弃疾、岳飞、文天祥、史可法、林则徐仍然受到今人的崇拜。同样,我们也尊敬如华盛顿、斯大林、丘吉尔等一切其他民族的爱国者。只要不妨碍别国和其他民族利益,为本国本民族的利益奋斗的人永远是高尚的。

报国是对国家的一种责任心,是尽心尽力地付出和奉献。一个人可能生不逢时，不能出现在救国的战场，也可能智力不够高，没有更深的治国良策，但却可以时时处处尽到报国之心。邓稼先是一个典型的尽职报国的爱国者，他在世时，甚至他去世后很长一段时间人们都不知道他的名字。但这于他又有何碍？他静静地为中华民族完成了一件大事，造出了原子弹，让民族直起了腰。袁隆平也是一个尽职报国的爱国者，他几十年如一日在田野上、在稻田里奋斗。因他的优质杂交稻，很大程度上解决了中国人的吃饭问题。报国心是一份平常心，就像在父母面前的一份孝心，是不要特意表现，但要时时准备、事事尽心的。当每一个公民都能自觉做到这一点时，国家就会格外的强盛，民族就会格外的兴旺。

忧国、救国、报国是我们在不同形势下所表现的爱国方式。少先队有一句口号：时刻准备着。对一个爱国者来讲，他时时刻刻都在准备为国效力，为国献身。他的每一缕思考、每一次行动，生命的每一分钟都在化作对祖国的奉献。

一篇有震撼力的爱国文章必须同时具备时代精神和牺牲精神，它并不是随便哪一个人挥笔蘸墨就可写成。它是历史老人调动时代的板块，在碰撞、选择和冲突中迸发出电光，它是爱国者燃烧自己的血液和生命绽开的云霞。这种至理至情的雄文，是时代所写，是生命所写，是人民群众推举他的代言人所写。爱国既不是一个偶然的冲动，也不是一次偶然的事件，它应历史规律而生，又受历史的反复检验。像《岳阳楼记》《少年中国说》《可爱的中国》《为人民服务》等，都是时代的写照，是思想的丰碑，本身就记录了爱国是怎样战胜腐朽而推动历史的。像张学良《西安事变后的广播讲话》、彭德怀的《庐山会议上的一封信》、农民知识分子杨伟名的《当前形势怀感》、叶挺将军的《囚语》等过去都鲜为人知，但它们的理性光芒还是突破了历史的尘埃。爱国不是一个简单的逻辑推理，更不是精心编制的故事，它是作者的全身心投入，是义无反顾的牺牲与奉献，是自身激情的燃烧。马寅初、彭德怀、杨伟名等，都是用自己的生命做火把，照亮众人的眼睛，照亮历史的路途。当他们写出这样的文章时就如谭嗣同坐等被捕，如黄继光以身堵枪眼。他们是用生命换得一种理念，一种思想，一种

1939年,叶挺将军从欧洲回到澳门,谋求抗日报国

  行为规范。正因为如此,爱国的文章才格外有教育意义和文化价值。它成了传承民族精神的阶梯,成了一国传统文化的核心,也是一代又一代新人成长的乳汁。一代爱国名将叶挺在《囚语》中,回忆自己精神和信仰的养成时说:"吾在乡,幼年甚爱读前后《出师表》《正气歌》、苏武《致李陵书》、秋瑾及赵声等诗,感动至流涕。"现在叶将军等先辈又以他们更多的血写文章感动着我们这些后来人,同时也激励我们要为后人留下爱国的事和文。

  爱国,永远是一个民族、一个国家存在的支柱,也是做人的起码标准。

2004年10月

# 说时尚

转眼改革开放已近 30 年，要观察人们生活的变化，莫如看看市场上商品的时尚之变。

文人无他，新书旧报。一日居家无事，翻出 15 年前，1993 年 7 月 5 日的《精品购物指南》，有这样一条消息：《京城"大哥大"供不应求》。"大哥大"是什么？现在 20 多岁的人大都没有见过。它就是当时刚出现的移动电话，形如一块砖头，哪如现在的手机这样小巧？但这在当年是暴发户的象征，常和"腰缠万贯、财大气粗"联在一起。如果有哪一位客人走进饭馆，将"大哥大"往桌上一戳，就像霸王升帐，叫菜的声音都不一样。那条消息还说，1993 年京城"大哥大"的社会存有量是 1.3 万台，市价从每台 1.7 万元涨到了 2.7 万元，还供不应求，黑市价 3.5 万元。但是没过几时，这个霸气十足的时尚品就销声匿迹。十年内蒸发的商品何止"大哥大"，稍在其后的有 BP 机、录放机、VCD 机……还可以列出一个长长的名单。

这之后引领城市消费时尚的是什么？是时装、汽车、别墅、旅游、电影大片、音乐会、体育比赛、明星名模秀等。总之，生活在大变，时尚品的含金量在大增。经济学家所讲的恩格尔系数在下降，民风也从当年的不敢露富，进化到"尚富"。除了一个"富"字，其中至少还有三层意思。

一是开放意识。许多时尚品都是舶来品，社会进步的标志之一就是追赶世界消费潮流。就像经济发展绕不开市场，消费也绕不开时尚。奔驰车是1926年创牌，2004年花落北京；奥迪车是1910年创牌，1988年花落一汽。这里的"花落"之意，绝不只是来中国卖车，而是我们和它技术合作、合资、办厂。在消费时尚的背后，我们正在悄悄地追赶着知识、科技和管理的世界时尚。

二是品牌观念。当我们远望时尚之潮时，首先看到的是品牌的脊梁。在世界经济全球化的今天，民族品牌，就是时尚之风中的民族魂。还以数字产品为例，1985年世界上第一台笔记本电脑问世。1996年"联想"开始进入笔记本电脑市场，而从2001年到现在，它就一直稳坐"国内销量第一"的交椅。当然，在时尚消费之潮中，我们的品牌还远远不多，但不要忘记人家已经先行于我们一百多年。尚者，本来就是学习、追赶之谓也。这说明我们还得继续开放。

三是精神世界。当一个明星、名模，或任何一个普通青年穿上一件时尚套装时，他立即会挺起胸膛，直起腰杆。我们千万不要把时尚消费一概看作是奢侈。如果一个人金玉其外，败絮其内，这当然是他个人的悲哀，但是，当社会上已有整个一个阶层能以自己的劳动而达到某种时尚消费水平时，这就标志着社会的进步。时尚品的尽善尽美早已超乎物外，成了智慧、成功的象征。你看，电视剧《亮剑》已经在银屏上连播三年而不衰，人们所"时尚"的就是那股英雄气。

历史推进，"代沟"难免。也许年轻人会嘲笑上一代人不懂时尚，但不要忘记，正是因为他们昨天的创造才有了今天的时尚。反过来，老年人也想嘱咐一句年轻人，当你陶醉于自己生活中恩格尔系数的下降时，是否也应该关心一下全社会基尼系数的升降？时尚也是责任，这个时尚大潮过后你们还将创造什么样的时尚？

2007年12月27日《人民日报》

# 说兴趣

过去一说某名人怎么成才，总讲如何坚忍不拔、刻苦努力，其实这些都是有了兴趣之后的事。他能有成就，首先是因为他对那件事有兴趣。兴趣是什么？就是人追求完美事物的一种本能，没有听说过谁专门对丑的、坏的、恶的、苦的有兴趣。孩子对糖块有兴趣，姑娘对打扮有兴趣，青年对恋爱有兴趣，老人对忆旧有兴趣。人们对休闲、娱乐、美食、华服、好房子、好车都有兴趣，因为这样活着就舒服。但只满足于此也不行，时间长了就要退步，要堕落，于是人们对学习、开拓、创造也有兴趣，这样人类才会活得更美好。有兴趣，有各种各样的兴趣，是人的天性。人要学会开发自己的天性，要发现兴趣，保护兴趣，扩大兴趣。这不用专门去教、去辅导，你只要不压抑、不干扰它就行。就像水，一打开闸门就自然往下流；像烟，你一点燃就自然往上走。

信佛者到处拜佛，佛经上说，你不必拜，佛就是你自己，只要你想成佛，就能立地成佛。如果你能发现自己内心深处对某种事物的强烈兴趣，你就立地成佛，你想成为什么样子，就能成什么样子，这才是一个最厉害的秘密武器。老师、家长总是怕孩子不学习，总嫌孩子不努力，"新松恨不高千尺"。其实，你不要急，也不必"恨"，更不要那么"狠"，搞得孩子们眉头常皱，心存压力。你只需细心地去发现他到底对什么有兴趣，就像发现落叶下的一颗春笋，只需浇一点水，一回头，它就蹿高好几米。园丁的作用不是用剪子把花草剪整齐，而是用锄头把杂草锄干净。生物学、人才学研究已经揭示，基因决定了每一个人身上都有某种特殊的才能。"天生我材必有用"，李白这句话是没有错的。兴趣是寂夜里飘着的萤火虫，常在你不经意时灵光一闪，有人及时捕捉到了自己的兴趣，有人却在兴趣敲门时木然无应，"花自飘零水自流"，错过了机遇。歌德的父亲安排歌德学法律，他却对文学、科学有兴趣；伽利略的父亲安排伽利略学医学，他却对物理、天文有兴趣。每一届诺贝尔奖公布后，记者总要向得主提这样一个问题："你为什么要从事这项研究？"大部分人的回答是："不为什么，就是因为对它感兴趣。"

　　兴趣是人的天性，但要成就功德，还得将它转化为目标和毅力，不达目的绝不罢休。达尔文小时候对生物有兴趣。一次，他在野外看见一只未见过的甲虫，就用右手捉住；又见一只，即用左手捉住。这时又发现第三只，情急之下他将一只放入口中，腾出手来去捉第三只。不想嘴里那只甲虫放出一种辛辣刺激的液体，他"哇"的一声，三只全跑了。可以看出，这时他的兴趣还是一种孩童式的天性。但是，由此出发，他后来毅然参加了贝格尔舰的环球考察，一走五年。每到一地，就采挖生物标本，托运回国。五年后，他定居伦敦郊外潜心研究这些资料，冷板凳一坐就是20年，1859终于出版了《物种起源》，创立了进化论，是目标和毅力巩固和延伸了他的兴趣。如果要想有更大的成就，兴趣还得转化为责任和牺牲，特别是从事社会科学，必得担大责，才能有大成。比如许多文学少年，当初只是因语言优美、情节曲折而对文学产生兴趣，但真正要成为大作家，如鲁迅，如托尔斯泰，则非得有为时代、为民众立言的责任心不可。至于说到社会活动家更是要心忧天下，以身许国。兴趣只有在注入了目标和责任之后才算成熟，才能抗风雨，破逆境，到达胜利的彼岸。

　　总之，兴趣是成就人生的一粒种子，种瓜得瓜，种豆得豆。你先得找见自己的基因是瓜还是豆，然后再说培育之事。有的人从一开始就没有弄

达尔文

歌德

清楚自己是瓜还是豆,或因环境所迫,瓜秧爬上豆架,满拧着长。有的人知道是瓜是豆,春风得意,却耐不过夏的煎熬,等不到秋天的丰收。只有那些像达尔文一样,一开始就认定要收获一颗大瓜的人,栉风沐雨几十年,才能享受到秋收的喜悦。

2011 年 12 月 21 日《北京日报》

# 嫉妒论

嫉妒也是一种病。究其病因,内则起于贪怠,外则生于专制,赖于平均。

贪财,见他人得钱而眼红;贪官,见他人升迁而心疼;贪名,见他人名成而咬牙;贪功,见他人功成而跺脚。总之,凡别人得到一点好处,哪怕是发表一篇文章,得到一次奖金,对嫉妒者来说都会隐隐不宁,愤愤难平,目睃睃而有思,拳团团而有恨。

贪本也是一种求,若有求而发愤,愤而勤,自可达到目的。但这种人偏是贪而怠,怠而不知苦学,不愿实干,别人的功劳更照见自己的悲凉,于是这贪就转化为一种恨。恨也是一种力,一种破坏力,一种见别人个子高,恨不得削掉人家一截腿的恶动力。这股邪恶动力既藏于身,便憋得胸满腹胀,五脏欲裂,妒火中烧,五内欲焚,于是便要发泄,或造谣、诋毁、告状,或在暗处翻白眼。总之,这种人对一切美好的东西都要疯狂地诅咒破坏,其状如神经病发作而不能自持。最后自己也空耗时力,身败名裂,所以从来没有一个嫉妒者能成什么大气候的。

妒病在人,根在社会。贪既是一种求,便应让其有所得。但中国几千年封建专制,凡上面的贪取都算合法,下面的要求便属非分。无论求权、求利与求名,谁有先去求官(求帝位一般人还不敢想)?求官唯有科举,但由于科举得官不但要结结实实地熬十年寒窗，还要伶伶俐俐地走官场后门，真难于上青天。出人头地就此一条官路，于是少数人幸而得官，荣宠终身，多数人穷经皓首，不成功名，哪能不生嫉妒之心？封建专制的统治制造了一条狭窄的出路，一种狭窄的心理，这正是中国社会嫉妒的根源。

我们现在是民主虽昌而专制犹存，法制初立而人治未尽。虽然大多数情况下可以体现民意，但又常常是领导一句话可以得官，上面一张条子可以定罪。功名得来容易，旁人怎不嫉妒；政绩好坏不察，自然生怠而失勤。再者，我们长期以来受极"左"之害，以为社会主义就是平均，就是大锅饭。传统观念个体不如集体，集体不如全民。一成公家的人就吃定了公粮，干好干坏人人一份？怠而无过，总有所获，凡我未有，你亦莫得。及至改革兴起，忽有人成名、出头，妒贤者便会大喊：为何没有我一份。封建专制的残余造就了狭窄的心理，假社会主义的平均造就了懒怠的恶习。贪心、窄心、怠心，三心合一，是为嫉妒这种顽症恶疾。社会一有这种恶疾，就不知有多少孙膑因才高反不能直立，有多少祖逖空击楫而叹息，人才和事业在内耗中白白地丧失。

辨症既毕，施治当宜。一要治窄，健全民主政治，使人心宽路宽，立业成才，人人可及；二要治怠，破除平均主义，使勤者得其该得之荣，懒者得其该得之耻。如此釜底抽薪，路既宽广，人人尽可各奔前程；勤即有得，有才便去流汗出力。政治清明，还有什么可嫉可妒；大丈夫急于建功立业，哪有时间去妒去嫉。

现在改革大潮已经兴起，旧体制正在革除，旧残余必将扫去。禁锢已开，人人奋发思有作为；宏图初展，四化大业成在指日。若在此时还有人妒性难移，对勤劳者坐而诅咒，对先行者起而挑剔，其不自知，恰如有人裸体行于大街，反从容指责他人的服色衣式；其真愚蠢，正是将自己的才华乃至生命放在炉火上慢慢地烤炙。

嫉妒者戒。

1986 年 10 月《山西日报》

# 笑谈真理又何妨

这个题目是我读初中时,在《人民日报》上见到的一篇文章的标题。文章引自列宁的话意,说我们谈话、写文章为什么一定要板着面孔?就是严肃的真理也可以笑着来谈。几十年过去了,我一直没有忘掉这个题目,因为天天读报,特别是读言论时,看到的仍是板面孔多,笑面孔少。

那次参评作品中有一篇题为《"揉屁股"现象及其他》(《承德日报》1991年11月6日)的言论,终于使我笑了起来。文章说小时候惹了祸,父亲气得拉过来狠揍一顿屁股,过后母亲又搂过来心疼地揉一揉。正如现在不少单位在报上挨了批评后,便要求接着发篇改正稿,甚至表扬稿,不发还不行,非得给"揉一揉"才算了事。此稿批评捧场、作假、护短甚至耍赖的社会风气入木三分,却又让人忍俊不禁,可谓笑谈真理。

真理的内容是一回事,表达方式又是一回事,许多重大的、艰深的问题是可以通过轻松、幽默的方式来笑谈的。毛泽东同志一生大都在笑谈真理。重庆谈判,有人问:"和谈破裂,毛先生能战胜蒋先生吗?"他说:"蒋先生的'蒋'是将军头上加棵草,不过草头将军而已。"说完大笑。"那'毛'字呢?"来人接着问道。"我的'毛'是毛手毛脚的毛,又是一个反'手',

代表大多数中国人民的共产党战胜国民党易如反掌。"这是何等自信，又何等轻松。当大革命失败，许多人心灰意冷时，他说，革命高潮就要到来，是海上已露出桅尖的航船，是喷薄欲出的红日，是躁动于母腹的婴儿。革命快胜利了，我们要进城了，他说，这是万里长征第一步，要警惕糖衣炮弹。作为接班人的林彪突然叛逃，毛泽东说，天要下雨，娘要嫁人，由他去。

科学家也在笑谈真理。有人向爱因斯坦请教相对论，他说，与老妪相坐日长如年，与漂亮的姑娘相坐时快如梭。法拉第做学术演讲，并表演磁变电实验，台下一位爵士说：可是这又有什么用？法拉第说：用不了多久它就会向你交税的。现在全世界用电创造的财富究竟有多少，没人能统计得清楚。

真理是既深刻又平凡的。深刻是因为它反映了事物的本质，又常为表象所掩蔽；平凡是因为和人的切身利益有关，人人可以感受感知。新闻是不断通过信息（现象）的叠加，供读者分析认识事物，理论是直接揭示规律（如原理淀理论式）给读者。笑谈真理则是借读者已经感受到的现象或道理喻知事物的本质，如诗歌艺术中的比兴手法，由此及彼，由浅入深，渐入佳境，更见效果。

真理之所以能笑谈，第一是作者拥有真理的自信，第二是他知识的渊博。笑，是胜券在握时表现出的轻松。两人辩论，理屈词穷的一方总是紧张得手心出汗，而将胜一方可以一言不发，只以微笑来逼视对方的窘态。笑谈又是一种附加了形式美的对内容的阐述，像足球射门，可定点射入，也可凌空倒钩一脚射入，虽然都得一分，但后者更能博得观众雷动的欢呼。杂技舞台上的丑角当是水平最高的演员担任，他能在技巧之外又加入艺术（语言的、形象的），从而使观众获得轻松的享受。苏东坡词云："谈笑间，樯橹灰飞烟灭。"那是一种何等自信的实力显示。

言论作者只有在吃透了自己所论的问题，同时在知识、语言、方法上又都绰绰有余时，才能笑谈真理，举重若轻，深入浅出，又真又美。

《新湘评论》2012年第3期

# 读书是为了生命的完整

书这件东西是专门给懂得精神享受、有精神进取的人准备的。当地球上还没有人类之前,草木自生自灭,鸟兽自来自去,史前世界全靠物质的生态自然调节。自从有了人类,就出现了另外一个调节系统——精神系统。在这个系统里,人们追求的不是吃、穿、住,而是信息、知识、思想、艺术等,这些精神财富的最主要载体就是图书。

图书有两大作用,一是塑造人,二是为社会传承文化。

人为什么要读书?一句话,为了生命的完整,或者说是为了追回另一半的生命。现在很流行一半又一半的说法,"一半是海水,一半是火焰","男人的一半是女人",其实最根本的,人生命的一半是物质,一半是精神。读书是对精神的那一半生命的能量补充。在地球上所有物种中,除物质之外还需要精神滋养的就是人类。只有人,有精神生活,有主观思维,会改造客观,追求幸福。

这是电视上播过的一个真实的故事。有人问西部地区的一个放羊娃,你为啥要放羊?放羊娃说,挣钱;挣钱干什么?娶老婆;娶老婆干什么?生娃;生娃干什么?放羊。大家看,这样一个简单的循环是什么?这是

与老区孩子们在一起

人口的简单再生产，物质层次的再生产。在这种情况下人基本不用读书。

作为人，还有另一半更重要的，就是他有精神世界，有喜、怒、哀、乐，有七情六欲、理想追求等。马克思给人下定义：人是各种生产关系的总和。人与人的关系，主要不是物质交往，而是精神交往。谈话、书信、亲情、爱情、政治、学术、艺术等，都是精神活动。小孩子只知道好吃的东西最重要，而人一进入成年就会发现，精神满足更重要，精神世界更广阔。所以才有为爱情而歌唱，为自由而斗争，为理想而献身。爱情、自由、理想、知识、艺术等等，靠什么来交流、传承？主要载体就是书籍。

## 阅读有六个层次

真正要有感、有悟、有创造，改变人生，成就事业，有个性，自立于人海，流芳于青史，要靠对后三个层次的攻读。

那么，人怎样实现自己这生命的另一半价值，构建精神世界呢？有六个层次、三大支柱，也就是人们阅读的六种基本追求，追求刺激、休闲、信息、知识、思想和美感；其中知识、思想和审美，是三大支柱。这六个层次由低到高，反映着人们不同的文化程度、修养状态和价值取向。

一是刺激需求。正常人的精神生活中总有企图改变平静，追求奇特，寻找刺激的一面。这种需求，与其说是精神追求，不如说是心理生理追求，因为理性的成分还不多。在刺激需求下，会有非法的出版物市场和低俗出版物。这也说明人有自然的一面。

二是休闲娱乐需求。按这种需求，就产生了一类轻松的作品，如花卉、鱼虫、时装、幽默、故事等。休闲娱乐需求在读者中的覆盖面最大，不但有闲阶层靠消遣读物打发时日，就是专业人员，也常常会翻翻书报以做休息。

三是信息需求。随着社会的现代化进程，人们对信息的需求量越来越大。每个人在生活中也离不开信息，一条信息使一个决策成功，救活一个企业，或者使一个人致富的事，已屡见不鲜，以至于信息已经发展成为一个独立的行业。人们对信息的这种需求是书、报、刊等传媒的基础，特别是报纸存在的基础。

以上这三个需求，虽属精神的，但仍可看出不脱物质的羁绊，多为实用的需求，其载体也以报纸、杂志、电视为主。真正精神层面是后面的三大支柱，其载体以书籍为主。

四是知识需求。知识是人们在改造世界的实践中所获得的认识和经验的总和。粮食、蔬菜、肉类使人从孩子长成体魄健壮的人，而知识使人聪明有本事，如果无知识只能算半个人。所以人的一生专门安排一个学生时期，较集中地专门接受知识，以后直到老死以前，还要不断补充更新知识，这主要靠出版的书、报、刊，特别是书籍。

五是审美需求。爱美之心人皆有之,从原始人开始,人类就懂得对美的追求。这种本能的不断发展提高了审美需求呼唤出版物一方面作为载体来提供审美对象,如文学作品、美术作品等,另一方面又作为工具来帮助指导人们提高审美能力。

六是思想需求。人的精神需求的最高层次是理性的思考。刺激是心理本能的满足,娱乐是心理休息,信息是人捕捉到的事物的信号,知识已进入到认识的总结,只有思想才能进入到理性,进入到规律和方法的把握,是人们对客观世界更深刻的认识。这种需求,促使人们去读理论学术书刊,去通过具体出版物的形象、素材思考问题。

我劝爱读书的朋友们,爱读书当然很好,但还要讲究读书的目的和层次。我们可以把读书大致分为两类:一类是消费型,为了眼前实用;另一类是积累型,为了长远和根本性的提高。前三个层次属消费型,后三个层次属积累型。就像一个国家除生产型的企业外,还得有能源、交通等基础项目建设。只有在积累型阅读上下功夫,才能改变人生,创造辉煌。

## 大凡伟人皆爱读书

马克思爱读书。他本来是在参加社会生产和具体的工人运动,但觉得许多事情弄不明白,自己不通,也无法指导运动,就宣布要退出具体事务,回到书房。他在大英博物馆读书、写作,时间长了脚下的石板给蹭出了一条浅沟,就像少林寺石板上留下武僧的脚窝一样。马克思写《资本论》,耗费了40年的心血,为了写作,前后研究书籍达1500种。读书造就了马克思,他成了一代伟人。

毛泽东爱读书。毛泽东一生中可谓博览群书,延安时期是中国共产党最艰苦的时期,战火烧到眉毛,缺衣少食,但毛泽东还读哲学、读军事,补上了这重要一课。他听艾思奇讲哲学,恭恭敬敬地做笔记。在延安的窑洞里,毛泽东在油灯下写出了《论持久战》《矛盾论》《实践论》等名篇。

## 文章不是写给人看的，而应是写给人背的

陈望道先生的《修辞学发凡》对于我来说就是一座巴颜喀拉山，是分水岭，它一边成就了我的新闻写作，一边成就了我的文学创作。

有记者问我自己读书有什么体会，读书怎么改变人生，其实我们每个人都有这样的经历。我原来在中国人民大学读的是档案专业，毕业之时，正赶上"文革"后期，响应号召到祖国的北部去，我到内蒙古先当了一年的农民。

在这个时候，我读到了一本对我一生影响很大的书，这就是陈望道先生的《修辞学发凡》。那是我在拉风箱做饭的时候在灶上看到的，书的前后已经被扯下好几页。陈望道是中国最早翻译《共产党宣言》的人，早期曾经和陈独秀一起筹备中国共产党，帮陈独秀管经费，但陈独秀的脾气很不好，陈望道受不了，离开了陈独秀。这一走两人各闯出一片天地，陈独秀成了中国共产党的创始人之一，陈望道则是中国系统研究修辞的第一人。他认为修辞有积极修辞、消极修辞，积极修辞语言生动比喻、形容很多，消极修辞语言比较平实，比如法律术语、各种教科书等。

这本书当然还有其他很多的内容，但两大修辞分类的思想对我治学影响很大。因为我长期以来既是记者又是作家，在接受杂志社的采访时，我说，陈望道先生的《修辞学发凡》对于我来说就是一座巴颜喀拉山，是分水岭，一边是长江，一边是黄河。《修辞学发凡》一边成就了我的新闻写作，一边成就了我的文学创作。

此外，还有一本中国青年出版社出版的《历代文选》对我的影响也很大，后来我发现毛泽东也读这本书。毛泽东晚年因为白内障，眼睛看东西很吃力，文件就让秘书给他念，而文学方面的书呢，他就找到当年这本书的编者之一、中国人民大学的卢荻给他念。毛泽东的记忆力很好，晚年的时候还记得当年看过的这本书的编者，当时中国人民大学已经被撤销合并到北京大学去了，就从北京大学把她找来。

我后来当记者的时候,《历代文选》这本书在我的采访包里背了多年,出差在招待所里有空我就背书中的名篇,这对我后来新闻语言的形成产生了很大的影响。我认为,新闻语言应该向古文、电报学习,新闻语言应该求短求干净,古文因为最早要刻在竹简上很费劲,电报按字数收钱。后来我写的《晋祠》,1600多字,能被收入中学语文课本,和这个理念很有关系,因为我写的时候就认定我的文章不是让人看的,而是让人背的。

这些工作和我当初学的档案专业已经相距十万八千里,之所以有这样的改变,就是因为后来我的读书生活。人不知在什么地方什么时候就会遇到改变自己人生的书籍,只要你去读。

## 图书积累影响国运

尤其是《史记》,它的思想、它褒贬的人物及它的文风,到今天还影响着中华民族。

从世界史的角度来说,曾有过四次大的文化积累,实际上是四次大出书活动,对世界进程发生过大的影响。这就是古希腊、罗马时期的文化积累,文艺复兴时期的文化积累,18世纪中叶欧洲资产阶级启蒙运动中以百科全书派为代表的文化积累,19世纪中叶在总结了英国古典经济学、德国古典哲学和法国空想社会主义之后而产生的马克思主义的文化积累。

中国历史上也有几次大的文化积累。第一次是汉初对先秦文化的整理,确定了中国封建社会的基础,基本上确定了中国历史的走向,产生了以《史记》《汉书》为代表的积累型巨著,尤其是《史记》,它的思想、它褒贬的人物及它的文风,到今天还影响着中华民族。第二次是隋唐对散佚书籍的收集和新书的编纂,它使儒家思想更趋成熟,封建制度进一步确立。第三次是宋代的积累,儒家发展到理学新高度,产生了程朱这样的儒学理论大师,《资治通鉴》这样总结治国实践的巨著,儒家思想的完善保证了以后700年封建制度的延续。第四次是明清修书,以《永乐大典》《四库全书》

的成就为代表。这笔文化遗产为我们民族以后的发展，直到今天还发挥着积极作用。以后还有康梁等对西方文化的引进积累，中国共产党人对马克思主义的引进积累，这些在反帝制和民主革命中都曾发挥了巨大的作用。

不论是世界的文化大积累还是中国的文化大积累，实际是图书大积累。据统计，自西汉至辛亥革命共出版图书8万种。从公元前206年算起到1988年底，我国2300年间共出版图书90余万种。这种悠久的历史积累，决定了我们是一个文明发达的民族。但是立国仅200余年的美国，其文化积累的速度却快得惊人，报载美国国会图书馆馆藏文献8830多万种，书架长达877公里。自然，这一点也已构成美国文明发达的一部分。环视全球，我们会发现一些国家的强盛与衰落、发达与落后固然与它所拥有的经济实力、军事实力、政治策略有关，但也不可不注意到与它所拥有的典籍、文献，它掌握的资料、信息，它积累的精神财富以及对这些典籍的态度、策略，还有它的积累方式、速度与取向有关，这同样会影响到一个国家的国力、国运。

## 一本书改变世界

一本书可以改变一个人的命运，也可以改变一个国家的命运，一个世界的命运，甚至改写人类的历史。

我们还可以拿一本具体的书来验证这个命题。美国人曾写过一本书《影响世界历史的16本书》，其中包括马克思的《资本论》、牛顿的《自然哲学和数学原理》等，同时还有希特勒的《我的奋斗》。

马克思写的《共产党宣言》和《资本论》，改变了世界，这是谁都承认的。据统计，《共产党宣言》共出版过70多种文字的1000多个版本，它传到中国是1920年，由陈望道先生译出第一个中文本，从此开始改变中国的命运。

毛泽东在延安的窑洞里完成了《论持久战》，当白崇禧把这本麻纸本小册子送给蒋介石时,蒋介石都喜得如获至宝,发给全军团以上军官每人一本,这本书很快又在美国出版,震惊了世界。事实证明,抗日战争就是沿着这一思路进行的。

哥白尼的《天体运行论》改变了世界,应该说改变了宇宙。它成了一块里程碑,它1543年出版,文艺复兴的开始,近代科学的开始就从这一年算起,世界进入一个新时期。

爱因斯坦的相对论。现代物理学开端被史家定为1905年,就是因为这年《物理学纪事》发表了爱因斯坦的几篇重要论文。爱因斯坦提出了质能互变公式$E=mc^2$,1945年第一颗原子弹爆炸,才证实了爱氏的学术成果超前了40年。

1952年,李四光完成了《中国地质学》一书,论证了地壳运动与矿产分布的规律,提出"构造体系"这一地质力学新概念。当时,这本书只发行了两千册,但地质队员在该书理论指导下,于十年后相继发现了大庆、胜利、大港等油田,使中国甩掉了贫油国的帽子。

1852年,斯陀夫人写了一本《汤姆叔叔的小屋》,导致了美国南北战争爆发,林肯说是一个小妇人引发了一场解放黑奴的大革命。

所谓先进文化,应该具备四个特点:积累性、批判性、创造性、普及性。用这四个标准来衡量,我们可以发现前面所举的对历史进步起过推动作用的书,都曾经是或者现在仍是先进文化,仍在对生产力的解放、人的思想解放起推动作用。这也启发我们读书、写书、出书时,要把握积累、批判、创新、普及这几个切入点,这样才能有创造,有个性,有进步。

《新湘评论》2014年第18期

# 如何用科学思维讲故事

恩格斯说，一个苹果切掉一半就不再是苹果。一个记者、作家只读社会科学，不读自然科学，他眼里的世界就不是一个完整的世界。

我是学文科的，后来的工作也不是科技领域，但是误打误撞，进入了科普写作。经过"文革"十年浩劫，1978年全国科学大会之后科学的春天来到了，报刊上沉寂了十年后科普文字如雨后春笋。被耽误了的一代，有的恶补文学知识，搞创作；有的恶补科学知识，准备升学或搞科研。我出于好奇，也开始浏览一些科学故事。

那时我在《光明日报》当记者，负责科学和教育领域的新闻报道。科技工作者思维活跃，读书多，常讲一些我所不知的、他们学科领域的故事，很吸引人，科学并不枯燥。我也常采访学校，看到学生读书很苦，而且不少人对数理化有畏难情绪，心里烦躁。我发现这原因不在学生，而在我们的教学不得法，科学和教育没有沟通。小孩子最先形成的是形象思维，数理化是逻辑思维，很多学生一下子不适应。为提高学生的学习兴趣，我想能不能转换思维，把课本里公式、定理的发现过程、人物故事写出来，让学生像读小说一样学数理化。我决定尝试一下。

第一步是找故事。读所有能看到的科普报刊，按照中学课本里的内容寻找公式、定理背后的故事。大量剪报，分类剪贴了数学、物理、化学、生物等几大本。那时还没有电脑，更没有百度等搜索，大学一入学的训练就是手抄卡片。我专门做了一个半人高的卡片柜，像中药店的药柜。只读报刊当然不够用，又读科学家传记，如《伽利略传》《居里夫人传》《达尔文传》等。读单本书不行，还得宏观把握科技进步的过程，又读科学史、工具书，如李约瑟的《中国科技史》《自然科学大事年表》之类。有事实和故事仍然不够，还得恶补科学知识和科学方法论。现在还留有印象的如恩格斯的《自然辩证法》，德国科学家贝弗里奇的《科学研究的方法》，俄裔美国著名科学家阿西莫夫的科普系列，中国数学家王梓坤的《科学发现纵横谈》等。我走的还是经典加普及的路线，读那些大家的最好的经典普及本，如爱因斯坦的《狭义与广义相对论浅说》，1964 年版，100 多页。

我写的第一个故事是数学方面的。我们在初中就学过什么是"无理数"，这是个抽象概念，怎么还原成形象？古希腊有个数学家叫毕达哥拉斯，他死后几个学生在争论老师的学问。其中一个叫西帕索斯的说，他发现了一种老师没有发现的数，比如用等腰三角形的直角边去除斜边，就永远除不尽。别的学生说，不可能，老师没有说过的就是没有，你这是对师长的不敬。当时大家正在船上，争到激动时不能控制情绪，几个人便把西帕索斯举起来扔到海里淹死了。事件过后，他们反复演算，确实有这么一种数。比如圆周率，小数点后永远数不完，于是就把已有的，如整数、循环小数等叫有理数，这个新数叫无理数，这就是我书中的第二章《聪明人喜谈发现，蛮横者无理杀人——无理数的发现》。这个故事，教师在课堂上 3 分钟就可讲完，但学生一生不会忘。我把这故事发在刊物《科学之友》上，大受欢迎，编辑部要求接着写，结果骑虎难下，每月 1 期，连载了 4 年，1985 年 1 月结集出版了《数理化通俗演义》第一册，1988 年 3 册全部出齐。有一次汪曾祺先生与我同在一个书店签名售书，他高兴地为这本书题词："数理化写演义堪称一绝"。这本书先后出了香港版、台湾版、维吾尔文版，重印 20 多次，不知救了多少已对数理化失去信心的孩子，很受学生和家长欢迎，中国科学院院长白春礼、科普老前辈叶至善都曾为书作序。这是一部无法归类的"怪书"。它的起因，一开始就不是创作小说的文学冲动，也不是科普创作的知识冲动，而是一个记者社会责任的延伸。

科学阅读的另一个间接的成果是充实了我的散文创作。我们常说，用世界的眼光看中国，就是说由宏观看局部更清楚，如果能用科学的眼光看文学，至少写作时腾挪的空间会更大。比如，我在《大无大有周恩来》一文的结尾处，谈到伟人人格的魅力，谈到为什么他们虽已故去多年又让人觉得如在眼前，我借用了"相对论"的时空观："爱因斯坦一生将一座物理大山凿穿而得出一个哲学结论：当速度等于光速时，时间就停止；当质量足够大时，它周围的空间就弯曲。那么，我们为什么不可以再提出一个，'人格相对论'呢？当人格的力量达到一定强度时，它就会迅如光速而追附万物，穹庐空间而护佑生灵，我们与伟人当然就既无时间之差又无空间之别了。这就是生命的哲学。"

在《最后一个戴罪的功臣》一文中说到林则徐被发配到新疆，边服罪，边工作，测绘耕地，"整整一年，他为清政府新增69万亩耕地，极大地丰盈了府库，巩固了边防。林则徐真是干了一场'非分'之举。他以罪臣之分，而行忠臣之事。而历史与现实中也常有人干着另一种'非分'的事，即凭着合法的职位，用国家赋予的权力去贪赃营私，以合法的名分而行分外之奸、分外之贪、分外之私。可知世上之事，相差之远者莫如人格之分了。确实，'分'这个界限就是'人'这个原子的外壳，一旦外壳破而裂变，无论好坏，其力量都特别的大。"这里借用了物理学上的原子裂变，即原子弹爆炸的原理，来喻人格"裂变"的能量。

在《蒋巷村的共产主义猜想》一文中，写到这个富裕村的陈列室里张贴有800年前辛弃疾描写江南生活美景的词，又写到他们现在公共福利的分配方式，就用科学术语来解释：

> 基因学有一个术语：基因漂流。自然物种在进化中，总有某种基因会飘落某处与其他基因结合成新的物种。共产主义理论一

产生就是一个在欧洲大陆上"游荡的幽灵",一个漂流的理论基因、科学基因。160多年后,它漂到中国的江南水乡,与这里从800年前漂过来的、辛弃疾词里所表达的那个天人合一、老少同乐、物我一体的乡土基因相结合,成了现在的这个新版本——蒋巷村版(现代中国还有其他版本,如华西村版、南街村版、大寨村版,含意各有不同)。

修辞上有一种格叫"拈连",是指把本是用于描述甲事物的词汇移来说乙,如"相对论"、"裂变"、"基因"都是专用的物理、生物词汇,却用来说人和事。把科学思维、科学术语用于文学,正是一种跨界大拈连。拈连实际上也是一种比喻,是隐喻。而比喻中甲乙两物相距愈远,性质差别愈大,所产生的比喻效果就愈强烈。

因为阅读科普作品,同时又采访科技界,使我有机会参加有关学术活动。1984年8月在北京召开全国第一次思维科学讨论会,筹备成立思维科学研究会,我有幸参加。这种综合学科的研讨与文学界开会有很大不同,参会人数不多,一共才59人,但名家不少。我过去的偶像如钱学森、吴运铎、高士其等都出席了,还有80岁的心理学教授胡寄南,美学家李泽厚等。钱学森用一整天的时间做开场报告,后几天就坐在台下仔细听。大家自由争论最前沿的知识,主要是讨论思维规律,逻辑思维与形象思维的不同及联系。就在这次会上钱学森提出五种思维方式:形象思维、逻辑思维、灵感思维、社会思维和特异思维。耳听笔记,这是一种近距离的阅读,让我的思维方式有了一个大扩张、大转换。自从增加了科学方面的阅读,我才知道世界原来有这么大,思维方式可以有这么多种,自觉头脑比原先灵活聪明了许多。后来我与人合作写了一篇谈思维科学的文章,经钱学森先生审定发表在《光明日报》上。

《新湘评论》2015年第17期

# 中学生不可缺少的四种素质

中学生正当花季。

花儿是美丽的,但我们切不可停留在这美丽的瞬间。植物在开花季节其实是最辛苦最关键的阶段,它大张开绿叶拼命地接收着阳光的热量,深扎着须根,急切地吸吮着大地的养分。那花蒂之下开始坐一粒小小的果实,将实现一次生命的跨越。如果这道坎儿迈不过去,便只有短暂的美丽。你仔细观察菜园里、果树上有多少空花朝开暮谢,随风委地。人生何尝不是这样,总有一个最关键的时期等着你,总有一道坎要憋足劲才能迈过去。这就是中学时期。

中学是童心刚过,青春初临,无论是生理还是心理,思想还是知识,都处于一个萌动期,朦朦胧胧又跃跃欲试。未入社会的门径,却已摸到了人生的轮廓;还没有成熟的思考,但已有丰富的想象。这时最需要加强基本的素质训练,除课堂上学习的文化知识外,他还需要从社会上、从课外读物中汲取这四方面的营养,即情感、理想、人格和审美。这是青年立身的四大支柱。

人从娘胎里生出来,像一切动物一样,对母体有最本能的依赖。马克思说："人是各种社会关系的总和。"作为社会的人，他的母体是整个社会，他首先感受到家庭的温暖，血缘的情怀，接着又感受到朋友的友谊，同事的支持，还有对异性的爱恋，然后又组成一个家庭开始人生的下一个循环。亲情、友情、爱情这是谁也摆不脱的一张巨网，缘分就是网上那一个个的结。人们因缘结网，不断展延，构成温馨、和谐的人生。青年人要懂得爱，懂得友好、感恩和回报。无情则无义可言，无事业可言，无朋无友、无恋无家便没有生命。中学生应该成为一个知情有义的人。

但是只靠情感还不够，还得有理性来撑起人生的大厦，这就是理想。理想一旦确定就义无反顾，勇敢前行，一切杂念、诱惑、困难都会被甩到一边。我们看山间穿行的火车，呼啸着钻洞、过涧，不管窗外多美的风景，还是多急的风雨，全然不顾，它只向着预定的目标前进，这就是理想的力量。理想是人生观，这一辈子该怎么活；理想是大目标，这一生该做点什么？理想确立之后，便可器宇轩昂地去闯一番事业了。在社会上或历史长河中个人永远是渺小的，只有当他的奋斗与国家、民族、时代联在一起时，他才可能功成名就，才能变得伟大，所以理想离不开对国家、社会和历史的贡献。有的人一生默默无闻，所营只为糊口；有的造福国家，造福人类。为政如开国领袖，办实业如大企业家，从事科研则如居里夫人、爱因斯坦。当一个人事业有成时，他也就站起来，立得住了。一个中学生虽还未入社会，但他胸中应有必成大业的理想。

人生在给世界上留下一点业绩的同时，也就留下了一个自我塑造的我，于是社会就有各种各样的"人"。既然"人"会千差万别，就要有一个做人标准，要讲人格，这是平行于做事的另一个人生轨迹。由于人类要相互合作才能生存，怎样做人从来就不是个人的私事，而是公德、公行。人们总是努力在公共关系中找到一个最合适的行为准则，成就一个最佳的形象。《共产党宣言》里说将来"每个人的自由发展是一切人自由发展的条件"，就是说你要做一个不妨碍他人、帮助他人，让大家都喜欢、都尊重的人。这里有一个最起码的界限，就是不能自私，不能伤害他人和社会。凡从自私出发的人，大到卖身求荣、叛国投敌，小至蝇营狗苟、损人利己都为人所不齿，也都成不了大器。这也就是为什么从精忠报国的岳飞，到毫不利己的白求恩都一样受人们的尊重。当一个中学生理想在胸，迈向社会之时，同时也要思考一下将要把自己塑造成一个什么样的人。

美是生活的一种附加，就像穿衣并不只为暖还为美，就像吃饭并不只为饱还要求味。稍一留心，我们就会发现这个世界上处处有美，人人爱美。人人都在追求美的衣饰，美的房子，美的山水，美的艺术，美的人。花季少年的中学生，首先应有我要美、我很美的信心，人人应该有美的体魄、美的心灵，美男如山，美女如水。但求美先要懂得审美，能发现自然美，懂得艺术美，然后才能把自己塑造得比较美。这样不论是你看世界，还是世界看你，就都相得益美，那是怎样一个快乐的人生？！

请记住，情感，是你成长的绿荫；理想，是你前进的风帆。沿着大情大理这两根轨道，勇敢地去追求高尚人格的和美丽的人生吧，你就是一个高尚的人，幸福的人。

《新湘评论》2007年第10期

# 匠人与大师

在社会上常听到叫某人为"大师",有时是尊敬,有时是吹捧。又常不满于某件作品,说有"匠气"。匠人与大师到底有何区别?

匠人在重复,大师在创造。一个匠人比如木匠,他总在重复做着一种式样的家具,高下之分只在他的熟练程度和技术精度。比如一般木匠每天做一把椅子,好木匠一天做三把、五把,再加上刨面更光,合缝更严等,但就算一天做到 100 把也还是一个木匠。大师则绝不重复,他设计了一种家具,下一个肯定又是一个新样子,判断他们的高下是有没有突破和创新。匠人总在想怎么把手里的玩意儿做得更多、更快、更绝,大师则早就不稀罕这玩意儿,又在构思一件新东西。匠人在实践层面,大师在理论层面。匠人从事具体操作水平的上限是经验丰富,但还没从经验上升到理论。虽然这些经验体现和验证了规律,但还不是规律本身。大师则站在理论的层面上,靠规律运作。面对一片瓜地,匠人忙着一个一个去摘瓜,大师只提起一根瓜藤;面对一大堆数字,匠人满头大汗,一道接一道地去算,大师只需轻轻给出一个公式。匠人在想怎么才能捏好一个泥人,大师则探讨宇宙和人。匠人常自持一技,自炫于一艺,偶有一得,守之为本;大师则鲜花掌声过眼烟云,进取不竭,心忧难宁。

匠人较单一，大师善综合。我们常说一技之长，一招鲜，吃遍天，这是指匠人，大师则不靠这，他纵横捭阖，运筹帷幄，触类旁通，举一反三。因为凡创新、创造，都是在引进、吸收、对比、杂交、重构等大综合之后才出现的。同样是碳元素，软时可为铅笔，硬时可为金刚石，盖因结构之变化。当匠人靠一技之长，享一得之利，拿人一把，压人一筹时；大师则把这一技收来只作恒河一沙，再佐以砖、瓦、土、石、泥，起一座高楼。牛顿、爱因斯坦成为物理大师并不只因物理，还有更重要的数学、哲学等。一个画家，当他成为绘画大师时，他艺术生活中起关键作用的早已不是绘画，而是音乐、文学、科学、政治、哲学等。同理，一个音乐、书法、文学、科学方面的大师也是如此，而一个社会科学方面的大师就要求更高。马恩是一部他们那个时代的百科全书，毛泽东则是当时中国政治、军事、文学的宝典。这就是大师与匠人的区别。

我们毫无贬损匠人之意，大师是辉煌的里程碑，匠人是可贵的铺路石。世界是五光十色的，需要大师也需要匠人，正如需要将军也需要士兵。但是我们必须承认这个世界有层次之别，必须有起码的识别力，有一个较高的追求目标。拿破仑说不想当将军的士兵不是好士兵，将军总是在优秀的士兵中成长起来的。当他不满足于打枪、投弹的重复而由单一到综合，由经验到理性，有了战役、战略的水平时他就成了将军。鲁班最初也是一名普通木匠，当他在技术层面已经纯熟，不满足于斧锯的重复，而进军建筑设计、构造原理时，他就成了建筑大师。虽然从匠人而成为大师的总是少数，但这种进取精神是人类进步、社会发展的动力。古语言，法乎其上取乎其中，法乎其中取乎其下。要是人人都法乎其下呢？这个社会就不堪设想，地球就会停止转动。我们可能在实际业绩上达不到大师水平，至少在思想方法上要循大师的思路，比如力求创新，不要重复，不要窃喜于小巧小技，顾影自怜。对事物要有识别，有目标、有追求。力虽不逮，心向往之。个人有了这样一种心理，就会有所上进，哪怕还不脱匠气，也能达到纯熟的高等的技艺；社会有了这样一个氛围，就是一个创新的社会。

# 人人皆可为国王

说到权力和享受，国王可算是一国之最。普天之下莫非王土，一国之财任其索用，一国之人任其役使。所以古往今来王位就成了人人追求的目标，国王生活的样子也成了一般人追求的最高标准。

但是不要忘了一名俗话：尺有所短，寸有所长。虽然大有大的好处，但它却不是能占尽全部的风光。就比如，同是长度单位，以"里"去量路程可以，去量房屋之大小则不成；以"尺"去量房间大小可以，去量一本书甚至一张纸的厚薄则难为了它。同是观察工具，望远镜可以观数里、数十里之外，看微生物则不行，这时挥洒自如的是显微镜。所以，就是镜中之最——天文望远镜也绝不敢说有了它就不必再有显微镜，而显微镜也不必自卑自弃。以人而论，权大位显，如王如皇者亦有他的局限，比如他就不能享村夫之乐、平民之趣，就如望远镜永远不可能知道微生物王国是什么样子。《红楼梦》里凤姐说得好，"大有大的难处"。而《西游记》里孙悟空就懂得小有小的好处，钻到铁扇公主肚子里去成大事。就是在君主制度的社会里，王位也并不是所有人的选择。明代仁宗皇帝的第六世孙朱载堉，就曾七次上疏，终于辞掉了自己的王位。他一生潜心研究音乐和数学，他发现的十二平均律传到西方后，对欧洲音乐产生了巨大影响。对量子理论做出贡献的法国人德布罗意也是出身公爵世家,但他不要锦衣美食,终于在科学史上占有一席之地。据说现在的荷兰女王也很为继承人发愁,因为她的三个子女对王位都不感兴趣。

在现代社会里,特别是在市场经济的运行规则下,人们的利益取向、价值取向和实现途径都大大多元化了。每一个成功者都可以享受山呼万岁式的崇敬,享受鲜花和红地毯。社会有许许多多的"国王",在各自不同的王国里尽享着自己臣民的膜拜。你看歌星、球星是追星族的国王,作家、画家是他的读者的国王,学者、教授是他学术领域内的国王。幼儿园的阿姨、小学校的教师整天享受着孩子们的拥戴,也俨然如王——孩子王。就是牧羊人,在蓝天白云下长鞭一甩,引吭高歌,也有天地间唯我独尊的"为王"之感。

事物总是有两方面,有所不为才能有所为;失之东隅,收之桑榆;塞翁失马,焉知非福。每个人只要努力都能得到一种王者的回报。当一个人壮志难酬或怀才不遇时,这大约是人生最低潮最无奈的吧。但就是在这种状态下,他仍然会有追随者,仍然可以反败为王。北宋时的柳永,宋仁宗不喜欢他,几次考试不第,连个做臣子的资格也拿不到,他只好去当"民",而且是个落魄之民,但在歌馆妓楼、勾栏瓦肆这个王国里他是国王,是个词王。歌伎和市民这些歌者听者就是他的臣民,诚心诚意地拥戴他。他在艺术王国里与金銮殿上的皇帝分庭抗礼,互不相干。"凡有井水处都有柳词",你看他这个王国有多大。林则徐因主张禁烟被清政府贬到新疆伊犁,但就是这样一个"钦犯",沿途官民却拜迎宾馆,泪洒长亭,赠衣赠食,送马送车,纷纷争睹尊容。到住地后人们又去慰问,去求字,以至于待写的宣纸堆积如山,他比皇帝登朝上殿还忙。在人格王国里林则徐被推举为王。以他们这样身处逆境,生存空间已经很小的人都可为王,正常生活中更是人人可以为王,只是我们不必介意这王国的大小,王位的长久。我看过一场演唱会,那歌手也没有什么名,现在人们也早忘了他,但当时着实有王者风光,台下的女孩子毫不羞涩地高喊"我爱你",演唱结束,有简短采访谈话,歌迷就冲到台上要签名,要拥抱,他迅即在工作人员护送下退场,那些不得一吻吾王的女孩子就去吻他刚坐过的椅子。我就想，这哪里是"王"，简直是个教皇了。一次爬香山，在山脚下草地旁一位年轻人用草编成蚂蚱、小鹿之类的小动物，插满一担，惹得小孩子和家长围成几层厚厚的圆圈，倒有拥兵自重的威风。等到登上半山时，又见许多人挤在一起围观什么，分开人群一看，一个老者在玩三节棍，他两手各持一节细棍，将那第三节不停地上下翻挑，做出各种花样，人们越是喝彩他越是得意，这时连头上山坡处也满是看热闹的人，他于紧张操作之余还肯分出眼睛的余光留心周围的反应，尽情享受投向他惊奇的目光，甚是得意。在这个山坡上临时组建的三节棍小王国里，他就是国王。

　　国王的精神享受有三，一是有成就感，二是有自由度，三是有追随者。只要做到这三点，不管你是白金汉宫里的女王，还是拉着小提琴的街头艺术家，在精神上都已得到了一样的满足。做到这一点并不难，只要诚实、勤奋就行。因为你虽没有王业之成，大小总有事业之成；虽没有权的自由，但有身心的自由；虽没有臣民追随，但一定有朋友，有人缘，也可能还有崇拜者，"天下谁人不识君"。所以人人皆可为国王，谁也不用自卑，谁也不要骄傲。

《当代贵州》2007年第4期

# 母亲石

那一年我到青海塔尔寺去，被一块普通的石头深深打动。

这石其身不高，约半米；其形不奇，略瘦长，平整光滑，但它却是一块真正的文化石。当年宗喀巴就是从这块石头旁出发，进藏学佛。他的母亲每天到山下背水时就在这块石旁休息，西望拉萨，盼儿想儿。泪水滴于石，汗水抹于石，背靠石头小憩时，体温亦传于石。后来，宗喀巴创立新教派成功，塔尔寺成了佛教圣地，这块望儿石就被请到庙门口。这实在是一块圣母石。现在每当虔诚的信徒们来朝拜时，都要以他们特有的习惯来表达对这块石头的崇拜。有的在其上抹一层酥油，有的撒一把糌粑，有的放几丝红线，有的放一枚银针。时间一长，这石的原形早已难认，完全被人重新塑出了一个新貌，真正成了一块母亲石。就是毕加索、米开朗琪罗再世，也创作不出这样的杰作啊。

我在石旁驻足良久，细读着那一层层的、在半透明的酥油间游走着的红线和闪亮的银针。红线蜿蜒曲折如山间细流，飘忽来去又如晚照中的彩云。而散落着的细针，发出淡淡的轻光，刺着游子们的心微微发痛。我突然想起自己的母亲。那年我奉调进京，走前正在家里收拾文件书籍，忽然听到楼下有"笃笃"的竹杖声。我急忙推开门，老母亲出现在楼梯口，背

全家福（一）

全家福（二）

—不要辜负属于你的时代—

后窗户的逆光勾映出她满头的白发和微胖的身影。母亲的家离我住地有几里地，街上车水马龙，我真不知道她是怎样拄着杖走过来的。我赶紧去扶她。她看着我，大约有几秒钟，然后说："你能不能不走？"声音有点颤抖。我的鼻子一下酸了。父亲文化程度不低，母亲却基本上是文盲，她这一辈子是典型的贤妻良母。小时每天放学，一进门母亲问的第一句话就是："肚子饿了吧？"菜已炒好，炉子上的水已开过两遍。大学毕业后先在外地工作，后调回来没有房子，就住在父母家里。一下班，还是那一句话："饿了吧？我马上去下面。"

我又想起我第一次离开母亲的时候。那年我已是17岁的小伙子，高中毕业，考上北京的学校。晚上父亲和哥哥送我去火车站，我们出门后，母亲一人对着空落落的房间，不知道该做什么，就打来一盆水准备洗脚，但是直到几个小时后父亲送完我回来，她两眼看着窗户，两只脚搁在盆边上没有沾一点水。这是寒假回家时父亲给我讲的。现在，她年近80，却要离别自己最小的儿子。我上前扶着母亲，一瞬间我觉得我是这世上一个最不孝顺的儿子。我还想起一个朋友讲起他的故事。他回老家出差，在城里办事就回村里看老母亲，说好明天走前就不见了。然而，每当他第二天到机场时，远远地就看见老母亲扶着拐杖坐在候机厅大门口。可怜天下父母心，儿女对他们的报答，哪及他们对儿女关怀的万分之一。

我知道在东南沿海有很多望夫石，而在荒凉的西北却有这样一块温情的望儿石，一块伟大的圣母石。它是一面镜子，照见了所有慈母的爱，也照出了所有儿女们的惭愧。

《党建》2010年第1期

# 故乡的基因

尊敬的陈书记、崔市长,各位女士、先生,霍州中学的老师同学们:

今天我回到家乡,很高兴参加以我的名字命名的研究会的挂牌仪式和有关我的小型陈列室的揭幕。此时我的心里充满感激。

几年前,市里就有这项提议,我一直不敢接受。谦受益,满招损。我不觉得自己有什么成就,也不敢接受这份荣誉,怕反为虚名所累,惹起非议。前几个月,郭思红同志到京转达市里的意见,反复说明是为了以我为例,激励家乡子弟,陈列室就设在霍州中学内。我才勉强接受,就当一回样品,供研究解剖吧。

我出生在本市的下马洼村,八岁前在村里生活。我父亲是解放初的霍县县长,县政府当时就设在现在作为国宝文物的"霍州署衙"里。对这个全国仅存、气势宏伟的州署大衙印象很深,是家乡淳朴的乡风和深厚的历史文化给了我生命的基因。刚才我粗略地看了一下这几个展室,感谢郭思红同志和他率领的团队对我的学术历程进行了精心梳理,呈现给观众和后来的学子。连自己也吃惊,不知怎样走过这条路的。但这条路的起点是霍州,我的故乡。这些学术成果、著作,不论政治、文学、新闻,还有教育

霍州梁衡研究会外景

部分都打着家乡深深的烙印。

举个例子,我入选中学教材的《晋祠》《夏感》,那里面的水和麦浪,其实就是我小时候家乡的清泉和麦田。我写的毛泽东住过的陕北窑洞,邓小平走过的江西小路,就是我心里面出生的窑洞和童年的乡间小路。我现在写的"人文古树系列",其实就是我小时候小院门口的两棵古槐。一个人一生不管他走得多远,回头一看还是故乡。他一生的事业是在乡土的基因上生长的。

感谢家乡的父老没有忘记我这个游子。今天我用这些微薄的收获来回报家乡,也希望今天在场的同学们,勿忘霍州这片光荣的土地,在你们成才的路上还有我这个老乡相伴。你们一定会超过我,飞得更高。谢谢!

2015年10月

(本文系作者在霍州梁衡研究会成立大会上的即席讲话)

# 学问不问用不用，只说知不知

看望 96 岁高龄的季羡林先生，谈话间我提到："您关于古代东方语言的研究对现在有什么用？"先生说："学问不能拿有用无用来衡量，当年牛顿研究万有引力有什么用？"一语如重锤，敲醒了我懵懂的头脑。

是的，对学者来说，做学问单单是为了有用吗？显然不是，不但牛顿研究万有引力时不这样问，就是哥白尼研究天体运动、达尔文研究生物进化、爱因斯坦研究相对论都不这样问。如果只依有用无用来衡量，许多人早就不做学问了。哥白尼直到临死前，他的《天体运行》才出版，这时他已双目失明，只用手摸了一下这本耗尽他一生精力的书便辞世了。开普勒发现了众星运动规律后说："认识这一真理已实现了我最美好的期望，也可能当代就有人读懂它，也可能后世才有人能读懂，这我就管不着了。"

他们不管，谁来管呢？自然有下一道程序，由实践层面的人，比如技术人员、设计师、企业家、管理者、政治家等去管。社会就这样接续发展，科学技术、学术就这样不断进步。爱因斯坦发现了相对论后，又经过了40年，这期间通过许多人的努力，第一颗原子弹才爆炸。社会科学与自然科学稍有区别，但也有一些看似无用的东西要人去静心研究，马克思本来身在工人运动第一线，当他深感工人运动缺少理论支持时，就退出一线去研究《资本论》等理论。当时他已穷得揭不开锅，说：从来没有像我这样一个最缺少货币的人来研究货币。如果为了有用，他最应该去经商，先赚一把货币。他的经济、哲学、科社理论让后来实践层面的革命家、管理者演绎出一个轰轰烈烈的新时代。

原来知识是分上游、下游的。上游是那些最基本的原理，解决规律层面的问题；下游是执行和操作的方法，解决实践层面的问题。上游是科学，下游是技术；上游是学术、是思想，下游是方案、是行动。由于科学、学术的超前性，许多科学家、学者经常看不到自己学问的实用结果，但他们并不悲伤、并不计较，他们不管用与不用，而只管知与不知，只要不知道的事就去研究。梁启超说，做学问不为什么，就为我的兴趣，为学问而学问。他们虽说不问为什么，但他们坚信知识对人类有用。培根说："知识就是力量。"事实上，每一项新知识都对人类产生了重要作用，有的简直是惊天动地。伦琴、居里夫人、卢瑟夫等一批研究放射性、原子能的早期科学家，并没有想到后来的原子弹及和平利用原子能。季羡林先生也没有想到他研究的梵文、吐火罗文，在40年后让他破译了一部天书，补回了一段历史。

正因为这样，我们强调尊重知识，尊重人才，包括对未知世界、对自然界、对星空、对生态的尊重。因为一切未知中都藏有真知，也许哪一棵野草就是将来打开生命大门的钥匙。而面对茫然的未知世界，那些勇敢拓荒的人才是真正的英雄。他们治学时不问有用无用，正是因为他们讲大用而不计小用，看将来而不计眼前，为人类之大公而不谋个人小利。这些以学问为乐趣、为人类不断扩充知识边界的人是最值得我们尊敬的。而他们在探知过程中所表现的淡泊名利、宁静致远的治学态度和做人准则，对后人来说比他们提供的知识还重要。

2007年4月4日《人民日报》

# 我们顶住了一场破坏性考验

某种工业产品出厂前有一种严格的质量检测——破坏性试验。将一辆新汽车，开足马力撞向山崖，看看它还能有多少完好度。

这次"5·12"汶川大地震也是把共和国之车逼向悬崖，是一次破坏性大试验，试政府、试军队、试国力、试民心。在这之前，也曾有过一次试验，1976年唐山大地震，时在"文革"，百事可哀，但我们还是挟建国近30年的国力，渡过了一劫，并随之乘势变革，迎来一个新时期。现在进入新时期已30年，上天又落下了这重重的一锤。

应对灾难，政府首当其冲。你看，救人、治疗、安置、防疫、重建，救生命于废墟，安民心于惊惧。这猝然一震，桥塌了，路断了，党、政府和人民的联系却更紧密。

要知国家的承受力，先看军队的抵抗力。"5·12"大地一震，军队霎时化作一把利剑劈开钢筋水泥废墟。那些在黑暗中与死神厮守了数日的同胞，睁开眼看到的第一张面孔就是军人，怎能不从心里喊一声"亲人"。但是为将这一丝阳光带入黑暗，战士新发的军靴，3天就磨破了底，10多天不能洗澡、换衣，连续苦战，肩破了，手肿了，裆烂了，却没有一人吭气。

震后诸事稍定，炊事班上街买肉，摊主坚不收钱，战士苦苦解释，身后不知谁又往他衣袋塞了一颗热鸡蛋。没有办法，部队只好命令战士：救灾穿军衣，上街办事穿便衣。

地震本想毁我家园，没想到，家园后面有长城，军民关系一下子提升到建国以来最好的时期。

弱国无外交，救灾实际上是和大自然办外交，上帝要看看我们到底有多少实力。地震刚过水患又起。同在四川，1786年康定大地震，房倒只死430人，堰塞湖决口，水淹死伤10多万人。上帝还不知道这现时中国早已不是200多年前长辫子、短马褂的中国，我们一手按住地震，一手捂住湖水。卫星遥感，专家会诊，直升机轻轻一吊，就把几十台大型机械、1000多人送到了这亘古荒山之巅，迅即挖开一条导流渠。而下游，24小时之内平静地完成了20万人的大转移。

对一国之破坏，最狠的是连续打击，让你没有还手之力。但这倒逼得我们亮出了家底，连老百姓都悲中有喜，我们的库里原来还有这么多好东西。

民为邦本，汶川地震在向我们挑战民心，但是它没有想到，在电台播出消息的那一刻，全国13亿双眼睛就一起转向汶川，13亿双手立即托起一片爱的森林。上帝本想在我们的渡船上敲一个洞，但他甚至还没有来得及抽回锤柄，这13亿同舟之人，就一下扑上去，补住了漏洞。中央电视台的赈灾晚会几小时就募捐15亿元，救人战役还未完，申请领养孤儿的电话就打爆了民政部门。这时在废墟堆上刚救出一个3岁的小男孩，左臂已经骨折，当解放军医生对他进行紧急处理后，他竟在担架上半仰起身子，说声："谢谢叔叔！"并用缠着纱布的右手敬了一个队礼。"生子当如孙仲谋"，好一粒我中华民族的种子！而此时在离灾区最远省会城市哈尔滨，正举行一场"一个人的婚礼"。原来新郎是一个直升机驾驶员，就在婚礼的前一天突接命令到前线救灾。有情岂在朝朝暮暮，报国只争此时此刻。于是婚礼照常举行，不同的是，礼钱全部捐给灾区。我们这个民族的传统，向来是

天下兴亡，匹夫有责，大义弥天，精忠报国。

地震本想震碎我们一点什么，但它没有想到，就像原子反应，碎了一个外壳，倒释放出更大的能量。

凡人类历史上破坏力最大的一是战争，二是天灾。我们这个民族，经受过无数次的外族入侵，也经受过无数次的天灾，也曾有过长期的屈辱。但自从1949年之后，无论是战争还是天灾，就再没有能把我们征服过。

2008年6月10日《人民日报》

# 地震教我们如何说话

"5·12"汶川大地震后,国内外只有一个呼声:抗震救灾。过去常不绝于耳的几种声音,如老百姓对政府的批评、西方媒体对我们的挑剔、社会上的谣言和猜测,统统没有了。大地这一发威,把舆论都"镇"住了。

舆论是比军事的、经济的、物质的等一切硬实力还难对付的软实力。俗话说众口难调,各人有各人的看法;又百口莫辩,任你怎样解释,人家总是不信。但有一样东西可以对付,这就是事实。要学会用事实说话,用重要的事实说话,用真诚的口吻说话。抗震救灾,检验了我们的经济实力、组织能力,也检验了我们的说话能力、把握舆论的能力。

大道无形,强不言兵,最好的说话方式是不必再说。过去群众对政府的工作有意见,如腐败、效率等。这次收到地震消息时,总理还在外地回京的路上,立即掉转车头直奔机场,就在飞机上发表抗灾动员。4个小时后,已落地在废墟中指挥救灾。当日就近调帐篷5000顶,10天后又在全国再增调90万顶。救援队水、陆、空并进,3天内,来自数千里外不同方向的,挂着北京、广州、青岛、沈阳等不同牌子的白色救护车,已按划定分工出现在灾区各县、各镇。这时百姓还有什么话说,无论是灾民,还是全体国民，只有一句话：政府效率高，政府想着百姓。什么是政治？国家、民族的全体大事就是政治。这几天救灾是最大的事，就是政治。儒家的思想"民为邦本"，孙中山说"政治是管理众人之事"，毛主席说"站在最大多数人一边"，不管是哪一个时代的政府，能给老百姓办事的政府就是好政府，这是人类长期积累的共同的政治文明。此时此刻的政府就是最好的政府，最得人心的政府。全国人民高高举起的双手既是对灾区的支援也是在对政府的致敬，哪里还会有什么牢骚？

信息公开是现代政治文明的表观。最好的工作形式就是无形式，这次救灾工作及其报道，最大的特点就是透明。地震突发后，相关部门每天都召开新闻发布会，电视台24小时滚动报道，各媒体都有记者深入到灾区的每一个角落和后方的每一条生产线、运输线实时播报。一时，人们的脑子里只有两个概念：一是灾难，百年不遇的大难；二是救灾，一刻不停地救灾。事实的透明带来思想的统一。这场救灾检验出了我们的两个进步：一是政治进步，政府坦诚，没有什么可保密的，欢迎监督，每一笔资金、每一项物资都可跟踪调查；二是科技进步，通信、电话、网络提供了全程、全方位的服务和监督，或捐赠救灾、寻找震后亲友，或监督举报都可。在一次记者招待会上，记者问及有救灾帐篷流向市面，怎么解释，民政部立即答应查办。谣言止于信息公开，这样，小道消息还有什么市场？我们要感谢在地震前不到半个月出台的《中华人民共和国政府信息公开条例》，虽然这比美国1976年出台的《阳光下的政府法》晚了30多年，但我们还是追上了世界政治文明。百年不遇的大地震就遇上了这个刚刚出台十多天的法规，这也是天意。

过去西方媒体最喜欢做的文章就是中国的人权，我们常对他们说，最大的人权是生存权，也许他们没有什么体会。当温总理在废墟上大喊：第一是救人！当连续三天，全国都为死难者下半旗致哀时，全世界都看到了中国政府是怎样尊重生命。而近来在西方，无论是政府、国会还是媒体都一片声地称赞中国政府的救灾行动。谣言止于透明，偏见化于诚恳。当年朱镕基访问美国，示威者围着他下榻的宾馆闹人权。朱第二天讲话说，你

在府谷

们急什么,我们自己的事,我是总理,我比你们还急。温家宝总理访问美国,耐心地解释,中国有自己的国情,什么事一乘13亿太多,一除13亿又不够。这都是诚恳的态度,这次抗震救灾我们向全世界再次显示了这种诚恳。就在一个月前,西方还有人借"藏独"说人权,地震后却出奇的平静。诚恳再加事实,总会理解,总能沟通。

　　毛泽东同志说,战争是洗涤剂。灾难也是洗涤剂,这次地震帮我们洗掉了许多旧方法、旧作风。让我们的工作,特别是宣传工作大进了一步。我们不敢说以后有多好,但再遇到困难时、听到批评时,我们就想一想这次地震,就像过去常说的想一想战争,想一想长征。

2008年6月30日《人民日报》

# 假奶粉拷问真道德

食品卫生出了一件大事，有人将化学物质三聚氰胺掺入牛奶，只为提高检测指标，卖个好价，却危及人的健康。一大批吃了问题奶粉的婴幼儿发病，并有死亡，全国为之震动。此事看似质检不严，实为道德崩溃。

民以食为天，人命关天。我们也常说以德治国，如果这样的道德行世，则人将不人，国将不国，社会将不社会，更谈不上什么和谐、安定。作案人何来此胆？一是利令智昏，只要能满足一点私利，就敢昧良心，敢害人命；二是愚不知法，窃喜于小利之得，不知法网难逃，正所谓无知者无畏。总之，是人的思想出了问题。不是奶粉质量，而是人的质量——人的道德质量、社会管理质量出了问题。

5月份汶川大地震，让我们见证人性中真诚无私的一面；这9月份的问题奶粉事件，让我们看到了人性中自私虚伪的一面。鲁迅一生以极大的勇气和精力与民族劣根性做斗争，看来，此事还远没有完结。

记得20世纪五六十年代，如果一个人说了一句假话，被人点破，羞得恨不能立即跳楼。如果发现别人有假，也必勇于揭露，愤而斥之。社会道德之失真，从"文革"始，后愈演愈烈。到现在，社会上一些人公然卖假证件、假发票，出假票据。你若要报销，售货员主动问你怎样开票，会计帮你合法入账。大家都在阳光下运作，脸不红，心不跳，谁还怕人说有假，谁还觉得是造假。所以朱镕基任总理时，一次为某会计学院题词，愤而题曰："不做假账。"可见做假账都已成了某些会计经常的业务。以图财害命，责之造假的奶农、药商，可也；而假风蔓延，则要拷问全社会的道德，拷问官员的管理教化示范之责。政治是什么，孙中山说是管理众人之事，我们说是管理国家大事，是为民办事。商场之假与官场之假深有其缘，治商须问政，正人先正己。

现在一些官场的风气，开会排座次，发言念稿子，写公文套框子，发表文章编句子，应付视察摆场子。就是内部开个会，正常接待上司，一发言，也要先说一句"尊敬的××领导"，如旧时臣子媚上，天天演戏，乐此不疲。干部一提拔，先学会应酬，摆架子，装样子，哪有什么如履薄冰，先忧后乐之心；下级见上级，专拣好听的顺耳顺嘴的话说，哪有什么忠言逆耳，实事求是。本来一个社会的安定是百姓老老实实做人，官员勤勤恳恳办事，现在某些官员只顾演戏，不做真人，怎么能教化百姓办真事？假不为错，伪不觉耻，官无个性，商无诚性，是社会安定和发展之大患。问题奶事发，冰山一角。

改革开放，让我们懂得了"商品经济不可逾越"，而商品交换必得有诚信，我们现在亟需补上这一课。改革开放还让我们懂得政治文明要讲民主，在这方面，中国封建社会长，遗毒甚多。专制和集权需要伪装、造假，而民主政治则要透明，要监督，要务实。我们也要补上这一课。无论是政治道德还是商业道德，都要从诚实做起。道德是法律的基础，德不行则法不立，法不立则国难治。而一个社会道德的教化普及，大莫过于官员勤勉，政风朴实，使上行下效，人人自律，自然河清海晏，夜不闭户，路不拾遗。

愿从问题奶粉事件中反思治国大义。

《大地》2008年第20期

# 让法律保护阳光

什么是可再生能源？太阳能、风能、水能、生物质能、地热能、海洋能等，相对于越挖越少的煤、越采越少的石油，这些能源可谓循环往复取之不竭。既然这样丰富，这样方便，为什么还要专门立一部法来保护它的开发呢？原来这阳光、这风、这些生物等并不自由。当我们歌颂阳光的美丽，羡慕风的来去，欣赏生物的活泼多姿时，其实它们正在受着许多的束缚，已经是满肚子的委屈。阳光不远万里来到地球，不只是为了照明，不只是为了红几朵花，绿几棵树。它还能发电、供热，能让汽车跑，能让电灯亮。科学家说，晴天时太阳所照着的每一平方米内就蕴藏着1千瓦时左右的能量。可是请想想，当夏天烈日烤着焦躁的柏油路，冬天寒风掠过冰凉的城镇时，面对温暖的阳光我们得到了什么？只有无奈的叹息。风儿在地球上飘荡，也不只是为了来一点凉爽、送几片白帆，它还有更大的力量，但它无用武之地，所以就恼怒、就狂躁，你看那台风、飓风、龙卷风是怎样地拍胸怒吼。还有，地球上除我们人以外还有多种多样的生物，不过它们只是无奈地独处，兰在幽谷无人问，花自飘零水自流。还有谁知道它们，那娇嫩的躯体内居然蕴藏着能源呢？

阳光、水、风、生物、地热、海洋等，既然有这么多的本事为什么不使出来呢？这有两个原因。一是人们的认识所限，有眼不识金镶玉，轻慢了它，它当然就不出力。这好办，随着科学的进步，观念的转变，会纠正的。二是人们的固执，明知可用就是不用，甚至不许别人用。原来这能量一族也和人类社会一样，新旧之间会明争暗斗，抢位置、争高低，先来的见不得后到的，强势者挤对着弱小的。新能源的开发当然要投资，旧能源说，何苦呢，照旧用我不更省事？新能源的开发要成本投入，旧能源说，你看，得不偿失！房顶上装一个太阳能光伏发电系统和供热系统可以供全楼的照明、热水，建筑商说还得改图纸，施工队说太麻烦，物业说不美观。山坡上竖一个风力发电塔就可送电到万家，但是先要征地，又要修路、进设备、培训技术人员，主持者一想，算了吧，还是到热电厂买电去。玉米的传统用途是食用或者当饲料，现在突然说可以造酒精，这酒精还能开汽车，玉米秆可以发电，但是将这些理论变为现实有许多的风险，谁去第一个吃螃蟹的人？总之，新事头绪多，旧轨最好循。至于这新事物的前景一般人管不了那么多，一般人管不了，谁来管？国家来管。国家是公众推举出来管理众人之事的机构，代表人民和社会的根本

法拉第

恩格斯

利益、长远利益。国家用什么办法来管？用法律，只有法律才能平等地规范所有人的行为，保护全社会的根本利益，长远利益，于是就有了《可再生能源法》。全国人大常委会于 2005 年 2 月隆重推出，2006 年 1 月 1 日正式实施。

170 多年前的 1831 年，当整个欧洲还在靠油灯、蜡烛照明，煤炭取暖时，法拉第把一块磁铁投入线圈，电流计上的指针轻轻摆动了一下。他给人表演时，有绅士问，"这有什么用？"法拉第说："先生，不用多久，它就会给您交税的。"现在全世界靠电力生产的财富和税收早已多得难以统计。为推广新能源，各国都制定了相关法律。现在阳光、风、生物等新能源才崭露头角，就像当年法拉第手中的磁铁和线圈，亟盼人理解，盼社会支持，盼法律保护。打个比喻，《可再生能源法》就像《未成年人保护法》一样，它是专门保护弱者、保护新生事物、保护未来、保护人类的长远利益的。

千百年来我们都将阳光、空气当作人类自由的象征，现在突然发现，我们并没有给阳光、空气充分的自由，发现我们亟须用一部专门的法律来保护阳光、空气的自由。当年有人问恩格斯说，你和马克思为之奋斗的理想社会是什么样子？恩格斯回答："每个人的自由发展是一切人的自由发展的条件。"自有阶级社会以来，人类就在为自己争自由，为社会秩序立法，现在我们又懂得为自然争自由，为保护利用自然立法。人类的自由发展应该成为自然的自由发展的条件，反之，自然的自由也是人类自由发展的条件。当阳光、空气、各种生物还有地热、海洋都自由地迸发它所有的能量时，人类自己也就获得了最大的自由。这将是一个怎样美好的社会，我们终于学会了人与自然的和谐相处，这是唯物辩证法的胜利，是科学发展观的胜利。大自然定会在这种和谐中给我们更丰厚的回报。

2005 年 11 月 30 日《人民日报》

# 警惕学习的异化

近读《中国档案报》编辑出版的一本《解读尘封档案》,其中详细记录了"文革"中《毛主席语录》的编写过程,思考良多。1959年9月,林彪接替彭德怀任国防部长,提出军队要掀起学毛著高潮,并说训练、生产都不能冲击学习。1961年4月又提出"毛主席有许多警句,要把它背下来",《解放军报》要登语录。于是,军报开始在头版登语录。1965年8月1日,64开本《毛主席语录》发行,每个战士一本。地方上起而效仿,1964年5月到1965年8月,军队为地方代印《语录》1200余万册。1966年12月17日,全国各报发表林彪署名的《〈毛主席语录〉再版前言》。到"文革"中,《语录》已正式由新华书店发行,全国绝大多数省市都按人口印刷,几乎人手一册。1971年"9·13"事件发生,《语录》热戛然而止。

应该说,当年的语录热,对普及毛泽东思想作用很大,我们这一代人的政治常识也是那个时候垫的底。但万事不可太过,过则走向反面。学习本是一种自觉的探求,冷静的辨别,科学的实践,求不得轰轰烈烈,更不能搞成运动。既成运动,便来如潮涨,去如潮落,就躲不开涨潮时的盲目和退潮时的寂寞,寂寞之后当然应该有思考。

原来,任何事物,除内容之外还有形式。形式这种东西有自身的价值,便总想脱离内容，闹出点动静来展示自己的独立。如诗词，人们发明了格律，它是形式，但是诗词的一部分，于是就有人以为只要按格律填上字就是写诗作词。生活中许多人就这样求于形式，止于形式，因为这比内容要容易掌握，于是就本末倒置，就异化变味，生出许多有违初衷的事。如吃饭，当七碟八碗，桌上有鲜花，眼前有乐舞时，那早已不是为吃；如时装，当它变成了舞台上模特身上的奇装异服时，那也早已不是为穿了。而一个事物每当形式完全俘获了内容时，它也就走到了尽头，不再有生命力。形式愈完备，愈繁琐，生命就愈僵化，愈近停止。八股文是这样，"文革"中的手捧语录"早请示、晚汇报"也是这样。过去，我们不知经过了多少学习运动，现在不少地方也在这"学习化"，那"学习化"，口号喊得震天响，什么领导动员、讲演比赛、有奖问答、开卷考试、辅导验收，不一而足。公款买的学习用书，发了一筐又一筐。学习已经被异化为一种形象工程或应酬行为。

日前纪念改革开放30周年，重读邓小平视察南方时关于读书与学习的一段谈话。他说："学习马列要精，要管用的。长篇的东西是少数搞专业的人读的，群众怎么读？要求读大本子，那是形式主义，办不到……我们改革开放的成功，不是靠本本，而是靠实践，靠实事求是。……我读的书不多，就是一条，相信毛主席的实事求是。"据其家人回忆，小平同志确实没有读完《资本论》，但《列宁全集》是仔细读完了的。那是他在江西落难的时候，在那个被软禁的小院里，小楼上的灯光彻夜不熄，他在结合读书思考执政党如何治国的问题。据身边的人讲，小平同志在视察工作时总是多问少说，静静地听；在读书时，不勾画，不批注，静静地想。他是最不爱虚张声势，弄出点什么动静的人。在南方谈话中他还说："你们查一查，我们三中全会以来所做的决定，哪一条是从马列主义的书上抄下来的，没有。但是你再查一查，我们哪一条是违反马列主义、毛泽东思想的，没有。"

当年林彪硬把学习毛主席著作这件好事异化成狂热的个人崇拜，他自己乘机篡权。而邓小平却因坚持实事求是遭毛主席一批再批，到主席去世前一年还在"批邓反击右倾翻案风"。但主席去世后，邓却力主搞一个《关于若干重大历史问题的决议》,并指出决议的关键是要肯定毛泽东思想和毛主席的历史地位,如果这一点做不到宁可不搞,诚如他说的"我就是相信毛主席的实事求是"。这是真读书,真学马列毛泽东思想。有小平同志倡导的这种学习精神,我们才有今天的好局面。

《新华文摘》2009年第5期

# 美是什么

审美文化,是艺术文化。回答美是怎么一回事、什么叫美、怎样才美、美有什么用等问题,有以下这样几个要点。

## 美是人的本性

这个本性甚至可以追溯到动物性,你看孔雀的羽毛、老虎的花纹无不求美。公鸡好看,是因为母鸡爱美,对它长期追求、筛选的结果。爱美不要什么理由,也不受时代、阶级、环境的限制。原始人就知道用兽骨制成项链,还在岩壁上画画,后来又在陶器上画各种花纹、图案。只不过随着文化的进步、人的精神世界的丰富,美的内容、层次也在增加、变化。美是与人类的成长同步的,一部美学史也即一部社会发展史。人的爱美之心是人发展完善的一种动力。我们要承认这种本能,"文化大革命"把人的这种本能都批判了:美就是资产阶级,就是反动,"左"到否定人的本性。而人的本性是不能剥夺的,正如饿了就要吃东西的食欲,不懂就要学习的求知欲,看到美的人、美的物、美的作品就喜欢的审美欲。既然人人都爱美,都有这个本性,反过来就人人讨厌丑,不管是外表形式的丑,还是内在的

《古典美》　约翰·威廉·格威德（英国）

精神方面的丑。当然，谁也不愿被人讨厌，于是为了自己的美和欣赏外部的美，就生出一门美学，研究怎样才算美、才能美。

## 美的用途

农村里的一些老人常说年轻人："描眉画红（口红）有什么用？"从发展生产、多打粮食来讲，确实没有用。"文革"前，把绿化、美化环境都看作是资产阶级思想作怪。美这个东西，既不实用，也不深刻，只作用于人的情感，让你愉悦、兴奋、激动、忧伤，改善情绪，作用于精神世界，提高道德修养，就像人身上的经络系统，没有血管、骨骼那样具体，看不见，摸不着，却在起很重要的沟通、维系作用。

美学老祖宗黑格尔把人与外界的关系分为三种。一是欲望关系。消灭它或利用它，以满足自己生命的需要，这是针对一个具体的完整的事物。如你又渴又饿，看见一个苹果就想吃掉它，这时要的不是欣赏。他幽默地说，你要是想使用一块木材或吃一种动物，画一个就不能满足。中国成语中有"画饼充饥"，就是说欣赏代替不了实用。二是思考关系。并不要消灭它，而是研究它，找出事物的规律、本质。如，我们研究数学、物理的公式定理，只是要弄懂它，并不想吃掉它，也不是欣赏它。当我们解剖一只老虎时，注意力在研究它的结构功能，而不是如在野外时欣赏它漂亮的花纹和奔跑的姿势。三是审美关系。既不吃，也不深入研究，只是满足求美的心理，欣赏它，黑格尔称为"满足心灵的旨趣"。所以，美针对的既不是具体事物的全部，也不是它内含的抽象的道理（概念、本质、规律），而是外表的具体的形式（形状、颜色等），通过形式让人愉悦（不是具体的实用，也不是抽象的思考）。男女找对象，都愿找漂亮的，先要从形式上就让人看着舒服。

有一个真实的故事。一美女与甲乙两个男生为大学同学。女先与甲好，到毕业前又被乙挖去，后结婚。40年后老同学聚会，都成白发老人。回顾昔日他们说了真话，甲对乙说："你知道吗？当时你娶走了她，我真想杀了你。"乙说:"你不知道,这些年我差一点自杀,跟她生活这几十年不知多么痛苦。"恋爱时是审美,结婚后讲实用,用途不同。音乐、美术、诗歌都是形式艺术,不管实用,只管审美。专门调节人的观感、情绪,进而修炼人的道德,这就是美的用途。我们无论是看画、听音乐,还是游山玩水,都能产生或宁静、安闲,或激动、振奋的心情,这就是审美、享受美。它不像具体的食物让你长身体,也不像普遍的理性让你长思想,而是让你知道怎样把自己修炼得更美,好让别人喜欢,同时你也得到尊重和方便,怎样去欣赏和享受外部世界的美,尊重别人。

# 怎样才美

## 1. 美在真实

审美即解决人情感上的问题,而情感是最不能被欺骗的,所以美的前提是真实。有一个真实的故事。一美女爱一俊男,后结婚。男说:我从小就没有沾过厨房的边,不会家务。女说:我侍候你。一直十年。一次女出差,提前到家,发现他在厨房做菜,非常熟练,原来为不干家务男子竟伪装了十年。女大怒,立即离婚。生活中先真才会美。人喜欢真山、真水、真花,讨厌假景。有人说话时对你拿腔拿调,嗲声嗲气,你就浑身起鸡皮疙瘩。杨朔散文,后来人不愿看,就是总要装一条光明的尾巴。一个政治家,民众对他的判断首先不是能力大小,而是行为的真假。许多作秀、表演已让人恶心,怎么可能再去服从和追随他?

## 2. 美在结构

这要说到外美和内美。外美,指形式的美。当事物的外形构成一种和谐比例时,看着就舒服,这就是美感。人的美,首先是五官和身体四肢的结构合理、和谐。书法讲笔画的间架结构,图画讲构图、色彩搭配,音乐是音符、音色的结构配合。自然美是青山绿水、红花绿叶、石硬水柔、天高地阔、风动枝摇、花香蝶舞等自然元素的搭配。但这结构不是平均分配,常会有主次,有个性。如我们说那个姑娘有一双漂亮的大眼睛,这正是她的个性、她的亮点。书法中的行书、草书就打破了楷书的平稳,追求结构变化个性化,常一笔出人不意,于是美就变化无穷。

内美,指人的修养,精神之美。这也是讲结构:文化结构,人的知识、思想、道德修养等精神方面的结构,由此可分出高尚与卑下、丰富与贫乏、高雅与粗俗等。知识丰富的人有一种从容与幽默的雍容之美,思想敏锐而有个性的人有一种勇敢与坚强的阳刚之美,但如果有一方缺失,也会结构失衡而立马变丑。历史上曾有诺贝尔奖得主追随希特勒干坏事,好莱坞影星偷东西,都是内丑而不是外丑。

漂亮不一定美。漂亮经常是指表层的感觉,而不涉及深层结构。比如一个人穿一件粗麻布衣服,当然不如绸缎衣服漂亮,但是如果衣、裙、鞋、帽搭配恰到好处,仍然美。布衣荆钗,仍不失其美。如果她的知识、才艺、思想等内在结构更丰富合理呢,就有了风度美、精神美。经常有一些很漂亮的女人,如电影明星,却过着单身生活。别人奇怪:怎么这样的人还没人要呢?如果男女找对象只是双方外表的结构搭配就最好办了,但人这种东西很复杂,他还有内在结构。不是美女不漂亮,是她的内在精神——知识、修养、脾气等,和对方形不成合理的结构,互相觉得不美。

3. 美在距离

美既不解决实用(不会上去吃一口),也不解决研究(不去解剖实验)的问题,只是欣赏,于是就要有一定的距离。我们在画廊看大画总是要退后几步看,《爱莲说》里讲"可远观而不可亵玩焉"。上面举到的一女两男的故事,未结婚前看恋人,怎么看,怎么美,因为有距离。俩人结合后才发现问题不少,没有距离了。正因为有距离,审美才脱离了实用方便的庸俗的作用,而有了道德的、艺术的意义。道德是一种行为规范、一种自我约束。我们看见一朵漂亮的花,知道只能看,不可摘。虽然也有占为己有的欲望,但又有道德良心来克服这种欲望,于是就会保持一定的距离,这样才美。人和人的交往彼此保持一定的距离,会给对方留下美好的印象。有时亲密接触,知道了对方许多缺点,就不觉得美了。因为这时距离太近,如黑格尔所说，你们已不只是欣赏关系而有了实用关系或研究关系。看山水也是这样，"横看成岭侧成峰"，有许多朦胧变幻的美，你一旦走进山肚子里可能又不觉得美了。朦胧是一种美，而距离正是实现它的一个重要前提。

美只管形式，不管内容，但它可以和内容结合成更复杂的形式组合，达到更高层次的美：内外一致的美。在物品，如既实用又美观的设计；在人是外美加上内在的思想和能力，如居里夫人；在科学和思想研究则是深刻的哲理加上简洁优美的形式，如爱因斯坦的质能方程，如范仲淹表达忧国思想的"先天下之忧而忧，后天下之乐而乐"的名句。当然，还有更多的好诗、好画、好歌。

《党建》2009年第2期、第3期

# 我看舞蹈的美

舞之美,是人的美。它是一种艺术,当然有艺术美,但它所假之物并不是声、色、字、词,而是天生的、自然存在的人,因此它首先是一种自然的美。它努力挖掘人的灵秀之气,给人一种高级的美感。我国第一个提倡使用模特儿的美术教育家刘海粟先生说过:美的要素有二,一是形式,二是表现。人体充分具有这二要素,外有美妙的形式,内蕴不可思议的灵感,融合物质的美和精神的美的极致而为个体,所以为美中之至美。当我们看着舞台上那舞动着的美人时,她(他)举手、投足、弯腰、舒臂,那美的形态、身段、轮廓、线条,恰好表现了美的内蕴,美的感情,而不必借助什么道具。当然,舞台上的演员不同于画室里的模特儿。舞蹈除自然美外,更重艺术美,于是便要讲到衣饰,但这衣饰绝不像旧戏那样给人套上死板的程式,也不像话剧那样过分写实。它是绿荷上的露珠,是峭壁上的青藤,是红花下的绿叶,是翠柳上的黄鹂,是一种微妙的附着。它不过是为了揭示舞者美的存在,像几片白云说明天空的深蓝;它不过是为了衬托舞者美的形象,像流水绕过幽静的山风。在舞台上作为外形之物,无论是先天的人体,还是后来补充的服饰,在形、体、色、质上都有极美的苛求,真可谓"四美具,二难并",从而汇成为一种更理想、更美的"形"。

为了表示飞动，西方艺术中有一种小天使，胖墩墩的孩子，两胁下却生出一对肉翅，显得十分生硬，这何如我们敦煌石窟里的飞天，窈窕女子，肩垂飘带，升起在天空。人着衣披带本是很自然的事，但这自然的衣着，顿使沉重的人体化为轻捷的一叶，潇洒、舒展、轻盈、自如，满台生风。人外形的美，内蕴的美，都因那轻淡饰物的勾勒与揭示而成一种美的理想、美的憧憬而挥发开来。国画界有以形写神与以神写形之争，从这个角度观之，舞者真是靠自己的外美之形来写内美之神了。再者，飘动的舞者，又绝不是静止的雕像，所以造型美外，更讲情感，这便要借助音乐。本来，演员在那铃响幕启之前，是先在体内储满一汪情感的，上台后全待那乐声的煦风拂来，才摇曳荡漾，粼粼生辉。乐声之于舞，如松涛上的清风，如干柴上的火焰，如桂树林间的香馨，如钱塘江面的大潮。当我们耳闻乐声而目观舞台时，更多体味的已不是形、色、物、体，而是神，是情，是韵，是一种充蕴全场、流动飘浮、深幽蒙的美，是一种连接千古、延绵未来、辽阔久远的美。

当斗牛士的乐曲响起时，那狂热的西班牙舞步，便是催人上阵的鼓点，我们激动、昂奋，仿佛一场决斗就在眼前；当《康定情歌》飘过时，那冉冉的舞影，便是夏日给人小憩的阴凉，我们的心头一片静谧、惆怅，就像仰卧在康定草原上，看月亮弯弯。这时，长袖在台上飘动，音符在空中隐现，舞者所内蕴外观的美，一起随着乐声融为一股感情的潮流，在观众的前后左右穿流激荡。对观众来说，现在已是在闭目听，凝神想，用心、用身、去与演员交流了。这时再看台上的演员，观众已经绕过直观而通过她心灵深处的那一泓秋水，在波光中照见了一个是她，但比她更美的形象，这便又是以神写形了。我们知道，在客观世界上，存在着许多的美：大自然千姿百态的美；几何图形整齐组合的美；孩童天真烂漫的美；中年精壮强健的美；老者深熟沉静的美；美术家的色彩线条美；音乐家的声音和谐美；连被一般人认为最刻板的自然科学，也有它的"工程美"；连最枯燥的哲学，也有它的哲理美。这些美都是不同的人，在各自不同的环境与条件下，乐而自得的。而舞蹈，是一种真正以生命自身来塑造的艺术，因此它也最有灵性。舞者，是一面镜，能照出各人的影；舞姿，是一阵风，能拂动各人的情；舞台，是一面大的雷达，能接收与反射各人的思想。当我们在大剧场里落座，四处灯光渐暗，乐声轻起，台上演员翩跹起舞时，我们便一下获得了一种共同的美。你看她一笑一颦，一起一停，一甩手投足，挺拔、秀丽、高朗、愁忧，仿佛社会上一切美的物、美的情，这时全都聚在她的身上，成一团美的魅力。她早已不是她自己，而是一位法力无边的美神。她翻起人们的回忆，惹动人们的情思，牵动整个美的世界。这时平日里在你心中储存着的一切美好的形象，清风明月夜，风和日丽春，小桥流水，百鸟啭鸣，都会突然闪现在你的眼前，泛起在你的脑海，刹那间美的信息开始了奇妙的交流。本来，舞蹈就是因人内心情感的摇荡而不由得手舞足蹈。明月当空，花间的李白无亲自怜，便起舞清影，举杯邀月；大江上的曹操有雄兵百万，就横槊赋诗，酹酒江心。今舞者，正是从人们平常不自觉的动作中，抽出最美的、规律性的东西，以衣具饰之，以音乐和之，酿成一股酒香，反过来荡摇人的感情。

所以，老者观舞，会生还少的乐趣；少年观舞，会陷入一片深沉；科学家在这里能为自己的规律找到美的表述方式；哲学家在这里能为自己的哲理找到美的形象。怀素和尚观公孙大娘一舞而得书法之精妙，杜甫观公孙弟子之舞而有华章传世。人们与其说是在欣赏舞蹈，不如说是在发现与升华自己潜在的美的意识，美的素养。因为，无论是演员还是观者，他们都是最有灵感的高级生命。虽说表演艺术中还有话剧，但它主要靠台词；还有戏曲，但它主要靠唱腔；还有电影，那便更要借助许多手段。只有舞蹈是纯靠人的外形与内蕴，它的美，实在是特别的。

《新湘评论》2012 第 22 期

# 语言文字是民族生命的一部分

15年前因拙作《晋祠》入选中学课本，讨论教学，我与《语文学习》有一段缘。缘结心里时时不忘，但因工作繁忙，行无定所，以后就再没有什么联系。近日杂志社的同志忽上门，说《语文学习》已满200期，希望说几句话。真是岁月无痕暗自流，花开花落几多秋。15年来最大的变化是改革开放和商品经济的大潮对语言文字的冲击和推动。检点思绪，和当年比，我现在最想说的不是语文的艺术，而是语文的责任。

前不久看到一则材料，在亚洲某国刚开完一个出版问题研讨会。这个国家曾长期受殖民统治，外来语几乎取代了本国的母语，西方的书刊在国内可以很方便地流行。这样国外一些积压滞销的、黄色的甚至有害于国家发展的坏书刊就可以毫不费力地倾销进来，直接作用于读者，起到瓦解腐蚀的作用。所以在那个会上有学者提出：发展中国家必须以本土语言为市场屏障，这样才能弘扬传统文化，抵御文化入侵，否则将面临民族文化的毁灭。我当时心中不由一惊，语言文字问题竟这样重要，甚至关系到民族的生命。我们平常说有语言障碍不方便，但是当我们需要进行文化自卫时，这障碍就有了积极的意义。一次，我在亚运村门口碰到一个把门的"坏小子"，他对一位进门的外国人用客气的表情讲了一句骂人的话。这是恶作

晋祠

剧,要是中国人非跳起来不可。但这个外国人也客气地点了一下头,便进去了。"坏小子"以为占了便宜,其实他白费了唾沫。这个外国人头脑里有一道语言屏障,他不使用你的语言系统,你的语言武器就起不了作用。当然这是一件坏事,希望再不要发生。它再次证明,语言可以筑起一道屏障,从而有效地进行自身保护。

一个国家和民族能够在世界上自立,是因为它由自身许多个体的东西组合、凝聚成一个牢固的整体。如民族文化、民族习俗、民族经济,还有一个更重要的,就是民族语言。这些都已成了民族生命的一部分。语言文字在这个组合中,对外是屏障,对内是血液,是黏合剂,就像一座大楼黏结各个板块之间的水泥。一次在国外旅行,同一个卧铺厢里,碰到一位黑发黑眼珠的青年,我很兴奋,但一张口,他神情木然,一句汉语也听不懂。原来他从小就移居国外,这个黏合剂已经不起作用了,我心里好生遗憾。

中华民族这样强大统一，我们得感谢在秦朝时就统一了文字。新中国成立后全国又大力推广普通话，尽量做到语言统一。

语文既然是民族生命的一部分，我们就应该像保护眼睛一样保护它，语言文字是工具，但这工具在为民族政治、经济、文化服务的过程中已渗进了民族的个性，成了民族的财富、民族的标志，从而有了积极主动的作用。我们绝不能自毁长城，懈怠它，作践它，而是要纯洁它，发展它。可惜这一层意思并没有引起足够的注意，现在语言不规范的现象几乎到处可见：第一是洋文大量涌入，中西混杂；第二是随意编造，篡改词语；第三是繁简混用，有法不依；第四是文字粗糙，常有错字病句。这些与对外开放、电视普及、广告发展等有关，也正是新形势给我们提出的新问题。语言首先是一种工具；其次是一种艺术；最后，在发挥工具和艺术功能的过程中，它又远远超出本能而有了全局的、政治的价值。语言质量的下降，一是将影响人际关系和工作交流的质量；二是将影响文化的积累提高，如果听之任之，多少年后我们的子孙将无好书可读，无好文可诵；三是语言质量的下降，就像用低标号的水泥盖楼，将会影响民族的凝聚力，影响本民族的独立个性和在世界民族之林的竞争能力，就像前面提到的那个亚洲国家的教训，这不是耸人听闻。这么想来，我们语言文字工作者，实在是任重而道远。

时代的变革必然带来语言文字的变革。中华文明五千年，其间经历了大小无数次的社会变革和文字变革，才有了我们今天这样丰富而优美的语言文字。远的不说，在"五四"那场伟大的新旧变革中，语言文字也曾出现过一定的混乱，但可喜的是，在那场运动中，一批思想解放的勇士同时也就是语言文字的大师，如鲁迅、叶圣陶、陈望道、刘半农、钱玄同，他们关注社会的进步，同样也关注语言的进步，致力于语言文字的改革，从而使我们的语文既保留了优秀的传统，又吸收了许多新的东西，建立了新的规范，有了一次大发展。

正是千百年来这种不懈的努力，才使我们的语言文字成了世界上最优秀的语言文字之一，以至于在计算机大量普及的现在，连外国人都奇怪汉字竟能这样惊人地适应这种现代工具。在当前这场空前的改革开放的高潮中，我们首先应该发扬民族语言文字的好传统，然后在此基础上吸收外来词语，创造新词语，并且严格遵守语言规律。语言是民族的生命，是民族的血液。当前语言文字是出现了一些混乱，但我们应满怀希望，抓住机遇。我们在经济、文化、社会等方面不是也都有一些转轨时期的混乱，但又同样有惊人的进步吗？相信只要唤起社会的广泛支持，经过语言文字工作者的不懈努力，我们的语言文字会更规范、更准确、更生动、更美丽，而语言文字质量的提高，将会进一步促进这场改革的胜利，提高我们民族的素质。

《语文学习》1996 年第 2 期

# 文化贴牌是自杀

前几天，张家界忽将著名景点"南天一柱"命名为"哈利路亚山"，原因是美国人拍了一部电影《阿凡达》，景区就急忙按电影中的虚幻风景改了山名。还自我壮胆：这不是崇洋媚外，是为发展旅游。这多少有点像一个贪官包了"二奶"，又连忙解释，我真的是为了爱。虽然当地旅游局称，这只是景区管理者和山民们给"南天一柱"的"标注"，但还是给我们留下了文化思考。

这件事不由使人想起国门打开以来的"更名热"。商品改名，走在街上有"左天奴"、"阿迪斯"，打开电视是"富尔顿"、"爱克威"；人改国籍，去年曝出一部《建国大业》电影中有众多中国明星原来已不是中国人。现在却要轮到中国的名山大川换洋名了，如此下去什么不能改？只怕长江要变成亚马孙江，泰山要变成阿尔卑泰，老子、孔子也改作老乔治、孔耶夫了。

我们早已主权独立，经济实力也跃居世界前列，但还有一个"自立"没有彻底解决，即精神自立、文化自立。外国人说：中国能出口电视机，但出口不了电视节目。张家界更名一事正透出了国人在文化方面缺乏自信。

湘西一带，说人文，有贺龙、沈从文、黄永玉；说景色，立于全球，独一无二。一座名山，巍巍秀峰，铮铮石岩，现在却要弯腰去俯就一部外国电影。更何况，电影确是在张家界采的景，但也像《红楼梦》里的元春，本来就是贾家的姑娘，嫁到宫里没几天，再回到娘家，全家人就要下跪。这是一种文化的自卑。

向来，改用外来地名，大多是政治原因，如英国殖民者到处命名"维多利亚"。在那些人迹未到的地方，探险者总是抢先命上本国名字。最近，我们终于出版了一本中文命名的南极地图，宣示了我们的科学探险能力。还有一种情况是为了友谊，也是政治需要，如解放初个别城市的"斯大林大街"。从来还没有听说过，把自己的名牌山水又贴上一个外来地名去发财。恐怕钱还没来，异化的名字倒先引来消费者的反感。

一个民族的独立、兴旺、发达，要靠武力强大、经济独立，更要靠精神自立。我们这个民族始终有坚强、勇敢、自信的一面，从文天祥的"天地有正气"到共产党人的自力更生。但也有奴性残余的一面，鲁迅当年就曾为此终身战斗，可惜还是劣根难尽。一个没有了自立意识、自立愿望的人还侈谈什么发展产业，在商品生产上靠贴牌销售终归没有出路，在文化产业上贴牌更是一种自杀。

事实上，张家界景区的做法已遭到国民的反对。事发后，湖南本地红网，外地凤凰网、环球网做调查，反对者分别达70.94%、82%、91.9%，国内媒体一片批评。事后，当事人解释是为促销，是民间所为，但不管怎么解释，以一座标志性的名山来试刀，这总是干了件蠢事，说明改洋名这根神经碰不得。

张家界本来是发现较晚、保存较好的一处原生态景观，也因此才获得世界自然遗产的殊荣，祖宗有功，湖南有幸，自应珍重。前几年曾因无序开发，乱建宾馆、电梯，为了"申遗"不得不强行拆迁。那一次土折腾，余影犹在，现在又要来一次洋折腾。

《党建》2010年第4期

# 怎么区分低俗、通俗和高雅

低俗的作品是从人的物质欲望出发，刺激并满足人的贪占、享用要求；高雅的作品是从愉悦人的精神出发，满足人的审美要求，通俗则是低俗与高雅间的过渡地带。要害是"高起低落"，是从高雅的标准出发落实到一个通俗的效果，从而避免了低俗。

一次谈文化，有人问什么是低俗、通俗和高雅？我一时语塞。如果凭感觉来回答，当然谁都知道，再往深说，有什么理论根据呢？我就赶快回来查书和旧日的读书笔记，于是有了一点新的梳理。

谈这个问题先得承认一个基本的事实，人是由动物变来的。恩格斯在《自然辩证法》中说：在最初的动物中发展出脊椎动物，"而在这些脊椎动物中，最后又发展出这样一种脊椎动物，在它身上自然界获得了自我意识，这就是人"。于是人就有了两面性：动物性与人性，物质性与精神性。一般来说，"俗"是指人动物性、物质性的一面，"雅"是指人性、精神性的一面。

黑格尔在《美学》一书中将人与外部世界的关系分为三种。一是欲望关系，占有的欲望，如见美食就想吃，见好衣就要穿，一个猎人见了老虎就必定要捕杀它。欲望关系是以占有、牺牲对象为前提。二是研究关系，只想弄清对象的真相、规律，并不占有或牺牲它，这是科学的任务。如动物学家跟踪老虎，只是为了研究，绝不干涉老虎的行为。三是审美关系，只是欣赏，并不占有，也不想对它做更深研究。黑格尔称这为心灵的美感。它的特点是不把对象看作实用的个体，心中不起欲望，与其保持一定的距离，只生起一种愉悦的美感。如观众看演出，旅游者看山水。我们从欣赏角度看老虎，也只欣赏它的花纹、雄姿，而绝不会有捕杀的欲望或研究的耐心。

就是说人面对一物会有三念：占有的欲望、冷静的思考和愉悦的欣赏，就看你选择哪一种。这三种念头第一种源于人的动物性、物质性，可称为"俗"；第三种体现人的精神存在，可称为"雅"。俗与雅之间还有一个过渡地带，这就是"通俗"。

人自身的两面性与对外的三种关系，就使人在行为方面产生了六种精神需求，它从低到高分别是刺激、休闲、信息、知识、思想和审美的需求。大致说来，前两项是满足物质需求的，可归于"俗"；后两项是满足精神需求的，可归于"雅"。中间两项比较模糊，兼而有之，但最低、最高的两项，即刺激与审美的需求却是很典型的。

刺激就是勾起人的欲望，满足人的动物性，是最低的一档。这是一切黄色、凶杀、打斗类低俗作品的心理基础和市场基础。过去我在新闻出版署工作，人们常问：扫黄、扫黄，为什么总是扫不完呢？它不可能扫完。只要人动物性的一面还存在，人与外界的欲望关系还在，他就要寻求刺激、发泄与满足。我们只能把它控制在最低限度：不公开传播，不以营利为目的，不危害青少年。相反，这六种需求的最高一档，即审美需求则是满足精神的心灵的需要，常表现为纯艺术，其代表如已被历史洗练、陶冶过的唐诗、宋词、古典音乐、名画及一切经典作品，它没有任何物欲的刺激，全在净化心灵，这无疑是最高雅的。

但是人们食人间烟火，正常的欲望还是要的，还得有作品去满足他的休闲需求、信息需求、知识需求等等，这里有物质的也有精神的，这就是

"通俗"。通俗的标准是不刺激人的欲望心理但又不脱离人的物质现实，所以纯艺术、纯思辨性的作品不在通俗之列，它归于高雅；另一方面，纯刺激性的作品也不在通俗之列，它归于低俗，或名粗俗、庸俗。

上面我们从接受角度，即人接受作品时的"两面性、三种关系、六点需求"谈了低俗、通俗和高雅的存在基础，这样我们就知道社会上为什么会有三类截然不同的作品，古今中外，莫不如此。低俗的作品是从人的物质欲望出发，刺激并满足人的贪占、享用要求；高雅的作品是从愉悦人的精神出发，满足人的审美要求。低俗作品让人回归动物的、物质的一面，高雅作品让人升华精神的、道德的一面。

通俗则是低俗与高雅间的过渡地带，但我们一般说的通俗是有方向性的，它是指从高到低的过渡。就是说作品内在的思想、艺术（审美）水准已经很高，但是照顾到接受者的接受能力，兼顾到他的需求（通常叫大众需求），而采用了他能接受的方式。注意，这里的要害是"高起低落"，是从高雅的标准出发落实到一个通俗的效果，从而避免了低俗。如果反过来从低俗的标准出发，就会滑落得更低，而永远不可能达到通俗的效果。就像委派一个大学文化程度的教师去教小学，可以把小学生培养成人才；而委派一个小学文化程度的教师去教中学，则只能把人才教成废才。真正的好作品都是"高起低落"，深入浅出，专家学者看了不觉为浅，工人、农民读来不觉为深，这就是通俗。这方面著名的例子，文艺作品如中国的四部古典名著，现代作家老舍、赵树理的作品，哲学著作如艾思奇的《大众哲学》等。

2010 年 7 月 15 日凌晨

# 肢体导演张艺谋

从来没有说过电影方面的事，因为是外行；更没有敢议论过张艺谋，因为他是大人物。但最近，张艺谋自己为他的《三枪拍案惊奇》实在闹得动静太大，占住电视屏幕，总在你眼前晃，晃得头晕。就想说几句，并不全关电影，也不关他个人。

为了给《三枪》做广告，张艺谋表扬他的演员，特别是小沈阳，说他们的长处是肢体表演，比如要表现"恐怖"，一般电影演员是用面部的心理表情，十几秒钟。而小沈阳他们能用全身的肢体，摔倒、爬滚、哆嗦、抽搐、歪眉斜眼、屁滚尿流，10秒的表演可以扩到10分钟。他自以为这种表演和导演手法是新的艺术高峰，其实是掉进了黑洞。张的这段自白可以看作是解读他的电影的钥匙。这几天电视上不断展览《三枪》的拍摄花絮，张亲自演示怎样踢屁股，要求像足球射门那样踢，把腿抡圆，一次不行，两次，直踢了七次。于是，银幕上就满是横飞的肢体、鼻涕眼泪的脸、忽斜忽圆的眼、黑白的阴阳头、变形的胳膊腿……猛看就像毕加索的那幅《格尔尼卡》的扭曲画面。

从表情走向肢体动作，这是进步吗？是退步。二人转作为一种底层民间艺术，原来的缺点有二。一是粗了一些，主要是动作的夸张粗野。二是脏了一些，互相调骂的太多，行话叫"脏口"。约20年前，我曾专门到吉林，在一个地下表演厅看了一台原始的二人转，要硬着头皮看。赵本山的功劳正是对这两方面进行了改革，救活了二人转，加进了审美。张艺谋不吸收现在的阳光，反而去挖掘过去的裹脚布。张也曾有过好作品，如《秋菊打官司》《一个都不能少》等，记得他当时说过一句话：自己叙述的功力不够，拍《秋菊》是为补课。新闻和电影本来是不搭界的，但我当时很为他的这种艺术追求所感动，就到处给青年记者讲，写新闻也要学张艺谋这种苦练叙述的基本功。可惜，我们认真学了，他却浅尝辄止。再一细想，他恐怕始终也没有走出"肢体热"的怪圈。他后来热心搞大型的"印象"，动辄百人、千人，真山水，声、光、电，那就是一种多人运动的大肢体戏。记得在桂林看"刘三姐印象"，气势虽大，但怎么也找不回当年歌剧和影片的美感，而现场倒是催生出了一个怪产业：卖望远镜。观者都传，远处船上的女演员是裸体。不管怎么样，在肢体上做文章，恐怕不是艺术的出路。前几年，作家中曾出现过所谓身体写作的美女作家，网上有木子美、芙蓉姐姐之类，虽有点噱头，但并没有什么大成。当然，张艺谋不会走这么远，但也难说，因为《三枪》炒作的关键词是票房！票房！为了票房价值什么不敢牺牲？况且，玩庸俗本身也会上瘾，就像吸毒、赌博一样。

  张艺谋说拍这个戏是为搞笑。搞笑是艺术吗？就算是，也是艺术中很小的一块皮毛。说到底，艺术要给人以美感。人除了物质需求之外，其精神文化需求有六个档次，由低到高分别是刺激、休闲、信息、知识、思想、审美。搞笑属于刺激这一档，是最低档。刺激是一个巨大的精神需求黑洞，它甚至超过了其他五个档次，因为人由动物变来，有原始性、粗野性。如果不加限制，刺激性的精神产品就有无边的可怕的市场。这就是为什么我们总在扫黄，却不可能完全扫净，还得不停地扫。在《三枪》的宣传推介中，出品人居然在电视上大声喊，不管评价多么不同，只要有人看，能卖钱就行。我们关于精神产品的管理不是一直坚持"两个效益"的标准吗？即市场效果和社会效果，现在怎么自打嘴巴了？这时就不讲政治了？如果要更刺激、更赚钱、更市场一点，把赌场和妓院也开放了岂不痛快？黑格尔的《美学》比较艰深难读，但他说出一个简单的道理：人与外部世界的关系有两种，一种是狭窄的庸俗的欲望关系，另一种是对艺术品的审美关系。"人们常爱说：人应与自然契合为一体。但是就它的抽象意义来说，这种契合一体只是粗野性和野蛮性，而艺术替人把这契合一体拆开，这样，它就用慈祥的手替人解去自然的束缚。"（《美学》第一卷，61页）社会为什么敬重艺术家？是因为他们那双慈祥的手。

张艺谋的手似乎并不慈祥，他的作品中总是留恋原始、粗野和野蛮，乐此不疲，总喜欢把戏往下半身导。在高粱地里做爱，给烧酒锅里尿尿，打架斗殴踢屁股。就是秋菊男人被村长一脚踢伤，踢的部位也必须是生殖器。这些当然刺激，如黑格尔说的也能"撩起欲望"，也搞笑。但作为一种艺术方向，总这样搞笑下去，这个民族还有什么希望？如果当初我们的唐诗、宋词、元曲也这样一路搞笑过来，现在我们的文化会是什么样子？不是说艺术不能搞笑，但艺术的方向和本质不是搞笑，尤其它的代表人物不能以搞笑为旗、为业。我们所有的作家、音乐家、画家、演员、导演等艺术家，都应该有一双慈祥的手，为社会、为观众慈航普度，而不是玩弄和亵渎他们。艺术家啊，听听黑格尔老人的劝告吧，看看你的手，是慈祥的？无力的？抑或是罪恶的？

一个有修养的艺术家惜名如金，绝不推出水准线以下的作品。米开朗基罗从不让人看他还没有成功的作品，一次朋友来访，只看了一眼旁边正创作中的雕塑，他就假装失手，油灯落地，周围一片黑暗。吴冠中怕自己不满意的作品流传于世，竟自己点火烧了一大批画。孙红雷刚在《潜伏》中有了一点好名声，竟去接这样的烂片。童子无知，导演欺人。看来一个演员要修到不让导演误导，不被人倒着演，还真不容易。导演这个名分是随便就敢担当的吗？他不只是导戏，他还导人，导社会的审美趋向、价值观念、道德风尚，导民族精神，导青少年的未来。所以，我们一向把为社会做出贡献的文化人与救亡图存的民族英雄一样看待，如鲁迅、老舍、巴金等。社会捧红了一个大导演，他却不知自爱，对自己不负责，对演员不负责,对观众不负责,怎能叫人不伤心。或者他原来就没有读几本书,现在又忙于搞笑,不读书,认识水平实在上不去,但文艺研究部门和有关部门谁来导一导这个导演?不妨先到电影学院去看一看,除了"形体表演",有没有开美学课、政治课?我奇怪,每年贺岁片一出,总是说"票房、票房","当日票房",却没有人出来讲一点艺术的规矩。也许是因为出不起广告钱,媒体不给他们话语权,于是只剩下写博客了。尽管电视上不断地老王卖瓜,网上一位"80后"作家还是说他只能给《三枪》打一分。这一点认识倒是"老少咸一",看来艺术还不会绝种。

2009 年 12 月 24 日《人民日报·海外版》

# 题为根干,戏为枝叶

每年的春节联欢晚会,都是全国上下同时盯着一个荧屏。一台晚会要适应十几亿人的胃口,确实很难。大约编导也意识到这一点,于是就把它定位在玩、乐、逗这些浅层次上,以为这样就可以人人接受,人人发笑。不想这正是大弊所在,就像怕孩子看不懂大人的节目,就干脆连大人带孩子一起都轰进儿童剧院里。

晚会的主持和演员是几个几年,甚至十几年不变的旧面孔,语言也老是那几句拜年的话。应该说这些明星在以前的春节晚会上也曾留下过不可磨灭的光彩,但观众为什么总是不满意呢?主办者经常怪观众期望值太高,而没有去想是自己的戏太浅。这浅就浅在有"戏"无"题",就像应景作文一样,没有找到一个好题目。晚会的编导只着眼在"玩"、"闹"、"笑",却没有去研究这笑的源头在哪里,该有什么样的笑。这就决定了这台戏不可能深了。本来明星们都是一上台就自带三分戏的老手。但是一个戏必得有所附着,必得围绕一个主题,这个题就是今年群众心中的焦点、热点。节目要能打动人心,要有分量,必须来自生活。题之不存,戏将焉附?而且作为时令性、节日性的晚会,每年的焦点肯定不同,要耐心捕捉。这一点,主管部门、导演、编剧都没有意识到,没有将之作为指导思想,而凡成功的节目都是暗合了这个规律的。当年黄宏、宋丹丹演《超生游击队》，有一个计划生育的主题；黄宏与侯耀文的《打扑克》，讽刺了官本位、公司满天飞等，都是成功之作。戏借题势，题助戏威，要想出效果就得先有一个好主题，再加上好演员，才能满台生辉。演戏、演戏，观众明明知道戏是假的，但他还是要看，他是想通过假戏看真实的生活，看他关心的那个"题"。题为根干，戏为枝叶。无根之戏，浅如浮萍，再好的演员也演不出效果。

诚然，春节晚会的主要效果是笑，是乐，但一切引人发笑之作都要有一个深扎于生活中的根，不管是悲剧之笑，还是喜剧之笑。鲁迅笔下的阿Q可笑，那是对民族中落后一面的深刻讽刺，是悲剧的笑。20世纪60年代有一首非常流行的《逛新城》，老阿爸见到电线杆，唱"为什么树上挂满蜘蛛网"，这是一种喜剧式的笑。当然街上有人滑了一跤，也能引起旁边人的哄笑，这是闹剧的笑。可惜，我们的电视上常取第三种笑法，闹剧太多。剧本，剧本，一剧之本，演员没有一个好本子可"本"，没有一个好题目来供他发挥，只好使出浑身的解数来扭捏。也许在直播现场观众会赔个笑脸，但电视机前的观众就不买账了，说到底还是一个挖掘生活、提炼主题的问题。我们的电视节目何时才能更深一点、美一点呢？宋人咏梅诗曰："有梅无雪不精神，有雪无梅俗了人。日落时节天又雪，与梅并作十分春。"依其意戏成一首：有题无戏不精神，有戏无题俗了人。能将假戏传真情，艺术才得十分春。

1996年2月28日《中国艺术报》

# 什么是政治

政治是被人误解最多的一个概念，也是定义最不确定的一个词。它常被人误会为权术、争斗或干脆曰：说不清。

词典解释："政治是政府、政党、社会团体和个人在内政及国际关系方面的活动。"这有点就事说事，没有讲出事情的本质。政治学的解释，政治是民众将自己的权力出让出来，委托给公共机构及其人员代为行使。这倒是说出了本质，但有点绕口，很学术。政治家又各有自己的说法。孙中山说，政治是"管理众人之事"。毛泽东说："政治就是把我们的人搞得多多的，把敌人的人搞得少少的。"中国共产党十六届五中全会总结党的执政经验是："权为民所用，情为民所系，利为民所谋。"

我长期当记者，深入百姓，出入官场，后来又从事管理，身为官员，经历了老百姓怎样看政治，官场怎样看政治。我想给政治下这样一个定义：政治是一定的个人或集团，借用公民所委托的权力来为社会和民众办大事。这里有几个关键词：一是"办大事"，不是做小事，不要作秀，不要庸俗化；二是"公民委托的权力"，你手中的权姓公不姓私，政治家干的事是公事，不是私事；三是"个人或集团"，就是说再大的事还是要落实到具体的机构或人来干，可能干好，也可能干坏，因此必须有监督和制约。以上这些再简化一点可概括为"一大二公三集团"。

凡政治之事都是大事,这个"大"有三层意思。一是它和多数人的利益相关,为多数人所关心。二是这事情的覆盖面大,影响全局,可能是一地、一省,也可能涉及全国、全球。三是作用时间长,影响到历史的进程,成为历史的坐标、里程碑。凡大的战事、灾害及一切涉及大多数人的利益的事件、决策、成就等,都是政治,如新中国成立、十一届三中全会、香港回归,还有美国2001年的"9·11"事件等,反之那些八卦新闻、明星隐私、家长里短、游山玩水之类的琐事都不是政治。社会五花八门,政治之外当然还有其他门类,如经济、军事、教育、卫生等。不是说这些事不重要,是说一般情况下它们都在自己的范围内动作,当它们越出自己的范围而影响到更多数人的利益、覆盖全局、影响历史进程时,它就不能自已,再扩大、深化而演变成了政治。如2003年中国的"非典型肺炎",由公共卫生事件上升为政治事件。2008年的北京奥运会,由体育盛事上升为政治大事。军事上的许多大战役都是政治,因为它已经影响全局。

一部世界史、中国史就是世界和中国以往的大事记,而文学只要是有影响力的,又经常是以政治为题材。如中国古典小说《三国演义》《水浒传》,现代许多二战题材的小说、影视,还有从贾谊的《过秦论》到梁启超的《少年中国说》的散文,都是在说政治。

凡政治之事都是公事,是公开进行的为公众的事。解放初,老百姓常把政府工作人员称为"公家的人",现在则称为"公务员",又有一个新词叫"公共服务"。"为人民服务"是对政治最好的诠释,人民是最多数的公众。公与私是政治与非政治的一条分界线,也是底线。政治可以有不同的派别、观点,它分别代表着一定范围和数量的公众。封建社会朕即是国,帝王认为他就代表了所有民众,百姓仰视真龙天子,愚昧,奴性,服从专制,这是封建政治。到资产阶级思想家出现,说不行,不能你一人说了算,不同阶级、派别都可以表达和维护自己的利益,这就是政党政治、民主政治。总之，政治一是为公，努力代表最多数的民众；二是公开、透明、竞争、监督，好争取到最多的人自觉跟你走。

关于为公和公开这一点，梁漱溟批林彪堪称一例。1971年，林彪出事，全国批林，梁在政协会上说："一个政治家为国家、民族之前途而提出的公开主张，才称得上是路线。林彪不是路线，是阴谋，政变夺权而已。刘少奇有许多公开的主张，彭德怀有给毛主席的公开信，都是为国家、民族，只是政见不同。"他说这个话的时候，刘、彭还正在被打倒，戴着反党、反革命的帽子呢。而梁自己也不避斧钺，敢于公开说出，他是在讲政治。随着世界政治的进步，这种公开、公平的竞争会越来越多地取代专制和阴谋。

政治是由人、由组成集团的人来具体实施的，需要监督。从理论上讲，政治是民众把自己的权力出让，委托公共机构去代为行使，但这个机构不是一座办公大楼，不是一个会议室，而是由人组成的管理集团，是一群人，包括这群人的领袖。他们的活动是政治活动，他们是政治人物。政治人物不是神，不是机器人，是活着的有血有肉、有情有感、有私有利的人。这就生出两个问题：一是人孰能无错，他们在办事过程中，因知识、能力、经验所限，可能会犯错误。二是人孰能无私，他们可能碍于私情，动了私心，为集团或个人之利办一些损公利己的事。这样就会有工作的失误或吏治腐败，有贪有诈，这是古今中外一切政府都不可避免的，是政治运作中一个永远的难题，于是就需要监督。权力与监督如人之双腿，鸟之两翼，失去一方就不平衡。要做到政治清明，只有两种情况。要么，当政者自制力极强，觉悟极高，修养极好，不用监督，要么有一套有效的监督机制。过去，中国的老百姓总是盼望能出一个好皇帝，幻想中的尧舜。领袖人物中也会有清教徒式的自我约束力极强的人，但这只是个别的、短暂的现象，从来没有什么自觉的政治，只有监督下保持平衡的政治。监督的办法包括权力机构的相互监督、法律监督、舆论监督等。如果监督无效，当权者就失误、腐败，矛盾就激化，最后就要更换管理集团，更换领袖。千百年来就这样演绎着权力更迭、改朝换代的故事。

怎样依据这个道理去实践政治？对政治家、公务员的最低要求是守住四条底线。

第一，要干事，干一点大事。本来老百姓给你权力是要你办实事，办大事的，你看他们是怎样评价政治家的："毛主席让中国人站起来，邓小平让中国人富起来。""要吃粮找紫阳，要吃米找万里。"这些政治人物都曾在自己掌权时办过大事。一般来说，给你千里之地，百万之众，两年之内应有政绩。"滕子京谪守巴陵郡，越明年政通人和"，谪贬之臣都能出政绩，何况我们多是提拔的新秀呢？可惜现在平庸的官太多，升也平平，去也无名。官升人去后，去后悄无声。

第二，为公不要营私，更不要贪污腐败。一朝为政，就要准备奉献、牺牲。周恩来所谓"我不下苦海，谁下苦海"，范仲淹所说的"先忧后乐"，"居庙堂之高则忧其民"都是讲的为公为民这个理。政治本来就是借民之权，为民服务，姓公不姓私。按孙中山的说法是"管理众人之事"，不是"苟营私人之事"。不要让你保管一下玉玺，就以为自己是皇帝；给你一张任命书，就以为是上方剑、免死牌，胆大包天，滥用其权，谋私舞弊。

第三，光明正大，公开透明。虽然政治斗争离不开策略、方法、保密等，但玩阴谋却要不得。因为政治说到底是看你能代表多少人，如毛泽东所说，把我们的人搞得多多的，而搞阴谋终会失人心，虽胜一时，终输历史。

第四，勤政敬业，勤学多思，尽量少犯错误。政治家以个人之身担天下之事，其压力可想而知，这就更要如履薄冰，虚怀若谷。以毛泽东这样的伟人，稍一不慎都会犯"文革"这样的大错，况我们这些普通公务员呢？

对一般人来说，也不要鄙视政治，不要存偏见。不要与己无关，高高挂起，不要以远离政治为清高，不要把政治家都看成阴谋家。政治毕竟是大事，是大家的事、国家民族的事。天下兴亡，匹夫有责。我们的生活好坏，确实也脱离不了时局，脱离不了政治。无论是从前老百姓盼望能有一个好皇帝，还是现在人人议论政治改革、经济改革，包括议论物价、治安、环境等，这说明人们心里还是有政治，从来也没有忘记政治。

2010 年 11 月 13 日

# 老百姓怎么看政治

近翻40年前的日记,有一段政治趣闻。1971年林彪叛逃,摔死在蒙古国。这个"接班人"、"副统帅"一夜之间成了叛徒、奸雄、大阴谋家,全国掀起"批林"高潮。当时我在内蒙古巴盟当记者,上面传达的文件里有一句话说:"林彪披着马克思主义的外衣。"生产队开批判会,队长向大家传达说:"这个林彪很坏,他还偷了一件马克思的大衣。"前几天,我与一位宣传工作老前辈、中宣部的老部长吃饭,席间说起这个笑话,他很认真地说:"现在仍然是这样呀。到基层去,农民老问,你们那'三个代表'还没选出来啊?"

前后相距40年的两则政治笑话,使我思考一个问题:"老百姓怎么看政治?"40年了,我们的政治口号、中心任务已不知几变,而不变的是老百姓看政治的目光。马克思说,人们为之奋斗的一切,都同他们的利益有关。他又说,思想一旦离开利益,就一定使自己出丑。就是说,我们提政治口号并宣传解释时一定要能和普通百姓的具体利益相结合。

什么是政治?政治学解释:政治是人民群众将自己的权力出让出来,委托给一个公共权力机构来执行。这个机构可以是执政党,也可以是政府。

这里有几点本质之处常被掩盖忽略：第一，这权力属于人民，执行机构不过是代行；第二，代行之时要能提炼、概括人民的具体要求，使之上升为一项方针政策，凝练为一个口号；第三，这口号必须为群众所理解，与其利益紧密关联。这三者哪一个环节缺失或欠完美，都将影响政治运作的效果，至少宣传工作者要懂得这个政治规律和宣传艺术。

其实这规律和艺术也很简单，就是能不能从老百姓的目光来看政治，能不能把一个政党、政府大政方针翻译成群众语言，能不能把一个时期的政治任务的本质和群众关心的具体利益相联系。毛泽东说：政治就是把我们的人搞得多多的，把敌人搞得少少的。孙中山说：政治就是管理众人之事。反正，你的政治目标要与老百姓的利益相联系。联系得好就成功，联系得不好就失败，这已为无数历史事实所证明。李自成起义，他的口号是"迎闯王，不纳粮"，一下就说到赋税重压下的农民的心里，从者如云。我们在解放战争时期的口号是"保卫胜利果实"，分得土地的农民就踊跃参军。而抗美援朝的口号是"抗美援朝，保家卫国"，八个字将国际义务、爱国精神和"保家"的具体利益都概括进来。这对新中国刚成立正在建设幸福家园的群众来说很好理解，很有感召力，堪称政治动员口号中的精品。改革开放之初，对农村大包干的概括是"交够国家的，留够集体的，剩下的全是自己的"，对推动农村改革也极具号召力。各个历史时期，各种新政策出台时，都有一些好的动员口号，如环保方面的口号"要金山银山，也要绿水青山"，教育方面的口号"再穷也不能穷教育，再苦也不能苦孩子"，都很有号召力。一般来讲，越接近基层，宣传就越能联系实际。一次我到甘肃采访，车在无人的田野上行驶，路边埋着光缆。一条红色立地标语映入眼帘："光缆无铜，偷盗判刑。"它讲得再明白不过，光缆里面没有铜，你偷了也无处可卖，还要判刑，何苦呢？八个字，把最要害的利益说得清清楚楚，还宣传了科普知识。这虽是一条标语，比站一个警察还有效果。

政治是什么？就是最大多数人的利益，老百姓的利益。让百姓知道自己的利益所在，自觉去行动，这是管理者的责任，也是管理的艺术。

2010年9月10日《人民日报》

# 权力是人民给的

官员与普通老百姓之间最大的区别,就在于手中掌握着一定的权力。所以,对于权力的认识和使用,就成为官员和老百姓之间最重要的区别与联系,成为官员理解"一心为民"的一把钥匙。

由此产生的问题是,权力到底是什么东西?它是从哪里来的?官员和权力的关系是怎样的?权力在手的官员,和老百姓之间又是一种什么样的关系呢?

权力是什么?简单地说,权力就是为达到某种目的所必需的强制力或支配力。一般情况下,权力多指个人之间、群体之间或国家之间的关系特征。在人类社会的发展过程中,人们为了更好的生存与发展,就需要有效地建立各种社会关系,并在此基础上充分地利用各种资源。为此,就需要对自己的资源和他人的资源实现有效的影响、制约和支配,这就是权力的根本目的。马克斯·韦伯说:"权力意味着在一定社会关系里,哪怕是遇到反对也能贯彻自己意志的任何机会。"权力的本质,实际是一种人对人的支配力,是权力主体强制影响和制约自己或其他主体的能力。

西方启蒙思想家认为"主权在民",即权力是属于公众所有的,原本是所有公民的共同权力。在现实社会生活中，权力不可能由全体公民来共同行使，而只能由其代表或委托人来行使。民众将这些权力委托给政府，再由政府配置给各级官员，即所谓"官权民授"。

毛泽东曾经说过："我们的权力是谁给的？是工人阶级给的，是贫下中农给的，是占人口百分之九十以上的广大劳动群众给的。"更具体地说，我们国家的公共权力是通过人民代表大会制度，并以宪法和法律规定的形式，赋予国家机关工作人员去行使的。所以，每个官员手中的权力，是为了顺利实现社会的发展和公共事务的管理，而被赋予的一种支配方式。官员手握权力只是代为行使，并不意味着其归官员私人所有，它在根本上属于人民，完全为人民所有。而且，每个官员的权力，包括其职责范围内的指挥或支配力量，有一定的边界和限定，不能随意越界。

官员和权力之间的这种关系，从根本上限定了官员对权力的使用，从根本上规定了官员和民众之间的关系，虽然现实的纷扰总是掩盖和遮蔽了这种关系，使官员自我飘飘，常觉高人一等，让民众唯唯诺诺，总感官威压人。官员为政，应该对此有清楚的认识，这样才能做好官员应做的事。

权力是一把双刃剑。如果能够用好，从整个社会范围来讲，就可以产生社会利益的最大化，收到最好的效果。如果不能用好权力，对社会产生的危害也就比一般老百姓做错事情影响要大很多。古往今来，有多少官员都没能战胜权力所带来的种种诱惑，在权力面前迷失堕落，没有真正明白官员与权力之间的关系，用权不当反受其害，最终没有用好权力，反被权力打倒，成了权力的奴隶。

# 不患不均而患不明

又到新的财政年度结账时,其中有一项内容是世界各大国首脑纷纷公布自己的年度收入和家产变化。2013年,俄罗斯总统普京收入367.2万卢布(约合64万人民币),美国总统奥巴马48.11万美元,德国总理月薪1.7万欧元,日本首相月薪205万日元(约合人民币12.7万元)。收入最高的是新加坡总理李显龙,年薪170万美元。

中国人的习惯,好像收入多少是个人的事,不该随便打听。记得前些年,时任俄罗斯总统的梅德韦杰夫访华,记者采访时很赞赏他公布收入,梅氏反而吃惊地反问:"这有什么奇怪?领导人公布收入,全世界都这样。"全世界都这样,我们却没有,所以感到很新鲜,报纸就用这句话做了一个四栏大标题。看来在这一点上,我们还没有与世界接轨。

老百姓过去把干部叫吃工资的,现在叫花纳税人钱的,因为你代表民众管理国家,人民就允许你从国家税收中拿出一点点来养家糊口,当然也允许你比一般百姓活得稍滋润一点。但是,花多花少你总要报个账,就像一个企业的经理每年要给董事会报账,因为那钱是董事们的投资,你不过是被聘来代管。

中国古代有一句政治格言："不患寡，而患不均。"就是说社会财富不能过度两极分化，否则要出乱子。现代经济学对这个"不均"取了个新名词叫"基尼系数"，还计算出了一个警戒值0.4，而最大的极限是0.5，超过就可能出乱子。近几年，中国已到了0.5。绝对平均不行，两极分化也不行。过去我们犯了平均主义的错误，所以小平同志主持改革开放，说要让一部分人先富起来，先富带后富，但这里有两个问题。一是官员特别是高官不能先富，更不能最富，因为你"富"的那些钱是人民的；二是你要富在明处，要受人民监督。共产党建军之初，物资贫乏，有一条治军格言：伙食公开，官兵一致。即使是每月只有几角钱的伙食尾子也要公布。新中国成立初期，国家还不富裕，实行工资制，一是透明，二是领导人带头降收入。毛、周等国家领导人规定工资是一级，毛说我们不能拿，该让革命烈士去领这个一级，邓颖超该拿三级却只要六级。这种现象很普遍，所以上下团结，万众一心。现在国际政治日趋进步，也是实行的这个原则。2012年5月，法国新内阁组成，经济形势不好，就通过决定内阁成员降薪30%，并声明政务活动一律公开。2011年3月，日本大地震后，首相工资立即缩水30%。而今春普京签署命令，给公务员涨工资的同时给他和总理梅德韦杰夫涨薪1.65倍，这是对国内经济形势好的自信。不管降也好，涨也好，都说在明处，不藏不掖，为的是取信于民。可见无论中外，这是一条政治通则。因为不明比不均更可怕，不均还有个从0到0.5的可控度，不明则是直接的当下的信任危机，一票否决。

近年来，在反贪中我们看到一个可笑、可憎的现象。贪官之暴露有各种原因，但无不与家产不明有关。有的是家中失盗，不能解释其巨额家产；有的是偶然露富，如腕上的名表，被网友追踪挖出；有的是外包情妇翻脸供出；有的是被检举而公诉。来路不明的钱财想藏是藏不住的，天不容，法不容。但我们从制度上检讨，还是要强制官员主动公布收入和家产。人民公仆，何事不敢与民说，不能与民说？这关乎政治民主，关乎政权巩固。

2014年5月5日《北京日报》

# 居官无官官之事

魏晋风度,崇尚隐逸。东晋时的大官刘尹是晋明帝的女婿,皇亲国戚,身份显赫,但他为政清静,死后人赞之曰:"居官无官官之事,处事无事事之心。"用现在的话说就是不作秀,不太把做官当回事,而保持人格的独立和人性的率真,最典型的就是陶渊明不为五斗米折腰。"无官官之事"不是让你玩忽职守,掉以轻心,而是实事求是,实实在在地去干事。这句话类似"好读书不求甚解",不是囫囵吞枣,而是把握主旨,不一味地抠词掰句;又类似"君子之交淡如水",不是说交情淡,而是说交往的形式简,更见真情。

前些日子中央召开扶贫工作会议,令我想起一件亲历的扶贫小事,可为"官官之事"做注。那年秋风乍起,我所在的单位赶紧向对口扶贫的某县送去六大卡车棉衣、棉被,正好由我负责带队送达。三个月后,元旦已过,彼县长来京,我问:"棉衣发下去没有?"答曰:"没有,等春节前'送温暖'时再发。"我大怒:"现在春节还未到,你身上怎么已经穿上棉衣?"这就是将本该体现人本情怀的"送温暖",不仅做成了流于形式的"官官之事",还时时揣着一颗唯恐人不知的"事事之心",这哪里还有一点官责和官德?用这样的官去治理地方只能贫上加贫。还有某地矿难,几日抢险总算打通了生命通道，危困井下的工人终于可以升井了。但且慢，还有一件"官官之事"不能少。领导还没有来到井口，明天报上没有他与升井工人现场拥抱的镜头怎么行？这样的事情虽属偶然，却可窥"官官之事"演化为"官官之规"的势头。

一个人不做官也罢，只要做了官身上就同时有了三层含义。一是为官之责。政治学上讲，老百姓把自己的权力出让给公共机构，委托它来管理社会，所以官员手里的权力不是天生的，也不是谁赐予的，而是老百姓给的。官的本质是为民办事，为人民服务。二是为官之德。它的底线是怎么做人，官做到多大也逃不出人格与人性，可惜，官场的人性扭曲往往比民间还严重。三是为官之形。任何事物总有个方式，施政之官权在手，其行事的方式自然与普通百姓不同，如讲究成就、荣誉、排场、权威、效果等，即所谓的"官官之事"。明白这三层意思，就知道坐官（坐在官的位置上）时最重要的是"为官之责"和"为官之德"，为百姓、国家、民族办事，做一个真正的、实在的人。至于"官官之事"不是一点不要，但毕竟是形式上的次一级的"官元素"。可惜不少官员常忘了"官责"与"官德"，倒把"官官之事"看得比天还重。

这"官官之事"在古代也就是骑马、坐轿、宴请、写奏折之类，现在与时俱进了，闹得更大更新。如求政绩，大搞短期行为；多应酬，巧于上下打点；泡会议，镜头来，版面去；造假势，汇报预演，视察排练；讲排场，警车开道，前呼后拥，等等。官场成了剧场，官员成了演员，演得很是过瘾。把这些"官官之事"办好了，虽然表面上还是官照做，权照掌，但民心已失。水可载舟亦可覆舟，恐去官之日不远矣！慎之，慎之。

2012年1月13日《人民日报》

# 用其力还是用其心

康熙时黄河泛滥，经年不治，工程上马后又众说纷纭，意见不一。治河老臣靳辅在黄河上滚了十几年，因与皇上看法不一被贬，后事实证明他的意见正确，又召他回来。他上书说："我已70岁，心有余而力不足了，还是请皇上另选他人吧。"康熙说："我知道你老了，我是用你的心，不用你的力。"黄河于是得治。

类似的故事还有一个。1949年，刚建国，我们没有海军，1.8万公里海岸线，无一船一舰。毛泽东召长征老将、12兵团兼湖南军区司令员萧劲光，要他任海军司令，组建海军。萧劲光急了，说："我是个旱鸭子，哪懂海军。这辈子总共坐过五六次船，每次都晕得不敢动，怎么当海军司令？"主席说："就看上你这个旱鸭子。"结果在他主持下，创建了一支强大的海军。毛主席很满意，说："有萧劲光在，海军司令不易人。"他成了世界上任职最长的海军司令。

这让我们思考一个问题，用人是用其力，还是用其心。其力，当然要考虑，但前提是他的心，即他的思想、品德、意志。思想是管方向的，做什么，怎样做。品德是操守，要能把握住自己，处理好公与私、个人与事业的关系。意志是坚持力、毅力、攻坚能力。人才学研究表明，人与人之间的能力相差不多，成功与否常在意志方面。靳辅以70岁暮年之身，萧劲光以外行之人，结果都不负重托，卓有建树，是心在起作用。

古人有阅人之术，就是观察人。有时一个人的好坏，并不要多么复杂的考察，可管中窥豹，一叶知秋。很奇怪，近年来落马的一些干部，群众早有议论，其恶行丑闻，就是人当邻居也要退避三舍的，却照升、照用。最近公布处理的一位副地市级干部，做县委书记时写了一本他与本县名人的书，好借机出名。封面上他挺胸叉腰，雄视河山，十几个"名人"如指甲盖大的头像，环衬在他身后。他到中央党校学习，用"换头术"假造了一张中央领导给他发毕业证的照片，到处吹嘘。有中央领导来当地视察，他本不在现场，又如法炮制一张与领导人的合影。其父母过生日，用公款大摆宴席，请剧团唱戏，他最后翻船是因为查出贪污数百万。但如果没有这些经济问题呢？这种瞒天过海、欺世盗名的做派，以心论之，是肯定能看出问题和破绽的。

用其心，用什么？用其公心，忧国忧民，不以权谋私；用其诚心，不弄虚作假、招摇撞骗；用其忠心，负责敬业、恪尽职守。这用不着多么复杂的考察，稍一了解，或谈一次话，就能阅其大概。正如一张粗劣的假币，一看就知，用不着再上什么验钞机。人格的高下，是放之四海、求之古今都一样的。君子、小人，忠臣、奸相，清官、污吏，早有定格。我们现在只要回到最低门槛，把住其心就行，也就是老百姓说的良心。有了这个良心，力不足，可以勤补拙，以诚撼天。没有这个良心，力有余，则正好以权谋私，以能售奸。用人还是用心为上。

2008年10月10日《人民日报》

# 淡泊：政治家的修身戒条

千百年来的政治实践，让政治家悟出一个淡字。淡泊这个词又因为诸葛亮的一句名言"非淡泊无以明志，非宁静无以致远"，而载入中国政治思想史，成了政治家的修身戒条。

淡者，水清也，能参得透；泊者，船停靠岸边，定也。心要能定，以淡制浓。出声色而不动，入功利而不迷，是为淡泊。

淡的反面是浓。政治本是一件浓烈之物，如热血青年浓烈的爱国情，战场上浓密的硝烟，仕途中浓郁的恩怨纠结，同志间浓厚的友爱，交际场上浓艳的酒色等，真如徐志摩的文章"浓得化不开"。浓重之于政治，是避不开的。

淡，首先是心要淡。心主神明，心里冷静清醒，一切都好办。心一乱，方寸全乱，而外来的诱惑首先是惑其心，攻心为上。声色犬马，高官厚禄，名誉头衔，投其所好，送其所要。浓浓的诱惑，无孔不入，不怕你不软、不从、不上当。有人爱金钱，有人爱美女。清朝时朝中某官极清廉，行贿人苦于送礼无门，多方侦探，知他只有一件心事，想刻一本书，于是便找名匠刻印送上，一弹击中。可见官场围城中的贿风之浓，拒贿之难。其实

> 能吃天下第一等苦，乃能做天下第一等人
> 咸丰十年曾国藩题

> 位不期骄，禄不期侈
> 凡贵家之子弟，其矜骄流于不自觉
> 凡富家之子弟，其奢侈流于不自觉
> 其势焉有不自欲求
> 家运绵长，子弟无傲慢之容，房室无暴珍之物，则庶几矣
>
> 曾国藩手迹

对付之法，九九归一，就是一个淡字。淡然看一切，一切都归无。居里夫人得诺贝尔奖后，没有将金质奖章高高挂起，而是把奖章给了女儿当玩具在地上踢着玩。我们现在的学界要是都有份淡然心，绝不会学术造假。

瞿秋白、陈赓等共产党领袖被捕后，蒋介石都曾许以高官，就是陈独秀后来蒋也曾许他一个部长，但他们都不为所动，宁愿受贫或赴死。我们常用"坚定"这个词，它是指一种主动的抵御、抵抗、斗争，其实还有一种"淡定"，意思是根本就不去理他，视而不见，这才是最厉害的。对方想打你一拳，却打在空气上，想拉你的手，抓到的是一只空袖口。范仲淹提倡"心忧天下"，但前提是"不以物喜，不以己悲"，外不为利所惑，内不为私所动。当你内心达到最好的恬淡之态，也就是获得了最大的定力。

定而后有大志。凡历史上有大成就者，皆有淡泊的一面。因淡泊才让出了生存空间，扩大的精神世界，才有大节，于富贵贫贱毁誉欢戚不动一心，而慨然有志于天下。范仲淹两岁而孤，家中贫困无依。他少有大志，以天下为己任，发愤苦读，有时晚上读书疲倦了，就用冷水冲头洗脸，常常连饭也吃不上，做官以后，简朴清贫的生活一直坚持不改，常论天下大

事，奋不顾身，后来官做到参知政事（副宰相），指挥了对西夏的战争，又主持了庆历新政的改革，成为一代名相。

有大志才能做大事。曾国藩以儒生治军，终成大业，靠的便是"尚志"、"诚实"和"勇毅"。他淡泊名利，志向坚定。诸葛亮以"非淡泊无以明志，非宁静无以致远"而自励，他自幼父母双亡，由叔父抚养长大，后避乱荆州，潜心向学，淡泊明志，辅佐刘备之后，又夙夜在公，鞠躬尽瘁。他与刘备陈说天下形势及复兴汉室之计，即著名的《隆中对》，策划孙、刘联盟，于赤壁之战大破曹军，奠定了三国鼎立的局面，蜀汉建立，被拜为丞相。刘备死后他又辅佐幼主，外联东吴，内修政治，南征平叛，北抗强魏，为完成统一中原，兴复汉室的大业，鞠躬尽瘁，死而后已，成为一代典范。

淡泊不是消极避世，不是独居一室，两耳不闻窗外事，淡泊志在修身，进而济世，所以古人云："簪缨之士，常不及孤寒之子可以抗节致忠；庙堂之上，常不及山野之夫可以料事烛理。何也？彼以浓艳损志，此以淡泊全真也。"也就是说，那些戴着华冠美饰的高官显贵们，常不能像那些家世寒微者那样坚持节操、为国尽忠、不计名利。世上不乏有才华之辈，但最缺乏攘利不先、赴义恐后、忠贞耿耿之人。正是这些淡泊之人给历史、给后人留下了可圈可点的精神财富。

《新湘评论》2015年第16期

# 清贫之碑

## 读《清贫》

方志敏在被捕后,敌兵饿狼一样把他浑身搜了一遍,没有搜出一个铜板,对方实在不能理解这个共产党员的大官。他预感到生命行将结束,就提笔为我们留下一篇文章《清贫》。

在《清贫》中,方志敏提出要过"洁白朴素的生活",唯此,才可以战胜一切困难。人是由物质和精神两部分组成的,没有起码的衣食保证当然无法生存,但是,如果为物所累,也就没有了精神生命。一个人如果没有了精神,则随时可以投降、变节、苟安、屈服,也就滑向了猥琐的甚至肮脏的生活。

当年蜀帝刘禅亡国被俘,司马氏整日以酒肉歌舞相待,他乐不思蜀,对方就大为放心。一个酒肉歌舞就能收买的人,还能有什么大志?现在,可以收买干部的东西太多了,车子、房子、金钱、美女、官职。林则徐因虎门销烟获罪,民间准备为他筹钱赎罪,他坚决拒绝,宁愿西出玉门,充军新疆。他追求一种精神,一种没有被污染的生活。他成了一代民族英雄,他的名言"无欲则刚",也成了一切有为之士的座右铭。

从来振聋发聩的好文章都是鲜血写成,然后又为历史所检验。方志敏

方志敏遗照和手迹

和无数先烈以身无分文的清贫换来了人民的江山。当年衣不蔽体，在山沟里被追得东躲西藏的"匪党"现在成了执政党，当年贫穷的国家也富裕起来，但是贪污腐败却暗暗滋生，一种糜烂的生活方式传染开来。全国首例巨贪高官——副省长胡长清贪污案，就发生在方志敏战斗牺牲的江西。历史再次证明，身无分文，心忧天下，必得天下；手握大权，心怀私利，必失天下。让我们记住方志敏的话，过"洁白朴素的生活"。

《清贫》是一座人格的丰碑。

2007年11月9日《经济晚报》

# 普京独行在空旷的大街上

网上视频播出，俄罗斯总统普京参加完自己柔道启蒙教练的葬礼后，拒绝记者、警卫的跟随，一个人行走在圣彼得堡空旷的大街上。他紧贴着临街的窗户，走在窄窄的有点老旧的人行道上，一会儿又跨过一条马路，跃上对面的人行道，偶有行人看他一眼，也各行其道。

以我们的习惯思维，这首先有安全问题，其次还有老百姓的围观。我老觉得那临街的窗户里随时会伸出一把手枪，或者路边会有人下跪上访，给一个难堪。但是没有，普京只是自顾自地走着，别的行人也没有大惊小怪。官不觉官，民自为民，这是一种多么平静的政治生态。微风吹起普京西服的下摆，他甩着一副摔跤手的臂膀，目光向前。我不知道他在想什么，是想安静一会儿，还是想看看这片他治下的土地？他难道就不怕安全不保，不怕有人来纠缠？但从画面看，他一身胆气，淡定自然。这不只是因为他柔道出身，有一身好武艺，还因别有一种政治上的自信。

这场面又令我联想起几个镜头。毛泽东当年也常这样一个人走在延安的大街上，不时和迎面而来的农民打招呼。这有斯诺的《西行漫记》为证，也曾有一张他双手叉腰与人说话的照片。周恩来喜好话剧，20世纪50

年代他常去看"人艺"的戏,夜戏散后就和回家的演员一起,同行在北京后半夜空旷的大街上,热烈地讨论着剧情和演技。德国女总理默克尔下班后就到超市买菜,还排队交钱。法国前总统希拉克是个大个子,也爱一人漫步巴黎街头。一天,他发现一个小孩紧随其后,便回身问:"是要签名吗?"孩子说:"不,不需要签名。天热,我走在你的影子里凉快些。"童言无忌,他大惭,人民不看重他的虚名,而是要他给民以实惠。当晚,他写了一篇《我愿给你们带来阴凉》的讲稿,后来将之引入他的施政纲领。

这里引出了一个问题,政治家或者我们的干部,与群众应该是一种什么样的关系,他自己应该是一种什么样的常态心理。中国人经历了"文化大革命"的特殊岁月后,深刻地懂得了一个真理:领袖是人不是神。不但一般人从政治现实中深切地明白了这一点,党也将此作为一种政治经验总结成文件。1980年7月30日,中央通过"少宣传个人"的5条规定,当年10月20日又通过决定,二三十年内不挂现任中央领导人像,防止个人迷信。可惜,中央带头了,基层却很牛。有些人经常表现为无事忙,有事慌;对下欺,对上瞒;对内硬,对外软;无事拿架子,有事扶不起。笔者出差,就不止一次地遇到"清街"、"闭景区"等。共产党本来是为人民服务的,一个服务员去服务的时候怎么能让被服务者回避呢?当然更不能敲锣打鼓,像刘邦还乡那样。正常地生活在人民群众中,这不但是共产党政治的要求,就连一些进步的资产阶级政治家,甚至封建政治家也已经做得到。我们却还是不得不从最基本的说起,时时提醒干部不要脱离群众,不要害怕群众,不要画地为牢,也不要作秀,不要哗众取宠。要学会先自自然然地做人,再兢兢业业地做事。

但政治家毕竟不是一个普通的人,他要有特殊的机敏和坚定的信念,虽不作秀,却必须做事。就在这个独步街头的画面出现之前不久,电视台还有一个画面是普京怒斥日本记者的挑衅。日本首相安倍与普京会谈后共同答记者问。这应是一个严肃的场合,安倍在喋喋不休地讲话,普京在一旁无聊地玩着手中的一支笔。我立即想起奥巴马对普京的印象:"他很懒散,就像一个坐在教室后面无聊的孩子。"但是,当一个日本记者问普京:

"为什么俄在'北方四岛'（俄称'南千岛群岛'——编者注）继续修建地热发电站？这是日本绝不接受的举动。俄什么时候能停止推行这一十分令人气愤的政策？"普京，这个打盹的老虎，立即锐利地回答："我发现您是在认真地读写在小纸条上的问题，我想请您向指示您提问的人转达以下内容：这些领土问题不是我们制造出来的，这是100年前就有的历史遗留问题。如果您想捣乱，继续直接提出强硬的问题，那您也一定会直接得到强硬的答案。"这是打狗给主人看，在一旁的安倍如坐针毡，但也无可奈何。普京是无事散，有事强；对内柔，对外刚。这又使我想起当年毛泽东在中国还不得不依赖苏联的情况下却在谈判桌上痛斥赫鲁晓夫："是不是想把我们的沿海地区都拿去？"还有，邓小平在大会堂对为香港问题来访的英国首相撒切尔夫人说：主权问题绝不能谈判。镇得铁娘子出门就跌了一跤。还有陈毅那段有名的外交逸事。有外国记者问陈毅"中国是否好战"，陈毅拍着桌子怒道："我们等候美帝国主义打进来，已经等了16年，我的头发都等白了。或许我没有这种幸运能看到美帝国主义打进中国，我的儿子会看到，他们也会坚决打下去。"

　　有诗言："丈夫立世，独对八荒。"政治人物算得上是有作为的大丈夫了，他所要独对的是各种复杂的问题，是整个国家、整个世界，是一片空旷的未来。为了对得起这个职位、这个局面，他首先要有内心的坦诚，宁静致远。古人言"居官无官官之事"，就是说不要走路坐卧总把自己当个官。无论是毛泽东在延安的街头，还是周恩来说戏，希拉克与儿童对话，还是普京逛街，默克尔买菜，他们都有一个真我，不是总拿自己当个官；第二，他又随时不忘自己的责任，该变脸时就变脸、敢变脸。无论是普京骂记者还是邓小平斥铁娘子，都是为国家利益勇于担当，这时又没有自我，只有官身、官责。这大概就是毛泽东评价自己时说的一半猴气，一半虎气。能公能私，能我能国，或猴或虎，是为真男子。他脚下踩着一片结实的土地，行走在一条空旷的大街上，任我行，不作秀，不回头。

2013年8月18日《人民日报》

## 谁敢极言？谁能极言？

我们平常讲到一个问题的重要，或者为引起重视，就说"极言之……"如何，如何，可见人们的思维习惯是要听要害之点，不愿听不痛不痒的套话。

我们现在纪念改革开放30周年，不能忘记小平同志在1980年1月的一段著名讲话："近30年来，经过几次波折，始终没有把我们的工作重点转移到社会主义建设这方面来……现在要横下心来，除了爆发大规模战争外，就要始终如一地，贯彻始终地搞这件事，不受任何干扰……扭住不放……'顽固'一点，毫不动摇。"当时为强调不受干扰，他还说了一句话："我要买两吨棉花，把耳朵塞起来。"你看，横下心、不受干扰、始终如一、顽固一点、买两吨棉花，何等坚决，这就是"极言"，抓住问题的要点，以极其鲜明的态度，表达自己的意见。我们回首30年的大发展、大成功，不能不佩服邓小平这段话的精辟。什么叫振聋发聩，什么叫挽狂澜于既倒，什么叫力排众议，此言之谓也。

就像名医号脉、针灸，政治家、思想家之评事论政也是号脉针灸，不过取的是思想之穴，号的是时代之脉。回顾28年前邓小平这段话，又使我们想起马克思也有一句"极言之"的话，讲得更彻底："无论哪个旧的社会形态，在它所容纳的全部生产力发挥出来以前，是绝不会灭亡的；而新的更高的生产关系，在它的物质存在条件在旧社会的胎胞里成熟以前，是绝不会出现的。""无论、绝不"，其口气之坚决，不容半点商榷。实践是检验真理的唯一标准，小平那段话，经 30 年的检验足见其真，而马克思的这一段话已过去一百多年，我们是在栽了几个跟头、吃了许多亏后才深刻理解的。

能极言，敢极言，除了深刻的洞察力，还要有坚持己见的勇气。自信自己是站在真理一边，彭德怀在庐山遭批判后 6 年不认输，1965 年毛泽东给他分配工作时说："也许真理在你一边。"近读到一则史料，当年袁世凯要复辟称帝，大造舆论。梁启超毅然站出来写文章反对，其中有一段可谓极言，掷地有声："由此行之，就令全国四万万人中，三万万九千九百九十九万九千九百九十九人赞成，而梁某一人断不能赞成也。"当年马寅初因为提倡节制生育受到批判，他也是这种勇敢："老夫年过八十，明知寡不敌众，自当单身匹马，出来应战，直到战死为止，绝不向专以压制、不以理说服的那种批判者投降。"

"极"是什么？是极点，是思想的最深处，问题的最关键点。观察事物要能找到那个点，写文章要能说出那个点。福楼拜说："写一个动作，就要找到唯一的动词，写一件物体，要找到唯一的名词。"中国古代叫"推敲"。这是求语言层次的准确，而进一步求思想层次的准确，就是要找到那个唯一的思想和问题的极点、拐点。这样的文章才有个性，有深度，才是一把开启人思想的钥匙，是一座照路的灯塔。极言，是指极准确、极深刻，绝不是我们平时说的意气用事，故走极端。而且这些文字也都神采飞扬，让人过目不忘。文章为什么而写，为思想而写，为美而写。古今文章无不在追求两个极点，一是形式美：字、词、音韵、格律、结构；二是思想的极点。一言成名彪炳千古。我们还可举出一些著名的例子，如毛泽东在 1930 年革命低潮时讲的"中国革命高潮快要到来，绝不是如有些人所谓'有到来之可能'那样完全没有行动意义、可望而不可即的一种空东西。它是立于高山之巅远看东方已见光芒四射喷薄欲出的一轮朝日，它是躁动于母腹中的一个婴儿。"还有林则徐那封关于禁烟的著名奏折："鸦片不禁，几十年后将无可以御敌之兵，无可以充饷之银。若鸦片一日不禁，本大臣一日不回，誓与此事相始终。"当年左宗棠在湖南崭露头角，遭人构陷，险掉脑袋，大臣潘祖荫等上书也有一句极言："天下不可一日无湖南，湖南不可一日无左宗棠。"救了一个历史功臣，这一句话也成了名言。凡在历史上站得住的极言都成了思想的里程碑，可惜我们现在报章上的套话太多，有思想光芒的极言难得一见。这是学风文风不振的表现，极言之，将是民族思想的萎缩，令人担忧。我劝天公重抖擞，不拘一格降文章。

《大地》2008 第 9 期

> 碎身粉骨不必怕
> 只留清白在人间
> 马寅初

# 碑不自立，名由人传

据《人民日报》4月7日报道，陕西某贫困县，县委领导竭诚尽力为群众办了不少好事，受到群众好评。但遗憾的是，每完成一件工程，领导即要立碑以记，并亲拟碑文。由此引出群言纷纷，石碑虽起，口碑却降。由是想到碑的本意，试略为一辨。

碑者从石从卑，取坚用谦。本意是以坚石刻记要事，以期久远，所以立碑之时总是思之又思，酌之再三，心也惴惴，手也颤颤，不知后人将会做何评点。碑即是"备"，既已上碑，就为历史所备案。宠辱底定，不由人易，何敢草率，何敢张扬。在盛行立碑的封建时代，若行此事，往往也要庭议公论，焚香沐浴，毕恭毕敬。当年新中国成立，中国人民政治协商会议念及近百年来无数英烈为国捐躯，特决定于天安门广场立人民英雄纪念碑一座，并议请周恩来总理亲题碑文。周恩来受命之后，诚惶诚恐，闭门三日，潜心练字，抄写多遍，才完成现在碑上的这通文字，但他却坚辞不题名落款。这是何等的胸怀和品德。

碑者，背也。一背，指所书之事已背人而去，属事后之论。碑，最早是古人在下葬之时立于墓坑两侧的系绳引棺之石，后来就顺便将死者的事迹刻于其上，后逐渐演变为专门的记事之碑。可见其本意是盖棺论定，后而书之。二背，指所言为他人、他事，是背对背，不是面对面，更不是自说自。现在某些地方官忙于为自己树形象，争虚名。工程甫定，碑身即起，水泥未干，墨色已干，行匆匆，急慌慌，如赶早集。争立石碑之外，又有争出书者，争登报者，花样翻新，不厌其烦。唐时白居易知杭州，为民修堤，后人感其功，立碑曰白堤；宋时苏东坡又知杭州，再修一堤，后人又念其功，立碑曰苏堤。假如当年白居易、苏东坡都自磨一石，曰白曰苏，立之湖畔，也许早已被埋于污泥，没于尘埂。数十年前，大寨因大修梯田而名扬全国，老英雄贾进才一生垒坝无数，满手老茧如铁锈铜斑。别人说，老贾，大寨该给你立一座碑。老人说："要碑做啥？这满沟的石坝不就是碑。"说得好，碑本天成，何必人立。试想，如果老人也像某县领导这样，往每块坝石上刻一个"贾"字，那参观者该有何感？正因这坝上无字，所以如今大寨展览馆里这位老英雄的形象更加灿烂。

　　大功无碑，大道无形。你看历史上有多少功德碑、记功铭都已湮没荒草，踩入泥土，而那些为民族、为人民做了好事的人，虽无碑无铭，甚至无墓无灰，却永存青史，常在人间。历史老人很怪，有自鸣得意者，就捂住他的嘴；有桃李不言者，偏扬他的德。从来都是碑不自立，名由人传。我们现在提倡科学发展观，提倡干部要有正确的政绩观，有立碑嗜好者似应当引以为戒。

2004年4月9日《人民日报》

# 让形式不再只是形式

中央提出反形式主义，深得民心。我们要干工作自然会诉诸某种形式，但如果总是重复形式而无实效，就招人烦。最近到陕北府谷县采访，却意外地收获一点惊喜，聊慰烦心。

评"百强"是一种形式，全国各种百强已不知几多。府谷是全国百强县，但他们没有借此形式来招摇，反倒自找其弱，自补其虚。全县还有三万贫困人口，他们决心三年解决"富中贫"问题，类似城市消灭"城中村"、"棚户区"。而且高标准，全国农村贫困线是2300元，他们提到3000元，以缩小差距，共同富裕。

"领导送温暖"是一种形式，最常见的是春节慰问。在府谷，腊月三十、正月初一，干部不去"骚扰"群众过年，而是等春节过后，就入村落实当年的生产规划。比如府谷的县长正月初七就来到他挂钩的李岔村，研究合并建新房12户，整理流转土地5000亩，引进新品种羊18群，特别规定按顺序依次包给最贫困的户，每户补贴1万元。他们不叫"送温暖"，叫送项目、措施到村、到户、到人"三到位"，而且从书记、县长到乡、镇干部，扶贫"三到位"发文公布，年底验收。

人大、政协、党代会，是我国政权建设的一种形式，代表、委员要切实参政、议政。可惜基层的代表、委员经常被"形式"为一种空头荣誉，开会才露脸，平时找不见。在当地我也惊喜地看到了内容的回归，全县的"两代表、一委员"必须对自己所代表的群众履行职责，人人有联系点，并与党政干部同在一张表上向全县下文公布。我抽访了一位人大代表，胡家沟村的周命兴，转业军人，企业家。他说他当兵时村里穷，每年给军属的慰问品是：一张年画、16元钱、5斤肉。现在他有能力了，又当了代表，出资300万为全村办了合作社，还帮扶一有身体障碍的贫困户，现已脱贫。

事物总有形式和内容两个方面。形式可以独立存在，而且往往有摆脱内容去顽强表现自身的价值取向，如诗词的格律、语言的修辞、音乐的旋律等都有独立的美学价值，于是就有了绕口令、风景画、无标题音乐等艺术形式。我们的干部是为人民服务的，不是表演艺术家，不能陶醉于自己的工作形式，专门"作秀"。不能总是在那里画风景画，奏无标题音乐，说绕口令。大凡一个政党，一个团体在革命、改革的上升阶段，总是借新内容打破旧形式，而当有了成绩、有了权力时就极易保守、骄傲、自恋，借形式来粉饰工作，自欺欺人。

形式主义是一个团体僵化、老化的表现，所以中央在"八条"之后又提出反"四风"，反对形式主义。反形式主义就是回归内容，让形式不再只是形式，是革自己的命，像一棵树，不断褪掉身上的老皮，抽出新枝。共产党人能够做到这一点，是因为马克思主义是开放的哲学，总在寻求革新和自我革新。延安整风反过形式主义，改革开放之初小平同志带领我们反过形式主义，现在以习近平为总书记的党中央又提出反形式主义，我们的事业在波浪式前进。

2013年10月10日《人民日报》

# 一把跪着接过的钥匙

报载北京市盖好第一批专供低收入家庭使用的廉价住房，业主代表感激万分，在接钥匙时向领导下跪。报纸以赞赏的口吻报道此事，并配有下跪的大幅图片。这条消息刊发在 2009 年 7 月 1 日，党的生日当天，显然是一项计划好的"送温暖"活动，消息一见报即引起议论纷纷。

自从 1944 年毛泽东同志发表《为人民服务》以来，全心全意地为人民服务，已经是中国共产党人上下一致的信念，老一辈革命家和无数普通的前辈党员、干部都为我们做出了榜样。干部为人民办事是应该的，很自然、平常，没有什么可自诩、自豪、自矜、自炫。功高如邓小平，他仍说："我是中国人民的儿子。"共产党立党为公，绝无一点私利，也绝不要什么回报，包括什么报恩、答谢。今天，我们只不过用纳税人的钱为老百姓盖了几间房，就心安理得地接受人民的跪谢，这成何体统？

下跪人与受跪人之间是什么关系？是下对上、晚辈对长辈、奴才对主人、受施者对恩人，所以有子女跪父母、学生跪老师、仆人跪主人，而从没有反过来跪的。即使这样也是封建遗风，民主社会任怎样感激、崇敬，有话尽管说，也是不必下跪的。21 世纪的今天，忽然冒出一幕小民下跪的镜头，并登之于报，怎能不让人大呼怪哉？这镜头里透出的显然是民在下，官在上；民为子女，官为父母；民为受恩者，官为施恩者。这一跪就是人格问题、道德问题、政治问题。跪者不自爱，受者不警觉，时代大倒退。自辛亥革命推翻封建体制，于今已98年，马上就要一个世纪，封建残余还如此顽固，正应了孙中山那句话："革命尚未成功，同志仍须努力。"问题是，我们从建党那一刻起，不，从建党前"五四"时期的思想准备阶段算起，就高举民主、平等的大旗，以后为此又不知付出了多少牺牲。现在掌权既久，怎么倒淡忘了初衷？我们不是常说自己是公仆，是人民的儿子吗？假如父母向你下跪，那是什么滋味？

突发之事最见真感情、真水平，这件事是考验我们执政理念的试金石。虽然报上说领导赶快去扶下跪的群众，但我怀疑其内心仍有一种以恩人自居，受人一跪的窃喜。要不，为什么不当场严厉批评，坚决制止，并不许登报呢？当年彭德怀保卫延安，转战陕北，屡建奇功，一次开庆功大会，彭一进会场，看到主席台上挂着他的头像，便勃然大怒，说："还不快把那张像给我撕下来？！"这是真谦虚，动真情。如果这件事能像当年彭总那样处理，坚决制止，并仔细讲清道理，岂不传为美谈？如果报纸报道出来，是多么生动的一场立党为公、执政为民的现场教育课，说不定还是一条得奖好新闻。

我还想，如果毛泽东在世碰到这件事，他一定又要写一篇新版的《为人民服务》。大意是：我们共产党的干部是彻底为人民利益工作的。我们为了一个伟大的目标，已经走了88年，走过了建国，走过了改革开放。我们为人民办了许多好事，但是还不够，还要办得更多一些。因为胜利，人民会感谢我们，但我们千万不可骄傲。今天，我们只不过为人民盖了几间房子，发了一把钥匙，就弄得百姓来向我们下跪，这值得我们深思。这说明我们还没有真正弄懂党和人民的关系。只有这个问题解决好了，我们的事业才有希望。

人民网2009年7月7日

# 山中夜话

宁夏南部山区，地广人稀，入夜后的山村格外寂静。

有友人讲一事。那年他在当地下乡，晚饭后无事，数人在村头老槐树下听一老者说古。众人正听得入迷，老者忽戛然不言，徐而曰："有动静。"众人侧耳，不闻一声。老者曰："再听。"座中有人俯耳于地，果然有声。时断时续，橐橐而至。满座皆惊，若寒蝉之噤。山高月小，唯闻山风过草之声，俄顷，一人说，有两人走来；又一人说，是一大一小；又一人说，是一人与一狗。正议论间，天际一线，月照山脊，有绰绰之影，又续闻踢踏之声。渐近，是一个人，两手各牵一只猴。老者喜曰："是玩猴人来了！"忙上前问候。知夜行数十里，还未吃饭，返身回屋，取来一饼，说："先压压饥。"玩猴人接过一分为三，先予两猴各一块，猴慌不择食。众即雀跃，围着猴与人，兴奋有加。

山中清远，无以为乐，看玩猴，亦是难得一乐事。

2001 年 9 月

# 说官德

德是人的行为规范,头上三尺有神明。现实生活中每个人都有一种无形的道德约束,而官员又更多一层,这就是怎么用权,因为他比普通百姓拥有更多的权力。权对官来说有两重性:一是可以为百姓办事,服务社会;二是可以为自己谋私利,甚至欺压百姓。好官坏官由此区分而来。

官的政绩决定于他的能与德,但主要是德。有德无能至少不会办坏事,无德有能却可大大地办坏事。德是基础,是软实力,是一个无形的人磁场。所以中国封建社会初期汉武帝选官时首重德,举孝廉;隋唐开始科举考试,重能亦重德;到明清更总结出"公生明,廉生威",出现曾国藩等这样的道德榜样,又回到道德上来。大凡一个政权,在开创之初,德和能都不成问题,替天行道,为民请命,自然大得民心,且自戒甚严,德风感天下。至于能,更是在战火中打出来的,无往不胜。而麻烦在于掌权之后,德渐松弛,能亦下降。1940年2月1日,毛泽东在延安民众大会的讲演中自豪地说边区有"十个没有":"这里一没有贪官污吏,二没有土豪劣绅,三没有赌博,四没有娼妓,五没有小老婆,六没有叫花子,七没有结党营私之徒,八没有萎靡不振之气,九没有人吃摩擦饭,十没有人发国难财。"这"十个没有"确实反映了当时延安良好的党风、政风、民风,令人羡慕,使人向

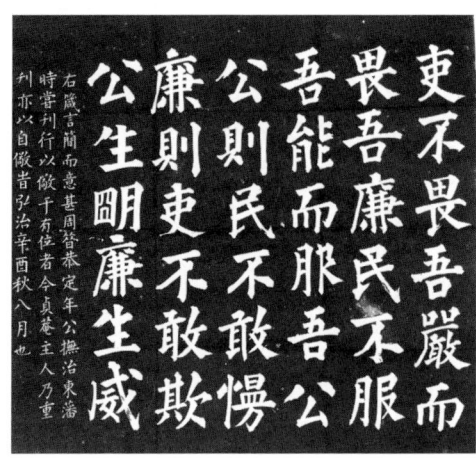

《官箴》(拓片)

往。这种风气一直延续到建国初期。周恩来"文化大革命"之初到学校视察，就在学生食堂里吃饭，一个菜两角五分钱也要如数交上。中南海里开会，每个人主动交5分钱的茶水费。现在生活好了，官员的"胃口"也大了，贪个千百万很平常。

改革开放之后，第一个因贪伏法的省部级以上干部是江西省副省长胡长清，2000年2月贪500万元，死刑；第二个是全国人大常委会副委员长成克杰，2000年9月贪1000万元，死刑。后来就多得数不过来了，数额也高得惊人。高官贪贿再多也只能判个无期，虱子多了不怕咬，法不责众了。去年的公开数字，只外逃贪官卷走的钱，有说5000亿元，有说8000亿元。高官贪，小官亦贪。辽宁省大连市检察院公布，大连街道办下面一小区居委会主任王仁财，职务在科级以下，2007年至2009年期间贪污9000余万元。他还联同当地黑社会，犯下了多宗故意伤害、非法采矿、寻衅滋事等刑事案件，2011年12月21日被判处死刑。以至于出现这样的怪现象，小偷专偷贪官，网上流行词"小偷反腐"。原因很简单：贪官有钱，是不义之财，并不敢报案。这样想来小偷的"偷"倒是一种客观上的义举了，类似当年土匪的劫富济贫，而且因破小偷小案牵出不少大贪大案。成语"小巫见大巫"又多了一个姊妹词"小偷见大盗"。国之大盗，监守自盗。这还只是贪财之腐败，其余还有买官卖官、弄虚作假、阿谀奉承、结党营私、吃喝嫖赌等，不一而足。

没有约束的权力必然走向腐败。对权力的监督可以使官员变成一匹奋蹄腾飞的千里马，而对权力的放纵亦可以使他变成一个为所欲为的魔鬼。任何一个政权的兴起都是先从干部准备做起，而它的衰落也是先从吏治腐败开始。治国先治吏，国败吏先衰。治理的办法当然是有的，如领导带头，使有楷模；严刑峻法，使不敢犯；民主监督，使不能犯；还有就是道德教育，使之良心发现，自我约束，不该去犯。这几条中，制度约束、民主监督是最重要的，对官员个人来讲，自我约束，正确对待权力则是内因。

那么从道德上来说，近年来官场有哪些变化呢？或者说出现了哪些坏风气呢？现在官场道德之坏主要表现是私、贪、假、惰、媚。如何惩治其害并重整新风，笔者在官场已观察有年，对症下药开了十味药方，这就是为公、为民、诚实、敬业、廉洁、独立、坚定、谦虚、坦荡、淡泊。有些是老生常谈，但官场总是旧病复发，有的还是顽疾难除，虽是常谈也只好再说再谈了。恰逢有出版社来约稿，就辑为《官德十讲》，这十个方面主要是针对官场的现状和时下官德的种种表现，也兼顾总结古代为官的伦理道德。十讲又可大致分为两组，前五讲主要是围绕权力和工作，是以德施政，以德辅政；后五讲主要是围绕个人修养，以德自立，处世待人，"以吏为师"，给社会一个榜样。

孙中山临终遗言说，他致力于革命凡40年，革命尚未成功，同志仍须努力。现在改革开放眼看也要奔40年而去了，小平同志若在世当会叹息道：贫富不均，世风日下，同志仍须努力。

《新湘评论》2012 年第 11 期

# 实事求是为什么这样难

改革开放已 30 年，马上又是新中国成立 60 周年。这 60 年来，不，可以说从 1921 年建党以来，我们说得最多的一个词就是实事求是。人们感叹，实事求是为什么这么难。

实事求是，说易也易，说难也难。说它容易，是因为客观事物摆在那里，你只要不是有意歪曲它，照实去说、去做、去办事，应该不难。说它难，有两个方面的原因。一是来自客观方面的。"求是"是探求客观规律，而规律常为现象所掩盖，人们要经过长期的实践、摸索、失败、总结，才能得出那么一点真知，这在自然科学最为明显。比如我们最熟悉不过的阳光、空气、水，直到 1665 年，牛顿才发现光是七色的，解释了彩虹现象。直到 1777 年，才由法国科学家拉瓦锡发现空气中的氧气，可以助燃，可以活命，氧和氢可以组成水，而这之前 100 多年人们认为燃烧是因为有"燃素"，与空气无关。这是一个多么漫长的过程，你得慢慢地摸索。每一项科研成果的取得，无不如此。

另一方面是来自主观的，人为因素。人不论是进行科学实验还是生产斗争、阶级斗争等社会活动，都要相互合作，这时候我们发现与人合作原来比与一块石头、一根木棍的合作要难得多。因为每一个人都有思想，都有一个"主观"的自我。你要说服他实在难，于是就争论，就吵架。党外有党，党内有派，党内无派，千奇百怪。我们自建党、建国以来就没有停止过争论。不光是我们，古今中外都这样。争吵，在家里最多是夫妻吵架摔盆打碗，在一个党、一个国家，就是路线、方针之争，一错就是几十年，船大难掉头，改正又是几十年，你说难不难。在红军时期，井冈山根据地要听上海王明党中央的，上海要听莫斯科共产国际的，共产国际派了一个德国人李德，十万红军都要听他瞎指挥。根据地丢失，死伤无数。彭德怀气得大骂："崽卖爷田心不痛。"用这么惨重的教训，才换来一个遵义会议，一条正确路线。但这并不能保证以后不犯错，果然后来我们又连连失误。于是，我们不得不在事后一次又一次地总结教训，一次又一次地重提实事求是。相对来讲，来自客观方面的影响比来自主观方面的影响要少一些，这也就是为什么，自然科学研究比革命、建设、治国、处世更易接近实事求是。

可见，要真正做到实事求是并不容易。其实"难"是正常的，不难反倒不正常了。就像我们读书难、科研难、打仗难、建设难，世上的事，总是逆水行舟，不顺利的多，顺利的少，不如意者常八九。正因为这样，我们才能享受发现与进步的乐趣。也正因为这样，我们才发现实事求是，是一个如此复杂、丰富的永恒的思维话题，是一个不可阻挡的认识规律。恩格斯把认识世界的学部叫自然科学、社会科学和哲学。实事求是是世界观、方法论，属于哲学，管着自然、社会，当然也管着我们"人"。虽然我们也曾天真地像楚霸王那样，想抓住头发把自己提起来，但当我们走过了30年、60年的时候，回头一看，还是无法离开实事求是，就像孙悟空跳不出如来佛的手心。我们知道了，不可能绕开它，只有认真地去研究它，实践它。

"实事求是"是一个探求客观规律的实践过程，必然会遇到阻力。大概有十个方面：知识、经验、习惯、书本、实践、自满、情感、权威、利益和行政。这十个可以分成两组，前五个是来自外部的影响，后五个是人为的影响。可以说是五分天灾，五分人祸。

## 知识阻力——无知无畏更可怕

不能实事求是的原因之一是无知，是对某一特定事物缺乏相关的知识。这种人办起事来牛头不对马嘴，离题太远，又浅又浮。有时却表现得很执着，根本不可能的事他孜孜以求，蠢得可爱，倔得可气。情况不明胆子大，是非不清点子多，他连事情的最基本情况都不管不顾，哪能谈得上去求什么内在规律。

知识是人们对客观事物的认识和经验的总和。人类认识世界是一代又一代接力完成的，后人总是在接过前人的知识后，再根据新的实践（实事）探求更新的规律（求是），好比上了二层楼再上第三层。如果没有已往的知识做基础，就像空中硬要起楼阁，无苗硬要收庄稼。许多时候的不实事求是，都是无知造成的。科学史上曾有一个著名的"永动机派"，他们想发明一种机器，可以不增加能源永远不停地转下去。从16世纪到20世纪，这一派人真是前仆后继，绵延不绝。虽然没有一例成功，但还是一茬又一茬，顽固地坚持下去。最近的一个例子，是国民党败将黄维，他在监狱里服刑改造，还提出要造永动机。毛泽东说给他材料、钱，让他试，结果当然造不出来，因为这违背一条物理学基本原理：能量守恒。这条规律是1847年29岁的英国科学家焦耳发现的。能量可以互相转换，但不能凭空产生，只要机器转，就得不断补充能源，不可能有什么一次能源的"永动"。秦始皇曾派徐福到海岛上去求长生不老药，这种蠢事后来又有不少帝王干过，只因两个字："无知"。他们不知道关于生命的基本知识。我当记者时采访过这样一件事。"文化大革命"后期，大寨、昔阳被树为全国农业先进典型，一当典型就神化了。当时省水利厅帮县里修一条大坝，地质部门认真钻探后选定坝址，县委某领导人来到现场一看，说不好，搬起一块石头，离开坝址几十步，往地上一放说："就从这里起线！"技术人员哭笑不得。他没有水利和地质的基本常识，怎么能实事求是参与决策呢？

无知是实事求是的第一道屏障。一个人没有对这个事物的基本了解就没有发言的资格，更不用说能得出符合实际的结论，这就如缘木不能求鱼、男人不能生孩子一样天经地义。无知是空白，是断层，是真空，是横在我们前进途中的沟壑，必得先有知识之桥搭接对岸，才能有下步的探求。但遗憾的是我们常会碰到一些无知的人硬是在按自己的理解去办事，去碰壁，使一些与之合作的人也常感到"秀才见了兵，有理说不清"。事情就这样被耽搁下来，求不出个结果。

## 经验阻力——经验的一半是失误

凡有一定年龄、一点经历的人，处事都有了自己的经验。这经验有时对探索新事新理有帮助，有时却是一种阻力。因为它是主观的先验的东西，而客观事物却千变万化，层出不穷。循规蹈矩，驾轻就熟是人的天性，但过分相信自己的经验，就会主客观不符，无法实事求是。中国古代有许多智慧的寓言故事，守株待兔就是指这种人。

在漫长的科学史上，许多著名科学家都有大胆创新、谨慎实验的著名范例，但是也常会栽倒在自己的经验面前。1781年英国人发现天王星，不久发现它的轨道有些反常，人们怀疑在它之外还有一个未知星球在起作用。果然经过计算、观察，1846年9月发现了海王星。海王星也不安分，照前面的经验来推论，还会有一颗未知星，果然后来又发现了冥王星，应该说再二、再三，这个经验是有效的。1854年，人们发现水星的轨道也有点反常，就又设想，水星附近还会另有一颗未发现的新星，但这一次经验误导了科学家。人们连续找了61年，不见任何结果，直到1915年爱因斯坦广义相对论问世才有了新的科学解释。有一年在美国召开的全球石油大会的主题是：我们曾在老地方用新方法发现过石油，也曾在新地方用老方法发现过石油，但从没有在老地方用老方法发现过石油。这就是说一定要跳出经验。

经验可以帮助实事求是，但只靠经验不可能做到实事求是。真正的发现规律，只有靠新的实践。在战争时期、土改时期，我们有许多经验都曾发挥过巨大作用，但对经济建设就不适用了。1958年的失败，是群众运动经验对经济规律的失败。"文化大革命"是阶级斗争、继续革命经验的失败、是革命党经验对执政党实践的失败。

事实上，我们犯的许多错误都与沿用过去的经验有关。对于过分相信自己经验的人，需要大喝一声：经验的一半是失误。因为这里面只含有被过去的实践所证实的部分，还有一半等待将来的实践来检验。经验可以是通向实事求是的大门，但这门上有一道高门槛，要跳一下才能过去。一个有经验的人和一个无经验的人同时面对一件事，前者可能会自恃经验不再调研，结果失败。后者倒可能因无经验参考而十分小心，尽力操办，反而办成了。事物总是有两个方面，随时可能向另一方面转化。有经验本来是好事，但也可以成为实事求是的阻力。

## 习惯阻力——画地为牢

这里说的习惯指人们的思维习惯和社会习惯。列宁讲千百万人的习惯势力是最可怕的。生物学家巴斯德说："精神错乱莫过于按自己的愿望去相信某样东西。"人们认识事物有时不能实事求是不是因为无知，也不是因为没有实践，而是根本就没有想到要去求新知，去实践。跟着习惯走，自古如此，岂不知习惯有时恰恰是错的。习惯和我们前面讲的经验还不一样，经验是知识，是有限的模型；习惯是思维方法，是力量无穷的武器，用错了危害更大。习惯思维就是保守，是妨碍创新的一大障碍。

一重一轻两件物体从空中落下，哪个下落得快些？人们习惯认为重的快。但伽利略不相信，他在1590年(时年26岁)做了著名的斜塔实验，证明了从上抛下的轻重两个铁球同时落地。从此有了"加速度"这个概念，推动了物理学大进一步。

在社会变革中，经常有许多束缚人的东西，它明明是错的，是应该改掉的，但很长时间没有人去改，甚至要改变它倒成了大逆不道。比如旧社会中国妇女缠足，明明摧残身体，但这个习惯保持了几百年。改革开放之初，又有许多旧习惯在阻碍进步，比如人们没有法律意识，即使有理也不愿上法庭，认为丢人；比如羞于经商，认为是投机赚钱；还比如在改革开放前很长一段时间，我们把种自留地、把私营企业、把集市贸易、把商品交换、把市场经济，甚至农民多养几只鸡、种一点菜，工人下班后在外干一点私活，都说成是搞资本主义，把商品流通说成投机倒把。把对上面的，甚至报上的不同意见就打成反党、反革命（现在回想起来很难理解），而且多年来已经习以为常，已成了是非标准。这种习惯常常可以统治一个地区、一部分人，甚至全国人多少年，而很难改变。习惯把人控制在一个固定的思维空间，使你看不到新的外部世界，当然也就难实事求是，发现客观规律。

习惯这个东西是不问对错的，而只问有无陈例。中国封建政治多少年一直是把法先王之法当成处事惯例，这样最省事。一种概念形成之后对少数人来说是在理解的基础上执行，大多数人是在习惯的"惯性"中运行，轻易不会跳出这个惯性空间去思考、去探求。牛顿之所以伟大，是因为他从"苹果落地"这个习惯思维中跳了出来，发现了引力；爱因斯坦所以伟大，是他从经典力学的习惯中跳了出来，发现了广义相对论；邓小平同志所以伟大，是他从传统的社会主义模式中跳了出来，提出了有中国特色的社会主义。对事物认识的飞跃，有时就表现为思维习惯和生活习惯的突破。正如物理学上打破惯性状态要一个外力，在认识上打破惯性思维，也要有一个外力。这个外力常常表现为新的信息、新的知识、新的理论或一场新的行动，直至革命行动。

## 书本阻力——尽信书，不如无书

书本阻力其实是本本主义，就是教条化的知识和理论形成的阻力。陈云同志在晚年有一句话："不唯书，不唯上，只唯实。"

人们在认识事物的过程中总会总结知识和理论，并写成书，留给后人。

我们遇事常常会自然地想到，书本上是这样说的。对实事求是来说，无知是阻力，但已有的知识和理论也会成为阻力。正像人们学游泳，一点不会当然难学，但如果会的是一种错误的姿势则更难学，因为你先得纠正现有的错误，这凭空又多了一层阻力。古语言，尽信书不如无书，因为书本与现实间有误差。当它符合实际时，这书本就是行船的顺风；当它不符合实际时，这书本就是行船的逆风。

知识是人类对世界认识的总和。由于这种认识要靠一代代人的接续才能完成，前代人只好将已有的认识付之于书。赫尔岑说，书是行将就木的老人对前来接班的年轻人的遗训。由于书籍太多，人们又经过实践检验而筛选出各种经典用以统帅相关的知识，指导人们的行为。政治的、科学的、经济的、军事的、哲学的，几乎凡每一学科，每一领域，都各有其经，各有其典。这些经典由于其权威性，一方面对后人的参考价值极大，另一方面它所造成的迷信力、束缚力也很大。这些巨著一方面如灯塔，不知为多少后人指明了前进的方向，一方面又如一堵石墙，不知使多少开拓者裹足墙下，甚至碰壁流血。不是经典不好，是读书人不好，不该把它看作万能，不该作茧自缚。恩格斯就曾告诫那些企图从自己书中寻找未来社会图画的人说：你们在我这里连半点影子也找不到。邓小平同志说："要求读大本子，那是形式主义，办不到……我们改革开放的成功，不是靠本本，而是靠实践，靠实事求是。"

古今纸上谈兵、抚书论政而误大事的实例多得很。战国名将赵奢的儿子"赵括少时学兵法，言兵事，以天下莫能当"，连其父也说不过他。后来他带兵打仗，数十万人全军覆没。中国革命得力于马列书本的指导，但是由于运用不当，照搬照抄，书本在很长时间也变成实事求是的阻力。中国革命史上有两次照搬的高潮。一是王明照搬马列书本，不顾中国革命实际；二是林彪、"四人帮"把毛主席的书神化僵化，大搞形而上学。这两次都使革命事业和国家民族遭受大损失，是毛泽东、邓小平先后两次突破了书本、经典的阻力，强调调查研究，实践检验，才使中国革命和建设一步又一步实事求是，才有建国和改革开放的两次大飞跃。

实事求是总是从前人结论的基础上开始的,因此它可能有两个过程,一是通过实践验证书本的结论,二是推翻和补充书本上的结论,探寻未知的客观规律。所以说书本用得好,是我们前进途中跨越天堑的一座桥;用得不好,是横在面前的一堵墙。这种潜在的阻力常常可以因时因势,在特定条件下变成实事求是的具体阻力。

## 实践阻力——心急吃不得热豆腐

实践阻力是指当时某一阶段的客观实践发展还不成熟,还不足以揭示事物的真相和规律,主客观无法一致,这是实事求是的第五道障碍。这不以人的意志为转移,必须继续实践,等待瓜熟蒂落。

恩格斯在解释假说并不是真理时有一段名言:"哥白尼的太阳系学说有300年之久一直是一种假说,这个假说尽管有99%、99.9%、99.99%的可靠性,但毕竟是一种假说;而当勒维烈从这个太阳系学说所提供的数据,不仅推算出必定还存在一个尚未知道的行星,而且还推算出这个行星(海王星)在太空中的位置的时候,当后来加勒确实发现了这个行星的时候,哥白尼的学说就被证实了。"可见在许多时候并不是我们不想实事求是,而是客观实践还没有到这一步。非不为也,是不能也。

在氧气没有发现以前,人们认为燃烧是因为物质里有"燃素",到拉瓦锡认真观察实验之后,才知道不是什么"燃素",而是氧气在起作用。在开普勒以前,人们认为行星绕太阳按圆周轨道运行,经开普勒的深入观察计算,指出行星运行轨道不是圆周而是椭圆。并不是拉瓦锡、开普勒以前的人不想实事求是,是客观实践还没有成熟。1976年10月,逮捕了"四人帮",大家急着让小平同志出来工作。叶帅说:"不能急,要不真成了宫廷政变了。"现在我们都说十一届三中全会伟大,殊不知就在这次会上通过的《关于加快农业发展若干问题的决定》草案中规定"不许包产到户",四中全会才进了小小一步"不要包产到户",实践之履在艰难前行。小平同志提出"有中国特色社会主义"、十四大提出"市场经济体制"、十六届三中全会提出

"五个统筹"、十七大提出"科学发展、四个建设",不是以前不想提,实践要一步一步来。

科学研究常有假说,社会科学方面常有先进的理论。就是说,人们从理论上已经可以推出某一规律,但在实践没有检验之前,仍然不敢下结论。爱因斯坦1905年就推出质能互变公式,但到1945年第一颗原子弹爆炸,才证明这种互变引发的巨大能量。中间又经过了40年的艰苦实践,也就是说他们小心谨慎,实事求是了40年,终于求得真理。

马克思、恩格斯在1848年发表《共产党宣言》,以后又提出科学社会主义的一系列设想。在这之后的160年间,世界上进行了各种各样的实验(实践)。苏联东欧是一支,建立社会主义74年后垮掉了。北欧社会民主党的实验是一支,过去我们不承认,现在看来,值得总结。中国几经曲折,走上了建设中国特色社会主义的道路,可见要逼近真理,其间隔着一个多么漫长的实践过程。这时的社会主义和马克思、恩格斯当年设想的社会主义已经有了很大的差别,将来的社会主义还会有更大的差别。这是理论与实际的误差。修正这种误差只有靠实践,谁也不要奢望省略它、超越它,一步跨到共产主义。

第一,我们要尊重实践,特别是要尊重广大群众的社会实践;第二,要耐心,千万不能犯急性病,不能妄图缩短甚至跨越实践,轻易不要提什么"跃进"、"一天等于20年"之类的口号。

## 自满阻力——自以为是,号令天下

人一自满,便不能实事求是,而是自以为是。凡这种人大都有知识,有经验,而且还很丰富。当他的知识、经验在胸中胀满时,便要以自我为标准了,好像一个富翁,财大气粗,什么也瞧不起。我们平常说要虚怀若谷,就是时时把你的胸怀空着,准备接纳新事物,接纳未知的东西。你自以为大,店大欺客,主观欺侮客观,反过来必定自己受欺,客观事物绝不会向这种人袒露真情。这种人在当初可能曾经实事求是,但当他取得一点知识，有一定经验之后就渐渐变得骄傲自满，变得故步自封，滑到了自以为是的深谷。

历史上因过分自信而导致失败的例子很多。《三国演义》中马谡失街亭、关羽失荆州都是由于过分自信，脱离了战局的实际。李自成也是个自满的典型，毛泽东曾劝人读郭沫若的《甲申三百年祭》。李自成在夺取政权之前待人处事，审时度势，各方面还比较谨慎，比较能实事求是。一坐上大顺朝的宝座，就忘了内外危机，就不能明察秋毫，终至脱离实际，丢了江山。毛泽东同志在我们党内是首倡实事求是作风的，进城前还特别提醒全党，不要学李自成。在七届二中全会上他特别提出谦虚谨慎，甚至规定了不祝寿、不以人名命名、少拍巴掌、少敬酒和挂像时不与马列并列等细节。但是到晚年他却背离了这一原则，又过分相信自己的权威，不能正确对待中国的新实际。庐山会议上，关于"大跃进"、人民公社暴露的问题已经很明显，他不听，还大发雷霆，下山前宣布说，他要编一本《人民公社万岁》的书，写一篇一万字的长序，痛驳全世界的反对派。结果书则编好，却是三年困难，不了了之。

自满是实事求是的第三道障碍。当你已经觉得自己什么都懂了，你就不可能再去"求"。所谓创业难，守业更难，就是说一个人追求的目标未达到时，他有强烈的进取心，处处虚心，处处小心；而当这个目标达到时，他就总想保住它，这时便很难找到新突破口，很难发现新事物。不是找不到，而是连找的动机念头也减弱了，没有了。当别人找到新事物时，他还会大喊"不可能"，这是最可怕的。

## 情感阻力——以感情代替政策

一个人可能也有知识，也有经验，也不自满，他已克服了前三道障碍，但他把握不住自己的情绪，在这第四道障碍面前无法实事求是。因为前三个阻力是他不能为，如有人用障眼法，遮住了他，他力所不能，智所不逮，找不到实事求是的门路。情感障碍非不能为，而是不愿为，就是我们常说的，以感情代替政策。决策一件事时，连他自己也知道是在赌气。

孙子兵法说："主不可怒而兴师，将不可愠而致战。"人一旦为感情所俘虏，就会失去理智，明明知道别人对，也不愿附议，宁可不为，也不愿增加他人的光彩，总是后任否定前任。你盖的楼，我偏要拆了重盖。这种心理已不单单是以我之利害来决是非，而是以我之好恶来定取舍了。哈恩是德国著名的化学家，1938年底他正苦苦研究一个核放射课题，未有结果，这时居里夫人的女儿伊伦娜也在研究这个题目。哈恩的助手发现了伊伦娜的一篇论文，很有见解，哈恩却因二人过去曾有矛盾，拒不阅读，说不看那个女人的东西。在助手劝说下，他拿起一看非同小可，受到启发而发现了核裂变，并于1944年获诺贝尔化学奖。这一成果直接启发了原子弹的研制。如果他还顽固地坚持私人成见呢，这项成果还不知落在谁手。

情感可以干扰理智，许多大人物，都是被情感打败的。胜利可以冲昏头脑，悲伤也可冲昏头脑。关羽一死，刘备就不顾一切发兵报仇，结果大败。不实事求是，不能冷静分析敌我形势。男女之情是最易昏头的误区。延安时，毛泽东要娶江青，党内都反对，但没有办法，结果为后来的闹事埋下隐患。庐山会议后期，毛泽东已经完全情感用事，连一些粗话都讲出来了。彭德怀等是有大功的，他就是不喜欢，却喜欢康生、柯庆施这些会逢迎的人。

## 权威阻力——唯我独尊

恩格斯说：不论在哪一种场合，都要碰到显而易见的权威。社会不能没有权威。权威是某一领域正确意见的代表，正像经验是有益体验的总结。但是权威有两面性，它和经验一样，只能代表过去不能包办未来。现实生活中只有过去和现在的权威，而没有将来的权威，它一样要受实践的检验。当权威发挥其正确的指导职能时，我们探求新事物会事半功倍；当权威持错误的观点而要别人服从时，我们在通往实事求是的路上便多了一道障碍。况且在很多情况下，除屈从之外，人们更多的是自觉服从权威，这样就失去了独立思考的机会。

毛泽东同志是中华人民共和国的缔造者,是中国革命和建设的最高权威,但在一些问题上由于他的绝对权威,别人也就不好再说什么,或者根本就没有想到还有什么不同意见,这样就造成不少永远无法挽回的遗憾。1957年,马寅初先生就在《人民日报》发表文章,主张控制人口。后来毛泽东同志反对,说人多热气高。康生、陈伯达又兴风作浪,批判马是资产阶级人口论。结果,错批一人,多生数亿。1959年庐山会议前,党内已有不少反冒进的意见,庐山会议原来也准备纠"左",会议中间又转成反右倾。连续几年,周恩来、陈云的经济思想都遭到批判,在农村包产到户问题上,邓小平、邓子恢等同志的正确意见也连遭否决。这些在很大程度上是因为毛主席的权威和大家的服从,结果使我党在经济建设、农村政策上有很长一段时间不能实事求是。

以权威而阻止后生新进的例子在自然科学史、社会科学史上屡见不鲜。光速不变是相对论的前提,但是当爱因斯坦发表相对论后,物理学老前辈、曾证明光速不变的迈克尔逊很不理解,他遗憾地说:"我真没想到,我的实验反倒促成了相对论这个怪物的诞生。"(他做那个著名实验时爱因斯坦才8岁)普朗克提出革命性的量子理论,约请18位大科学家到会讨论,倒有8个像卢瑟福、居里夫人这样的大权威不支持。1869年,35岁的门捷列夫发现元素周期律,他的老师,化学权威齐宁却教训他"不要玩魔术"。1884年,瑞典25岁的青年学者阿伦纽斯提出电离理论,母校的教授嘲笑他"鼻子伸到了不该去的地方",甚至国际化学界还形成一个由著名教授组成的反对阵线,为首的就是曾经发现了周期律的门捷列夫,说这是"奇谈怪论"。但电离说还是胜利了,发现者也因此获得诺贝尔化学奖。我曾经忽发奇想,如果把每一个学者,他当初怎样受权威压制,后来又怎样以权威而压制别人,这样排列下去,就是一条如长城城垛式的波浪线,这正象征了事物的波浪式发展。每一个权威在他事业和学业的兴盛时期都给社会做出过卓越的贡献,历史所记录的大都是他这一瞬间的光环,但是正如人的肌体会衰老一样,不少权威的思想在晚年都变得保守消极,无法继续新的贡献。所以我们一方面要尊重权威，一方面又不能绝对迷信权威，不能靠他们鼎盛时期的光环来为我们永远地照亮，更要警惕自己不要自充权威。

权威对正确意见的否定，就像家长对孩子的管制一样，是无所谓对错的。按林彪的话说："理解的要执行，不理解的也要执行。"权威以自己的自信和经验来决策，别人以对他的崇拜和信任来服从，这时的标准只是信与不信或忠与不忠。这里面本身就潜伏着一种对实际情况的忽略，因此很可能偏离实事求是。正如经验的一半是失误，权威的一半是过去，它在实践面前同样要重新接受一次检验。但正如我们往往错把理论当作检验真理的标准一样，也常错把权威当作检验真理的标准，于是在通往实事求是的大路上又人为地竖起一道屏障。

## 利益阻力——私心作怪

马克思讲："人们为之奋斗的一切，都同他们的利益有关。"社会是分成各种阶层、各种利益集团的，各阶层或集团的利益会意见不一，有时甚至会很对立。同样一件事，一项政策，会有不同反映，所谓众口难调，这也为实事求是带来困难。有两种情况，一是一项政策好，实事求是，但因侵犯了某一阶层某一集团的利益，遇到客观阻力，难以推行。二是某集团明知这件事对，但考虑到自身利益，昧着良心或事实有意不去推行。这时实事求是就变成一个政治问题，一个社会问题，它的实现，往往取决于政治形势的发展和集团势力的变化。

人总会有一点因私心，为保护自己而不实事求是，以对我之利害来决定是非标准。成语"指鹿为马"，是说秦丞相赵高专权，为试属下之心，便牵来一鹿，硬说是马。大部分大臣惧其势，都跟着说是马，唯少数几人实事求是，说是鹿。为什么有人跟着指鹿为马呢？不是不知，是有私心，不敢说。这样明显"指鹿为马"的事不多见，但为了保官、保自己的利益而说假话的事却太多太多了。

历史上所有进步的改革政策的推行都是符合规律的，都是实事求是，但都遇到了阻力。商鞅变法，侵犯了奴隶主贵族的利益；北宋范仲淹的庆历新政，侵犯了朝中保守势力的利益，我们实行土改侵犯了封建地主阶级利益，西藏和平改革侵犯了上层奴隶主集团利益，等等。这些人的利益该不该侵犯，该不该剥夺呢？当然应该，因为如果保护他们的利益就妨碍历史的进步。但是这些都遭到激烈的对抗，使改革在艰难中推进。如果没有对抗，则历史的进程，也就是实事求是的进程，不知道要顺利多少。

"四人帮"是一个典型的例子。他们制造了许多冤假错案，最恶毒的是为了致刘少奇同志于死地，硬将少奇同志打成叛徒、内奸。派人到解放前少奇同志工作过的地方去找蛛丝马迹，找不到就硬编，造假证。著名历史学家翦伯赞曾与刘共事，"四人帮"就逼他作伪证。翦进退两难，只好自杀。他们自己也知道是在违背事实，昧着良心干事，更谈不上什么实事求是。但是他们就要这样干，为了巩固自己集团的利益。历史上其他冤案无不是这样造成的。秦桧迫害岳飞，当人们责问有何证据时，只好以"莫须有"来含混过去。他们本来就不准备实事求是。

上面举的是大的政治集团因利益关系而妨碍实事求是，使矛盾激化，这是极端的一面。实际生活中还有许多小的利益关系，一些小的利益阶层和人群，从本阶层、本团体出发，会对一些本来合理的正确的决定、做法，表现出或多或少的抵触和反对，经常妨碍实事求是的进程。这就要求主政者能站在最大多数人的立场上，按社会规律办事，同时也能照顾到各方利益，特别是不能借权谋私。

## 行政阻力——最后的阻力

比之与客观不符的无知、书本和经验阻力更可怕的，就是这种认识被上升到政策、法规、制度、体制，并通过行政权力去推行。这时实事求是遇到的阻力，已不是认识问题，而是法律、行政的制裁与限制。这是一种"硬实力"，一种强制。在这种阻力面前可能有几种情况：说假话；不说话；说真话，如彭德怀；辞职，刘少奇、周恩来都曾辞过；自杀明志，如田家英、翦伯赞。

在黑暗的中世纪，科学面对的主要不是科研本身的艰难，而是教会势力的反对。教会常就许多科学问题明文规定，只许说什么，不许说什么。如只许说太阳绕地球转，不许说地球绕太阳转。因为不按教会的口径而坚持说真话，1600年科学家布鲁诺被烧死，1632年伽利略被判刑，直到348年后的1980年才被宣布平反，这348年间地球照样转，但是教会照样不认账，因为它手里有教会的行政力量。富兰克林发现了尖端放电，并发明避雷针。英国皇宫装上了这种装置，但英皇讨厌富兰克林，因美国曾是英国殖民地，富兰克林带头向英国闹独立。一天英皇散步时看见尖尖的避雷针，不由怒火中烧，下令全部改成球形的。下人明知违反科学，只好从命，因为皇帝有至高无上的行政权力。这当然根本谈不上实事求是。

我国在探索改革的过程中，曾遇到不少阻力，这里有认识上的，也有已上升到行政规定并以行政权力施行的。如农村土地承包，我们曾长时间认为是资本主义（认识）并写入文件限制（行政）。有的地方甚至规定一家养鸡超过几只就是资本主义，要"割尾巴"，以至于发生这样的事：安徽凤阳县小岗村农民眼看极"左"的农村政策造成地荒人逃，在就要饿死人的情况下，决定分田承包。但当时这与规定不符，他们就私下定协议，按手印，立字据，分田承包，如以后事发，甘愿坐牢。可见由行政权力和体制所造成的阻力，已使得实事求是变成一种地下工作，一件艰难而又危险的事。这已经到了忍无可忍的地步，再往前发展就要揭竿而起了。当然，现在的小岗村，已成为我国农村改革的光荣起点，小岗村农民立的这个字据也被国家博物馆收藏。

和行政法规相关的是体制。社会在按一定的行政法规运行中，必定要形成与之相适应的体制。体制对人的行为、人的思维，又像我们前面提到的书本、经验、权威等一样，当它与实际相符时，有促进作用；当它与实际不符时，就有促退作用。但是只要这种体制不宣布废止，它就是一种制约。这时你要实事求是，就是逆水行舟了。比如与当年农村"左"的政策相适应，曾有一个束缚农业生产力的人民公社体制，从 1958 年到 1980 年，整整存在了 22 年。可以想见，这 22 年间本来有多少可以实事求是的事情被耽搁下来。

  随着实践的发展，历史的推移，政策、法规、行政命令、体制等必然要过时或不适应，它就成了实事求是的阻力，这时改变它就表现为一种改革或革命，有时甚至是政权的更替。因为这时所求的已不是某一项规律，而是整个社会转折发展之大规律。较之某一项事业的开拓，这种阻力也就愈大，而克服阻力之后所得之真理，所取得之进步也就愈大。

1995 年 7 月 7 日

# 怎样才能实事求是

实事求是如逆水行舟,每行一步都有其难。但这又是认识的必由之路,再难也一定要走,而且一定能成功。事物对立统一,有阻力就有克服这些阻力的办法,归纳起来有七个前提条件,或者说七个动力。只要坚持这七个前提,逆水之舟就会变成顺风之船了。

## 解放思想

实事求是,是说真话,是去求真理。谁不想求真理?但许多情况下是我们不敢去想,不会去想。

要继承就得发展、创新和超越。许多科学发明、发现,首先是它一开始就选题定位好,定在了前沿突破的位置,一入手就着力于创新。科学界有句名言:提出问题比发现问题更重要。无论在自然科学还是在社会科学领域,那些唯唯诺诺,找不出现状的缺点,提不出问题,提不出新目标的人是绝没有出息的。物理学家卢瑟福指导一个研究生,问他:"你上午干什么?""实验。""下午干什么?""实验。""晚上干什么?""实验。"卢说:"那你什么时候思考?"

邓小平同志在中央工作会议的讲话中指出，"思想不解放，思想僵化，很多的怪现象就产生了"，条条框框多，随风倒的现象多，本本主义多。他说："一个党，一个国家，一个民族，如果一切从本本出发，思想僵化，迷信盛行，那它就不能前进，它的生机就停止了，就要亡党亡国。"又说："在党内和人民群众中，肯动脑筋、肯想问题的人愈多，对我们的事业就愈有利。干革命、搞建设，都要有一批勇于思考、勇于探索、勇于创新的闯将。"他还说，要杀出一条血路。两军相遇勇者胜，鲁迅说第一个吃螃蟹的人最可敬。纵观社会革命史和科学发展史，凡第一个发现真理，求得规律的，都是思想解放的勇士，大部分还是年纪不大的年轻人。伽利略发现自由落体规律时26岁，牛顿发现万有引力时24岁，瓦特改进蒸汽机时29岁，爱因斯坦创立相对论时26岁。中华人民共和国成立时，第一代领导集体大多数才40多岁（在西柏坡毛泽东头上发现3根白发，他说打了三大战役，才3根白发，值）。在勇敢的年轻人的头脑里，无论是书本、权威、习惯、旧势力、旧制度，甚至旧的权力、法律、体制都不在话下。为了真知和真理，他们可以受难，可以献身。梁启超在《少年中国说》里谈到，少年如朝阳，如乳虎，气盛、豪壮、冒险，所以能创造世界。勇敢精神，是开拓一切事业的先决条件。

## 不断学习

无知、自满、书本、权威和经验都可能成为实事求是的阻力，这就得靠学习去克服它，因为这五个方面的东西都只代表过去，是建立在原有的知识和经验上的。要探求新路必须既继承又超越，既保持传统又有创新，只有在学习新事物中才可能找到新规律，一个不学习的人，就像一个不愿攀登的登山者，永不可能迈上新的高峰。

学习，主要是学知识，学理论。

知识，是社会全体成员在探索社会规律过程中的共识和结晶，是告诉我们世界是什么。你只有掌握了最新知识，才能最大限度地贴近客观实际、贴近规律。读书、学习是每一个社会成员立身处世，特别是每一个负有一定责任的人如公务员、高级公务员，一时一刻也不能停止的。如果一个人以旧知识来处理新问题，那么，他所做的一切都是刻舟求剑，都是隔靴搔痒，必定要在新知识面前碰得头破血流。一切革命，都是新知识新观念对旧知识旧观念的否定，最终是新规律的呈现。现在知识更新的速度快，我们学习的节奏也要快。

理论是思想方法，是探照灯，比知识更高一层，解决怎么认识世界。理论拨开事物的现象而揭示规律，因此在本质上更切合实际。许多在现象上打圈子转来转去的事，在理论上一句话就可以立判分晓。比如，前面提到的永动机研究，只需"能量守恒"一句话就可以彻底说清。我们在取得政权后，有很长一段时间搞穷过渡，搞越纯越好的公有制和计划经济，直到探索碰壁几十年后才悟到了一个理论："商品经济是不可逾越的阶段。"如果早接受这样的理论，可以少走弯路几十年。在物理学研究中，有实验物理学家，有理论物理学家。在有的情况下只靠实验的方法、摸索的办法，已经不能解决问题，这时要靠理论。经典物理学发展到20世纪初遇到了"紫外灾难"，即无法解释紫外短波光部分的能量分布。许多科学家感到一种歧路的痛苦，比之于屈原上下求索、鲁迅夜长如磐的痛苦绝不少多少。经典物理大师，英国人瑞利甚至说："真理已经没有标准，不知道科学是什么了，我悔恨我没有在这些矛盾出现五年前死去。"你看这和屈原愤而投江有什么区别？其实原因很简单，在于他们死守实验这一种武器，而没有想到还有叫理论的另一种武器。著名哲学史科学史专家贝尔纳批评英国经典物理学派只讲求实用，"通过感觉达到科学而不是通过思维达到科学"。我们要多掌握一些理论，不要总是靠感觉办事。

学习理论，一方面要掌握继承前人的经典理论，另一方面要学习新理论，从实践中总结新理论。因为如前所述，过时的、不完整的理论也会成为新探索的阻力。邓小平理论就是在总结了原有错误，在改革开放实践中建立起来的。实践探索的同时，我们也在不断地进行理论探索，如十四大提出推行市场经济，十六大的五个统筹，十七大的四个建设。理论好比煤矿开采时的掘进程序，有了掘进巷道，才有下一步的大面积作业面开采。

只有尽量掌握全部的新旧知识和理论，我们的思维才可能尽量逼近实际，才可能实事求是。

## 勇于实践

实事求是，说到底你得去"求"，就是说要实践。坐而论道，纸上谈兵，回避矛盾，永远得不出什么结论。只有实践的勇气，才是带着实事求是列车前进的火车头。

要实事求是，探得一点真知，就要勇于实践，要准备吃苦，准备失败，准备牺牲。回想革命和建设的道路千山万水，曲曲折折，哪一条真理不是无数实践堆积提炼而成的？达尔文环球 5 年旅行，搜求动植物标本，终于找到物种起源的根据。居里夫人用一口大锅，花了 3 年 9 个月，终于从一吨矿渣中提炼出 0.1 克镭。卢瑟福顽强地重复实验，终于从 25000 张基本粒子的照片中发现 6 张片子，从而找到人工转变元素的根据。这有点像我们走过了二万五千里长征。俗话说，不入虎穴焉得虎子。当第一有风险，但也最得甜头。深圳当年多艰苦，现在多风光。毛泽东同志讲，你要知道梨子的滋味，你就得变革它，亲口尝一尝。只有亲身参加到某项工作实践中去，才能得到专门的真知。孙中山、毛泽东、邓小平成为近代百年中国三伟人，是因为他们亲自参加了百年来中国革命的实践，并全身心地投入。而一项事业的成功，常常是要靠数代人的连续勇敢坚定、锲而不舍的实践才能完成。不敢实践，不肯吃苦，远远站着，或浅尝辄止，是根本谈不上实事求是的。

## 无私无畏

实事求是，有时表现为艰苦地探求，有时表现为只要敢面对事实说一句真话，而许多时候恰恰在这一点上迈不过去，所以无私无畏是实事求是的动力之一。只要有了这把利剑，至少可以砍开前进路上的一半荆棘。古往今来，无论是政治原则还是处世道德，坦坦荡荡、敢说真话总是放在第一位。欺君之罪，谎报军情，弄虚作假都属十恶不赦，都会酿成大失大错。

特别是当实事求是遇到来自权威和行政方面的阻力时，更要靠无私无畏去克服和坚持。这时的胜利不在知与不知，而在敢与不敢。布鲁诺为了捍卫日心说，在教廷迫害面前宣布"半步也不退让"，坐狱八年，最后被烧死。赫胥黎为捍卫达尔文学说，到处与教会辩论，他说："我正磨砺我的爪和牙来对付他们……我准备接受火刑。"他被人称为一条好斗的狗。鲁迅说：他是一条有功于人的狗。这些都是科学史上著名的无私无畏捍卫真理的例子。海瑞是以大无畏精神著称于史的名臣。1565年，明嘉靖皇帝已在位40年，他听信佞臣、方士，求仙，炼丹，误国。海瑞在这一年上了著名的《治安疏》，直接指出："陛下之误多矣。"皇帝气得大喊，去抓他，别让他跑掉。属下答曰："他不会跑，已经买好棺材，在家等着呢。"这种把事实、真理看得比生命更宝贵的实事求是精神，成了我们民族文化史上最光彩的一笔，海瑞也因此成了敢说真话的楷模。文天祥《正气歌》里说"在齐太史简"，说齐国的臣子崔杼杀了国君，第一个史官照实记录，崔杀了他。第二个又记，崔又杀。第三个，又杀。第四个还这样，崔实在没有办法了。彭德怀在庐山会议上被批，张闻天还是要讲话。张被批，黄克诚还是要讲。

这些用生命换真理的勇士在历史上的光辉永存，这不仅仅在于他们的学识、经验、功业等，更主要的还在于他们有着勇敢无私的抗争精神，敢说实话的态度，有着高尚的人格。壮士一勇可退三军，在许多情况下如果没有"我以我血荐轩辕"，燃烧生命去照亮真理的作为，则真理身上所蒙受的尘埃又不知还要推迟多少时间才能褪去。

## 自知之明

如果在实事求是大路上，无私是一把横扫荆棘的利剑，那么自知之明就是一个灵敏而又谨慎的探雷器。

既然骄傲自满是实事求是的大敌，就需要有"自知之明"这个天敌来制服它。我们在实际生活中所以会犯不实事求是的错误，有时是不知实情，有时是不敢知道实情，有时是知道了而不敢说出实情，而有的时候则是自以为这就是实情，不必要再去了解其他。这样我们就陷进雷区，随时有失败毁灭的危险。认识者一旦将自己置于认识的误区是最可怕的，比如，前几年，社会上流行吃南瓜可治糖尿病，殊不知，不但无用，还要加病。通常人在认识事物时，会千方百计估计到客观事物的各种可能，但恰恰会忘记自身主观这一方有几种可能。就像一个猎人，仔细地设想了出行路线。猎物的情况，甚至猎获后如何处理，但却忘记检查一下枪里是否装有子弹。黑格尔的重要贡献之一就是说清了人既是认识的主体，又是认识的客体，他本身也需要被认识。我们经常碰到这种情况：有的人不适合干这种工作，但是他几十年不变地干着，毫无建树，而不知换位；有的人诚心诚意地坚持着自己的意见，但实际上是坚守错误。事情很简单，只要他肯跳出来，跳出庐山之外，便会立即有新发现。

　　周恩来、博古等同志在红军时期曾反对过毛泽东的正确路线，但后来自觉不对，立即改正，为革命做出了大贡献。他们襟怀坦荡，甚至以后还拿这件事教育党内同志。而王明、张国焘则无自知之明，一错到底，直到最后碰壁，碰得粉碎。有自知之明，在许多时候首先不是表现为进取，而是表现为避祸、避丑，减少失误，无论大事小事都是这样。曾国藩主持镇压太平军后，其权其威煌煌赫赫，于是有人建议他趁势造反，夺大清天下。他说大清气数未尽，未敢造次，赶紧自裁军队，得以全身。巴金晚年，常有人求字，求题书名。他说：我字不如茅盾，茅公在世时，能给人写字，我却不能。人们更加尊重他。没有自知之明，是一个人最大的悲剧。前面提到明代的海瑞，他在某些时候能借无私无畏做到实事求是，但在"自知之明"这一条上却栽了跟头。1569年，他从狱中被放出后当上南直隶巡抚，驻苏州。当时南方高利贷盛行，农民破产，土地为债主所夺。这类官司极多，已属积重难返。海瑞一上任就要独挽狂澜，先处理了一个曾任宰相的大官僚，又亲自审此类案，每天要收三千至四千状子。他热情极高，没有专门机构，全靠个人勤政审办。结果卷入纷争，孤军奋斗，四面招损。这次只做了 8 个月的官，又丢职还乡了。我们的干部也要自测一下自己的能力。

自知之明应该是加在我们认识路上的一道保险，就像猎人上路先检查一下枪里有没有子弹。这样起码可以排除因主观"不愿其闻"而造成的错误。成语言虚怀若谷，不辞江河是为大海，不辞土壤是为高山。著名昆虫学家法布尔说："机遇只给有准备的头脑。"自知之明者，就是要清醒地知道自己的不足，随时准备纳新知而求真理。

## 发扬民主

前面讲到，有时可能会因为权威、行政和私念方面的因素而妨碍实事求是，克服的办法是有一个民主制度，民主环境。小平同志在那篇著名的、后来被看作是十一届三中全会主题报告的讲话中专门有一个小标题讲"民主是解放思想的重要条件"。他指出："我们要创造民主的条件，重申'三不主义'：不抓辫子，不扣帽子，不打棍子。在党内和人民内部的政治生活中，只能采取民主手段，不能采取压制、打击的手段。宪法和党章规定的公民权利、党员权利、党委委员的权利，必须坚持保障，任何人不得侵犯。一个革命政党，就怕听不到人民的声音，最可怕的是鸦雀无声。"这是小平同志对历史的深刻总结、高度概括。我们党曾有几次在实事求是问题上栽过跟头，给我国的革命、建设造成过令人痛心的损失。比如，1958 年的浮夸风，"文化大革命"中全国上下说假话，而这也正是我们党和国家的民主制度遭到严重破坏的时候。这从反面证明，只有民主制度、民主环境，才能保证党的政策方针实事求是。政治上不民主，敢说真话的人就少，干部、群众的积极性就会受到压制。经济上不民主，生产力的发展就要受到破坏。1945 年黄炎培访问延安，提出一个政权怎么跳出周期律，永葆活力。毛泽东做了回答："我们已经找到了新路，我们能跳出这周期律。这条新路，就是民主。只有让人民起来监督政府，政府才不敢松懈。只有人人起来负责，才不会人亡政息。"那次谈话后又过了60多年，这期间可以说，成也民主，败也民主，将来实事求是还得靠民主。

发扬民主，小者便于人人讲话，集思广益，大者便于一个党、一个政府将自己的政策置于更实事求是的基础上。

## 健全制度

社会为能正常运行，必得有一定的制度。所有文化形态，不管是知识、思想、道德，还是美丑，都要凝结在制度上来，以制约人的行为，保护社会进步。实事求是是人类探求社会发展与进步的最科学的方法，当然要靠先进的制度来保护。中国封建社会长，习惯于人治，老百姓总是盼望能有一个好皇帝、好领导，日出东方红。古今文学作品，总是在歌颂好人鞭挞坏人。这是道德教育，还不能代替制度建设。"文化大革命"一场灾难才使人认识到靠理想、靠个人、靠权威都不行，要靠制度。

1980年8月邓小平关于制度改革有一段经典的讲话：

> 我们过去发生的各种错误，固然与某些领导人的思想、作风有关，但是组织制度、工作制度方面的问题更重要。这些方面的制度好可以使坏人无法任意横行，制度不好可以使好人无法充分做好事，甚至会走向反面。即使像毛泽东同志这样伟大的人物，也受到一些不好的制度的严重影响，以致对党对国家对他个人都造成了很大的不幸……这个教训是极其深刻的。如果不坚决改革现行制度中的弊端，过去出现过的一些严重问题今后就有可能重新出现。只有对这些弊端进行有计划、有步骤而又坚决彻底的改革，人民才会信任我们的领导，才会信任党和社会主义，我们的事业才有无限的希望。（《党和国家领导制度的改革》）

实事求是为什么难？最难就在没有一个严格的、科学的、激励的制度来保证人说真话，办实事。"文革"一起，连宪法都不要，冤案遍野，国家主席的生命都不能自保,何谈实事求是?"文革"之后,首先是真理标准大讨论,先从思想上解放,但最后还是要落实在制度上。细想一下,短短的 30 年,我们立了多少法律、法规和制度,仅全国人大通过的法律就有 900 多个,影响最大的如市场经济体制、人才流动、废除领导人终身制,等等。

## 结　语

实事求是,是一个思维方法,也是一个实践过程,它关系一件事乃至一项事业的正误成败,因此它又是一条思想路线,是一个行动纲领。

实事求是四个字,包含了行事者的学识、经验、思想方法、道德品质,同时,它又受时间、条件所左右。因此,它看似简单,实行起来却有许多难处。在此时、此处实行易,在彼时、彼处可能就难。有时,一个人在这一问题上能实事求是,在另一个问题上却难做到。在实际运用过程中,无论是一个人还是一个组织,谁也不敢说他永远、时时、处处都能做到实事求是,这就像谁也不敢说他一生一世不犯错误。犯错误不怕,改正就好。要想时时处处都实事求是,这可能做不到,但这不可怕,只要我们永葆这个精神,这条路线,并且在主观上解放思想、不断学习、勇于实践、无私无畏、有自知之明,在客观上能做到发扬民主、健全制度,就一定能做到实事求是。我们的行为就能不断逼近真理,我们的事业就会不断取得胜利。

1995 年 7 月 7 日

# 说文风

在中国历史上，凡社会变动都会伴随着文风的变化。这也好理解，文章、讲话、文艺作品都是表达思想的，形式要服从内容、表现内容。一个人在戏台上穿戏服，在球场上就穿运动服，服装随着动作内容变。正当十八大闭幕不久、十二届全国人大召开之际，各方面的工作都待一变，文风亦有一变。

文风从来不是一股单独的风，它的背后是党风、政风、官风、民风、商风及社会和时代之风。一个社会，经济在下，政治在上，文化则浸润其间，渗于根，发于表。凡一种新风，无论正邪，必先起于上而发于下，然后回旋于各行各业各阶层大众之间，最后才现于文字、讲话、艺术及各种表演。所以，当我们惊呼社会上出现某种文风时，它早已跨山越水，穿堂入室，成了气候。文风这个词虽是中性的，但通常只要单独提出，多半是出了问题，所以党史上治理文风从来是和治理党风、政风连在一起的。影响最大的是1942年的延安"整风"、"清算"和反对"党八股"。

远的不必说，新中国成立以来就有三次大的文风问题。一是1958年及之后两三年的浮夸之风，上面讲大话，"赶英超美"，"跑步进入共产主义"，报上登亩产几万斤，机关炼钢铁，公社办大学，文艺作品口号化。二是"文化大革命"的极左之风，全民处于个人迷信、政治癫狂的状态，报纸成了政治传单，文学作品"高、大、全"，舞台上只剩下样板戏。三就是我们现在面临的文风了，习近平同志概括为"长、空、假"，他说："当前，在一些党政机关文件、一些领导干部讲话、一些理论文章中，文风上存在的问题仍然很突出，主要表现为长、空、假。"

1958年之"浮"、"文革"之"左"、现在之"假"，这是我们60多年来的"文风三痛"。正如恩格斯所说："不要过分陶醉于我们人类对自然界的胜利。对于每一次这样的胜利，自然界都对我们进行报复。"（《劳动在从猿到人的转变中的作用》）1958年之惩是饿肚子、死人；"文革"之惩是国家濒临崩溃；现在"长、空、假"之惩是信任危机，离心倾向加重。所以十八大新班子一开始就疾呼整顿文风，当然也还有其他方面的工作作风。

文风，望文生义，一般可以理解为文字之风、文艺之风、文化之风，凡是经文字、语言、艺术等手段之传播而成为一种时尚的，都可以算作文风。文风的范围可分为三大类：一是与政治、行政关系密切的文件、讲话、会议及政要人物的文章、著作；二是大众传媒中的文字和节目；三是出版或上演的文学艺术作品。由于文风与社会政治走向，特别是与主政者的好恶关系极大，所以文风的倾向最先反映在与施政相关的第一类文字中，再从第二类到第三类。

"长、空、假"的要害在"假"。虽然坏风无有不假，但与前两次相比，现在的假风已深入骨髓，更加可怕。无论1958年之吹嘘经济方面的高产，还是"文革"歌颂"红太阳"，人们内心还有几分真诚，哪怕是在蒙蔽中的真诚。毛泽东听到钱学森的理论推算，都相信土地能够高产。"文革"中红卫兵真的可以随时为革命、为领袖去献身。"文革"后期曾有"牛田洋"事件，一群军垦大学生和战士手挽手迎向海浪，相信下定决心就能争取胜利，最终却葬身大海。这当然是一幕悲剧，但说明那时还是有一点愚忠、愚真的。现在没有人这么"傻"了，学会了伪装、弄假，如习近平同志所说"有的干部认为讲大话、空话、套话、歌功颂德的话最保险,不会犯错误","言行不一、表里不一,台上台下两个形象,圈内圈外两种表现"。没有了"天真",却假装真诚;没有了"迷信",却假装服从,这才是最可怕的。

"长"和"空"是为"假"做掩护的。习近平同志说:"假,就是夸大其词,言不由衷,虚与委蛇,文过饰非。不顾客观情况,刻意掩盖存在的问题,夸大其词,歌功颂德。堆砌辞藻,词语生涩,让人听不懂、看不懂。"为什么开长会、讲长稿、发空文、争版面、抢镜头及急着个人出书呢?是在作秀,是装着在干活,要弄出点动静来,好显得有才、有政绩。已在位的树碑立传,未到位的借机要官;没有政绩的玩花架子遮假,没有真本事的靠秀才艺壮胆;把工作、干部、群众都绑架在他借公谋私的战车上。邓小平同志指出:"我们开会,作报告,作决议,以及做任何工作,都为的是解决问题。"这些"长、空、假"的人心里从来就没有想到过要解决问题,都是在为自己捞资本。工作为轻,我为重,工作都是假的,文风焉能不假?我们可以对比一下,1958年人人头脑发热,"文革"中大搞个人迷信,但还很少有哪一个干部为了个人目的去出书、争版面、抢镜头、发长文。文风之堕落,于今为烈。

这种"长、空、假"怎么治呢?上有所好,下必甚焉。文风是末,官风是本。治文风要先治党风、政风,特别是官风。习近平同志指出,"各级领导机关和领导干部要起带头作用。文风问题上下都有,但文风改不改,领导是关键","要增强党性修养。坚持以德修身,努力成为高尚人格的模范。只有自己的境界高了,没有私心杂念,才能做到言行一致、表里如一,讲出的话、写出的文章人们才愿意听、愿意看"。

纵观历史,每当一种不好的文风得到治理时,社会也就大前进一步了。

我们期待着。

2013年3月11日《北京日报》

# 开会与讲话

党政部门的日常工作是大量的开会和讲话，它就像我们吃饭和喝水一样平常，但在这最平常的事情中却最能体现出我们的作风和效率。

## 开会是在酿造新思想

会议有各种类型，传达会、报告会、汇报会、研讨会等等，但不管有多少种名堂，一律要有新思想。与会者到会场来就像人肚子饿了进食堂，总不能再空着肚子回去。很可惜，我们的许多会议就像一张没有上菜的餐桌，大家只能拿着筷子空比画。会议是酿造新思想的，是制作精神之餐的，一个好的会议，连会场中的空气中都充满着思想。一个好的报告会，报告人要能牵着人的思维走，就像一面聚焦镜，能将人的思维从会场的各个角落聚拢来又发射出去，使每一个与会者都感到一种共鸣的力量，整个会场有一种共振的效果。一个好的讨论会，会场像一场无形的足球赛，每个人的思维之足都伸向那个唯一的球，激烈地争夺，充分地交锋。如果与会者言不及义，言不由衷，就像一场没有球的球赛，有什么踢头？一个好的汇报会，每一个汇报者就是一团吐着新焰的火苗，听者是一锅平静的冷水，得用你的温度去使他激动，使他沸腾，直到整个会场万焰跳动，热气腾腾，思想气化、升华，贯满会场的每一个角落。开会是一件很严肃、很郑重的事，解放前我们在根据地开一次重要会议，常常要让干部冒着生命危险从敌占区回来，有的同志就牺牲在来开会的途中。但是没有办法，不开会就不能统一思想，革命会损失更大。现在世界上每年不知道有多少双边、多边甚至全球性的会议，人们总是带着原来的想法来到会议室，又带着新的想法离开会议室，去工作，去实践。可以说，是会议推动各方面的工作，推动这个地球。

人类文明史的进程只记录那些新的创造、新的思想，而把重复的东西统统甩掉。比如科学史上记住了牛顿、爱因斯坦，社会科学史上记住了马克思、恩格斯等，因为他们有创造。一个会议也是这样。历史只记住了那些划时代的有开创意义的会议，比如中共党史上的一大、七大、遵义会议，因为这些会议产生了新思想，这些思想形成了党的路线，胜利地指导了党的实践。大会如此，小会也是这样，我们开一次会总要能产生一点新的思想，对工作有一点推动，这样的会议才值得开。可惜就像大吃大喝已经失去了吃饭充饥的意义一样，现在许多会议也早已失去了酝酿新思想的意义。

要想切实提高会议的质量，有两条应该做到。一是主持者要精心选题。要摘熟瓜，不要摘生瓜。会议既然是酿造新思想的，就先要看酿造的时机是否成熟，先找到突破口，选准题，会前要做细致的调查准备工作。会议题目选准了，这个会也就成功了一半。会议应急社会之急、工作之急和与会者之急，有的放矢。党的历史上的八七会议、遵义会议、十一届三中全会等许多重要会议都是因为时局危急，不开不行。这种会，绝不会空泛，不会说旧话、套话，它逼着我们必得产生一个新思想、新方案，这才是真正意义上的开会。现在有些会议所以质量不高，就是因为它不急，不反映工作发展到此时此刻的话题，是一种四季歌式的例会，于是就空谈、就旅游、就吃喝，到时散会走人。二是要调动与会者积极参与。开会如打仗，既要选战机又要鼓士气。会议开得好不好，最终要看与会者的思想变化。与会者的思想就是会议的原料，主持人的本事就是博采众料，善掌火候，把与会者的各种想法掏出来，再酿出一个统一的新思想。如果做不到这一点，只能水过地皮湿，会议也就走了过场。本来每一个人都有自己的观点、想法，大家凑到一起，总会有新思想、新方案，许多突然召集的会议也有开出效果的。可惜我们的许多主持人"武大郎开会"，听不出、发现不了每个人的新思想，更不能像好厨师一样巧用料，善掌火，变出一个新菜，而是像典礼上的司仪，只会刻板地宣读程序。过去，农村搞极左，农民出工不出力，"人哄地皮，地哄肚皮"，产不下粮食。同样，言不由衷，你哄我、我哄你的会议也产不出新思想。凡开会，会前没有急切之心，会上没有求新之心，这样的会议是开不好的。

## 讲话就是在做工作

就像写字和说话是我们表达思想的两种方式，发文件和讲话也是我们工作的两种方式。常常有一种错觉，好像正襟危坐、宣读文件才算是工作，而讲话就常被当作是应酬、客套、例行公事，于是空话、套话，甚至假话到处可见。现在干部的文化水平高了，我们可以通过文件、报刊来工作。解放前，我们动员打仗、搞"土改"，大多数时候都是靠讲话。那时基层干部文化水平低，不少还是文盲，他们就只带着一双耳朵来开会，听了我们的讲话，回去一传达，工作就轰轰烈烈地干起来了。那时候要是也像现在这样打官腔，哪有这个江山？检验我们讲话质量的最好办法，就是问一问群众记住了多少。如果一句话也没有记住，说明你的话没有用，没有入脑、入心，没有起到工作效果，或者你原本就没有想通过讲话来做工作。

工作就是改变现状，原地踏步不是工作。重复不是工作，有突破、有增减、有改进才是工作。欲改工作之状，先变工作之人，要先武装他的头脑，改变他的思想，所以讲话要给人新信息、新知识、新思想，要通过这三把钥匙开启听者的心扉，开启他头脑里紧闭的大门。他接受了你的新东西，精神变物质，去创造新的工作，这也就证明你的讲话有了作用。

现在为什么一些干部讲话人们不爱听？一是旧，没有新信息。不调查研究，捕捉不到新情况，总是在说老话，举老的例子，甚至比群众知道的还要少，就像局外人给当事者讲故事，听者不好意思捅破，只好耐着性子听。二是浅，没有知识度，它是在实践中获得的认识和经验。知识比信息又进了一步，已不是事物的皮毛，开始反映事物的规律。凡从事某一种工作，就必须有这方面的知识，就像一棵百尺之树必须有十丈之根。知识是某种专业、某种工作的根，而我们一些同志对自己所干的事察之不深，吃之不透，讲话讲不到根上，常抓住一点自以为得意的枝叶、花絮哗众取宠，而听的人却早在暗暗叫俗、叫浅了。毛泽东在延安时就给这种人画像：墙上芦苇头重脚轻根底浅，山间竹笋嘴尖皮厚腹中空。这样怎么能做好工作？三是死板，没有新思想。讲话的内容不但要有信息、有知识还要有新思想。信息和知识是死的，是垫在脚下的阶梯；思想是活的，是拿在手里的工具。给人以知识和信息好像替人打开窗户，吹进清风；给人以思想则是让他自己推窗望远，吐故纳新。"鸳鸯绣出从君看，'又将'金针度与人"，工具比产品更宝贵。讲历史唯物主义比讲历史更重要，讲辩证法比讲故事更重要，有思想的语言人们才能记得住。为什么毛泽东、邓小平乃至孔子、老子这些哲人的话我们现在还记得，就是因为其有深刻的思想，是工具、是指南，起作用的时间长。我们平时讲话不敢企求有多么深的哲理，但既然指导工作，总要超出现象说一点道理，好让人家举一反三，去想去做。而不少同志讲话就是一架复印机，省里传达中央的，县里传达省里的，乡里传达县里的。上面的精神虽好，还得要加上我们创造性的劳动才能落实。每一个负有一定责任的干部，一定要找到上面精神与自己工作的结合点，在这里生根发芽，结出自己的工作之果。这才是你的思想，才是活的东西，你只有讲这一点时，群众才爱听。

最后还有一点，就是语言。我们许多同志讲出的话，就像隔日的蔬菜，干涩软蔫。信息、知识、思想都可以是转承过来的，唯有语言只能是自己的，它像笔迹、指纹一样有个性。说的过程也是创造，同样一句台词，不同的演员念出来，效果就不一样。清代学者李渔说："同一话也，以尖新出之，则令人眉扬目展，有如闻所未闻；以老实出之，则令人意懒心灰，有如听所不必听。"比如，他这里就故意把"心灰意懒"用成"意懒心灰"。讲话如穿衣，不能一年四季总是一身衣服。人不变，衣常换，也有新鲜感。语言不新没有个性，人们听起来就"意懒心灰"，稍一转换，就"眉扬目展"。比如我们平常说不能讲空话，说多了这词也不新了。一位领导同志视察山区，听到一件事。山区多野猪，常于夜间糟害庄稼，农民先以锣鼓惊吓，后将喇叭悬于电线杆上放录音。野猪开始不敢来，后渐渐靠近，最后干脆将电线杆都掀倒了。这位同志说：讲假话连野猪都骗不了，谁还爱听？这就是"以尖新出之"，就有了新意，人们也容易记住。

## 关键是要有责任心和创造心

我们的讲话和会议如何才能不平淡呢？一是责任心要强，主持者不能例行公事。一般来讲，当我们的工作亟须突破时，这会议和讲话就有实效，因为这时不允许你敷衍，时势逼你尽职尽责。就像我们饭后在平路上可以漫不经心地散步，爬楼梯时就得认真出点力了，没有听说饭后在楼梯上散步的。散步的本意是走路，但它已被异化为一种休息；开会、讲话的本意是工作，但也能被异化为一种过场。如果我们时时有重任在身，有如履薄冰的责任心，会议和讲话的质量就高得多了。

二是要有创造心。作家追求"语不惊人死不休"，艺术家追求技压群芳，运动员追求破纪录。他们都把自己的专业生命定位在创造出新上，不新不如不做。工作也是这样，开会必得形成新思想，讲话必得有新效果，不新就没必要去做。当工作没有新意时，会议就没有生气，讲话就没有新词；当工作找不到新问题时，会议就没有焦点，讲话就讲不到点子上，就像拿眼药水往腿上抹。当一个人有很强的责任心和创造心时，他就会把每一次会议、每一次讲话都当作一次创造，力求有新的效果。同时许多没有必要的不出新思想的会议，许多不起作用的只是应酬的讲话可以统统省掉，这样我们工作的效率也不知可以提高多少倍。

1996 年 7 月 8 日

# 有感于干部不会说话

在一个干部座谈会上,主持人一再提醒与会者讲实例,讲自己的理解和认识,但一天下来仍是千篇一律,个个发言如社论、文件,结果弄得听者呆坐,记者叫苦。现在不少干部学历挺高,职级不小,却如何不会说话了呢?

细细观察有三种不会说话。一是离了稿子不会说。不少干部一张口,就是拿稿来!这有点像封建官吏一起身就高喊:备轿。于是就养了一批写手,类似轿夫。讲话必要稿子,甚至主持会议的几句开场白、结束语,包括感谢、鼓掌之类的话也要白纸黑字,打印工整,名曰"主持词"。我不知道再这样发展下去,请客宴宾是不是也要备下"请饭词",与某单同步印制置于桌面,每菜一句,直到"再见,慢走"。讲话不是不能用稿,重要的场合不仅必须用稿,而且还要反复讨论三改其稿。但是,如果没有稿就不能讲话,这已不是说话的能力问题,而是讲者的为政资格问题,就如同一个学生不敢接受闭卷考试。

二是交流性的话不会说。常见一些讲话者,一念到底,一说到底,听者反应如何、会场效果如何全然不管,讲完了话,就算完成了任务。讲话是一种交流，在会场上讲话虽不能如朋友聊天那般一来一往，但总要看看听者的眼神专注不专注，会场气氛集中不集中。现在科学已发展到人机对话、人机交流，连电脑都能感知人的情绪，根据人的要求应变。而我们一些干部反倒成了落伍的机器，许多会开得不生动，讲话不引人，就是因为讲者缺乏这种随机应对的本事，而这本是一个常人最普通的本能。成语"对牛弹琴"，就是讽刺不看对象，不求效果。人家来开会，听你讲，总是带着问题来，想解决问题。对这些不管不顾，只能说明讲话人或是官僚主义应付差事，或是不具备分析问题的能力和应变的智慧。就像一个人去浇花，却哗啦啦地把水倒在花盆外面，还自鸣得意。如果考察干部，只看这一条，就能看出他的工作态度及是否具有工作智慧。

三是举例说明不会说。这说明他没有干多少实事。人总是在用思想指导行动，干部指导工作除了有思想，还要有典型，这叫有虚有实。但许多干部在讲话时却只虚不实，你让他举例说明，他做不到，即使做了，也例不证理，驴唇不对马嘴。他平时本来就少调查研究，心中没有典型，没有自己切身体验和真正自己悟出的道理，从来没有完成过一个理论—实践—理论的全过程。中央文件传到省，省到县，县到乡，等到向上汇报时，又乡到县，县到省，省到中央，嘴上说的还是文件上的话，走了一趟高架路，过了一回天桥。一个不会用自己亲力亲为的事例来说明问题的人，在思维上必然没有从感性到理性的转换功能，在工作上也绝对不会有什么新创造。

让他离开稿子就不会说，向他提个问题也不会说，请他举个例子就更不会，他还会说什么话呢？就剩下官话、套话、虚话、假话，工作成了演戏，念台词、走过场。而他在家里与老婆孩子说话，或者提着东西去跑官送礼时，这三种话肯定都讲得很流利。

2002年4月1日《人民日报》

# 发言时少些表扬与自我表扬（外一则）

年年岁岁花相似，岁岁年年人不同。阳春三月，中南海红墙外的白玉兰又将绽放，每年一次的两会也将要召开。今年两会正赶上换届，又是在十八大之后中央公布"八项规定"、狠抓改进作风之际。如何改进会风，上下关注。

往年开会有这样的现象，一些来自基层的代表发言时总要借机表扬一下领导，且这种表扬，已成定式。如果是最基层的人发言，则不忘把上面的各级领导都一一表扬到，说他们如何辛苦，为基层办了多少好事，等等。如有中央领导在场，就会说，自从您去视察后形势如何大好，您走后我们坚决贯彻您的指示云云。还有的，不忘在更高一级领导面前表扬自己的顶头上司。如省委领导在场，一定会说我们县委、市委领导如何好，给人的感觉是在替领导拉票、说情、捧场。更尴尬的是，被表扬的领导往往在场，有的坦然受之，不觉脸红，有的虽觉不妥，面对表扬，也未能当场制止。

人民代表是从各地选出来，代表人民反映基层呼声，审议国家大事。在会上的发言不外两个内容：一是基层的情况和要求，二是对会议提交文件的审议意见。代表团的编组以省、市为单位，既有基层的工人、农民、教师、个体户，又有县、市、省，直至中央的领导。大家同处一团，平起平坐，共商国是，气氛应该是平等、诚恳的。

开会并非不能表扬，做得好就肯定，也是一种实事求是。但两会是国家最重要的政治活动，是议大事，商国是，若有褒奖也是对事不对人。在这个场合借机表扬上级，极不严肃，是一种不良会风。对下级来说是阿谀、讨好，另有所求；对上级来说是甘受恭维，是一种精神受贿。从这个细节反映出无论说者、听者都没有真正把自己当成一个人民代表，还是有民与官、上下级的区别，人代会成了干部会。况且，就算是在干部会上，大家坐在一起也是竭诚议事，检讨工作，没有必要来什么讨好。细究，还是民主意识不强的表现，庸俗、媚俗流行，民主、平等不够。

习近平同志指出："改进文风会风，要努力活跃党内生活，扩大党内民主，大力倡导独立思考的风气，创造鼓励讲真话、提倡讲新话的宽松环境。"我们党的历史上曾有过非常好的作风：批评与自我批评，民主与集中，同志式的平等，坚持原则，坦诚共事，知无不言，等等。可惜这种好传统却在一些人身上慢慢地消解，封建依附、媚权媚俗、吹吹捧捧的作风悄然抬头。俗风既久，已习以为常。如毛泽东所说，像京剧《法门寺》里的贾桂，站惯了不敢坐，当了代表还是直不起腰。而在领导这一方，则是放不下架子，丢不得面子，但这种事关键还是在领导。在进城前的七届二中全会上毛泽东就提醒，因为胜利人民会感谢我们，要坚持"两个务必"。1959年庐山会议上，张闻天又指出："不要怕没有人歌功颂德。"昨日警钟，声犹在耳。

十八大后中央大力整顿会风、文风，有决议，有实际行动，带头垂范。中央政治局通过的"八项规定"，第一项就是改进调查研究，深入基层，向群众学习。十八大刚过，在中纪委召开的一次座谈会上，有与会者发言，一开口又是"尊敬的××领导"。主持者立即打断，示意不要这样，有话直说。虽是小细节，舆论振奋，一时传为美谈。虽说冰冻三尺非一日之寒，但我们毕竟又迎来了一个新的春天，中央为我们做出了表率，希望在今年

3月的两会上能看到更可喜的变化。

## "下团"开会就这么难

每年两会，有一项内容是中央领导分别下团参加讨论。实际上这一天领导人并没有下到代表团的驻地去，而是一大早用大轿车把全团人马从驻地拉到人民大会堂里，临时布置一个会场，请领导来出席。散会后再用车把代表送回驻地。这本来是一件又平常又简单的事情，却搞得这样复杂。领导一人一车去"下团"，变成全团兴师动众去"上堂"——上大会堂去"被下团"。

这是一个小小的细节，无关会议内容，但事关会风、党风、工作作风，影响不好，细析其理有三。第一，人民代表大会是国家的最高权力机构，代表是会议的主体，代表人民。这是一件很严肃、神圣的事情。从党的传统来讲，我们平常总说为人民服务，人民是上帝、是父母，而此刻正是领导俯身躬听人民声音的最好机会，应该毕恭毕敬，到会问政、下团问政。何况许多领导本身就是代表，是所在团里的普通一员。第二，据说这样做是为了便于安全保卫。大会的安保工作已经尽善尽美，如果下团都不安全，又如何下乡？我们党最基本的工作方法是深入基层，调查研究。会场都不能深入，何谈深入基层？这怕是安保人员偷懒想出来的借口，工作人员抬轿子的惯性。第三，这样做的结果，虽方便了领导，但劳顿了代表，增加了扰民。试想，本来领导一人一车到团里去开个会，惊动很小，现在反过来要用三四辆大轿车拉一个代表团的人，呼啦啦地横穿北京，又要牵动多少工作人员。何况一共有三十多个团呢？沿途交通管制，影响市民的正常出行。时间花在路上，也很不合算。

作风问题本来就是细节问题，要从小处着手，所谓耳濡目染、防微杜渐、谨小慎微都是指的从小处抓起。党史上著名的七届二中全会就在党的中心工作转移之时，抓作风、抓细节，提出"两个务必"，做出不命名、不敬酒、少拍巴掌等五项规定。今天，十八大选出的新一届党中央通过的改进作风的"八项规定"也是从细节抓起,第二条专讲会风,第五条专讲改进警卫,不封路,不扰民。中华民族的传统向来是礼贤下士,敬重人才,真诚待人,且重细节。刘邦洗脚,有士来访,不及擦脚,倒踏鞋出迎;刘备三顾茅庐,静立雪中,都是美谈。延安时,毛泽东在黄尘滚滚的街头与农民谈话;1958年,周恩来听说广东农民育出新稻,亲飞当地,蹚着泥水到田头与农民交谈。

天下者人心,人心者现于言表,见于行动,处处留痕,得人心者得天下。两会是五年一届、一年一度的最大的国是大会、人才盛会、展示人心的大会,也是政治家表现自己风采的舞台。无论从中华文明史还是党史的角度,我们都应该发扬传统,改进作风,调查研究,谦虚谨慎,如履薄冰。

2013年2月21日《人民日报》

# 当干部与写文章

官员写作一直是一个有争议的话题。有人说为官就不要为文,有借权发稿之嫌;有人说这是私心重的表现,既要官位又要虚名;有人说言论自由,不管谁有话都可说、有才尽可发挥。其实官员写作已是一种客观存在,不但现在有,自古就有。唐宋八大家,哪个不是官员?问题是为什么写、写什么?

一个官员为什么还要写文章?因为,文章是工作的一部分,也是生活的一部分。我们常说创作来自生活,官员的工作和生存状态也是一种生活,这生活自然应该有所反映。允许作家去虚构乱编官场小说,为什么不许官员说出他自身真实的感受?说出来至少可以推进工作,活跃思想,繁荣文化,这也是一种责任,一种贡献。相反,有的官员无思想不会写,有的怕招忌不敢写,有的虽写了但不合文章的美感,这都是一种遗憾。一个好的官员,如果他真的把工作当成一种事业,真的想为社会、为百姓干一点事,真的想探寻真理,研究规律,那他最后必定是一位政治家、专家、学者、思想家和文章家。不可想象,毛泽东只批文件而不写文章。可惜,现在的官员只会写批示而不会写文章的为数不少。

写什么?当然应该写自己工作生活的所感所悟。这考验官员的两个能力：一是政治思考力，二是艺术表达力。如诸葛亮的《出师表》，如魏征的《谏太宗十思疏》，如范仲淹的《岳阳楼记》，如毛泽东那些大气、深刻又幽默的文章，都是文随事出，情随理现，自自然然。现在的问题是官员中不会写、不敢写的不写，而爱写的人中又有一部分重形式而无内容，无思想。有的哗众取宠，只顾给自己造势，不管读者的感受。比如用诗歌体做工作报告、搞新闻发布，写口号式文章之类。这就坏了官员写作的名声，招来更多的仇官心理。官坛之文坛，浮云神马常乱人眼，干瘪教条又使人生厌。

官员写作也有一个思想解放的问题。首先要肯定，为官又为文是对的，以文辅政有何不好。诸葛亮、魏征、范仲淹都相当于当时的国家级行政首长，他们的文章直接议政，影响到当时的政策，又为后人留下了永远的思想财富。存在决定意识，实践出思想，只有他们那种特殊的庙堂之位、职责所在、忧国之心，才可能出这样的好文章，只"文"而不"官"的人是写不出来的。所以，今天的干部倒是应该充分利用为官实践和高位思考这份人民赋予的特殊资源，为社会留一点好文章，也是给纳税人一份答卷。

诚盼官坛重抖擞，不拘一格出文章。

2015 年 10 月 9 日《人民日报》

# 干部何必展示才艺

现在干部的文化基础水涨船高，大学本科已是起码的门槛，硕士、博士比比皆是，不像新中国成立之初的工农干部，胼手胝足，只会闷头工作。于是，除工作之外便有了"才艺展示"。

胡长清人人皆知，是新时期第一个因贪污而判处死刑的省部级高官。他选的才艺是书法，据说他在监狱里还对狱警说："你善待我，我出去后给你写幅字。"可惜笔未落纸，人已伏法。还有一位地方官，治民无方，治地发生群体事件，他处理不了，化装逃出，但他却会弹钢琴。他常会客的宾馆里放着一架专用琴，每当酒酣之时，部下就会巧妙地暗示：我们领导还会弹琴呢！客人就赶快知趣地说：真的吗？愿闻其妙。他就半推半就，走上琴台，才艺展示一番。

多才多艺没有错，关键是分清主次，才当其用。大凡一个稍有文化、中等智力的人，身上总会有数种甚至十数种以上的才，这不足为奇。据说人的23对染色体，只有1对管起码的体力智力，其余22对管不同的才。人人有才，人皆多才。君不见随便一个民间二人转演员，从耍手绢到吹唢呐，都能在台上玩他一个眼花缭乱。但他真要成名却不容易，一是要有一个专门的才，二是这才还得是别人没有的绝才。这就难了，这里有个角色分工问题，也有人生态度问题。如果唱旦角的不攻旦功，而旁骛丑功，则"旦不成而丑不就"，为老实人、聪明人所不为。政治舞台与演艺舞台其理同一。

干部的主要角色是什么？是理政。孙中山说政治是管理众人之事，毛泽东说是为人民服务。首先你要有行政能力。心忧天下，心系百姓，把握大势，拆难解困，卒然临之而不惊，捧之宠之而不喜。老老实实把该管的事管好，勤勤恳恳为百姓谋一点福。如果还能有一点创造，比如有一点新政，那就更好。正如朱镕基答记者问所说，希望是个清官，干一点实事。我们常爱在官员前加"父母"二字，称父母官，暂不说其是否准确，却有强调责任的一面。父母者，首先要解决子女的衣食等事。如果父母每天拿不回粮米，进门就只会给孩子唱歌，子女也实在乐不起来，要这等父母何用？其实无论是百姓还是上级，直到中央，对干部并没有什么过多要求，干部考核表上也没有"才艺展示"这一项，但是为什么有些干部喜欢频频展示其才艺呢？原来花拳绣腿比真功夫既好看又省力。

才艺对政治家有没有用？有用，但那是锦上添花。有一点，更见其彩，没有也不影响为官做人。毛泽东诗词写得好，中国人为有这样的领袖而自豪；邓小平不写诗，仍不失为伟人，人们照样尊敬他。政坛上人物的才气可分为四种：一是有政治之才又兼有艺术之才；二是只有政治之才；三是只有艺术之才，投错了胎，误入政途，如宋徽宗、李后主；四是既无政治之才又无艺术之才，阴差阳错，戴上了官帽。不管哪一类，既入政坛，就要一心务政。共产党的第一代领袖无不多才，周恩来年轻时就演话剧，张闻天写小说，海军司令萧劲光还拉得一手好二胡，但从没有听说他们"露一手"。官者，管也，管好老百姓的事，同时也管好自己。有才艺可以，但不必频频展示，不要本末倒置，否则适得其反。宋徽宗好字画，李后主好诗词，明朝还有一个木匠皇帝熹宗朱由校，这些业余才艺反倒促使他们更快地人亡政息。共产党员早期重要干部顾顺章会两下魔术，在执行秘密任务途中，过汉口码头时禁不住上台露了一手，结果暴露身份，被捕叛变。凡热心于小技小艺者，其心必浮，难有大成，亦难托大任。足为之戒。

《当代贵州》2010年第1期

# 为什么不能用诗作报告

报载某地开人大会,所作的报告却是一首五言长诗,凡 6000 字,一韵到底。这到底是工作创新还是亵渎职守,媒体议论纷纷。深究其理,值得玩味。

我们先分析一下"形式"。形式与内容本是对立统一,合作共事的,但是人们常记住了"统一",忘了"对立"。原来形式本身有独立存在的价值,比如诗歌这个形式,就有句式、节奏、音韵的美,这是形式的资本,所以它总时时想逃离内容,闹独立。就像一个美女,不想与穷汉厮守,总想换一个大款过日子,她有这个本钱。这就是为什么年年反形式主义,却总是反不掉,就如年年扫黄,总是扫不尽。本性使然,规律所在。

形式爱表现,但它自己不能实现,必须借助于使用形式的人。天下的人可分两类,一类是干实事的,虽也会用到形式,但内容第一,如经商、从政、军事等等。另一类是玩形式的,专门开发形式的审美价值,如音乐、美术、语言等艺术家,形式第一。人各有好,术有专攻,本无可厚非,但最怕的是,乱了阵营。你是要干事还是要从艺,鱼和熊掌不可兼得。比如,宋徽宗、李后主,本是当皇帝的,但坐在龙椅上不办公,一个爱画画,一个爱写词，虽也出了名，但都成了亡国之君，当了俘虏。还有那个爱作曲、会编舞的唐明皇，也招来了天下大乱，自毁江山。我们的干部总是分不清自己的身份和责任，想要两头沾，既当宋徽宗又当唐太宗，既做政界的艺人，又做有才的官员。无数事实证明，于公，这是亡国之象；于私，这是身败之症。只有放弃一头，才能保住另一头。共产党第一代领导人中，有大才艺的人很多，但他们都知道孰轻孰重，毅然割爱才艺，献身革命。陈毅参加革命前先参加了文学研究会，曾与徐志摩论诗；张闻天是第一个发表长文把诗人歌德介绍到中国的人；周恩来的话剧才能更是尽人皆知。但他们都不敢"以才害政"，也从不借政坛炫艺。

再说形式与内容搭档也是有一定之规的，就像穿衣服要讲场合，或可称之为"形式伦理"。如果是纯玩形式，有艺术界的行规；但要做事，特别是政事，就有政界的规矩：以事为主，选取适当形式。什么叫"适当"，突出内容，淡化形式。比如穿"三点式"是健美比赛的形式，为突出肌肉的美；穿古装，是演古装戏的形式，为突出古典氛围。政治报告重在时政阐述，要严肃、鲜明、直白、缜密，用长于浪漫、抒情、吟唱、夸张的诗歌形式去表现，就像参加晚宴时穿着古装或"三点式"，那是怎样的一种尴尬。单从语言表现来说，诗歌有格律管着也不能尽达政治之意。闻一多说写诗是"戴着镣铐跳舞"，用诗去作政治报告则是镣铐之外又加了一层面具。比如，这篇6000字的报告，一色五言，一韵到底，你就是想"此处有掌声"也会受到一层限制。历史上曾有人以诗写论文，唐代的司空图用四言诗写了一本《二十四诗品》，是学术名著，但也没有超出以诗说诗的范围。现在以诗来写政治报告，这确如马克思所说，是"惊人的一跳"。

形式有逃离内容的本性，其实还是因为背后有一双看不见的腿，有一个不专心正业的人。奇怪，在其他行业，如商业，就没有人敢用诗歌来签合同，军界也没有人敢用诗歌来下命令。因为，一是他的权力有限，二是立即就会碰钉子。政界却能出这种怪事。这也从一个侧面说明我们政治的不成熟。

2015年2月19日，大年初一

# 官员答记者问的 14 个不要

答记者问是现代政治的一种运作手段，是政治文明的一部分，是主动提供信息、沟通意愿、争取民心、获得支持和改进工作的重要途径，切不可有应付、对抗的心理。以低标准来要求，起码须做到 14 个"不要"。

1. 不要做报告。答记者问是有问才答，不问不答。虽有时也可借题发挥，但不可太多。常见的毛病是不管人家问什么，只管念自己事先准备好的稿子，做了一个小报告，甚至是故意占住时间，怕人多问。

2. 不要抖家底。一些地方官，不管回答什么，总要不厌其烦地将自己所辖地的土地、人口、物产、产值，甚至山川、历史、气候，全都抖落一遍。这些并不能见报，也无人关心。

3. 不要居高临下。答记者问就是答客问，对客人要尊重、客气，和气生财，谦虚生威。

4. 不要环顾左右而言他。这样不礼貌，人家觉得你心不诚。

5. 不要以不变应万变。不要用外交辞令，这样给人"滑"的感觉，自以为得计，其实有损形象，吃大亏。

6. 不要有对抗心理。所提问题有时可能尖锐，但不必介意，不要立即摆出一副防范、抵抗状，这样问答将无法进行。

7. 不要念稿子。凡问答都是即时的，试想，你与亲人、朋友谈话，或者你年轻时谈恋爱是否也先有一份稿子？有稿，就有其心不诚，其人无能之嫌。

8. 不要上专业课。答记者问就是通过媒体普及你的思想、你的观点，你讲得又专又深就等于白说。钱学森要求大学毕业生交两篇论文，一篇专业论文，一篇科普文章，真懂是能深入浅出。官员也要有两种本事，一是起草文件、写工作报告；二是动员群众，包括回答记者。

9. 不要假装幽默。幽默是宽容的表现，达到目标还有一点花絮，如篮球的空中扣篮，足球的倒勾射门，但没有真本事，不要幽默。许多官员以为答问时，幽默就能得分，结果身子能倒钩，球却进不去，弄巧成拙。

10. 不要借机捧上级。大型记者招待会，有时是各级官员出场，由最高官员主持。常有低级官员借答记者问，捧上级，让人肉麻。虽面向记者，却心系领导，这是封建政治、奴性人格的表现，无论民主政治还是现代传媒都无此内容。

11. 讲话的前奏不要太长。答问，是借问作答浑然一体，如太极拳之借力发力，四两拨千斤。一开口即要接上记者的问话，不要自加前奏，自泄其气，反招人烦。

12. 讲话不要超过5分钟。长则有水分，长则惹人嫌。

13. 不要讲空话、套话。你要明白这些话统统不会见报，所有的记者都是挑最有个性的材料和语言来写稿。

14. 不要向记者发脾气，更不可动粗，弄不好身败名裂。就算已看出是对方设的圈套，也要机智地、有风度地绕过去。

这14个"不要"都是我在记者招待会上屡屡看到，现仍在发生着的。

2010年4月5日《西安晚报》

# 忠诚老实 言行一致

不久前，一位省委书记上任，习近平总书记送了三句话12个字：对党忠诚、个人干净、敢于担当。头一句话就是对党要忠诚。

官做到多大也逃不出人格与人性。于普通人而言，忠诚老实是做人的美德；于官员而言，忠诚老实，就是一个政权稳固的基石。

"忠诚老实"本是人人都应具有的一项品德，五千年中华文明，更是始终倡导这种美德，似不必特别赘言于官员。然而，一方面官员所应具备的"忠诚老实"，较之一般公众，更有特殊意义。如《墨子·公孟》中说："政者，口言之，身必行之。"意思是处理政务，要言行一致。另一方面，在当前环境下，虚假之风甚炽，强调官员之忠诚老实更有现实针对性。

司马光在其《四言铭系述》中曾明确说："尽心于人曰忠。"一般来说，忠诚是指对特定对象的一种赤诚无私、尽心竭力的思想情感和道德操守，是一个人的世界观、人生观和价值观的体现。老实，是指实实在在、实事求是，是一种态度和方式，与之相反的意思有"虚"、"假"、"谎"、"伪"等。

忠诚代表着忠实、诚信、服从等含义，其所指向的，可以是国家、人民、事业、上级、亲人、朋友、爱人等。老实，则体现在日常生活的方方面面，主要包括做人、做事、说话，毛泽东就曾要求全党同志要"当老实人，讲老实话，做老实事"。邓小平说，一个革命者，是不是忠于党，忠于人民，就是看他是不是老实，是不是实事求是。忠诚老实就是毛主席讲的实事求是，一个自觉的革命者无论何时何地，在任何情况下，都要做到忠诚老实，对党要忠诚，对群众要忠诚，要老老实实地说话，老老实实地办事，老老实实地做人。

"忠诚""老实"放在一起，主要是强调立场、真伪的问题。对个人而言，这是人生和人格的基本问题。对官员而言，这是官德的基本要求。官员的忠诚老实是一种归属感、一种责任感，也是一种气节大义，要以崇高的信念做支撑。

更广泛地说，忠诚老实还和"诚信"、"气节"、"情谊"、"忠贞"等问题密切关联，是体现这些方面的基础，是这些外在表现的内心印证，是诚心诚意，真实无妄，既不自欺，也不欺人。

《中国共产党党章》明确规定，"对党忠诚老实，言行一致"是党员必须履行的义务之一。这种要求，既是由党的宗旨和使命所决定的，也会为党掌好权、执好政提供坚强的组织保证。

《新湘评论》2015年第12期

# 弄虚作假是事业的大敌

1992年邓小平南方谈话时曾说:"要多干实事,少说空话。"又说:深圳发展这么快,是靠实干干出来的,不是靠讲话讲出来的,不是靠写文章写出来的。他回顾历史:毛主席不开长会,文章短而精,讲话也很精练。周总理四届人大的报告,毛主席指定我负责起草,要求不得超过五千字,我完成了任务,五千字不也是很管用吗?

说空话,不干实事,弄虚作假,不忠诚、不老实历来是事业的大敌。妄想以这些小聪明、小手段去博取官位,去对待工作事业,注定不可能有大收获。

在这方面,朱镕基树起了一个很好的范例。他曾多次说,他是一个把讲真话当成做人原则的人。甚至因为这个原因,他特别喜欢中央电视台敢于讲真话、针砭时弊的《焦点访谈》栏目。他在与该栏目的人员座谈时说:《焦点访谈》自开播以来,我不敢说是最热情的观众至少也是很热情的观众。

在今天,这种讲真话、干实事的精神,尤其具有其珍贵的价值。近年来,诚信缺失已成为我国亟待解决的突出问题。有的官员,对组织决策阳奉阴违,嘴上说一套,实际做一套,上有政策下有对策,只讲虚的,不干实事，已经产生了很不好的影响。这种人多了，不仅于国家发展无利，而且会严重涣散纪律，损害政府形象。

当然，这里所讲的老实做事，不是庸庸碌碌、无能无为，而是实实在在做人、踏踏实实干事、兢兢业业工作。老老实实做事可能会吃亏、受委屈、被忽视、丧失一些高官厚禄的机会，但从长远看，却会获得大的成功，获得更大的事业成就。与老实人相对照，有一些投机钻营者，做虚功、拉关系、搞逢迎，把心思和精力都用在"造势"和"谋官"上。这种人丢开做人、做事、做官最基本的底线和原则，丢开忠诚谋取一官半职，背弃老实贪得一时之利，也许可以有一时的收获，但终究不会对事业有大的推动，不会获得长久的发展。

周恩来总理曾经说过：世界上最聪明的人是最老实的人。因为只有老实人，才能经得起事实和历史的考验。这句话很有哲学的意味，老实人做老实事、说老实话，与实际高度贴近，当然就经得起历史的检验了。忠诚老实，是大操守、大智慧，属于一种美德也是一种超越。与之相反，弄虚作假、见风使舵、虚与委蛇，只是一种小伎俩，是事业的大敌。

《新湘评论》2015年第13期

# 心中要有主义有信仰

列宁说过：真理很灵活，所以不会僵化；又很确定，所以人们才能为之奋斗。真理这种强大的力量，对于每个人而言，都是应该掌握而且可以掌握的。

李大钊说过一句话：人生最高之理想，在求达于真理。真理的内容，涵盖社会生活的方方面面。人们对真理的认识，也是一个不断深入的过程。在现实中，每个人都会在长期的学习生活中，逐步接受认同一些基本的理论和思想准则形成自己的世界观。在这些思维体系中，处于最核心、最顶端或者具有最根本性的影响作用的那些观点理念，会始终影响一个人行为做事的方式，这也就是一个人所坚持的主义或者信仰。

通常情况下，"主义"一词，一方面表示主导事物的意义，如资本主义是指资本主导社会经济和政治的意义。另一方面，主义的概念表示某种观点、理论和主张，多是指最高的理想和准则，某某主义即是以某某为最高理想和准则的思想体系。在这里，我们说，一个人心中的主义，就是他心中最高层面的观点和主张，是他所接受和认可的真理。

人的思想是一个非常奇妙和复杂的东西，需要人不断去充实，去武装，

列宁　　　　　　　　李大钊

去给予信仰和某种理念的支撑。如邓小平曾说:"我们干的是社会主义事业,最终目的是实现共产主义。""共产主义的理想是我们的精神支柱。"而具有精神信仰的人,就会受其支配,使自己的行为为自己的主义信仰服务。

如果一个人,不是去不断探索学习真理,去充实明确自己心中的主义,只是浑浑噩噩,停留在简单初级的物质生活的欲求、生生灭灭的层面上,那这个人的生活将注定是低级无趣、没有作为的。一个高尚的有作为的人,贵在其高尚的主义信仰,并能不断为其主义而努力。

司马迁曾在《史记·太史公自序》中说:"敢犯颜色,以达主义,不顾其身。"就是说要通过最大的努力以达到自己的主张、理想。他自己坚持完成编撰《史记》的过程,正是"不顾其身"的过程。对党员干部而言,要有信仰、有主义,才能做到有坚持、有操守、有追求,才能自觉地服从于真理、坚持真理,这是一个党员干部要想获得事业发展的基本的内在要求。

抗战时期,全国各地的进步青年,即使千里徒步也要奔赴他们心中的革命圣地延安。新中国成立之后,留学海外的知识分子,冲破千难万阻也要回归祖国的怀抱，他们无不是为了主义而不顾其身的。

关于主义，最有名的是夏明翰的诗句：砍头不要紧，只要主义真。杀了夏明翰，还有后来人。这种不顾其身，已经是完全彻底的连生命也可以贡献的一种追求。王若飞也说过意思相同的话："我生为真理生，死为真理死，除了真理，没有我自己的东西。"

古往今来，为了主义而"不顾其身"、"舍生取义"者，又何止于万一。战争年代里，在茂密的丛林中，在昏暗的油灯下，无数胸怀信仰的人，面对旗帜，举着拳头，使自己获得巨大的精神力量，然后昂然投入残酷的斗争中，坦然面对流血与死亡。他们正是在物质生命的舍弃过程中，完成了一种转化和升华，实现了对精神理念的坚持。鲁迅说，一个人的生命是可宝贵的，但一代的真理更可宝贵，生命牺牲了而真理昭然于天下，这死是值得的。

现在有些干部，崇尚拜金主义、物质主义、享乐主义，见风使舵、随声附和，说假话、说空话，完全迷失了自己心中的根本追求，也就丝毫谈不上如何去追求实现自己的主义。

对于党员干部来说，各种制度、纪律都只是外部约束，丢掉了内在的理想信念，丢掉了应有的价值利益立场，即使再怎样监督也是扶不起来的。信仰纯洁，众邪不生，只有心中时刻有信仰、有主义，并始终坚持自己的信仰、主义，才会从最根本上引导自己的行为。

《新湘评论》2015年第14期

# 应有更高的精神追求

人的思想是支配行动的先决条件。在物质享受的基础上，应该有更高的精神追求，这样可以获得更高尚、更深刻的人生体验，体现自己更高的人生价值。

人不仅是一个肉体的存在物，同时还是一个精神的存在物。人不同于动物又超越于动物的地方，就在于除了肉体还拥有一个心灵的世界。只有在这个层面上，才能显示出人之所以成其为人的本质规定，也才能显示出人的尊严和高贵。

人的物质存在和精神存在决定了人的物质需要和精神需要，而物质需要和精神需要又进而决定了人必须拥有自己的物质生活和精神生活。而且，物质需要和精神需要对于人及其存在而言并不是平分秋色的，精神需要及其满足更带有本质的意义。

毛泽东曾说："人是要有一点精神的。"周恩来曾提出，领导干部必须过好思想、政治、社会、亲属、生活"五关"。其中，对于生活，他说，生活关分两种：物质生活和精神生活。物质生活方面，我们领导干部应该知足常乐，要觉得自己的物质待遇够了，甚至于过了，觉得少一点好，人家分给我们的多了就应该居之不安。精神生活方面，我们应该把整个身心放在共产主义事业上，以人民的疾苦为忧，以世界的前途为念。这样，我们的政治责任感就会加强，精神境界就会高尚……周恩来的一生，也确实是这样做的，难怪英籍女作家韩素音在访问周恩来后，会称他的办公室是"一片斯巴达式的简朴，他全然不关心任何物质享受"。

党员，党的领导干部不同于一般的老百姓，他们应该有更高尚的品格，健康向上的精神状态，为国家和大众做一定牺牲的精神。不仅仅停留在一般的物质需要的层面上，而应有更高的精神追求，加强自身修养，不断磨砺，努力进取，真正使自己成为一个情操道德高尚的人。有了这样的道德心理防线，才能在掌权用权时不为利所动。

在杭州岳庙，有这样一副对联：

天下太平，文官不爱钱，武官不惜死；

乾坤正气，在下为河岳，在上为日星。

上联是岳飞答人的话："文官不爱钱，武官不惜死，则天下太平矣。"下联出自文天祥的《正气歌》诗句："天地有正气，杂然赋流形。下则为河岳，上则为日星。"对党的领导干部而言，应该追求更高的精神境界，养成一身正气，超越对钱财的追逐。

《新湘评论》2013年第10期

# 享受岂能是头衔

有一件事想了很久,不吐不快。

常见报刊上或会议上介绍某人时,或在名片上印头衔时称:享受国务院特殊津贴,甚至追悼会上也不忘加这一条。这个"津贴"施行于20多年前,那时知识分子待遇一般,生活拮据,于是为一部分精英人才发津贴,有重视知识、重视人才之意,后延续下来。不想这倒使一些人用来做了终身夸耀的资本,动不动就"我享受国务院津贴"(类似提法还有"享受正部级医疗待遇"之类)。事情虽小,却关乎价值导向和社会风气。

津贴是什么?就是生活补助。正常情况下一个有自尊心的人很少要人补助,如果真拿了别人或政府给的补助也会心怀忐忑,低调处事,加倍工作。现在反过来了,把"津贴"挂在嘴边,印之名片,显于报章,足见其浅。此现象文科多于理科,而犹以书画界为最。媒体也无知,跟着捧。就像某一级首长,在单位吃小灶,出门坐小车,这本是一种生活、工作待遇,如果每开会或印名片,都要称享受小灶、小车者某,这成何体统,他还算个首长吗?

记得前些年,有大学教授写了一书稿,投之某出版社,数月无回音,便写信去催问。内容只一句话：某日寄去某稿，不知下文如何。下面的落款倒有 20 多个头衔，包括"享受津贴"，占了大半页纸。那个编辑也有水平，先用大半页纸照抄了这 20 多个头衔，再呼某某先生，正文也只有一句话："水平不够，恕不能用。"想来这编辑回信的当时，内心一定荡起强烈的厌恶与轻蔑，他指的水平当不只是文稿的水平。

记得当年我在基层当记者，跑乡村学校。那些最基层的乡间知识分子生活困难，窘迫拮据。县里重才，就特批给一些老教师每逢重大节日可享受二斤猪肉的供应。但我从未听到过哪个教师自我介绍：享受猪肉二斤。居里夫人是唯一得过两次诺贝尔奖的女科学家，但她从不拿这个奖说事，还把金质奖章送给小女儿，在地上踢着玩。无论大的还是小的知识分子，无论做事还是学问，一个最基本的素质就是脚踏实地，不欺世盗名。

我们常说，知识分子是国家和社会的精英。精英者，思想之精，品德之英，然后又学有所专，能沉下心来做事情，做学问，为社会之脊梁，公民之师范。区区津贴，念念不忘，也要挪作虚名，非知识精英之所为。国要强，先强国民；国民要强，先强精英；精英尚如此，泡沫何其多，国事实堪忧！我担心，如果有人出国去也印一张"享受"字头的名片，一是外国人看不懂，二是真看懂了就更糟，要大丢人格。我们常批评世风浮躁，怨青年人不成熟，文艺圈太浮浅，干部少学识，等等。殊不知精英之浮，才真正是社会的危机。知识分子如何对待名利，实值深长思之。

2014 年 12 月 8 日《人民日报》

# 杂谈九则

## 大干部最要戒小私

干部是公家的人,是公务员,是为国家办事,不能有私。大贪大贿自有党纪国法管着,这里且说一说百姓眼中最无奈却又最鄙视的小私小弊。

人皆有私,但是私戏不能在公家舞台上演。就如任何人都可以在自己家的浴室一丝不挂地沐浴,可以在自己家夫妻共枕,但如果有人把此事演到大街上、舞台上,那将是怎样的难堪,怎样的不可理喻。

但许多事,换一种形式,便泾渭不分。我们有一部分干部就在干这种有违常理的事,有一位领导对下属单位说:"为什么不先解决我老婆的职称?"下属面有难色,说评委不投票。他说:"那我不管,你去办!"一次,我在机场见某领导带团出国,各团员及送行人员早在机场恭候,他却姗姗来迟,且妻、儿、孙前呼后拥。这位领导一不问团员是否到齐,二不问手续办得怎样,三不向送行者嘱咐公事,而是与老婆卿卿我我,说不完的家事,又抱着孙子的脸蛋亲不够。时间一到,披衣出关。众人脸上僵僵地挂着笑,心里凉凉地叹着气,好容易才看完这出"十八相送"。他们就这样穿着一件"公"字牌的皇帝新衣,大裹其私,大摇大摆地登台走步,发指令,做演说,全然不知群众怎么看、怎么说,这是最失"人"格、失"领导"之格和"公务员"之格的。

北宋名臣富弼出使辽国,一走就是数月。有人捎来家书,富曰:"徒乱人心。"不拆书信,直接放在灯上烧掉。一个封建官吏都懂得身在公位,执行公务,百分之百地勤政,不敢有一丝懈怠,而我们现在一些干公事的人却在公台上大唱私戏,私不知羞,私不觉耻。这样人格一丢,就一丑遮百俊,一丑压百能,被人看扁了,就永无一点可用、可敬、可言之处了。可惜,许多身居要位者在这一点上,常没有一点自知之明、知私之明。

2002 年 4 月 24 日《京华时报》

## 党史如镜　传统如河

中国共产党诞生后,不但给曾经苦难的祖国带来了翻天覆地的变化,还给我们及子孙后代留下了一笔巨大的精神财富,这就是 90 多年积淀而成的革命传统。这是一把开山大斧,我们将用它继续开拓前进,创造更灿烂的前程。

革命传统是一面镜子。93 年历史,八千里路云和月,其间几多辛苦,几多成功,几多失误,又有多少事件、多少人物,共同编织成一部红色的《资治通鉴》。这是老一辈给我们的遗产,也是遗训。毛泽东是熟读《资治通鉴》的,他十分注意吸收传统文化,服务于他领导的事业。他说,从孔夫子到孙中山都要给以总结。今天,我们纪念建党 93 周年,又有机会再系统地回望一下党史长河。长河如镜,无论在鲜血染过的湘江里、在清清的延河里、在风吼马叫的黄河里,还是在从庐山脚下盘绕而过的长江里,都波光潋滟,闪着历史的眼睛,革命传统在细心地看护和照料着我们前行,我们随时可以临河照镜,看看脚歪不歪,步子大不大,路子正不正。

革命传统是一条滚滚不息的河,这河曾以其万马奔腾之势摧枯拉朽,冲决旧社会的罗网。今天,我们还要借其磅礴之势,继续向中国特色社会主义伟大事业进军。大河奔流，难免泥沙俱下。水利工作者说，就是咆哮的黄河，流量一旦下降，下游便要淤泥沉沙，可见下游离开上游便不成河。传统如大河奔腾，其势不能稍减，更不能暂停。我们讲传统就是要借这浩浩荡荡90多年的奔腾冲决之势，破竹裂石，一路解决新题、难题。我们承认现在出现了腐败现象，但我们不怕，共产党人有坚决反对腐败、以零容忍态度惩治腐败的坚定决心。信息时代许多东西使我们陌生，传统使我们镇静。共产党人从山沟里进城后已学会了工业，学会了科学，造出了"两弹一星"，我们也能追上今天的信息。只要革命传统在，并与时俱进，我们的队伍就会滚滚向前，一切绊脚石都不在话下。

要挽长河洗泥沙，却借浩气荡尘埃。薪火相传终有继，江山更待新宇开。今天，我们纪念建党93周年，特别珍视革命传统这一份好遗产，我们将好好地保护它，使用它，并用新的实践去丰富它。

《新湘评论》2014年第14期

## 关注一下纪检人员的政绩观

2014年新年刚过，中央就召开了纪检工作会。党的十八大之后，报上公布的副部级以上被查贪官已达18名，今年注定将是一个反贪年、廉政风暴年。不由得联想到历史上的反贪。

唐以后专设监察机关谏院和御史台，设有专职谏官和御史，"纠察官邪，肃正纲纪"。他们常常大胆到冒犯皇帝，扳倒了一个个贪官、奸臣，名垂青史。这除了制度保证，他们有话语权外，还有一个重要的因素，就是上下都认同的政绩观和价值观，皇帝对他们也是不敢太过。身在监察之职的官员是干什么的？是与邪恶斗争，查处违规违纪，这就是他们的GDP，不管苍蝇、老虎，查处愈多成绩愈大。如果在任期间没有弹劾、扳倒几个坏官，反倒会被人讥笑无能，瞧不起。如果因敢于坚持原则而被打击，反受人尊敬，名声大涨。北宋范仲淹任谏官时因为在废皇后问题上顶撞皇帝被贬出京，发配睦州，这是他第二次被贬（后又被请回）。他27岁中进士，

64岁去世，为官37年，因为直谏四起四落，在京城工作总共不到四年，欧阳修评价他"直辞正色，面争庭对""敢与天子争是非"，是为一代名臣。比范稍晚一点，也是宋仁宗朝的御史唐介，反对皇帝给贵妃伯父加官，揭发宰相给贵妃送礼，走"妇人路线"，被贬出京，发配广东，却赢得一片赞扬声。士大夫们纷纷赋诗送行，说他"去国一身轻似叶，高名千古重于山"，后又被请回，史称"真御史"。历史上还有许多身在官场体制内，又敢于反贪、除奸的如包公这样的人物。

我们早就有一支专业的纪检队伍，十八大后动静尤其大。和队伍大、查案多相比，队伍的思想理论建设、舆论宣传更要加强。民间反贪，特别是网络监督也很活跃。现在中央从制度上做了改进，但还有一件事要做，就是要从理论上、舆论上说清并大力宣传纪检人员的政绩观和价值观，并树起一批"当代包公""红色包公"的形象。只有中央大力查处不够，各级都要有。

2014年2月10日《北京日报》

## 房高不要超过树高

偶读杂志，看到一篇文章，说的是我代表团到太平洋岛国塞舌尔访问，见当地有一规定：房高不得超过树高。我方人员奇之，问诸国王，答曰：此岛本荒凉，经树木慢慢滋生方得以有生态改善，有雨水、有阴凉及各种植物，气候适宜，生态平衡，人们乐居其间。还说，因为他们是岛国，生存空间狭小，一旦生态变坏人便无处可逃，所以特别小心翼翼地求之于树，依赖于天。

人生活在地球上第一离不开的是水和氧，而这两者都得力于树，树可造氧这是人人皆知的。记得20年前我就看过一则报道，说一棵大树靠着它的根系和树冠，一昼夜可以调节4吨水，吸纳、蒸发循环不已。我们生活在地球上，就像睡觉盖着一层棉被，这棉被就是水和氧，而制造调节水和气的就是绿树。一个人如果大冬天赤条条地被扔到室外会是什么样子？地球上没有了树，人的难堪大致如此。小时在村里听故事，说项羽力气大，能抓着头发将自身提离地面，孩童无知，很是惊奇而向往，后来，学了物理才知道那是不可能的。我们也曾犯过这种傻，以为不必借助生态，人们想干什么就干什么，想要什么就有什么，想怎么活就怎么活。最典型的是在1958年的"大跃进"，我们抓着头发，想把自己提离地面。现在才明白，这不可能。

这几年砍树之风是基本刹住了，西北地区也大搞退耕还林，城里却拼命地盖高楼，楼房和树比赛着往高长。在人为因素下，树当然比不过楼，于是满城都是证明人的伟大的水泥纪念碑。三十多年前，在北京上学，四合院的墙头不时伸出一株枣树或柿子树，那时真是住在树荫下，走在绿荫里。城市要发展，当然不能总是四合院。我仔细观察过，一棵大树可长到六七层楼高，欧洲许多城市的房高也多是六七层，我们却非要高过树、挤走树才甘心。每次我登香山，远眺京城插着的一座座水泥楼，灰蒙蒙一大片，总让人联想到一片墓碑之林。在和树比高低的竞赛中，我们迟早要葬送自己。

2002年4月16日《人民日报》

## 工作不要挂在空挡上

一次在基层采访，听群众批评干部的作风说："工作挂在空挡上。"此话很深刻，也很生动。

空挡者，马达轰鸣，只有声不做功。现实中这类事可谓不少，比如会议多，干实事少；会上的空话多，听者如风过耳；文章越写越长，读者不能卒读；文件简报多得看不过来，检查评比一拨又一拨等。时间一长，好像只要走走这些程序就算工作。其实，会议、文件、简报、讲话、文章、检查等，都是工作的形式，它还应该有更重要的内容。聚在一起开会，是为了碰撞，产生新思想；讲话、写文章，是为了启示新思路，给人新目标，新方法；检查评比，是为了揭示新矛盾，解决新问题。如果没有这些内容，就是在挂空挡。

这几年有的地方，干部作风漂浮，练出了一批"空挡车手"，油门踩得震天响，就是不见车轮转。虽然我们有大庆、胜利等大油田，也经不起车辆日夜不停地空转；虽然我们经济发展，国力增强，也经不起这种无休无止的空耗。

让我们诚恳地记住群众的这一批评，自问自想，戒之慎之。哪个地方工作还挂在空挡上，赶快换成前进挡。

2002年1月22日《人民日报》

## 让"家门口的美"更多些

十八大提出建设美丽中国牵动民心，人民要什么样的美，先从哪里美起？这是要回答的现实。我们理解美主要是视觉感受，先得让人能看到美，而且要美得实用。

近期到贵州普定县采访，贵州山水美丽是人所共知的，而普定外有黄果树等景区陪衬，内有夜郎湖等秀水点缀，更是美不胜收。美不掩穷，这里仍是国家级贫困县。穷而求美，从哪里下手？

农村烧火煮饭是最普遍的事，他们全部推行用电做饭，保住了青山不遭斧砍，山山都青翠，这是一美；饮水是最基本的问题，他们修了水库，库周村村上了污水处理站，处理后的水又提灌上山，长管如龙，碧湖如镜，这是二美；当地为喀斯特地貌，水土流失严重，县里和中科院共建治理实验站，山顶草原如毯，路边集雨池如珍珠成串，这是三美；深山不宜民居，就搬迁扶贫，建新村，种花果，生态旅游，这是四美……这些都不是刻意求之的美，是在生产、生活建设中自然产生的美，是每一个人家门口的美。当地人行之实用，外地人看着养眼，不勉强，不作秀，是真美，是实美。

再反观一些大都市的"美丽"建设，报上经常见到城市新增平原、山地造林多少，郊外某地又将新建一个多少公顷的园林，地下又新增多少条交通线，电视广告每晚必炫示城市夜景，高架如虹，灯光如海，宣传我们正在迈向国际大都市，等等。这些"美丽"与市民的日常生活不是无关，但直接关系不大。倒是和官员的政绩有关，或者外星人看地球时会显得美丽。

对市民来讲，远美不解近愁。他每天看到的是马路成了停车场，人在车缝里穿行，这是一不美；路越修越宽，两边的大树越来越少，旧时的林荫道不再见到，这是二不美；凡是大医院门前和大厅里必如闹市，要看病如进自由市场，这是三不美……去年，我居住的小区施工，把一个院门暂封一年。一年后工程完工，门却再无法打开，门外的路早已被车占满。规划管不住违建，或本来就没有科学的规划，人生活在水泥森林里，冬天走路不见阳光，夏天上街又躲不开烈日，真是满眼风光人、车、楼，举步维艰使人愁。这就是我们正实实在在享受着的"负美丽"。

我想，要建设美丽中国，治理江河，改造沙漠，建大都市当然重要，但要以人为本，当务之急先要遏制美丽的退化，不要一面规划伟大的美、将来的美，一面又听任传统的美、实在的美在身边消失。要先从家门口的美做起，从与现实生活相关的美做起，逐渐地美开去。

2013 年 1 月 11 日《人民日报》

## 好山好水更求好官

在南方某城出差，这里是有名的花城、太阳城，雨水充沛，真是插根扁担都成林，但是几条主要街道的两边就是没有树。水泥马路接着水泥楼房，噪音声中灰蒙蒙、冷冰冰的。导游兴奋地说此地如何山好水好，风景迷人。我沉重地应曰："好山好水就是缺个好官，举手之劳，甚至动口之劳就可满城绿荫，可惜没有。"

自然风光好，只能说明是上天所赐，城市风光却要靠当家人，靠这个市的官员组织市民去干。官者，管也，管什么？管百姓的生活，生活条件的创造，生活环境的管理。一个公务员，就是管理员。大者管好一省，小者管好一城，民居乐，官心安。

我还亲闻一事，西北某省，气候恶劣，常年干旱，人们盼雨望眼欲穿。一日突降小雨，省委书记推门而出，在省委大院里兴奋地大喊："下雨了！下雨了！"其忧民喜雨之情殷然跃然。为几滴雨而狂呼高喊，像一个当大官的形象吗？然唯此才足以见其真，百姓的冷暖他是真想、真管，是个真正管事的官。可惜，这个好官没有遇上好山好水，英雄无用武之地，也可惜把南方那样好的山水给了一个不干活的官。若以此省官易彼市而为长，他一定会拼命地栽树，让百姓出门走路、室内推窗都生活在绿荫中，不是树之荫，是官之荫。若以彼市长易此省而为官，他该想，当初那么好的条件，我为什么就没有去好好干呢？

《人民文摘》2002 年第 4 期

# 官不扰民民自富

一日，与京城几位领导相聚，谈及农村工作，有地方来的同志说，官不扰民民自富。此言极是。内中有分管农业者接道："我们常说要增加农民收入，试想哪一次农民告状是来向你要高收入的？都是不堪其扰来要安静的。"这使我想起去年电视上公开批评的一件事，某乡强迫农民种烟叶，村头墙上赫然写着大标语"净化种植"，并组织工作队将农田里已长出的玉米、豆苗等拔掉。采访镜头下，几个农民跪在田地间，以手捧苗，愤然拍地，潸然泪下。记者问乡干部为什么这么做，答曰，烟叶能卖钱。能不能卖出钱，应让农民自己去算账，再说都种烟叶又吃什么？这样发展下去，恐怕就要干预村民每日三顿饭怎么吃了，也许那时又会有个堂皇的理由：这样吃有营养。

官者，保境、安民，维护社会发展之用也。民心唯求安居乐业，犹草木唯求生态平衡。封山育林，草木自长；民不受扰，其业自旺。汉代政治家贾谊曰："天下牧民之道，务在安之而已。"其理两千年未变，可惜不少人，一日为官其情也虚，其心也躁，抓耳挠腮，指手画脚，总想干点什么，以逞其能，以示其绩，便以民为戏了。殊不知，民可保、可导、可安，唯一的是不可扰，不敢扰。企图靠扰民弄出点热闹来升官的，其乌纱帽迟早是要掉的。

2012 年 3 月 13 日《京华时报》

## 命薄原来不如纸

京西宾馆是专门开会议政的地方，会议大厅里挂着一幅大画《万里长城图》，上有张爱萍将军的题字："极目长空万顷波，纵横点染势嵯峨。中华儿女雄今古，万里龙盘壮山河。"画的落款时间为 1984 年，到今年 31 年了。这个宾馆也已经不知经历了多少共和国史上的大事，送走了多少大大小小的人物。画的作者及张将军也都已作古。我每次去开会，都不由得要扫几眼这画。31 年了，仍然是纸白墨黑，树绿花红，色泽不改。而我却两鬓渐白，抬头有纹，再环顾四周，旧朋渐少，新人如笋，物是人非，逝者如斯。顿觉人的生命原来是这样的娇嫩，这样不耐岁月，竟不如墙上的一张纸。其实，这 31 年的宣纸还只能算纸中的婴儿。前些日子，报上说发现一幅晋代的字，距今已 1700 年。人的寿命往长里说，90 年可以了吧，但也只有这张晋代字纸的十九分之一。呜呼，命薄原来不如纸。看来，人如要寿，只有把生命转换成墨痕，渗到纸纹里去。

纸墨之寿，永于金石。

2015 年 10 月 17 日《人民日报》

# 对政治人物不应称爷爷

政治就是"一大二公",是国家大事、公家的事。讲政治就是要分清大小,分清公私。大事不能乱,公私不能掺。报纸宣传尤要注意,一些细节,虽一时无大碍,但潜移默化,事关规矩。社会运转自有一套大规矩、大程序,是公共程序。在这套程序中,从国家领导人到平民百姓各有定位,各尽其职,各尽其责,这就是政治生活。政治是严肃的,唯其严肃,才有效率。政治生活之外,还有人情、人伦的私生活,但两者不能混淆。北宋名臣富弼出使辽国,一走数月。有人捎家书来,他不拆,直接放灯上烧掉,曰:徒乱人心。当此时也,他如无家、无妻儿,只有使臣身份。我们一些报纸,一些记者,常用孩儿语、私家情去写严肃的政治,弄得不伦不类。如报纸上报道孩子们对国家领导人的称呼常用"爷爷"。到过"六一"儿童节,整版通栏大标题"喊"爷爷。个别稿子,可以动笔改一改。但对这种风气,便只有认真向有关部门反映,提请研究改正。下面这封信是我当时写给中央有关部门的一封信,并得到重视,通知各媒体注意改正。

## 附：给中央领导的信

某某同志：

您好！最近的"六一"报道中，许多报纸提到孩子们对国家领导人称呼时都用"胡爷爷"、"温爷爷"等，以前也有这种情况。我觉不妥。一方面欠严肃，另外，也涉及未成年人教育的一个问题。从晚辈尊老的角度讲称爷爷当然是对的，但更重要的是要从小培养孩子们的国家意识、领袖意识和社会观念。一个看似简单的称谓，实际上是在潜移默化，是不是在对孩子进行爱国主义和宪法、法律的启蒙教育，是个政治问题。孩子一懂事，除了让他们懂得家庭、亲情、尊老爱幼外，还要逐渐让他们懂得自己是生活在社会上和国家中，这样才会有责任感和纪律性，进而有爱国心。像"主席"、"总理"这样的职务是代表国家的，在媒体的公开宣传报道中还是称职务好，比较严肃。20世纪幼儿园、小学里教育孩子也是称"毛主席"，而不是称"毛爷爷"。我们提倡党内称同志，但在报纸上对国家领导人还是称职务好。不知妥否，仅供参考。

梁　衡

2004年6月5日

# 上北戴河不办公书

## 就取消北戴河暑期办公给中央的一封建议信

党中央：

今特向中央提一建议，谨供参考。

十六大以后，党中央新的领导机构有几项举措深得民心，其中包括政治局成员亲访西柏坡，重提"两个务必"；中央领导同志深入基层，访贫解难；在传媒上改进领导人活动的报道等。我觉得还有一事，下面反映较多，这就是中央领导每年夏天前往北戴河暑期办公，也可以取消。

理由有五：

一、当年我们的办公和生活条件很差，北京夏热又无空调设备，为中央领导就近安排在北戴河休假并办公很有必要。现在京城的条件已大为改善，似无必要再来回迁徙办公。

二、对地方来说，每年接待中央领导休假和办公是件大事。当地干部反映，虽工作头绪千条，每年唯此为大，各方举财劳民，如履薄冰。这难免增加地方负担，分散正常工作精力。

三、对中央来说，每年一次离京办公，必然带来大量工作人员往返奔波、各部呈文送信、汇报请示、后勤供应、生活服务等大增劳务。有时因一事之商也要请多个部门负责人离京赴议，增加行政成本。

四、北戴河近年已渐成旅游胜地，客流涌动，人声嘈杂，已非殚精竭虑、忧国治事之所。况且时当盛夏兼有休假避暑，领导人必带家属。工作人员也难免呼朋唤友，优游嬉戏，有碍工作，有失威重。

五、其时正当旅游旺季，重要车辆来往于京戴两地，必然清道警戒，与民争路，易起非议，影响干群关系。

因此，建议将办公与休假分开，可轮流休假，办公则仍在北京。过去前几代领导人暑期京外办公，或因京城条件所致，或因年事较高兼顾休息，群众还可理解。现在中央新班子年富力强，锐意进取，正可借机革此旧制。虽一事之易，其精神号召力当不同凡响，它最可表明新一届中央正党风、恤民情、重实效之决心，定会得到广大人民和干部的拥护。

谨以一个普通党员新闻工作者的忧国爱党之心竭诚进言。

敬礼

梁　衡

2003 年 4 月 17 日

（附记：中央领导从 2003 年起已不在北戴河暑期办公，改在那里接见休假的劳模。）

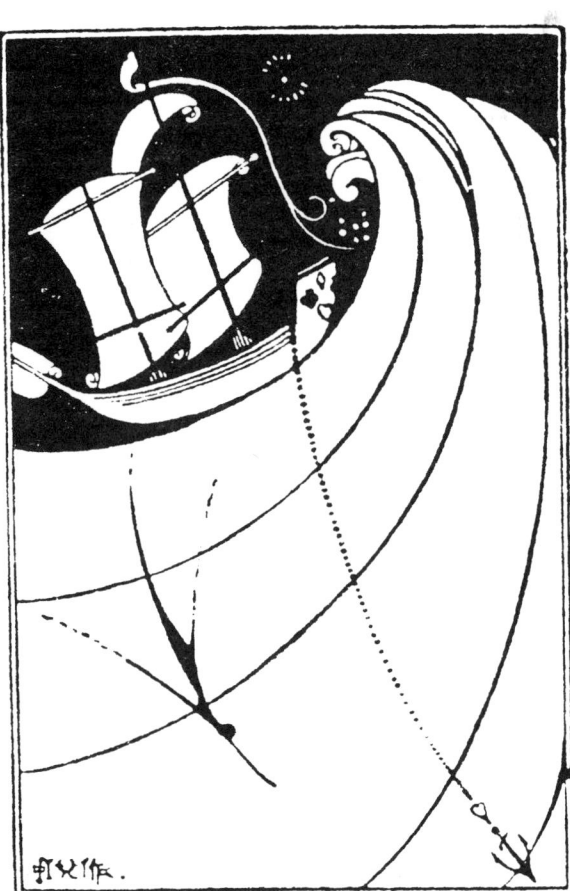

# 人与石头的厮磨

中国人对于石头的感情远久而又亲近，在没有生命、没有人类以前，地球上先有石头。人类开始生活，利用它为工具，是为石器时代。大约人们发现它最硬，可用之攻其他物件，便制出石斧、石刀、石犁，就是不做加工，投石击兽也是很好的工具。等到人类有了文字后，需要记载，需要传世，又发现此物最经风雨，于是有了石碑，有了摩崖石刻，有了墓碑墓志。只是刻字达意还不满足，又有了石刻的图画、人像、佛像，直到大型石窟。冰冷的石头就这样与人类携手进入文明时代。历史在走，人情、文化、风俗在变，这载有人类印痕的石头却静静地躺在那里。它为我们存了一份真情、真貌，不管我们走得多远，你一回头总能看到它深情的身影，就像一位母亲站在山头，目送远行的儿子，总会让我们从心底泛出一种崇高、一缕温馨。

人们喜欢将附着了人性的石头叫石文化，这种文化之石又可分两类。一类是人们在自然界搜集到的原始石块，不须任何加工，因其形、其色、其纹酷像某物、某景、某意，暗合了人的情趣，所谓奇石是也。这叫玩石、赏石，以天工为主。还有一类是人们取石为料，于其上或凿或刻，或雕或画，只将石作为一种记录文明、传承文化、寄托思想情感的载体。这叫用石，以人工为主。这也是一种石文化，石头与人合作的文化。我们这里说的是后一种。

## 一

石头与人的合作，首先是帮助人生存。当你随便走到哪一个小山村，都会有一块石头向你讲述生产力发展的故事。去年夏天我到晋冀之交的娘子关去，想不到在这太行之巅有一股水量极大的山泉，而山泉之上是一盘盘正在工作着的石碾。尽管历史已进入21世纪，头上飞过高压线，路边疾驰着大型载重车，这石碾还是不慌不忙地转着。碾盘上正将当地的一种野生灌木磨碎，准备出口海外，据说是化工原料。我看着这古老的石碾和它缓缓的姿态，深感历史的沧桑。无须讳言，人类就是从山林水边，从石头洞穴里走出来的。人之初，除了两只刚刚进化的手，一无所有，低头饮一口山泉，伸手拾一块石头，掷出去击打猎物，就这样生存。人们的生活水平总是和生产力水平一致的。石器是人类的第一个生产力平台。

随着人类的进步，石头也越来越多地渗透到生活中的角角落落，可以说衣食住行，没有一样能离开它。在儿时的记忆里就有河边的石窑洞、石板路，还有河边的洗衣石、院里的捶布石。大到石柱石础，小到石钵石碗，甚至还有可以装在口袋里的石火镰，但印象最深的是山村的石碾石磨。石碾子是用来加工米的，一般在院外露天处。你看半山坡上，老槐树下，一排土窑洞，窗棂上挂着一串红辣椒，几串黄玉米。一盘石碾，一头小毛驴遮着眼罩，在碾道上无休止地走着圈子。石磨一般专有磨坊，大约因为是加工面粉，怕风和土，卫生条件就尽量讲究些。民以食为天，这第一需要的米面就这样从两块石头的摩擦挤压中生产出来，支撑着一代又一代人的生命。其实，在这之前还有几道工序，春天未播种前，要用石碌子将地里的土坷垃压碎，叫磨地。庄稼从地里收到场上后，要用石碌碡进行脱粒，叫碾场。小时最开心的游戏就是在柔软的麦草上，跟在碌碡后面翻跟斗。前几天到京郊的一个村里去，意外地碰到一个久违了的碌碡，它被弃在路旁,半个身子陷在淤泥里,我不禁驻足良久,黯然神伤。我又想起一次在山区的朋友家吃年夜饭,那菜、那粥、那馍,都分外香。老农解释说:"因为是石头缝里长出来的粮食,又是石磨磨出来的面,就比土里长的电磨加工的要香。"我确信这一点,大部分城里人是没有享过这个福的。当人们将石器送到历史博物馆时,我们也就失去了最初从它那里获得的那一份纯情和那一种享受。正如你盼着快点长大,也就失去了儿时的无忧和天真。

生产力的发展变化,在石头上所体现的最好标志就是一块石头由加工其他产品的工具变成被其他工具加工的产品。

20年前,我第一次到福建出差,很惊异路两边的电线杆竟是一根根的石条,面对这些从石地层里切挖出来的"产品",真是不可思议。又十年后我到绍兴,当地人说有个东湖你一定要看。我去后大吃一惊,这确实是个湖,碧波荡漾,游船如梭,湖岸上数峰耸立,直逼云天。待我扶着危栏,蜿蜒而上到达山顶时,才知道这里原来并不是湖,而是一处石山。当年秦始皇统一天下后,全国遍修驿道,需要大量石条,这里就成了一个采石场,现在的山峰正是采石工地上留下的"界桩"。看来当时是包工到户,一家人采一段,那"界桩"立如剑,薄如纸,是两家采石时留下的分界线,有的地方已经洞穿成一个大窗户。刚才看到的湖面,是采过石后的大坑,一根一根石条就这样从石山的肚子里、脚跟下抽出来。"沧海变桑田"是指大自然的伟力,这时我更感悟到人的伟力,是人硬将这一座座石山切掉,将石窝掏尽,泉涌雨注,就成湖成海了。后来我又参观了绍兴的柯岩风景区,那也是一个古采石场,不过不是湖,而是一片稻田,如今已成了公园。园中也有当年采石留下的"界桩",是一柱傲立独秀的巨石,高近百米,石顶还傲立着一株苍劲的古松。可知当年的石工就从那个制高点,一刀一刀像切年糕一样将石山切剁下来。这些石料都去做了铺路的石板或宫殿的石柱。我们的祖先就是这样以血肉之手,以最原始的工具在石缝里讨生活啊。前不久我看过一个现代化的石料厂,是从意大利进口的设备,将一块块如写字台大小的石头固定在机座上,上面有七把锯片同时拉下,那比铁还硬的花岗岩就像木头一样被锯成薄如书本、大如桌面的石片。石沫飞溅,一如木渣落地。流水线尽头磨洗出来的成品花色各样,光可照人,将送到豪华宾馆去派上用场。远看料场上摆放着的石头,茫茫一片,像一群正在等待屠宰加工的牛羊,我一时倒心软起来,这就是数千年前用来修金字塔、修长城、建城堡的坚不可摧的石头吗?

经济学上说,生产力是人类改造世界的能力,它包括人、工具和劳动对象。这石头居然三居其二,你不能小看它对人类发展的贡献。

## 二

石头给人情感上的印象是冰冷生硬,有谁没有事会去抚摸或拥抱一块冰冷的石头呢?但正如地球北端有一个国家名冰岛,那终年被冰雪覆盖着的国土下却时时冒出温泉,喷发火山。这冰冷的石头里却蕴藏着激荡的风云和热烈的思想。

我第一次从石头上读政治,是1994年1月初到桂林。谁都知道,桂林是个山水绝佳之地,我也是本着这份心情去寄情自然、赏心娱性的。当游至龙隐崖时,主人向我介绍一块摩崖石刻,因文字仰刻在洞顶,虽经八百年,却得以逃脱人祸、水患,细读才知是有名的《元祐党籍碑》。说是碑,实际上就是一个黑名单。在这明媚的湖光山色中猛见这段历史公案,不由心头一紧,身子一下落入历史的枯井。这碑的书写者是在中国历史上可入选奸臣之最的蔡京。宋朝自赵匡胤夺权得位之后,跌跌撞撞共319年,好像就没有干出什么光荣的大业,倒是演绎了一部忠奸交织图,并且大都是奸胜于忠。宋神宗年间国力贫弱,日子实在混不下去了,朝廷便起用新党王安石来变法。神宗死后,改年号元祐,反对变法的旧党得势;等到宋徽宗即位,新党势力又抬头。蔡京正在这时得宠,他便借机将自己的政敌统统打入旧党名单,名为元祐奸党,并且于崇宁四年(1105年)讨得皇帝旨,亲自书写成碑,遍立全国各地,要他们永世不得翻身。把黑名单刻在石头上,这是蔡京的发明。

在这块黑硬阴冷的石刻前,我不禁毛骨悚然。细读碑文,黑名单共

309 人，其中有许多名人大家，如司马光、文彦博、苏东坡、秦观、黄庭坚等。这些人不说政见政绩，就说他们的诗书文章，也都是一代巨星。蔡本人也算是个大文人，书与画亦很出色，当初他就是靠着这个才得以接近徽宗。但他一旦由文而政，大权在手，整起人来却如此心狠，更难得他在政治斗争中又很会使用石头这个工具。当初中国猿人刚学会以石击兽猎食求生时，万没有想到几十万年后的政坛官僚会以石来上悦君王，下制政敌。更难得这蔡京上下两手都很纯熟，当他要取悦君王，以求进身时，用的是天然无字之石。蔡京经仔细观察，发现宋徽宗极好玩石，他就让心腹在南方不惜代价，广搜奇石。为求一石跋山涉水，挖坟掘墓，拆人庭院。有大石运京不便，沿途就征用民船，拆桥毁路，这便是历史上有名的"花石纲"之祸。这事连徽宗也觉得有点心虚，蔡京就说："陛下要的都是山野之物，是没有人要的东西，有何不可？"真会给主子找台阶下。当他要对付政敌时，用的是有字的石头。他看中了石头的经久耐磨，要刻书其上，让政敌万世不得翻身。不想后人又将此碑重刻，以作为历史的反面教员。

因为有了这次由石悟史的经历，以后我就经意石头上的野史。

封建时代普天之下莫非王土，这石头当然首先要为皇家服务。中国历史上文治武功较突出的秦皇汉武、唐宗宋祖、明太祖、清康熙乾隆七位名君，除汉武、宋祖外，我见过他们其余五人留下的石头。今泰山脚下的岱庙里有秦始皇二十八年东巡时的刻石，北宋时还有 136 字，现只剩下 9 个字了。现太原晋祠存有唐太宗李世民亲笔书的一块《记功铭》，四面为文。我得一拓片，展开有一面墙之大，甚是壮观。那个乞丐出身的朱元璋很有意思，他与陈友谅大战于鄱阳湖，正不分上下时得一疯人周癫指点而胜，朱得江山后亲自撰文，在鄱阳湖边的庐山最高处为之立碑，现在御碑亭成了庐山的一个重要景点。康熙、乾隆的御制诗文极多，这是世人皆知的。中国几乎任何一处著名的风景点或庙宇里都能看到他们的碑刻，但大多是"到此一游"之类。

石头记事，确实可以千古不朽。于是就生出另一面的故事，有钱有势的就想尽量刻大石、多刻石，但是如果你的名和事不配这个不朽，不配流芳百世呢？那就适得其反，留下了一分尴尬，又为历史平添了一点笑话。这石愈大，就尴尬愈大，笑话愈大。山东青州有一座云门山，石壁上刻有一巨大的寿字，就是一米七八的小伙子，也没有寿下的"寸"字高。游人在山下，仰首就可看到。原来当年这里曾是朱元璋的后代衡王的封地，他在嘉靖三十九年（1560年）为筹办自己的祝寿庆典特意搞了这么一个"寿"字工程。但是如今除了山上的寿字和山下孤零零的一个空牌楼，衡王府连只砖片瓦也找不到了。衡王这个人如不专门查史，也是没人知道。寿字倒是长寿至今，那是因为它的书法价值和旅游的用途，衡王却一点光也沾不了。

河北正定去年才出土的一块残碑，也是对立碑人的最大讽刺。这碑我们现在已不能称之为碑了，因为它已断为三截，但是大得出奇，只驮碑的底座就比一辆小汽车还大，这是目前国内多处碑林中未曾见过的巨制。奇怪的是，如此辉煌的记功碑既不是出自大汉盛唐，也不是出于宋元明清，据查它出自中国历史上一个短暂纷乱的小王朝——五代时的后晋。从碑身可以看出字迹清晰，石色未经风雨洗磨，碑立好不久便入土为安了，而且碑文中所有涉及碑主人的名字多处都被剔毁。经考证，碑主是一个小军阀，是此地的节度使，乱世之际他手里有几个兵也就做起了开国称帝的梦，并且预先刻好了记功称颂之碑，不想梦未成就祸临头了。他被杀身，碑也被活埋。这段公案直到一千多年后，正定县修路时，才在现代挖掘机的咔嚓一声中重见天日。于是我想到，这厚厚的土地下埋藏着多少不朽的石头和石头上早已朽掉了的人物。

上面说的是流传至今的成碑，还有一种是未及成形的夭折之碑。我见到最大的夭折碑是南京阳山的特大"碑材"，现在较多的说法是朱棣篡位称帝后准备为他的父亲朱元璋修孝陵时所采的石材。它实在太大了，从初步形成的情况看，碑座长29.5米，宽12米，高17米，重约16250吨；碑首长22米，高10米，宽10.3米，重6118吨；碑身长51米，宽14.2米，厚4.5米，重约8800吨，总计合3万多吨。据传，当时为开采此石，用数千工匠，每人每天限出碎石三斗三升，不完即死。山下新坟遍野，至今仍有村名"坟头"。当时用的是笨办法，先将石料与山体凿缝剥离，然后架火猛烧，再以冷水泼在石面，热胀冷缩，一层层地激起碎石，至今石上还有火烤烟熏的痕迹。千万人、千万时的劳动还是敌不过自然的伟力，人们虽可勉强将这个庞然大物从山体上剥离，但如何运进城去却是个难题，于是它就这样永远地躺在了山脚下。如今现代化的高速公路从碑石下穿过，这巨石就如一头远古时的恐龙或者猛犸象，终日瞪着好奇的眼睛看着来往的车流。

如果你读不懂这块 3 万吨的巨石，就请先读读明史，读读朱棣。朱棣是朱元璋的第四个儿子，本来轮不到他来做皇帝，他也早被封为燕王，驻地就是现在的北京。但他起兵南下，夺了他侄儿的帝位，然后迁都北京。朱棣很有雄才大略，平定北方，打击元朝残余势力，也很有功，但人极残忍。他窃位后自知不合法，便施高压，收拾异己。他要名士方孝孺为他起草即位诏，方不从，他就以刀割其口，又株连十族，共 873 人。兵部尚书铁铉不从，就割其耳鼻，又烹而使之食，问："甘否？"铉答："忠臣之肉有何不甘？"大骂而死。他将政敌或杀或充军，妻女则送军内转营奸宿。不可想象，在中国已经历了唐宋成熟期的封建文明之后，还有这样一位残暴的最高统治者。但他又装出很仁慈，一次到庙里去，一个小虫子落在身上，他忙叫下人放回树叶，并说："此虽微物，皆有生理，毋轻伤之。"朱棣既有野心和实力夺帝位，又要表现出仁孝，表示合法，于是他就想到为父亲的陵寝立一块最大的石碑。这或许有赎罪和安慰自己灵魂的一面，但正好表现了他的霸气和凶残，这是一块多么复杂的石头。中国历史上 334 个皇帝中，叔夺侄位，迁都易地，另打锣鼓重开张的就朱棣一人。这块有 3 万吨之重，非碑非石，后人只好叫作"碑材"的也只有这一例。它像神话中的人头兽身怪，是兽向人嬗变中的定格。

如果说，正定大残碑是一个未登皇位的人梦中的龙座，阳山大碑材就是一个已登皇位者，为自己想立又没有立起来的贞节牌坊。而许许多多有诗有文的御碑，则是胜者之皇们摇头晃脑，假模假样的道德文章。武则天倒是聪明，在她的陵前只有一块无字碑，她让后人去评，去想。但这也有点作秀，是另一种立传碑。"菩提本无树"，要是真洒脱又何必要一块加工过的石头呢？唐太宗说以史为镜，史镜的一种形式就是石头，后人从石镜里照出了所有弄石人的心肝嘴脸，就是那些偷偷的小动作和内心深处的小把戏也分毫毕现。

  当然，石头既是山野之物，又可随时洗磨为镜，便就谁也可以用来照人照世，表达思想，褒贬人物了。上面说的是宫廷之碑，民间也有许多著名的碑刻成了我们历史文化的里程碑。如我们在中学课本里学过的《五人墓碑记》等，其激越的思想、感人的故事与坚强的石头一起经过历史的风雨，仍然闪烁着理性的光芒。成都武侯祠有岳飞书《出师表》石刻，一笔一画如横出剑戟，一点一捺又如血泪落地。石头客观公平，忠也记，奸也记，全留忠奸在青石。民间的说法就更是常书写在石头上。胡适说："中国文学史何尝没有代表时代的文学，但是我们不应该向那古文史里去找，应该向旁行斜出的不肖文学里去找寻。"了解中国的政治史也应该除二十四史外，到路边或旧宅的古石块上去找寻。在我看过蔡京《元祐党籍碑》之后八年再到桂林，却意外地见到一块惩贪官碑。碑文为："浮加赋税，冒功累民。兴安知事，吕德慎之纪念碑。民国五年冬月闰日公立。"指名道姓，为贪官立碑，彰显其恶，以戒后人，全国大概仅此一例，其作用正如朱元璋将贪官剥皮填草立于衙堂之侧。我当记者时，在家乡山西还碰到一起为清官立碑的事。从前山西晋城产一种稀有兰草，岁岁进贡，然此地丛山峻岭，崖高林密，年年因采贡品死人。就是那年我们上山时也还无路可通，要手足并用，攀岩附藤而上。有一任县令实在不忍百姓受苦，便冒欺君之罪，谎报因连年天旱此草已绝迹，请免岁贡。从此当地人逃此苦役，百姓为其立碑。封建时代人们盼清官，所以就留下不少这类的刻石。现在武夷山的文庙里还保存有一块宋太宗赐立各郡县的《戒石铭》："尔俸尔禄，民脂民膏，小民易虐，上天难欺。"还有那块被朱镕基推崇引用的《官箴碑》："吏不畏吾严，而畏吾廉；民不服吾能，而服吾公。公则民不敢慢，廉则吏不敢欺。公生明，廉生威。"此石原为明代一州官的自警碑，到清代被一后继者从墙里发现，又立于署衙之侧以自警，再到朱镕基之口，是一根廉政接力棒，现存西安碑林。

大约人一从有了思想，就一天也没有停止过利用石头来表达它。权贵们总是想把石头雕成一根永恒的权杖，洁身自好者就用它来磨一面正形的镜子，而老百姓则将它用作代言的嘴巴。无论岁月怎样热闹地更替，人类演化出多少缤纷的思想，上帝却只用一块石头，就将这一切静静地收藏。

## 三

没有哪一个人愿意怀抱一块冰冷的石头，但是，这石头确确实实每时每刻都在人类的怀抱里温暖着，一代代传递着。于是"入石三分"，那石面石纹里就都浸透着人文的痕迹。人们不知不觉中，除了将石头用作生产生活的工具外，还将它用作记录文明，传承文化的载体。就文化的本意来说，它是社会历史活动的积累。为了使辛苦积累的东西不致失去，石头是最好的载体。一来因其坚硬，耐磨损，不像纸书本那样怕水怕火；二来因其本就处在露天，体势宏大，有较好的宣示功能，所以以石记史、以石为文就代代不绝。

人以文化心理刻石大概有这样几种类型。

第一种是为了表达崇拜、宣扬精神，最典型的是佛教的石窟、石刻和摩崖造像。

敦煌、麦积山、云冈、龙门、大足，佛教一路西来，站站都留下巨型石窟，这都要积数代人的力量才能成。像乐山大佛那样，将一座山刻成一个大佛，用了九十年的时间，这需要何等惊人的毅力，而且必须有社会的氛围，这只有宗教的信仰力才能办到。泰山后面有一道沟，竟将一部《金刚经》全刻在流水的石面上，每个字有桌面之大，这沟就因此名"经石峪"。有的是为了宣扬其他。冯玉祥好读书，他住庐山时心有所悟，就将《孟子》的一整段话，叫人刻在对面的石壁上。经石峪和庐山我都去过，身临文化的山谷之中，俯读经文，佛心澄静；仰观圣言，壮心不已，你会感到一股这石头文化特有的磅礴之力。古人凿山为佛的场景我无法亲历，但现代人一件借石表忠的事我倒是亲自体味过。20世纪80年代初，我在山西当记者，一天沁水县（作家赵树理的家乡）的书记来找我，说他那里出了一件奇事，也不知该不该宣扬。我到现场一看，原来是一位老村干部为毛主席修了一座纪念堂，堂不足奇，奇的是他硬是在一块巨石上用手抠出了这座"堂"。当时毛主席去世不久，这位深感其恩的老村干部，决心以个人之力为伟人建一座堂，而且暗发宏愿，必须整石为屋。他遍寻附近的山头，终于在村对面山上找见一块巨石，就带一卷行李、一口小锅住在山上。他一锤一錾，每天打石不止，积年余之力，居然挖出一座有四米直径之大的圆房子，老人将毛主席的像端挂正中。他又觉得山太秃，想引来奇花异草，依稀知道有一本记载植物的书叫《本草纲目》，就向卫生部写信，卫生部居然还寄来了许多种子，我去时山上已一片青翠。当时正好农村推行改革政策，村里就将这山承包给了老人。当初，人们都说这老人是疯子，现在羡慕不止。这种借坚石而表诚心的方式中外同一。上个月我从泰国归来，那里有一座佛城，巨大的佛殿里，八百多块花岗石碑，全部刻满经文。这则全靠国家的力量。

第二种是为了给后人积累知识、传递信息。那一年我到镇江，在焦山寺碑林里见到一方石头，上面刻有一幅地图，名《禹迹图》，是大禹治水，天下初定后的版图。这幅石地图用横竖线组成5831个方格，每格合百里，比例为1∶420万，上面有山川河流及551个地理名称。这是我见到的最久远的地图，它刻于宋绍兴十二年（1142年），英国人李约瑟说这是世界上最杰出的古地图。现在，河北保定原清直隶总督的大院内保存着十六幅《御题棉花图》刻石。1765年（乾隆三十年），时任总督的方观承考察北方的棉花种植生产流程后，亲手绘制了十六幅工笔绢画，图后配有说明文字，呈送乾隆皇上御览。乾隆仔细研究过后，于每幅图上题诗一首。这回皇上写的诗也还文风淳朴，有亲农爱民之情，比如第二幅的《灌溉》："土厚由来产物良，却艰致水异南方。辘轳汲井分畦溉，嗟我农民总是忙。"皇帝亲自题诗勒石承认农民的辛苦，恐怕在中国历史上也仅此一例。这图文并茂的十六幅石刻永远留在了直隶总督衙门，为我们保存了中国农业科技史的重要资料。人们考证，最早的木版连环画大约可以追溯到明万历年间，而这《棉花图》很可能就是第一本刻在石头上的连环画。最近我到甘肃麦积山又有新的发现，这里存有一块刻于北魏时期的释迦牟尼成佛过程的浮雕碑，应该是更古老的石刻连环画。现在长江大坝已经蓄水，谁又能想到百米水下将要永远淹没一段石上的文化。原来在涪陵城的江面上有一道石梁，水枯时现，水丰时没，古人就用它刻记水文的变化。石长1600米，一千一百年来竟刻存了163段，三万余字的记录，还有飞鱼图案。考古学家习惯将地表数米厚的土壤称为文化层。人们一代一代，耕作于斯，歇息于斯，自然就于这土层中沉淀了许多文化。那么，突出于地表的石头呢，自然就更要首当其冲地记录文化，它不仅是文化层，而且是文化之碑，历史之柱。

第三种是人们无意中在石上留下的关于艺术、思想和情感的痕迹。

司马迁说"桃李不言，下自成蹊"，在无言的石头面前，岂止是"成蹊"，人们常常是诚惶诚恐地膜拜。山东平度的荒山上至今还存有一块著名的《郑文公碑》，被尊为魏碑的鼻祖，每年来这荒野中朝拜的人不知有多少。那年我去时，由县里一个姓于的先生陪同，他说日本人最崇拜这碑，每年都有书道团来认祖，真的是又鞠躬，又跪拜。一次两位老者以手抚碑，竟热泪盈眶，提出要在这碑下睡一夜。于先生大惊，说在这里过夜还不被狼吃掉？这"碑"虽叫碑，其实是山顶石缝中的两块石头。先要大汗淋淋爬半天山路，再手脚并用攀进石缝里，那天我的手就被酸枣刺划破多处。我来的前两年刘海粟先生也来过，但已无力上山，由人扶着坐在椅上，由山下用望远镜向山上看了好一会儿。其实是什么也看不见的，只是了一个心愿。现在，这山因石出名，成了旅游点，修亭铺路，好不热闹。

人对石的崇拜，是因为那石上所浸透着的文化汁液。石虽无言，文化有声。记得徐州汉墓刚出土，最让我感动的是每个墓主人身边都有一块十分精美的碑刻，今天都可用作学书法的范本，但这在当时就是一个普普通通的丧葬配件，平常得如同墓中的一把土。许多现在已被公认的名帖，其实当年就是这样一座墓中普通的石头，本与书法无关。如有名的《张黑女碑》，人们临习多年，赞颂有加，至今却不知道系何人所写，就像飞鸟或奔跑的野物会无意中带着植物的种子传向远方。人们在将石头充作生活用品和生产工具时，无意中也将艺术传给了后人。

　　青海塔尔寺门口有一块普通的石头。说它普通，是因为它不同于前面谈到的有字之石。它就是一块路边的野石，其身也不高，约半米；其形也不奇，略瘦长，但真正是一块文化石。当年宗喀巴就是从这块石头旁出发去进藏学佛，他的老母每天到山下背水时就在这块石头旁休息，西望拉萨，盼儿想儿。泪水滴于石，汗水抹于石，背靠小憩时，体温亦传于石。后来，宗喀巴创立新教派成功，塔尔寺成了佛教圣地，这块望儿石就被请到庙门口。现在当地虔诚的信徒们来朝拜时，都要以他们特有的习俗来表达对这块石头的崇拜。

　　当石头作为生产工具时，是我们生存的起码保证；当石头作为书写工具时，是我们传承文明的载体；而当石头作为人类代代相依忠贞不贰的伴侣时，它就是我们心灵深处的一面镜子。无论社会如何进步，天不变，石亦不烂，石头将与人相厮相守到永远。

2003 年 8 月 24 日

# 做人如写字，先方后圆

我常恨自己字写得不好，许多要用字的场合常叫人尴尬。后来我找到了根子上的原因，自己小时用的第一本字帖，是赵孟𫖯的《寿春堂记》，字圆润、漂亮，弧线多，折线少，力度不够。当时只觉好看，谁知这一学就入了歧途，字架子软，总是立不起来。后来当记者，更是大部分时间左手握一个小采访本，右手在上面边听边画，就更没有什么体，只是一些自己才认识的符号。一次读史，说书法家沈尹默的字原来并不好，他和陈独秀相熟，一天在杭州友人聚会的酒桌上，陈当众挖苦他的字不好，沈摔筷下楼而去，从此发愤练字而成名家。"文革"中沈的检查大字报，常是白天贴出，晚上就被人偷去珍藏。我也曾多次发愤，但总是有比写字更重要的事等着我，使我一次次愤不起来。因为如果真要练字，就得从头临帖，从头去学欧阳询、颜真卿、柳公权，而这却要时间。真奇怪，欧、颜、柳、赵，三硬一软，我怎么当初就偏偏学了一个赵字呢？我甚至私下埋怨父亲没有尽到督导之责，一失酿成终身恨。

后来又看到曾国藩谈写字，说心中要把圆形的软毛笔当作一个四面体的硬木筷去用，转角换面，字才有棱有角，有力有势。于是我就去帖求碑，以求其硬，专选《张黑女》、《张猛龙》这种又方又硬的帖子来练。说是练，

猛龙字神冏南阳白水人也其氏挺亦兴源流所出故已备详世录不复具载盛菊

被世人誉为"魏碑第一"的《张猛龙碑》（局部）

其实是看。办公桌一角摆上"二张",腰酸背痛之时,翻开看上几眼,过过瘾。练字要有童子功,就像小演员走台步,要用笔锋走遍那字架的每个角、每个棱。童子早不再,逝者如斯夫,我还是没有时间。字没练成,理倒是通了:学字要先方后圆。先把架子立起来,以后怎么变都好说。就像盖房,先起钢筋、骨架、墙面,最后装修任你发挥。如果先圆再去求方,就像对一个已装修完的家,要回头去改墙体结构,实在太难,只有推倒重来。而人生没有返程票,时光不能倒流,岂能什么事都可以推倒重来?只好认了这个苦果,好字待来生了。

字没有补练成,是因为挤不出时间,静不下心。世事纷扰,总是在应付着怎么做人。但提笔办公写作时倒是悟出一个道理,做人如写字,也要先方后圆。赵孟頫是宋臣而后又事元的,确实圆而不方,不像文天祥。人若能先方,即小时吃苦磨炼,修身治学,品行方端,后必有大成。如果一个人,少年时就圆滑、懦弱,就很难再施教成才;而小时方正,哪怕刚烈、莽撞些,也可裁头修边,煨弯成才。

2011年12月30日《人民日报》

# 人生没有返程票

报载美国航天公司计划造一大飞船，将人送到外星球，大约在26世纪实现。飞船可容纳100万人，速度为光速的500分之一，就是说飞行500年才能达到一光年的距离，要飞到20光年远处的星体，需整整1万年时间。所以飞船必须很大，是一个小社会，当船到目的地时，走出来的乘客已是上船人的第400代子孙了。这场旅行代价真大，400代人才能完成。现在地球上所有能找到的，有文字记录的古人也没有这么老。就是说，这个飞船在太空中要经历一个地球人类成长的文明史，才能到达另一个星球落脚。不是我们一个人重活一遍，是整个地球上的人类重活一遍。想来真是渺茫，既可怕，又有吸引力。报纸说："星际旅行只需单程票。"初一看，有点去而不回的味道，要在航行途中写遗嘱，开追悼会，那谁还要去呢？

事情就怕放大来看。看完星际旅行计划，再反观人类自己，其实我们一生下来不就是买了一张单程票吗？这个地球上不是每天也在有死有生有老吗？区别只在于你是在原地过完单程还是在运动中过完单程，反正人生没有返程票。我们常说：假如我小10岁，小20岁，如何如何。假如你小上100岁，你也许能协助孙中山，不让军阀混战；假如你小上200岁，也许你能帮助林则徐赢得鸦片战争。但是这一切都不可能，万物在动、在变，哲学家说一个人不可能蹚过同一条河流，俗话说，开弓没有回头箭。你只能创造一次，也只能享受一次。正是因为只有一次，人生才珍贵，才有特殊的意义。

1999 年 1 月 27 日

# 石头里有一只会飞的鹰

雕塑家用一块普通的石头雕了一只鹰,栩栩如生,振翅欲飞,观者无不惊叹。问其技,曰:石头里本来就有一只鹰,我只不过将多余的部分去掉,它就飞起来了。

这个回答很有哲理。

原子弹爆炸,是因为原子核里本来就有原子能;植物发芽,是因为种子里本来就有生命。它不爆炸、不发芽,是因为它有一个多余的外壳,我们去掉它,它就实现了它自己的价值。达尔文本酷爱自然,但父亲一定要他学医,他不遵父命,就成了伟大的生物学家。居里夫人25岁时还是一名家庭教师,还差一点当了小财主家的儿媳妇。她勇敢地甩掉这些羁绊,远走巴黎,终于成为伟大的科学家。鲁迅先是选学地质,后又学医,当把这两层都剥去时,一位文学大师就出现了。

就是宋徽宗、李后主也不该披那身本来就不属于他的龙袍,他们在公务中痛苦地挣扎,还算不错,一个画家、词人终于浮出水面。这是历史的悲剧,但是成才的规律,也是做事的规律。物各有主,人各其用,顺之则成,逆之则败。

每当我看杂技演出时，总不由联想一个问题，人体内到底有多少种潜能。同样是人，你看，我们的腰腿硬得像个木棍，而演员却软得像块面团。因为她只要一个"软"字，把那些无用的附加统统去掉，她就是石头里飞出来的一只鹰。但谁又敢说台下的这么多的观众里，当初就没有一个身软如她的人？只是没有人发现，自己也没有敢去想。

法国作家福楼拜说："你要描写一个动作，就要找到那个唯一的动词，你要描写一种形状就要找到唯一的形容词。"那么，你要知道自己的价值，就要找到那个唯一的"我"，记住，一定是"唯一"，余皆不要。好画，是因为舍弃了多余的色彩；好歌，是因为舍弃了多余的音符；好文章，是因为舍弃了多余的废话。一个有魅力的人，是因为他超凡脱俗。超脱了什么？常人视之为宝的，他像灰尘一样地轻轻抹去。

建国后，初授军衔，大家都说该给毛泽东授大元帅。毛说，穿上那身制服太难受，不要。居里夫人得了诺贝尔奖，她将金质奖章送给小女儿在地上玩。爱因斯坦是犹太人的骄傲，以色列开国，想请他当第一任总统，他赶快写信谢绝。他们都去掉了虚荣，舍弃了那些不该干的事，留下了事业，留下了人格。

可惜在现实生活中，我们总是算加法比算减法多，总要把一只鹰一层层地裹在石头里。欲孩子成才，就拼命地补课训练，结果心理逆反，成绩反差；想要快发展，就去搞"大跃进"，结果欲速不达；想建设，就去破坏环境，结果生态失衡，反遭报复。何时我们才能学会以减为加，以静制动呢？

诸葛亮说"宁静致远"。当你学会自己不干扰自己时，你就成功了。老子说"无为而治"。马克思对共产主义社会的解释是"自由人联合体"，连国家机器也将消亡。当社会能省掉一切可以省掉的东西时，这个社会可能更健康更美好。

2007年11月15日《人民日报》

# 反求我心 大慧大觉

最近我去拜访96岁高龄的季羡林先生,我知道他研究佛教,便问先生:"你信不信佛?"他说:"不信。"我又问:"宗教为什么还会存在?"他说:"因为科学解决不了所有的问题,剩下的只好求助宗教。"又问:"宗教到底何时能消亡?"他说:"恐怕到共产主义也消亡不了,人的心理问题没有那么简单。"

佛教在中国,就是这样,许多人信,许多人不信。各有各的理由,各有各的角度。但不管信还是不信,它是一种客观存在,从东汉传入中国,已存在了两千多年。不但存在,还有发展,甚至发展之后又再传回它的故乡印度,季羡林先生称之为文化史上很少见的宗教"倒流"。不但有"倒流",还有"横流",它又从中国传到日本,传到欧美等地,几乎遍布世界的各个角落。这说明什么,说明它有用,能在一定程度上解释世界,特别是解释人生和人的心理。另外,还说明中华文化的博大,具有宽容与创新的精神。它没有排外、自闭,也没有盲目膜拜,自卑自怯,而是开放吸收,兼容并蓄,进而改革创新。中国古代之佛教早已不是印度之佛教,现在之佛教也不是过去之佛教。佛教传入中国之后,又新创几宗几派,已无人能说清。特别是禅宗经六祖革新之后,禅与佛几乎是两个概念。佛教与其他宗教之大不同处是不搞神秘化,强调自我体验,我心即佛,人人皆可立地成佛;不宣传神主救世,而强调自度度人。有宽忍、无私、利他、和谐的一面,是积极的。中国文化在佛教东渐之前,便有道,强调无为,重自然规律;有儒,强调自强不息,济世救民;再加上佛的慈悲,中华文化就三足鼎立,巍然浩然,源远流长。至今中国许多名山、市井的古庙里,都三教共奉,你中有我,我中有你。就是在人们平常的处世用事中也常常是进为儒,守为道,退为佛,像是一套武术的攻防进守,又像是一个人,时而兴奋时而沉静。所以,如林则徐这样的虎门销烟的民族英雄,也是一位虔诚的佛教信徒,而他那副名联"海纳百川,有容乃大;壁立千仞,无欲则刚",你已无法确指这里是儒、是道还是佛。文化,是很有意思的事,就像一道好菜,当你细品其色、香、味时,已无法说清,其中是哪一种料在起作用。

对佛的体验有一句话讲得最通俗明白:"如人饮水,冷暖自知。"你自己去体会吧,说出来的就不算是佛,这大概就是禅味,其实是哲学。当年爱因斯坦与玻尔两位大物理学家争论物质能不能准确测量,直到死谁也没有说服对方。爱氏说能,玻氏说不能,叫"测不准原理"。比如用温度计测水温,你看到的温度是水加上温度计及环境的温度,而不是水的准确温度。有一次毛泽东接见外宾,赵朴初陪同,客人未到,毛即风趣地说:"赵朴初,即非赵朴初,是名赵朴初。佛教有没有这个公式?"赵答:"有。"是又不是,测不准,正是哲学境界。佛教传入中国后得华夏文化之灵,浴神州风土之情,是佛教,即非佛教,是名佛教。就像玻尔的那支温度计上的温度,是水温,即非水温,是名水温。它已是哲学、文学、艺术、政治、人生修养等等的一种混合体了。一部《红楼梦》,有人读情,有人读理,有人读阶级斗争。佛教,更是中国人两千年来读不完的书。你看,像梁启超、胡适、鲁迅这样的大家都曾苦心研究佛教,鲁迅还出资刻过佛经,而李叔同、金庸等作家、艺术家则干脆皈依佛门。这是佛教的妙处,每个行为都能在它的思维下找到一种实现的方法,每个人都能在它的背景下找到一个自我。山西隰县小西天寺里,有一副对联:"佛即心,心即佛,欲求佛,先求心,即心即佛;因即果,果即因,种甚因,结甚果,是因是果。"当我们

书房一角

谈佛说禅时,其实是在探寻自我,研究我与周围世界的关系。这种含义是说不很准的,也是"测不准原理"。我心茫茫,佛法无边,唯其不准才有大用,才有发挥的空间,两千年不衰,天地间永驻。我们对佛千万不敢太认真,烧香拜佛,求其显灵;或打坐入定,求其忽通,那不是佛的本意。列宁说,真理不可太死板,也不能太灵活。至于掌握到一个什么样的度,还是那句话,饮水人冷暖自知,你自己慢慢去品吧。

两千年来,佛教在中国是一本读不完的书。

2007年10月5日

# 砍的不如旋的圆

"砍的不如旋的圆",这是我的家乡农民常说的一句俗话,意即你办事要开窍,不要用死力气。用现在的话说,要减少盲目性,跳出误区。比如你要做一个木球,可以用斧子慢慢地去砍,但总不如在旋刀下飞快地一旋,便又光又圆。我在孩童时就听到这句话,现已过花甲之年还常常想起,可见真理总是颠扑不破,历久弥新。

过去我当记者时经常碰到一些热心写稿的通讯员,他们几十年如一日地写稿、投稿,甚至不远千里来报社送稿,但命中率极低。有的虽已白发苍苍,还是乐此不疲。后来又碰到一些多少有点权力的干部将自己的讲话、随感、日记,甚至文件汇集,一本一本地出书,以为这样就有政绩,有名气。这正是用斧子砍制一个木球。

砍和旋到底有什么不同?其实就是跳出自我,敢于革新,就隔一层窗户纸,捅破之后就是质的飞跃。

由砍到旋首先是方法的革命。成语言"绳锯木断,水滴石穿",这是讲意志、恒心,你真的用绳锯木、水穿石,这要等到何年何月?方法不变,隔靴搔痒。往大的说,工具和方法是生产力,推动着社会的进步。马克思说:"手推磨产生的是封建主的社会,蒸汽磨产生的是工业资本家的社会。"往小的说,工具和方法是一个人取得成功的助推器,是他的生存力。

其次,由砍到旋是知识的跃升。你为什么只知道闷头砍,是因为你没有新知识,抱残守缺,还自鸣得意。如计算一道天文数字的大题,人家用计算机算,你却用手算、珠算,因为你根本就没有这方面的知识,只能这样。在别人看来很无聊的文字你却在津津有味地写,因为你没有这方面的审美知识,不知道什么叫好,总在一个低标准上重复。

第三,由砍到旋是规律的掌握,是从实践到理论的飞跃。一个掌握了规律和理论的人,一下子就能从根本上判断出这件事该干还是不该干。历史上不知有多少人痴迷着制造永动机,而科学家只需用"能量守恒"四个字就将此事判了死刑。

"砍"与"旋",这是两个截然不同的阶段,如要跨越必得有"惊险的一跳"。

我们曾有过因"砍"而败的惨痛教训。"大跃进"的失败是用战争的方法,来"砍"经济建设;"文化大革命"的失败就是用革命党的理论,来"砍"执政。现在,也有许多事还沉湎于这种"砍"的盲目和自豪之中。据统计,我国每年拍1.4万集电视剧,而能播出的不到四分之一,每年出版4300部小说,人们能记住的又有几何?再说到每年的会议、报告、文件就更是一个天文数字。废品之多、废话之多群众早已经看得很发笑了,但还是乐此不疲,继续耐心地"砍"制一件皇帝的新衣。

为什么总是跳不出保守、封闭的误区?原来除方法、知识、理论之外还有一个更严重的障碍就是太追求功利,自欺欺人。这样说来,"砍"与"旋"又不只是一个方法问题,这背后又有价值观、人生观在起作用了。

人,最难的是跳出自我。

2012年8月6日

# 享受人生

"享受"这个词,在很长一段时间和大部分时候是被当作贬义词使用的。随着年纪增长,阅历增多,才知道这种理解未免狭窄。人来到世界上,美好的生命只有一次,而且内容无限,你就是抓紧享用也只能仅得其中的一部分。老作家孙犁见几个年轻人在泰山极顶,不欣赏这泰山风光,却围坐在一块巨石上,大打扑克。他感叹道:扑克何处不能打?这泰山风光却能享受几回?你看,这不是享受吗?这里没有剥削,没有欺诈,大大方方,自自然然,取之不尽,其乐融融。

上面只是随举一例,其实享受自然只是人生的一部分。生命中值得享受的东西还有很多很多,比如享受知识,读书学习;享受艺术,听音乐、赏诗文、观演出;享受刺激,探险、登山、看竞技比赛;享受感情,亲情、友情、爱情;享受成功,奖励、鲜花、掌声;享受环境,浴新鲜空气,赏满眼绿色;享受安宁,心平气和,自我平衡;享受休闲,散步、谈天、度假;享受精神,信仰、理想、宗教,等等。还可以举出许多许多,这都是自然赋予我们,让我们尽情选择享用的。一次朋友谈天,有人说:独身或僧尼无爱无伴,少了多少享受?马上有人反驳道:这也是一种享受,享受孤独。生命原来是这样地多层次、多角度,生命之花原来是靠这许多的享受来供养的。试想一个在鲜花掌声中受勋的人，和点一支烟来过瘾的人，这是两种多么悬殊的享受，但是只要可能，不同的人接受同一种享受时又是多么的平等。朱自清说："老于抽烟的人，一叼上烟，真能悠然遐想。他霎时间是个自由自在的身子，无论他是靠在沙发上的绅士，还是蹲在台阶上的瓦匠。"但事实上许多人一辈子也没有能够享受到生活的全部内容或主要的内容。就像我们住进一家五星级的大酒店，除了睡觉，其他的健身、娱乐、美容、商务等设施都没有享用。又像不少人对计算机的使用，只不过是将它当成了一部打字机。生命是博大丰富的，可享受的东西无穷之多。生命又是很短暂的，许多有意义的东西稍纵即逝。我们对享受的理解，既不该狭窄，更不该冷漠。

　　当然，那种剥削、占有、挥霍式的享受，是最低级而不入流的。我们这里讨论的是全面的享受，它实际是对生命的认识、开发和利用。要达此点，先得有两个条件，一是勇气，就是对生活的勇气，鲁迅所谓直面人生，古人所谓舍我其谁，现在的流行歌曲唱的潇洒走一回，痛快活一场。对生命没有充满信心的人，不热爱生活的人，是不可能享受到生命之果的。望高峰而却步，就看不到极顶的风光，将出海而又收帆，就体会不到惊涛骇浪。二是创造。生命之身是父母所赠予的，而生命的意义却全靠后天的开发。可以说，你有多少创造，就有多少享受。马克思、毛泽东、邓小平、哥白尼、牛顿和爱因斯坦都分别创造了一个新学说，并因这个新学说开辟了一个新领域、一片新世界。因此，他们生命中就有了一种特别的滋味，就多了一份特殊的享受，我们这些常人是无论如何难以看到的。这么说来"享受生命"这句话又是多么沉重，就像说"我要登上珠穆朗玛峰"，不是随便哪个人都敢开口说出的，但这种高峰的风光毕竟有人能享受到，它确实是我们生命的一部分。爱因斯坦、达尔文、爱迪生、开普勒等人，他们的伟大发现完成时，都说过类似的话：现在生与死对我都已无所谓了。因为他们都已享受到了生命中最成功、最华彩的段落。就是那些壮志未酬、行将赴死的勇士，如布鲁诺、文天祥、项羽、谭嗣同、林觉民等，也是一种对生命成功的享受。当常人将父母给予的血肉之躯用来做衣食之享时，他们却将生命的炸弹做最后一掷，爆出无限的光热，通过凤凰涅槃，得到了永生。他们不但生时享受事业之乐，理想之乐，身后还永享历史之功和人格之尊。

　　本来，追求物质的进步和精神的自由，或曰两个文明，就是人类生存奋斗的最基本目标。列宁曾将共产主义形象地比喻为苏维埃加电器化；战争时期，战士们在战壕里憧憬的美好生活就是"楼上楼下，电灯电话"。我们不是苦行僧，我们的许多劳动、斗争、牺牲，就是为了能在行动之后享受这幸福的结果。但幸福又是个动态的东西，如想要独立高峰，就只有一座接一座去攀登，才能一次又一次地享受。我们常犯的错误是，当登临一个山顶时，除了擦汗、喘气，却常忽略了这山的美丽，忘记了脚下的林海、悬崖上的鲜花，还有天边的流云。这种享受若不经意便稍纵即逝，若再无追求，也就再没有新的享有。人生之中从最基本的吃饭穿衣，到无尽的物质和精神享受，这是一个多大的库藏，多么宽广的领域，你一方面可以最大限度地去开发、创造和丰富，另一方面又可以尽情地去利用、索取和享受。一个真正懂得享受生命的人，不但将造物者给他的一切都能尽情享受个够，他还进一步享受着自己的创造，更还有少数杰出人物又能跨越时空永享历史的光荣。

　　但是请别忘记，造物者同时又制定了一条铁的规律，生命只有一次，并且时间有限，所以我们对生命的享受不会那么从容，也不会没完没了。生命是一根甘蔗，甜甜的，吃一口就少一节。让我们好好地珍惜它，细细地品味它，尽情地享受它。

2000 年 3 月 29 日

# 小细节 大道理

人的一生是由许多细节组成的，不过每日司空见惯，人们不甚注意，更没有研究这个细节与事业、人生的关系。其实，一滴水见太阳，生活中的一个细节常可见出人生的大道理。

南唐为宋所灭，李后主成了俘虏，被押解去见宋太祖，太祖怕其自杀，托人去观察。去之人回报说，不会的，理由是见他下船时还弹掉身上的一点泥土。将入囹圄而如此惜身，必更惜命。李后主这种懦弱的性格被对方看透，后几年就更受制于人，备受欺凌，他终以多愁懦弱的形象存于史册。共产党早期领袖瞿秋白被捕，蒋介石派人劝降并派医生给他治病，瞿说："减轻一点痛苦可以，要治好病就大可不必了。"蒋知其死意已决，无可奈何，瞿大义凛然、光明磊落的形象永存史册。北宋名臣富弼出使辽国，去数月，有人捎来家书，他说徒乱人心，不拆，直接在灯上烧掉。史家记此细节，足以说明其为公敬业的精神。现实生活中，有某领导，热心应酬，如有活动必参加，实在不能分身前往，也要托人将小礼品带回。又，前几年某一地方领导抗洪时不在现场，见其他领导有在现场指挥的照片见报，就让报纸再为其补拍一张，见报后又觉得自己裤管上比别人少了几点泥，不够生动，大为不满。如此自私、如此作秀的细节被群众看在眼里，传为笑柄，怎么能身当大任？

　　还有一个故事是讲科学家的精神。法国某村的一群农妇，早晨出工时见一人趴在地边观察什么，傍晚收工时这个人还在原地不动，他就是后来写成科学名著《昆虫记》的大生物学家法布尔。他有一句关于成功的名言"机遇只给有准备的头脑"，这已成为一切想成功的人的座右铭。还有达尔文一次收集生物标本，两手各捉到一只新昆虫，这时眼前又出现一只没有见过的昆虫，他双手不空，又求虫心切，就急忙将一只含到嘴里，腾出手又去捉第三只。这是他们敬业成功的细节。一位院士科学家给我讲了这样一个他亲见的细节。一天晚饭后，某研究院实验楼前静悄悄的，一位老教授缓缓地迈着步子前去加班。他刚推开大玻璃门，身后插上一个身影，抢在他前面进了楼门，是个青年，头也不回。这个细节涉及青年修养。不是有个传说吗？汉张良在桥上碰见一老人，老人故意将鞋丢到桥下，张良捡起并为他穿上。老人观其可教，而传以兵书。我想，那位本应躬身为教授开门却趁机抢路而入的青年，肯定得不到教授的"兵书"。

　　以上说了许多细节，都分别关乎政治、人生、事业、修养等，可见细节不是小事。中医看病讲望、闻、问、切，看看脸色，问问情况，通过这些细节，就知道得了什么病，就能对症下药。我们虽不能说只靠一个生活细节就能改变人生，但这些细节确实是成功或者失败的杠杆，由此悟到的哲理、思路、方法却肯定可以让你的生命迈上新的台阶。

《新湘评论》2008年第5期

# 还有八种人不很幸福

最近关于什么是幸福的话题突然热了起来，特别是正当两会之际，名人荟萃，代表、委员，包括高官、明星都纷纷在镜头前写自己的幸福公式，但是那些还不够幸福的人却不见出面。我静听静看了几天，虽没有公式，却有一点想法。

幸福的主体是公民个人，要靠自己感受，不能"被幸福"，也不能"贴牌"，更不要"秀幸福"。构成幸福的内容有三个方面：物质、精神、情感。情感也属精神，但又有区别，特别是对个体的人来说精神偏重于理想、信念，情感更重在人与人之间的关系。恩格斯在马克思墓前的讲话里说，马克思的贡献是发现人先得生存，解决吃穿住（物质），然后才是宗教、政治（精神）活动。他还说过，人是各种社会关系的总和。这"总和"除政治、经济关系外，很大一块是情感关系，是和谐。总之，人要幸福，离不开物质享受，精神追求和情感支持。这三个方面又依时代、环境不同随时都有个最低标准，比如恩格尔系数、最低工资规定等。但在特殊情况下，可此消彼长，如为追求理想，短期内牺牲物质利益，亦觉幸福。我们这里讨论的是正常情况，所以三方面都要顾及到。

幸福虽然是主观的体验，但是要有外部条件，国家的责任就是为公民创造幸福的条件。"幸福热"的话题，折射着民众对新幸福的追求。从改革开放一开始我们就强调共同富裕，近年来又强调多方统筹，科学发展，所以当我们大谈幸福时要看一看还有哪些人不幸福。大致来说，我觉得有八种人：

1. 全国还有贫困人口1.5亿，工薪族收入偏低，穷人在物质上不幸福；

2. 社会就业难，找不到工作的大学生、"北漂"族等，无固定职业不幸福；

3. 贫富差距加大，部分穷人虽已脱贫，但望富人之项背，仍感种种之不公，感情上不幸福；

4. 教育制度摧残人才，学生负担过重，两亿中小学生一想起考试就不幸福；

5. 已进入老龄社会，空巢老人门依黄昏，情感上不幸福；

6. 腐败不治，国财私用，纳税人心中有气，不幸福；

7. 政治体制改革滞后，忧国之士情急心切，不敢幸福；

8. 民意表达不畅，多年上访者、心中有冤、有怨、有话而不得说或说而无人听者，不幸福。

举出这八种人的不幸福，不是把社会说得一塌糊涂，只是承认前进中的矛盾，也正是两会要议的民生话题。从上面所举的不幸福也可看出，主要是精神和情感层面的，这说明我们在物质方面已经有很大的改善。改革30多年，我们已经收获了太多的幸福，如社会低保、免除农业税、义务教育、改善住房等。幸福不说跑不掉，不幸福不说不得了，这是矛盾，是隐患，会影响民心，影响科学决策。治国者要长怀天下忧。上面举的不幸福还是从社会角度就大的人群而言，如果从每个人内心的幸福而言问题就更多了，涉及更深的政治、思想、道德、文化方面的建设。治大国如烹小鲜，需要更精心、更高明的施政和管理。恩格斯说："我们的目的是要建立社会主义制度，这种制度将给所有的人提供健康而有益的工作，给所有的人提供充裕的物质生活和闲暇的时间，给所有的人提供真正的充分的自由。"这里他三次强调所有的人都要能够物质充裕、精神自由，我们的共同富裕和两个文明也有其意。那是个理想的社会、人人幸福的社会，太遥远了。我们就先说当前吧，如果五年之后，"十二五"结束，能让上面的八种人都感到了幸福，那真是国家之大幸，人民之大幸。当然那时又会有新的矛盾，我们还会再去追求更高更新的幸福。那是十二届人大的事了。

2011年3月9日

# 节的联想

中国人习惯,不出正月都算过年,叫过大年。"年"是春节,是一年中最大的节,就特别给它一个月的地盘。于是我就想到年和节有什么不同,比如正月里就还有元宵节,还有更小的立春、雨水等被称为"节气"的节。

节者,接也。事物都不可能一帆风顺直线前进,都是有节有序,走走停停,接力而行。节是一个运动着的概念,这首先是宇宙运行的规律,地球绕太阳公转一圈,因所处位置不同,就分出二十四个节气。从春到冬节节递进,就这样走过了一年。人的成长也有节,从孩童时节、学生时节、工作时节、直到退休后的晚年时节,所以社会规定了儿童节、青年节、老人节,从小到老就这样一节一节度过了一生。植物的生长也有节,最典型的是竹子,竹管中空外直,美则美矣,但每隔尺许必得有一停顿,然后接着长,是为一节,如果一直到顶,就不成材,就不堪为用。务过农的人都知道玉米拔节,夏季的夜晚浇过一场透水,你在玉米地旁听吧,噼啪作响,那是田野里生命的交响。无论有生命的还是无生命的事物都是接续前进,走过一节,再拔一节。这是一个生命动态的过程。

节者,结也。古人在无文字之前就发明了结绳记事。顺顺溜溜的绳子上打了一个结，必是有事要记住，平平常常的日子里规定了一个节日，必是有事值得纪念。节，是一个时间的概念。值得纪念的有好事也有坏事，好事如"五四"青年学生反帝纪念日，"八一五"日寇投降纪念日，"十一"国庆纪念日；坏事如"七七事变"纪念日，"南京大屠杀"纪念日等。不过我们常把好事称节日，坏事称纪念日。就是对一个伟人，人们也是既记住他的生日，也记住他的忌日。好事纪念，是为发扬光大，要庆要贺；坏事不忘，是为警惕小心要常思常想。郭沫若就写过著名的《甲申三百年祭》，前事不忘，后事之师。人生、社会只有在好坏反正的对立斗争中才能前行。节是一个社会运行中的坐标，一个国家规定国庆节，是让国民知道立国不易，忘了国庆日就是忘国；一个民族用最典型的风俗礼习来过自己的节，是提醒同胞不要忘祖。中国人把阴历七月十五定为鬼节，外国人有万圣节，是要生者不忘掉死者。节，是在时间的长绳上打了几个结，叫我们一步一回头，积累过去，创造未来。

节者，截也。它专截取生活中最有意义的日子，再以这日子为旗帜，去选择截取一定的地域，一定的人群，从而强化生活中不同的个性。你看各国、各民族都有自己的节。青年人有青年节，老年人有老年节，妇女有妇女节，基督徒有自己的圣诞节，连最自私的情人们也要为自己规定一个情人节。这节还是拦截人们感情的闸门。你看春节那返乡的人流如潮如海。元宵、中秋、重阳，无论哪一个节都是在开启人们的某一种思绪。节有最小者是每个人自己的生日，最大者是全地球每 365 天过一个元旦节，而火星则每 686 天过一个元旦节。我有时突发奇想，现在人们还没有找到宇宙大爆炸诞生的那一日，如果找到了那一天，又找到了外星人，大家同庆宇宙的元旦节，不知会是什么样子。这样想来，节又是一个划分空间的概念。此节与彼节可以有关，也可无关，而当最多的人同时关注一个节日时，那就是最大范围的大同。当一个人被写入一个节日时，他就有了最高的威望，如伟人的生日总是被列为纪念日。

知道了节是生命的过程，我们就会格外地珍惜它。要节节而进，奋勇而行，谨守人生之节、人格之节。节既是时间的概念，就在提醒我们生命的流失，我在一篇文章里曾发问，是谁发明了"年"这个东西，直将我们的生命寸寸地剁去。我们一方面要节约生命，勿使岁月空度；另一方面又承认节序难违，不要强挽流水，而是重在享受生命的过程。节既是一个空间的概念，我们就知道这个世界上有多少人群、多少民族、多少个国家和组织，就有多少个节日；有多少人，就有多少个生日。它提醒我们"喜吾节以及人之节"，每当节日来临时不要忘了相互庆贺，邻国国庆要发个贺电，亲友过节要送束鲜花，老人记着儿童节，青年人不要忘了父亲节、母亲节和重阳节。节是我们在这个世界上互相联系的纽带，是一个爱的纽结。

想明白了以上的意思，我们就天天都在过节，天天都在为别人祝福和在被别人祝福之中。

2004 年 2 月 15 日

# 凌晨就诊记

在报社最怕值夜班时生病。病痛本身不足畏,是病得时机不好,不好意思张口请假,有逃难、避苦之嫌,只好挺着。

12月又轮到值夜班。正是北京最冷的季节,说怕病,病真的就来了。挺了几天,这天实在挺不住了。凌晨两点下班后路过航天桥下的302医院,便进去,想打一支退烧针。我从来没有半夜进过医院,大楼里静得怕人,空荡,昏暗,无声。我刚从夜班平台下来,觉得像从闹市一下被推进了百年前的故宫。接诊护士睡眼惺忪,问:"怎么这个时候来看病?"我说:"报社的,刚下班。"她大奇,瞪着眼道:"报社还有夜班?我还以为这北京城里只有我们医院才上夜班呢。"我说:"没有夜班,你白天怎么能看到报纸?"本想打一针,赶快回家睡觉,医生说,一针不顶用,要输液。这一下可糟了,起码要三个小时。大庭里空着几张输液用的躺椅,我拣了一张,老老实实等那液滴,漏声迢递到天明。

身上发烧,脑子里一片混乱,正强迫自己闭目小睡一会儿,突然一阵清脆娇媚的笑声震入耳膜。我睁眼一看,两个漂亮的女孩相扶着走进大庭。一个穿着红色的羽绒大衣,一顶浅蓝色的绒线帽。另一个着黄色风衣,一条宽大的花围巾，潇洒地甩到肩后。她们也在接诊台前办了手续，就在离我不远处拣了一张躺椅输液。那红衣女孩躺在椅子上，嗓音有点沙哑，是感冒了。黄衣女没病，是来陪女友的。她俯在椅背上，病友半仰着头，两人亲密地聊着。"这衣服真漂亮。""是我换季新买的。""你每月的钱够花吗？""够，反正我每月给我妈寄5000元。"这话像一颗小炸弹，震醒了蒙眬的我。好家伙，什么工作啊，小小年纪，每月只寄回家的钱就比我这个老总的工资还多，难得她还很孝顺。我没有了睡意，也忘了发烧。

正待侧耳细听，右边的屏风后面，医生正在大声地训斥一个急诊病人："你叫什么名字？"没有声音，半天，"给我喝点水。""你连名字都不说，还想喝水？"没有声音。"说，是谁送你来的。"没有声音。那两个女孩子也停止了谈话，大厅一片寂静。一会儿，红衣女说："去看看。"黄衣女就小跑着到了屏风后面。医生还在大声问："说，你怎么进来的？"这时我才依稀看清屏风后的一张急诊床上躺着一个汉子。原来，不知什么时候110车悄悄送进一个人来，送的人放下就跑了。看样子是斗殴，这男子伤得不轻，对方定是怕出人命，偷偷把人推到这里，但是，没有事主或家属，医生坚决不接病人。就这样僵着。那黄衣女孩看了一会儿，就回去复命，只听红衣女问："漂亮不漂亮？"回答说："还行，看不大清。"

我的心还是惦记着这一头，一会儿医生转出屏风，从我身旁过，我说："严重吗？不行，先看病再说？"我心想，不就几块挂号费吗？我垫上也行。医生说："不行，这种事我们见多了。"我说："那怎么办？""还打110，让他们把人取走，要不就等找见家属再说。"我心想，在这座城里他哪里有什么家属？

医生走了，那边两个女孩子还在低声私语，那汉子一会儿怯生生地喊一句要水喝。我只觉得浑身木木的，忘了手上的针头，也忘了身上的高烧。半个小时前，我满脑子还是时事、大样、标题，现在却一片空白，只觉心里酸酸的，说不出的味道。要不是凌晨就诊，真还不知道版面以外，夜幕中的京城还有这样的故事。

2005年12月

# 试着病了一回

毛主席在世的时候说过一句永恒的真理：要想知道梨子的滋味，就得亲自咬一口，尝一尝。凡对某件东西性能的探知试验，大约都是破坏性的。尝梨子总得咬碎它，破皮现肉，见汁见水。工业上要试出某构件的强度，也得压裂为止。我们对自己身体强度（包括意志）的试验，最简单的方法就是生病。这也是一种无可奈何的破坏。人生一世孰能无病，但这病能让你见痛见痒，心热心急，因病而知道过去未知的事和理，这样的时候并不多，也不敢太多。我最近有幸试了一回。

将近岁末，到国外访问了一次，去的地方是东欧几国。这是一次苦差，说这话不是得了出国便宜又卖乖。连外交人员都怯于驻任此地，谁被派到这里就说是去"下乡"。仅举一例，我们访问时正值罗马尼亚天降大雪，平地雪深一米，但我们下榻的旅馆竟无一丝暖气，七天只供了一次温水。离罗马尼亚赴阿尔巴尼亚时，飞机不能按时起飞，又在机场被深层次地冻了十二个小时，原来是没有汽油。这样颠簸半月，终于飞越四分之一个地球，返回国门上海。谁知将要返京时，飞机又坏了。我们被从热烘烘的机舱里赶到冰冷的候机室，从上午八时半，等到晚八时半，又最后再加冻十二个小时。药师炮制秘丸是七蒸七晒，我们这回被反过来正过去地冻，病也就瓜熟蒂落了。这是实验前的准备。

到家时已是午夜十二时,倒头就睡,到第二天下午才醒,吃了一点东西又睡到第三天上午,一下地如踩棉花,东倒西歪,赶紧闭目扶定床沿,身子又如在下降的飞机中,头晕得像有个陀螺在里面转。身上一阵阵地冷,冷之后还跟着些痛,像一群魔兵在我腿、臂、身的山野上成散兵线,慢慢无声地压过。我暗想不好,这是病了。下午有李君打电话来问我回来没有,我说:"人是回来了,却感冒了,扛几天就会过去。"他说:"你还甭大意,欧洲人最怕感冒。你刚从那里回来,说不定正得了'欧洲感冒',听说比中国感冒厉害。"我不觉哈哈大笑。这笑在心头激起了一小片轻松的涟漪,但很快又被浑身的病痛所窒息。

这样扛了一天又一天。今天想明天不好就去医院,明天又拖后天。北京太大,看病实在可怕。合同医院远在东城,我住西城,本已身子飘摇,再经北风激荡,又要到汽车内挤轧,难免扶病床而犹豫,望医途而生畏。这样拖到第六天早晨,有杜君与小杨来问病,一见就说:"不能拖了,楼下有车,看来非输液不可。"经他们这么一点破,我好像也如泄气的皮球。平常是下午烧重,今天上午就昏沉起来。赶到协和医院在走廊里排队,直觉半边脸热得像刚出烤箱的面包,鼻孔喷出的热气还炙自己的嘴唇。妻子去求医生说:"六天了,吃了不少药,不顶用,最好住院,最低也能输点液。"这时急诊室门口一位剽悍的黑脸护士小姐不耐烦地说:"输液,输液,病人总是喊输液,你看哪还有地方?要输就得躺到走廊的长椅子上去!"小杨说:"那也干。"那黑脸白衣小姐斜了一眼轻轻说了一句:"输液过敏反应可要死人。"便扭身走了。我虽人到中年,却还从未住过医院,也不知输液有多可怕,现代医学施于我身的最高手段就是于屁股上打过几针。白衣黑脸小姐的这句话,倒把我的热吓退了三分。我说:"不行打两针算了。"妻子斜了我一眼,又拿着病历去与医生谈。这医生还认真,仔细地问,又把我放平在台子上,叩胸捏肚一番,在病历上足写了半页纸。一般医生开药方都是笔走龙蛇,她却无论写病历、药方、化验单都如临池写楷,也不受周围病人诉苦与年轻医护嬉闹交响曲的干扰。我不觉肃然起敬,暗瞧了一眼她胸前的工作证，姓徐。

幸亏小杨在医院里的一个熟人李君帮忙，终于在观察室找到一张黑硬的长条台子。台子靠近门口，人行穿梭，寒风似箭。有我的老乡张女士来探病，说："这怎么行，出门就是王府井，我去买块布，挂在头上。"这话倒提醒了妻子，顺手摘下脖子上的纱巾。女人心细，四只手竟把这块薄纱用胶布在输液架上挂起一个小篷。纱薄如纸，却情厚似城。我倒头一躺，躲进小篷成一统，管他门外穿堂风。一种终于得救的感觉浮上心头，开始平生第一次庄严地输液。

当我静躺下时，开始体会病对人体的变革。浑身本来是结结实实的骨肉，现在就如一袋干豆子见了水生出芽一样，每个细胞都开始变形，伸出了头脚枝丫，原来躯壳的空间不够用了，它们在里面互相攻讦打架，全身每一处都不平静，肉里发酸，骨里觉痛，头脑这个清空之府，现在已是云来雾去，对全身的指挥也已不灵。最有意思的是眼睛，我努力想睁大却不能。记得过去下乡采访，我最喜在疾驶的车内凭窗外眺，看景物急切地扑来闪走，或登高看春花遍野，秋林满山，陶醉于"放眼一望"，觉自己目中真有光芒四射。以前每见有病人闭目无言，就想，抬抬眼皮的力总该有的吧，将来我病，纵使身不能起，眼却得睁圆，力可衰而神不可疲。过去读史，读到抗金老将宗泽，重病弥留之际，仍大呼："过河！过河！"目光如炬，极为佩服。今天当我躺到这台子上亲身做着病的实验时，才知道过去的天真，原来病魔绝不肯夺你的力而又为你留一点神。

现在我相信自己已进入实验的角色，身下的台子就是实验台，这间观察室就是实验室。我们这些人就是正在经受变革的实验品，实验的主人是命运之神（包括死神）和那些白衣天使。地上的输液架、氧气瓶、器械车便是实验的仪器，这里名为观察室者，就是察而后决去留也，有的人也许就从这个码头出发到另一个世界去。所以这以病为代号的实验，是对人生中风景最暗淡的一段，甚而末路的一段，进行抽样观察。凡人生的另一面，舞场里的轻歌、战场上的冲锋、赛场之竞争、事业之搏击，都被舍掉了。

记得国外有篇报道，谈几个人重伤"死"后又活过来，大谈死的味道。那也是一种实验，更难得。但上帝不可能让每人都试着死一次，于是就大量安排了这种实验，让你多病几次，好让你知道生命不全是鲜花。

在这个观察室里共躺着十个病人。上帝就这样十个一拨地把我们叫来训话，并给点体罚。希腊神话说，司爱之神到时会派小天使向每人的心里射一支箭，你就逃不脱爱的甜蜜。现在这房里也有几位白衣天使，她们手里没有弓，却直接向我们每人手背上射入一根针，针后系着一根细长的皮管，管尾连着一只沉重的药水瓶子，瓶子挂在一根像拴马桩一样的铁柱上。我们也就成了跑不掉的俘虏，不是被爱所掳，而是为病所俘。"灵台无计逃神矢"，确实，这线连着静脉，静脉通到心脏。我先将这观察室粗略地观察了一下，男女老少，品种齐全，都一律手系绑绳，身委病榻，神色黯然，如囚在牢。死之可怕人皆有知，辛弃疾警告那些明星美女"君莫舞，君不见玉环飞燕皆尘土"；苏东坡叹那些英雄豪杰"大江东去，浪淘尽，千古风流人物"。其实无论英雄美女还是凡夫俗子，那不可抗拒的事先不必说，最可惜的还是当其风华正茂、春风得意之时，突然一场疾病的秋风，"草遇之而色变，木遭之而叶脱"，杀盛气，夺荣色，叫你停顿停顿，将你折磨折磨。

我右边的台子上躺着一个结实的大个头小伙子，头上缠着绷带，还浸出一点血。他的母亲在陪床，我闭目听妻子在与她聊天。原来工厂里有人打架，他去拉架，飞来一把椅子，正打在头上伤了语言神经，现在还不会说话。母亲附耳问他想吃什么，他只能一字一歇地轻声说："想——吃——蛋——糕。"他虽说话艰难，整个下午却骂人，骂那把"飞来椅"，骂飞椅人。不过他只能像一个不熟练的电报员，一个电码一个电码地往外发。

我对面的一张台子上是一位农村来的老者，虎背熊腰，除同我们一样，手上有一根绑绳外，鼻子上还多根管子，脚下蹲着个如小钢炮一样的氧气瓶，大约是肺上出了毛病。我猜想老汉是四世同堂，要不怎么会男男女女，大大小小地围了六七个人。面对其他床头一病一陪的单薄，老汉颇有点拥兵自重的骄傲。他脾气也犟,就是不要那根劳什子氧气管,家人正围着怯怯地劝。这时医生进来了,是个年轻小伙子,手中提个病历板,像握着把大片刀,大喊着:"让开,让开!说了几次就是不听,空气都让你们给吸光了,还能不喘吗?"三代以下的晚辈们一起恭敬地让开,辈分小点儿的退得更远。他又上去教训病人:"怎么,不想要这东西?那你还观察什么?好,扯掉,扯掉,左右就是这样了,试试再说。"医生虽年轻,但不是他堂下的子侄,老汉不敢有一丝犟劲,更敬若神明。我眼睛看着这出戏,耳朵却听出这小医生说话是内蒙古西部口音,那是我初入社会时工作过六年的地方,不觉心里生一股他乡遇故知的热乎劲,妻子也听出了乡音,我们便乘他一转身时拦住,问道:"这液滴的速度可是太慢?"第二句是准备问:"您可是内蒙古老乡?"谁知他把手里的那把大片刀一挥说:"问护士去!"便夺门而去。

我自讨没趣,靠在枕头上暗骂自己:"活该。"这时也更清楚了自己作为实验品的身份。被实验之物是无权说话的,更何况还非分地想说什么题外之话,与主人去攀老乡。不知怎么,一下想起《史记》上"鸿门宴"一节,樊哙对刘邦说的"人为刀俎,我为鱼肉",任你国家元首,巨星名流,还是高堂老祖,掌上千金,在疾病这根魔棒下一样都是阶下囚。任你昔日有多少权力与光彩,病床上一躺,便是可怜无告的羔羊,哪有鲤鱼躺在砧板上还要仰身与厨师聊天的呢?我将目光集中到输液架上的那个药瓶,看那液珠,一滴一滴不紧不慢地在透明管中垂落。突然想起朱自清的《匆匆》那篇散文。时间和生命就这样无奈地一滴滴逝去,朱先生作文时大约还不如我这种躺在观察室里的经历,要不他文中摹写时光流逝的华彩乐段又该多一节的。我又想到古人的滴漏计时,不觉又有一种遥夜岑寂、漏声迢递的意境。病这根棒一下打落了我紧抓着生活的手,把我推出工作圈外,推到这个常人不到的角落里。此时伴我者唯有身边的妻子,旁人该干什么,还在干自己的,那个告我"欧洲感冒可怕"的李兄,就正在与医院一街相连的出版社里,这时正埋头看稿子。"文化大革命"中我们曾一同下放塞外,大漠著文,河边论诗。本来我们还约好回国后,有一次塞外旧友的兰亭之会,他们哪能想到我现时正被困沙滩,绑在拴马桩上呢?如若见面,我当告他,你的"欧洲感冒论"确实厉害,可以写一篇学术论文抑或一本专著,因为我记得,女沙皇叶卡捷琳娜的情人,那个壮如虎牛的波将金将军也是一下被欧洲感冒打倒而匆匆谢世的。这条街上还有一位研究宗教的朋友王君,我们相约要抽时间连侃他十天半月,合作一本《门里门外佛教谈》,他现在也不知我已被塞到这个角落里,正对着点点垂漏,一下一下,敲这个无声的水木鱼。还有我从外地来出差的哥哥,就住在医院附近的旅馆里,也万想不到我正躺在这里。还有许多,我想起他们,他们也许正想着我的朋友,他们仍在按原来的思路想我此时在干什么,并设想以后见面的情景,怎么会想到我早已被凄风苦雨打到这个小港湾里。病是什么?病就是把你从正常生活轨道中甩出来,像高速公路上被挤下来的汽车,病就是先剥夺了你正常生活的权利,是否还要剥夺生的权利,观察一下,看看再说。

因为被小医生抢白了一句,我这样对着药漏计时器返观内照了一会儿,敲了一会儿水木鱼,不知是气功效应还是药液已达我灵台,神志渐渐清朗。我又抬头继续观察这十人世界(大概是报复心理,或是记者职业习惯,我潜意识中总不愿当被观察者,而想占据观察者的位置)。诗人臧克家住院曾得了一句诗"天花板是一页读不完的书",我今天无法读天花板,因为我还没有一间可静读的病房,周围是如前门大栅栏样的热闹,于是我只有到这些病人的脸上、身上去读。

四世老人左边的台子上躺着一位老夫人,神情安详,她一会儿拥被稍坐,一会儿侧身躺下,这时正平伸双腿,仰视屋顶。一个中年女子,伸手在被中掏什么,半天乘她一撩被,我才看清她正在用一块热毛巾为老妇人洗脚,一会儿又换来一盆热水,双手抱脚在怀,以热手巾裹住,为之暖脚良久,亲情之热足可慰肌肤之痛,反哺之恩正暖慈母之心,我看得有点眼热心跳。不用问,这是一位孝女,难怪老夫人处病而不惊,虽病却荣,那样安详骄傲。她在这病的实验中已经有了另一份收获:子女孝心可赖,纵使天意难回,死亦无恨。都说女儿知道疼父母,今天我真信此言不谬。我回头看了一眼妻子,她也正看得入神,我们相视一笑,笑中有一丝虚渺的苦味，因为我们没有女儿，将来是享不了这个福了。

再看四世老人的右边也是一位老夫人，脑中风，不会说话，手上、鼻子双管齐下。床边的陪侍者很可观，是位翩翩少年，脸白净得像个瓷娃娃，长发披肩，夹克束身，脚下皮鞋贼亮。他头上扣个耳机，目微闭，不知在听贝多芬的名曲还是田连元的评书。总之这个十人世界，连同他所陪的病人都好像与他无关。过了一会儿，大约他的耳朵累了，又卸下耳机，戴上一个黑眼罩。这小子有点洋来路，不是旁边那群四世堂里的土子侄。他双臂交叉，往椅上一靠，像个打瞌睡的"佐罗"。"佐罗"一定不堪忍受观察室里的嘈杂，便以耳机来障其聪；又不堪眼前的杂乱，便以眼罩来遮其明，我猜他过一会儿就该要掏出一个白口罩了。但是他没有掏，而是起立，眼耳武装全解，双手插在裤兜里到房外遛弯儿去了，经过我身边出门时，嘴里似还吹着口哨。不一会儿，少年陪侍的那老夫人醒来，嘴里咿咿呀呀地大喊，全室愕然，不知她要什么，护士来了也不知其意，便到走廊里大喊："×床家属哪里去了？"又找医生。我想这佐罗少年大约是老夫人的儿子或女婿，与刚才那位替母洗脚的女子比，真是天壤之别。

我们现在常说的一句话是阴盛阳衰，看来在发扬传统的孝道上也可印证此论，难怪豫剧里花木兰理直气壮地唱道："谁说女子不如男！"杜甫说："信知生男恶，反是生女好。"白居易说："遂令天下父母心，不重生男重生女。"二公若健在一定抚髯叹曰："不幸言中！不幸言中！"那佐罗少年想当这十人世界里的隐士，绝尘弃世。其实谁又自愿留恋于此？他少不更事，还不知这些人都是被病神强迫拉来的，要不怎么每个人手臂上都穿一根细绳，那一头还紧缚在拴马桩上。下一次得让阎王差个相貌恶点的小鬼，专门去请他一回。

不知何时，在我的左边迎门又加了一长条椅子，椅前也临时立了一根铁杆，上面拴了一位男青年。他鼻子上塞着棉花，血迹一片，将头无力地靠在一位同伴身上（他还无我这样幸运，有张硬台子躺），话也不说，眼也不睁，比我右边那位用电码式语言骂人的精神还要差些。他旁边立着一位姑娘，当我将这个多病一孤舟的十人世界透视了几个来回，目光不经意地落在她身上时，心中便不由一跳，说不清是惊、是喜，还是遗憾。只是模模糊糊地觉得，这个地方不该有个她。她算比较漂亮的一类女子，虽不是宋玉说的那位"登墙窥臣三年"的美女，也不比曹植说的"翩若惊鸿，婉若游龙"的洛神，但在这个邋邋遢遢的十人世界里（现在成十一人了），她便是明珠在泥了。她约一米六五的身材，上身着一件浅领红绒线衣，下身束一条薄呢黑裙，足蹬半高腰白皮软靴，外面又通体裹一件黑色披风，在这七倒八歪的人中一立，一股刚毅英健之气隐隐可人。但她脸上又有不尽的温馨，粉面桃腮，笑意静贮酒窝之中，目如圆杏，言语全在顾盼之间，是一位《浮生六记》里"笑之以目，点之以首"的芸，但又不全是。其办事爽利豁达，颇有今时风采。在他们这个三人小组中，椅子上那位陪侍，是病人的"背"，这女人就是病人的"腿"，她甩掉披风（更见苗条），四处跑着取药、端水，又抱来一床厚被，又上去揩洗血迹，问痛问痒。这女子侍奉病人之殷，我猜她的身份是病人的妹妹或女友（女友时常也是妹妹的一种），比起那个千方百计想避病房、病人而去的奶油小生可爱许多。也许是相对论作怪，爱因斯坦向人讲难懂的相对论就这样说，与老妪为伴，日长如年；与姑娘做伴，日短如时，相对而已。这姑娘也许爱火在心，处冰雪而如沐春风。有爱就有火焰，有爱就有生活，有爱就有希望，有爱就有明天。

一会儿，这姑娘不知从哪里弄来一饭盒蒸饺，喂了病人几个，便自己有滋有味地吃起来。她以叉取饺的姿势也美，是舞台上用的那种兰花指，轻巧而有诗意。连那饺子也皮薄而白，形整而光，比平时馆子里见到的富有美感。三鲜馅的味道传来，暗香浮动。歌星奚秀兰唱"阿里山的姑娘美如水，阿里山的少年壮如山"，今天我遇到的小伙不是破头就是破鼻，无以言壮，倒是这姑娘如水之秀、如镜之明。她让我照见了什么，照见了生活。唐太宗说："以人为镜，可明得失。"抱病卧床者看青春活泼之人，心灰意懒者看爱火正炽之人，最大的感慨是：绝不能退出生活。这姑娘红杏一枝入窗来，就是在对我们大声喊：知否，外面的生活，火热依旧。我刚才还在自惭被甩出生活轨道，这时，似乎又见到了天际远航的风帆。

这时在我这一排病台的里面处，突然起了骚动，今天观察室里这出戏的高潮就要出现。只见一胖大黑壮约五十多岁的男子被几个人按在台子上，裤子褪到了脚下，裸着两条粗壮的大腿，脚下挡着一轻巧的白色三面屏风。这壮汉东北口音，大喊："疼死我了！疼死我了！"接着就听有人哄小孩似的说："马上就完，快了！快了！"但还是没有完。那汉子还喊："你们要干啥呢？受不了！不行了！"其声之惨，撞在天花板上又落地而再跳三跳。这时全观察室的人都屏气息声，齐向那屏风看去。因为我这个特殊的角度，屏风恰为我让出视线，就见两位只露出一双大眼睛的护士小姐，正从手术车上取下一根细管，捏起那男子的阳物，就往里面捅，原来在行导尿术。任那男子怎样呼天抢地，两小姐仍我行我素，目静如水。这样挣扎了一阵，手术（其实还够不上手术）结束，那胖子虚汗满头，犹自作惊弓之恐。两小姐摘下口罩，一位撤掉屏风，顺手向身后一搭，轻松地穿过病台，向我这边的房门口走来。那样子，像背了一个大风筝，春日里去郊游。另一位则随手将手术小车一带，头也不回，那架轻灵的小车就在她身后自如地宛如一个小哈巴狗似的左右追行。过我身边时，我偷眼一望，她们简直是两个娃娃，天真而美丽。出门扬长而去，好像踏着一曲《走在乡间的小路上》，刚才的事已了无一痕。

那男子还在唏嘘不已，家属正帮着提衣裤，正所谓花自飘零水自流，你痛你喊我走路。我心里一阵发紧，想这未免有点残酷，又想到《史记》上那句话，"人为刀俎，我为鱼肉"，人一旦沦为医生诊治（或曰惩治）的对象是多么可怜。那壮汉平日未必不凶，可现在何其狼狈，时地相异，势所然也。俗语曰："有什么不要有了病，缺什么不要缺了钱。"过去读一养生书，开篇即云："健康是幸福，无病最自由。"诚哉斯言！当我被手穿皮线，缚于马桩，扑于病台，见眼前斯景，再回味斯言，所得之益，十倍于徐医生开的针药了。过了一会儿我又想护士漠然的态度也是对的，莫非还要她陪着病人呻吟？过去我们搞过贫穷的社会主义，大家一起穷，总不能也搞有病大家一起疼吧。势之不同，态亦不同，才成五彩世界。

枚乘《七发》说楚太子有病，吴人往视，不用药石针刺，而是连说了七段要言妙道，太子就"涩然汗出，霍然病已"。我今天被缚在这张台子上，对眼前的人物景观看了七遍，听了七遍，想了七遍，病身虽不霍然，已渐觉宁然，抬手看看表，指针已从中午十二时蹒跚地爬到十九时，守着个小木鱼嘀嘀嗒嗒，整整七个小时，明天我要问问研究佛教的王君，这等参禅功夫，便是寺里的高僧恐怕也未必能有的。再抬头一望，三大瓶药液已到更尽漏残时，只剩瓶颈处酒盅多的一点，恰这时护士也走来给我松绑。妻子便收拾床铺，送还借的枕毯。我心里不觉生出打油诗一首："忽闻药尽将松绑，漫卷床物喜欲狂。王府井口跳上车，便下西四到西天（吾家住北京小西天）。"

当我揉着抽掉针头还发麻的左手，回望一下在这里实验了七个小时的工作台时，心里不觉又有点依依恋恋。因为这毕竟是有生第一次进医院观察室，第一次就教我明白了许多事理。病不可多得，也不可不得。奥斯特洛夫斯基的那句名言曾经整整鼓舞了我们一代人："生命对于我们每个人只有一次，人的一生应当这样度过：当回忆往事的时候不会因虚度年华而悔恨，也不会因为碌碌无为而羞愧；临死的时候，他能够说……"何必等那个时候，当他病了一场的时候，他就该懂得，要加倍地珍惜生命，热爱生活！这个还应感谢黑格尔老人，他的《精神现象学》，是他发现了人的意识既能当主体又能当客体这个辩证的秘密。所以我今天虽被当做实验变革的对象，又做了体验这变革过程的主体。要是一只梨子，它被人变革成汁水后再也不会写一篇《试着被人吃了一回》的。

这就是我们做人的伟大与高明。

1992 年 3 月

# 夜 市

晚饭后,待夕阳西沉,柏油马路上的灼热稍稍散去一些,我便短衫折扇,向王府井慢慢走去。来得早了一点,摆好的摊子还不多。这时拐弯处飞出一辆平板三轮,蹬车的是个长发短裤的小伙儿,口里哼着流行曲,身子一左一右地晃,两条腿一上一下地踩,那车就颠颠簸簸地冲过来,车上筐子里装满了碗和勺,叮叮当当地响。筐旁斜坐着一位姑娘,向他背上狠狠地捣了一拳,骂声:"疯啦!"小伙子就越发美得扬起头,敞开胸,使劲地蹬。突然他一捏闸,车头一横,正好停在路旁一个画好白线的方格里。两人跳下车,又拖下十几根铁管,横竖一架,就是一个小棚子。雪白的棚布,车板正好是柜台,噼噼啪啪地摆上一圈碗。姑娘扯起尖嗓子,高喊一声:"绿豆凉粉!"刹那间,一溜小摊就从街的这头伸到另一头,夜市开张了。

人行道上的路灯"刷"的一下亮了,夕阳还没有收尽余晖,但人们已忘了它的存在。灯光逼走了日光,温和地来到人们身旁。它一出来,这个世界顿时便加了几分温柔、许多随便。人们悠闲地,并无目的地从各个巷口向这里走来。白日里恼人的汽车一辆也没有了,宽阔的街面上全是推着自行车的人流,互相牵着手的男女,嬉笑奔跑着的儿童。国营商店噼噼啪啪地上了门板，个体小贩们似唱似叫地，就在它们的门前摆起了地摊。

一个煎饼摊吸引了我。三轮车上放了一个火炉，炉上一块油黑的方形铁板。一位中年汉子左手持一把小勺，伸向旁边的小盆里舀一勺稀面糊，向铁板上一浇。右手持一柄小木耙，以耙的一角为圆心，有规律地绕几圈，那面糊汁立即被拉成一张白纸，冒着热气。我正奇怪这张纸饼的薄，他左手又抓过一只鸡蛋，右手一耙砍下去，一团蛋黄正落在煎饼心上，那小耙又再画几个圈，白纸上便依稀挂了一层薄薄的黄，热气腾腾中更增加了一种朦胧的诱惑。只见他右手扔下小耙，取过一把小铲，却又不去铲饼，先在铁板上有节奏地敲三下，然后将铲的薄刃沿饼的边，刷地割了一个圆圈，那张薄饼已提在他的手中，喊道："五毛一张！"那架势不像是卖饼，倒像在卖一张刚刚制作完的水印画。确实，这一套熟练的动作，大概不过三分钟。那小勺、小耙的精致也如工艺品，至于那把小铲，干脆就是油画家用的画铲。我立即觉得自己迈进了一个艺术的大观园，心中微微得到一种愉快的满足。

前面人群的头顶上闪出一幅挑帘，大书"道家风味"四字，十分引人。平地放着四个铁桶改装的火炉，炉口上正好压了一个鼓肚铁鏊子，鏊子上有一个很厚的圆盖。和刚才做煎饼不同的是，稀面糊从鼓肚处流下，自然散成一个圆饼，这在我们家乡叫摊黄，是乡间极平常的吃食，但在这里就别有出处了。守摊的一男二女，像夫妻姑嫂三人，那男子不干活，只管大声招揽顾客："真正道家秘传，请看中国两千年前就有的高压锅，道人就用这种炉子炼丹做饼，长命百岁。我家这祖传的道家炊饼已有四十二年不做，今年挖掘整理，供献给首都夜市……"这时一个青年上前插问："是不是回民食品？"他大概分不清道教和伊斯兰教，那炉边的女子耳尖，迅即答道："回民、汉民都能吃，小米、玉米、黄豆，真正小磨香油，不腥不腻，养人利口。"就有人纷纷去讨，这家人可真聪明。要是白天，这宽阔的马路，这两边洁净的店堂，街上疾行的车辆，西服革履的人群，哪能容他们在这里论饼说道呢，但这是夜晚，暮色一合，城换了装，人也变了性，大家都来享受这另一种的心境。

离开这"道家食摊"没有几步，又有一个偌大的广告牌立在当地，红底白字大书"芙蓉镇米豆腐"，旁边还有几行小注："芙蓉镇米豆腐以当地特有白米及传统秘法精制，特不远千里专程献给首都夜市。"我忍不住哈哈大笑。这芙蓉镇本是一个小说和电影里的地方，作品中有一个卖米豆腐的漂亮女郎，惹出一段曲折离奇的故事，想不到竟也拿来做了广告的由头。

香味本来是听不见看不见的，但是我此刻却明明是用耳朵和眼睛来领略这些食品的味道了。先说那大小不同高低起伏的叫卖声，只靠听觉就可以知道这食阵的庞大丰杂。有的起声突峻，未报货名，先大喊一声："哎！快来尝尝。"有的故念错音，将"北京扒糕，"念成"北京扒狗"；有的落音短截，前字拉长，后字急收"炒——肝儿"；有的学外地土话，要是卖烤羊肉，总是忘不了戴顶小花帽，舌头故意不去伸直。闭目听去，七长八短，沸沸扬扬，宛如一曲交响乐回荡在大厅，但再细细辨认，笛、琴、管、鼓，又都一一分明。那每一种频率，每一个波段，实在都代表着每一种香味和每一块六尺见方的地盘。

这些商贩艺术家们不但叫卖有声有韵，堆货站摊也极讲造型。卖馅饼的就故将案上的肉馅堆成一个圆球，表面撒上木耳、葱、姜、香菜之末，杂成黑、白、黄、绿之色，远远看去五彩缤纷。卖凉粉的更构思奇巧，在一块晶莹透明的方形大冰上凿出几排圆坑，凉粉碗就一一稳在其中，白冰、白碗、白粉，冰清玉洁，素娴雅静，目光触之就凉气透人。再看那案边锅旁的师傅们，头上的白帽多不正而稍歪，腰间的围裙虽系又轻撩，本是一口京腔却又故意差字走音，要是有外国人走过，还会高喊一声"OK"，整条街面上漾着一种幽默、活泼的气氛。顾客不知不觉中有了一种替摊主辩护的宽恕心理，摆在这里的货自然就是最有特点，最该叫好的。艺术本是在劳动中创造，这时他们手舞口唱，那火烤油灼的燥热，腰酸腿困的劳顿，全在这一声声的叫卖中、在这擀面杖有节奏的敲打声中化作了顾主的笑语和他们手中的钞票。无声的夜以它迷人的色调，将这一切轻轻地糅合在一起，连游人也一起揉了进去，揉得你心旷神怡。

这条街，前半条是吃的世界，后半条便是穿的领地，跨过半条街，油香渐稀,却色彩纷呈。服装摊的摆法自与小吃摊不同,干净、漂亮、耀目,几十条彩色锁链从铁架顶端垂下,每隔几个链孔就挂进一个衣架,架上是一件短衫或一条长裙,层层叠叠、拥锦压翠。这些时装不但面料华贵,形式也实在出奇,有一件上衣活像蒙古族的摔跤服,没有纽扣只一根腰带,并不讲究合体,随便前后两片而已。有一件裙子,灰土色,上面的图案竟全是甲骨文字,就像出土文物。一个摊位的最高处挂着一件连衣裙,上身的丝褶如将军胸前的绶带,一身显贵之气,罩在透明塑料袋中,标明牌价487元。我怕看错又问一遍,看摊的一个小女子说:"这还贵啊,两天已卖出三件!"再看其他摊上一二百元一件的衣服已极平常。我不觉环顾一下周围的人,也都是一鼻两眼,真想不出他们何以能这样在夏夜的凉风中一掷千金。

如果说食品摊讲究的是风味,这里要的便是时髦。那边力求土一点,强调传统;这里却极力求洋一点,专反传统。有一个摊位专营男式短裤,却围着不少女客。按说穿短裤是为凉快,这些料子却厚如帆布,颜色青灰相杂,像一块深色大理石,陈旧滞重。但买的人很多,偏要这种"流行"。一位姑娘在货摊里提起一件,便在人群的挤揉间,套进双腿,拉至腰际,再将外面的裙子一褪。两条粉白的大腿和两只穿着拖鞋的赤脚,在白炽灯下分毫毕见,我立时神色大窘,而那两个小胡子摊主却连声叫好:"您穿上真正盖帽儿!赛过好莱坞的影星!"还伸手在裤口边摸摸,指指点点。这姑娘也不在意,掏出钱包,直视两个小伙儿:"便宜一点行不行?人家还是学生呢!""好,二十,零头不要了。"一个大姑娘,当街脱裙试裤,无论如何总觉不雅,又听说还是学生,我更觉惊奇,便插了一句:"是中学生还是大学生?""当然大学生!"那女孩嫌我这样提问轻看了她,硬硬地回了一句,随手抽出两张十元的票子往摊上一扔,抓起她的裙子,穿着那件大理石短裤扬长而去。

这时逛夜市的人比刚才更多,摩肩接踵,如沸如撼。夜与昼的区别是,它较白天的紧张、明朗、有节奏而更显得松弛、朦胧、散漫。所以这时候街上的人其心并不在购物,腹不饿,也要一碗小吃,不在吃而在品;不缺衣又买一件新衣，不为衣身而为赏心。你看他们信马由缰，随逛随买，其形其神已完全摆脱了白天的重负。年轻女子们穿着大袒胸的薄衫，脖间只要一根细项链点缀，再赤脚拖一双凉鞋。小伙子则牛仔短裤T恤衫，上些年纪的男女衣着轻软宽松，或有的就穿着睡衣前来走动。借着一层暮色，大家都将自己放松到白天没有的极限。人行道栏杆上坐着一男一女，两个大人却只买了一小盘扒糕，女的端着盘，张大口便要男的来喂。那男子用竹签插一小块糕放在她口中，她就笑眯眯地挤一下眼，不用说是一对情人。一对年轻夫妇牵着一个五六岁的男孩从我身边擦过，孩子边跺脚边嚷："就要吃，就要吃！"父亲说："再吃肚子就要破了。""破了也要吃。"母亲笑说："宝贝，咱们每天来一次，把这条街都吃个遍。"三个人一起高兴地大笑起来，那份轻松随便，好像这条街是他家的一样。

　　夜深了，游人渐稀渐疏，天上的一轮月却更明更圆。树影婆娑，笼着归人尽兴的醉影，凉风徐起，弄着他们飘飘的衣裙。我踏着月色往回走，想明天还要来，后天也要来。这样热天的晚上，谁耐烦去挤电影院，又怎能看进书去，而短衫折扇到这本社会学、艺术学的大辞典里来悠游一回，随听随看，随品随想，夏夜里还有比这更好的节目吗？

1987年8月

# 太原往事

与太原这个城市结缘,不觉已30年了。回首往昔,几件小事,如岁月大树上的几片落叶,又在我心灵深处的湖面上轻轻漂荡。

大约是中学快毕业的那年,一次我骑车夜归,飞驰在府东街上。夏夜,凉风习习,月明如水。路旁是一色的垂柳,柳已很高,枝却又柔又长,一直低垂下来,能拂着行人的脸。路灯都给埋在柳丝里,于是这一把把的绿梳子便将那一盏盏的银灯梳出一缕缕的柔光。树冠是一律向上鼓着,先鼓成一个大圆团,然后再散落下来,千丝万缕,参差披拂,在灯光中幻出奇怪的颜色,像阳光下的喷泉,像节日里的礼花。我被这美的夜色征服了,一面飞快地蹬车,让凉爽的夜风鼓满自己的衣襟,一面不时伸手去探那空中垂下来的柔条。不知怎么,我突然想起苏轼"老夫聊发少年狂"的词句来,而当时我正是少年自狂——我被自己骤然发现的这个城市的美激狂了。我正这样自我陶醉着,突然发现前面有块砖头,躲避不及,自行车猛地碰上,跃起,一下横摔在马路上,路边乘凉的人"轰"的一声笑了。我拍拍摔麻的手,赶快扶车离去。我想,他们刚才一定看见了我发狂的动作。但我不后悔,这个美丽的夜晚,我发现了你,太原。

在外地读书时,"文化大革命"风云突变。一个暑假里,我回家来,为

少年的我

了寻那旧日里的好梦,又驱车街头。这时,头上没有了柳丝,路边没有了绿荫,只有一排胡乱砍过后留下的树桩子。我从一所很有名的中学前走过,只见玻璃被打得粉碎,墙上还留着弹孔,窗户里传出"下定决心,不怕牺牲"的歌声。最奇的是墙上的标语:"弹洞校园壁,今朝更好看。"这好看吗?我的心颤抖了。

后来,我回到太原工作,而且也已渐入中年。这时的我当然再不会因一镜明月、几丝绿柳去飞车发狂,但近年来街头的变化倒真让我那曾颤抖的心里又蔓生出了许多的喜悦。街上的大厦已日渐增多,马路也日渐加宽,栽起了松、柏,种上了花卉。太原,一天天出落得更美丽了。一日,我行至柳巷北口时,突然止步了。这里原是一处极拥挤的路口,现在一下宽得像个篮球场。更奇怪的是,路中间用铁栏杆,小心地围着两棵古槐。那树也真古得有了水平,腰粗约有三抱,树心长得撑破了树皮,有半个身子裸露在外。我知道树木是靠树皮来输送养分的,所以那没有树皮的部分已经枯死。但是,当那已剩下不多的少半扇树皮将养分送到树木之巅后，树顶上便又生出了许多新枝，而且这新枝也都已长得如股如臂了。枝头吐出的新叶油绿油绿，在微风中闪耀着织成一把巨伞。生与死，新与旧，竟在这里相反相成，得到了最和谐的统一。我突然记起，这两棵树过去是挤缩在路旁小院里的，像一个被虐待的老人，在整日的嚣声尘埃中从残垣断壁中间伸出枯黑的手臂。而现在，它一下子挺身站在这明净宽阔的大路上，发出了爽朗的笑声。我面对古槐，有好一会儿，这样痴站着，这里离我10年前在柳丝下跌跤的地方并不太远，也许这附近的人有能认出我这个呆子的吧。

太原的旧府原在晋阳，现在这个城是宋太宗赵光义于公元979年灭北汉后在此重建的。前几年，曾有人提议举行一次太原建城千年纪念。我想，若真要开纪念会，最好就在这两棵树下。要是锯开树干，去细细数一下它的年轮，历史学家就会发现，千年来，这座古城是怎样不断地弃旧图新，不断在废墟上成长。我若到会，也一定能在那些年轮里找见那个美好夜晚的记忆，找见在校园弹洞下的沉思和在这棵古槐树下的遐想。

我想，假如我在这个城市再工作30年，记忆的长河里不知将有多少新的浪花飞溅，我衷心地祝愿那两棵古槐长寿，愿它们以后每一圈的年轮更宽、更圆。

1984年5月

# 海　思

没有见过海，真想不出它是什么样的。

眼前这哪里是海呢？只是水，水的天，水的地，水的色彩，水的造型。那如花灿开的浪，时起时伏的波，星星点点的雨，湿湿软软的雾，一起塞满了这个蓝天覆盖下的穹庐。它们笑着、叫着，舔食着天上的云朵，吞没了岸边的沙滩，狂呼疾走，翻腾飞跃。极目望去，那从天边垂下来的波涛，一排赶着一排，浩浩荡荡，如冲锋陷阵的大军；那由地里泛起的浪花，沸沸扬扬，一层紧追着一层，像秋风田野上盛开的棉朵。那波浪互相拥挤着，追逐着，越来越近，越来越高，赶来到脚下时便陡立成一道齐齐的水墙，像一匹扬鬃跃蹄的野马，呼啸着扑上岸来，"啪"的一声，一头撞在那些嶙峋的礁石上，顷刻间便化作了点点水珠和星星飞沫。还不等这些水珠从礁石上退下，又是一堵水墙，又是一声巨响，一阵赶着一阵，一声接着一声，无休无止，不穷不尽。倒是水雾里的那几只海鸥在悠闲地盘旋着，吻着浪尖。我站在礁石上，任海风鼓满襟袖，任浪花打湿鞋袜，那清风碧波，像是从天上、从地下、从四面八方、从我的五脏六腑间一起涌过。我立即被冲洗得没有一丝愁绪，没有一丝杂虑。而那隆隆的浪，滚滚的波，那浪波与礁石搏斗的音乐，又激荡起我浑身的热血。海啊，原来是这个样子。

每天,我在海边散步,便被织进一张蓝色的大网中。我知道这水和空气本是透明无色的,但天高水深,那无数的"无色"便积成了这种可见而不可触的蔚蓝色,似有似无,给人一种遐想,一种缥缈,一种思想的驰骋。朱自清说,瑞士的湖蓝得像欧洲小姑娘的眼,我这时却觉得这茫茫的大海蓝得像一个神秘的梦。

渐渐,我奇怪这海的深和阔,那滚滚的海流何来何去?那万丈长鲸,何处是它的归宿?那茫茫的彼岸又是什么样子?我想起书上说的,在那遥远的百慕大海区,舰艇会突然失踪,飞机会自然坠落。在大西洋底,有比喜马拉雅山还高的海岭在起伏,有比北美大峡谷还深的海洋深谷在蜿蜒。还有那海底的古城,那长满了绿苔的墙,那曾是住宅和商店的房,真不知这一片深蓝色中还有多少个这样的谜。本来,不管是亚洲高原上的大河,还是澳洲大陆上的小溪,都将在这里汇合;不管是杨贵妃沐浴过的温泉,还是某原子能电厂用过的冷水,都要在这里相聚。时间和空间在大海里拥抱。太阳的照射将这一切蒸发、循环;台风鼓着,将它们翻腾、搅拌。亿万年的历史,五大洲的文明,纵横相间,一起在这里汇拢,融进这片深深的蓝色。科学家说,物质是不灭的,那么掬起一捧海水,这里该有属于大禹那个时代的氢,也该有哥伦布呼吸过的氧。于是,我明净的心头又涌上一汪蓝色的沉思。

当我从海湾的那边返回时,乘的是船。风平浪静,皓月当空,船在月光与水波织成的羽纱中漂荡。我躺在铺位上,倾听那海风海浪的细语,身子轻轻地摇晃着,不由得想起那唱着催眠曲的母亲,和她手里的摇篮。本来,地球上并没有生命,是大海这个母亲,她亿万年来哼着歌儿,不知疲倦地摇着、摇着,摇出了浮游生物,摇出了鱼类,又摇出了两栖动物、脊椎动物,直到有猴、有猿、有人。我们就是这样一步步地从大海里走来,难怪人对大海总是这样深深地眷念。人们不断到海边来旅游,来休憩,来摄影作画、寻诗觅句,原来是为了寻找自己的血统,自己的影子,自己的足迹。无论你是带着怎样的疲劳、怎样的烦恼，请来这海滩上吹一吹风、打一个滚吧，一下子就会返璞归真，获得新的天真、新的勇气。人们只有在这面深蓝色的明镜里才能发现自己。

当我弃船登岸时，又转过身来，猛吸一口带咸味的空气。

1983 年 10 月

# 记者的责任

我们可以把社会上很多种工种大致分为两类,一类叫个体性劳动,从事个体劳动的叫个体劳动者。这种劳动的工作目的、出发点重在个人成就,马克思讲,这是一个自己为自己的劳动。一个画家画一幅画,科学家搞科研,甚至像一个企业家把产品推向市场。这类劳动的对象是具体的物,劳动效益是直接的物。还有一类劳动叫社会性劳动,劳动开始的目的就带有强烈的社会责任性,要为社会完成一定的工作,追求社会的效果和社会成就感,为他人谋福利,即马克思所讲"为共同的目标而工作"。工作的对象不是物,而是有生命的人。劳动者的工作效果和最后的利益有间接对应关系,最典型的就是社会工作者、政治家、干部、医生、教师,应该说,记者也属于这类。

两类工作不同,最大的区别就是对社会的责任感不同。古代知识分子中有一句话"达则兼济天下,穷则独善其身",如果有本事,就要把天下顾好,如果没有本事,就顾好自己。首选社会性劳动,没有办法再选个体劳动。

对于一个个体的劳动者,他可以离开社会来评价。比如一个画家,可以十年画一幅好画，一个作家，可以十年写一部书。但是，一个社会劳动者离不开社会，记者对于社会的依赖就像画家对笔墨的依赖一样，他先要尽社会责任，才能完成个人成功。你先得为社会做出贡献，然后才能获得个人成功。记者可以成名，可以发光，但记者的光不是直接的光，不是太阳的光，而是月亮的光，是从太阳反射出来的，你先得捧起一个太阳，自己才能发光。

## 传播责任

传播信息是记者要承担的一系列责任中最基本的，就像士兵要打仗、农民要种地、工人要做工一样。这里有三条，一是不能漏报新闻，二是不能报假新闻，不能搞职务犯罪，三是要尽量报大的新闻，把工作做到最好。实际上这是记者最应该干的事情。

1. 关于不报新闻。这好像有点不可能，你当记者，怎么可能不报新闻呢？但确实存在，主要有两个原因，一个是偷懒、疏忽，不好好采访。更重要的是因为私利，就是有偿播文，最典型的是2002年查处的新华社山西分社，因为收受了当事人的金元宝，对矿难隐瞒不报。

2. 虚假新闻。发虚假新闻，作者可能是为了上稿，因为新闻受客观事实的限制，不像小说，可以编，为了吸引读者，可能会编得吸引人一点。不管是个体还是团体，只要有私心就会产生这种情况。主要的手法，一个是编文学性虚假新闻，编故事。第二类是政治性的假新闻。最典型的是1980年2月《吉林日报》发的一篇新闻，当年还被评上新闻奖，后来发现是假的，又给撤了。像这样的例子，在中国新闻史上永远会继续下去。当时是学雷锋，找不到例子，编了一个部队的事，在夜里到银行取200块钱，出来后挂在自行车手把上，被风吹跑了，满街的人去捡钱，回来以后发现多了一张，原来是一个卖菜的大妈把自己的钱拿出来了。

3. 要报大新闻。记者脑子里都有一个报大新闻的概念，这本身就是个问题，新闻行业和别的行业不一样，只要你一进入这个行业，总会有大新闻，只不过很多记者还没有碰到。没有信息就没有新闻，没有事件就没有记者，没有大事件，就没有大记者。凡是大事，上升到政治层面的事，就会产生大的新闻。社会上发生的事情有的可能影响一时，有的影响一地，有的影响一部分，不管是什么事情，只要影响到全国或者是影响时间很长，就会上升到政治层面。我们抓稿子，一般会首选这个问题。

比如2003年的"非典"，本来是个卫生事件，但是影响面太大，就变成国家大事。2008年的奥运会，本来是个体育事件，因为关系到国家，就变成了大事。包括一些大的事情，比如今年西藏通车，国家对西部边疆的建设，也是大事。这都是记者非常关心、必抢必抓的大事。这种事情在社会上反响最大，也是记者成名的最佳捷径。

现在很多年轻人都说"我不关心政治"。这在个体劳动者中可以，比如画家画画、音乐家作曲、农民种地，都可以。但是记者不行，记者的服务对象是社会和社会上的人。他一笔下去，就会引起读者注意，题目一闪，全国都看，多么小的事情在记者的笔下都会被放大。所以记者必须时刻关心政局，身在政治中又不关心政治，不会使用政治素材，这是不行的。

我曾经做过一个试验，让人统计1949年以来报纸上报道的大事，肯定是政治事件。比如1949年建国，1950年抗美援朝，1958年的"大跃进"，1966年的"文化大革命"，1976年打倒"四人帮"，1978年开十一届三中全会，1997年的香港回归，2001年加入世贸，2005年连战来访。随便选一条线，卫生、文艺、体育，把这个线里最大的事情拿出来，两条线放在一起，轻重马上就能看出来。比如体育新闻，建国以来最大的事情，1956年陈竞开创造举重世界纪录，1959年在世乒赛中容国团拿第一，1960年登上世界最高峰，1971年中美两国进行乒乓球友好比赛，1986年中国女排五连冠，1984年奥运会传来零的突破，1990年11届亚运会在北京开幕，2001年北京获得2008年奥运会主办权，2001年10月中国足球队闯入世界杯决赛圈，2002年杨扬获得短道速滑女子500米冠军。这两条线，一个是政治线，一个是体育线，轻重没法比。我们记者发稿，要选重量级的。事件的影响，一般是在自己的行业画一个圈，体育在自己的行业画一个圈，文艺在自己的行业画一个圈，而政治对每个行业都有影响，所以它的圈子最大，受众的面最大。

在新闻的传播中，一个是抢新闻，一个是要独具慧眼，看哪条新闻重要，要去挖。比如中美建交，发展到最后，成为一系列中美建交的问题。

容易犯的毛病是什么？年轻记者经常强调客观，强调我的领域不出新闻。我送给大家两句话：记者出门一定要把东西拿回来，不能空手；第二句话是，贝壳虽好看，捡再多也不能打仗，就是要训练自己抓大事的采访意识。

一个记者在完成了传播责任以后，算是基本尽责任了，他是一个信息的传播者，可以打60分。真正做个好记者，还要完成政治责任和文化责任。

## 政治责任

政治责任是我们做新闻工作时，采编、报播等阶段，都要按照政治纪律来办事。毛泽东同志讲过"政治家办报"，以后的几代领导人都这样讲。在工作中，要细分为三种责任来把握。

1. 安全责任。听起来好像让人觉得新闻怎么会和国家安全联系在一起？这几年，各国都在谈论和国家利益有关的安全概念，比如能源、粮食安全、信息安全等。新闻中信息传递的一部分确实涉及国家安全和社会安全，我们常说的一句话是"稳定压倒一切"，没有稳定的前提，什么都没法干。新闻是社会的黏合剂、润滑剂，在国家安全稳定方面负有重要义务，一件事情，报还是不报，报大还是报小，这里都有学问。比如在新疆、西藏，有的事情可以在当地报，但不一定要在全国范围内报。

1949年北京和平解放，傅作义去绥远找旧部下，让部下和平起义，而这件事当时记者知道了，并没有报。那是在1949年一次政治协商会议上，

2001年3月，在越南出席共产党机关报国际会议

大家没有见到傅作义将军出席，都很纳闷。一天晚上，记者应邀赴晚宴，说到傅将军，说好了，明天他就回来了。出于新闻敏感，记者刨根究底，知道了事情的原委。这在当时分明是一条独家新闻，但是记者已经开始接受党的教育，懂得从政治上看问题，如果抢发了这条新闻，将来会坏大事，傅将军也会遭大祸。果然，三天以后，这件事情办成了。

国际上还有一个例子。2003年1月18日，柬埔寨报上有一句话"泰国有一个女电影明星说，吴哥不是柬埔寨的，是泰国的"。就这么一句话，激起了柬埔寨人不满，去包围泰国大使馆，烧大使馆，围攻泰侨。最后两国开始撤侨，把军队开到海湾，战争一触即发。可见，新闻报道对国家安全有很重要的作用。

2. 政治责任的导向问题。传媒最基本的东西是传播，大众传媒首先是考虑大众导向。物价涨了，人心惶惶，肯定有导向问题。报道什么，不报

2005年,在办公室看《人民日报》大样

道什么,有记者的价值取向在其中。这里就产生了一个问题,叫特别注意用头条来引导。写好头条,编好头条,成为考验一个记者编辑综合能力的事情。

经常有记者问我怎么才能上头条呢?只要抓住"三点一线"就可以。首先要知道这段时间中央在抓什么?在抓和谐社会。然后还要知道老百姓在想什么。再就是要抓这个新闻事情,又正好是符合中央的精神,中央的精神是代表全局的,又要符合群众精神。只有这样,它才是一个头条,这是引导导向的主要问题。

青年记者写稿子,经常犯的毛病是"两点一线",这件事情中央提倡了,我就写,在街上随便抓一个人让他说点什么,这就没有抓住这件事情深刻的新闻事实来写。还有的只对上不对下,上面是说了,但是不符合下面的大局,肯定也不行。

3. 监督责任。对记者和传媒来讲，如果不行使监督权力，是一种失职，也是政治责任不强的表现。但是反过来，也影响了我们的工作效率。传媒和记者的监督权行使也在考验记者的监督水平，有很多记者的成名是因为监督稿成名。但是监督有一点，不能权力滥用，因为随便监督而导致记者名声扫地甚至最后承担法律责任的例子也有很多。河南郑州有位记者，刚上了几天班，他发现书画家庞中华搞硬笔书法很赚钱，就生了一个鬼主意，想去查查他的税，打了个电话，说你漏税了，我要在报上披露你。对方说这件事情最好私了。他说行，你拿两万块钱，还说好在什么地方交易。庞中华报案了，第二天交钱的时候人赃俱获，最后记者获刑。

## 文化责任

什么是文化？字典里解释，文化是物质财富和精神财富的总和，比如说汉唐文化是汉唐时期整个物质和精神财富的总和，我们说美国文化就是物质加精神文化。当然，还有中华文化。它是一个总和，我们一般总说精神文化。平时读者看到的信息和书上的历史知识，都是要经过记者的手和媒体对它进行选择进而保存下来，所以说文化责任不可无。文化责任是一种潜在的、间接的责任，这就更见记者的功力。

新闻就是创造文化的过程，另一方面，新闻必须借助于成熟的文化来指导，才能完成历史蜕变。由于新闻是一个信息，信息也有先天的不足，信息是毛知识，我们在课堂上读的书都是确定下来的，才叫知识。而信息是不确定的，还要经过核实。过去我们说燕子低飞会下雨，这是信息，而不是知识。现在我们说的娱乐文化、企业文化、酒文化，也不会超出知识、思想、道德的范畴。记者只有把这些范畴掌握以后，才能回过头来指导信息筛选。文化责任也有两点需要注意：

1. 我们必须给读者以准确的知识。新闻是解决信息层面的东西，刚才我说的知识和思想、审美，都不是新闻的性质，它比信息更高一层。新闻虽然是在信息层面运作，但是需要思想层面来指导。

2.给读者以正确的审美观。研究和履行责任的过程实际上就是一个成功的新闻人的修炼过程,你把这个责任弄懂了,自己也就修炼成了。而责任如果尽到最大,就是一个成功的名记者。我们的政治家如果把先天下之忧而忧的精神、把彻底为国家奋斗的精神都落实了,他也就是真正的革命家了。一个好的记者,同时必然是一个政治家,一个文化人。新闻的两翼就是政治和文化,如果把新闻比做一个塔,政治和文化,一个是塔顶,一个是底座。

一个记者,如何发挥自己的优势,我提出一个很简单的公式:五年看稿,十年看人。毕业后参加工作五年之内,他的稿子行不行,就可以看出来了。十年之后,就可以选择有没有更好的、适合自己发展的行业,这样他就会过一个很充实的、很有意义的人生。

《党建》2007年第2期

# 记者的素质

我理解，新闻业是一个社会责任很重的行业。它担负着为全社会传递信息、引导舆论的责任，是整个社会进行政治、经济、文化活动必须使用的桥梁和纽带。新闻业至少承担着如下几个社会责任：社会信息的传播，社会道德的建设，舆论监督和社会及历史文化的积累，它甚至还关系到社会稳定和国家安全。我从事新闻工作几十年，如果要问我最大的体会是什么，就是这个行当让你懂得什么是责任，怎样为履行这个责任来要求自己，充实和改造自己。有了责任也就有了做一个社会人的前提，新闻业是造就一个社会人的理想平台。存在决定意识，长期从事新闻工作的人，自然会历练出这样一些特殊的素质。

首先，他应该是一个有责任心的人。记者是社会各界的纽带，就他与社会各界的联系之广泛来说，他仅次于政治家，他的一举一动都连着整个社会，一稿发表，读者万千。记者工作的时候始终是站在社会的制高点，从政治、政策、全局和社会规律的高度出发向大众提供信息。同时，他还负有开启思想、引导舆论的责任。但凡中外名记者、名编辑，无一不是最大限度地忠实履行这个责任的人。这既是一种使命感，也是一种政治觉悟，还是一种职业道德。记者是以天下为己任的，他看到每一个可以为之出力贡献的地方都想一试身手。社会的进步就是他们的唯一心愿，一切自私、狭隘、麻木不仁、浮躁随便的品行在这里都会被剔除掉。

第二，他应该是一个勤奋的人。记者不像其他一些行业，术有所专，这里要博要杂，并且是在不定状态下，靠自己丰厚的学养、敏捷的思维工作。记者像猎人一样，在目标不定的情况下捕捉目标。生物学家法布尔说过，机遇只给有准备的头脑。这个准备靠耐心等待和无穷无尽的积累。他的聪明靠无休止的长久训练，勤奋就成了他的基本的人生态度和起码的工作作风。因此，一切懒惰、散漫、懈怠、得过且过、随波逐流的行为与新闻这个行业格格不入。

第三，记者应该是一个有独立思想的人。记者思考问题总是从对社会、人民和历史负责的角度出发，他需要在纷繁的事物中挑选有新闻价值的最符合历史潮流的东西，所以他总是在观察、思索、对比。社会进步是他唯一的参照系。他实事求是，科学行事，不会因趋炎而跟风，也不会因逐利而附势。一切平庸、浮躁、唯唯诺诺、人云亦云、敷衍了事的作风，在这个行当中都会被逐一淘汰。

第四，记者还应该是一个有追求、有事业心，最终又是一个有所成就的人。由于他总是觉得责任在身，勤于工作，努力思考，他必然不会时光空过。他可能会有一个抓住大题材并一举成名的机遇，但如果没有机会也不怕，就是在没有新闻的角落，他也会聚沙成塔、集腋成裘。更重要的是，他的这种职业的社会性会使他有许多建功立业的切入点。记者本身就是一个十字路口的行业，许多老记者后来都成为政治家、学者或者作家。所以我一直以为，新闻是人生最好的一块平台。古人讲立德、立功、立言，在这里三点都可以做到。一个青年人无论学什么专业，无论他将来终生干什么，如果有条件，毕业后最好先当几年记者，不为立业，而为成人。

《新湘评论》2014年第10期

# 名记者的四条标准

每一个记者都想成为名记者，这倒不全是为了虚名，因为这"名"代表着你的成就。

一个有成就的名记者大约要符合以下四条标准：有一篇或数篇在社会上产生了广泛影响的代表作，熟悉某一领域的报道并有权威性，是所谓的资深记者，有一定的新闻理论修养，有一本以上的专著。

这四条标准有三层含义。第一层，包括第一二条，你在实践方面要比别人突出，就是说要多写稿、写好稿。而记者工作是一种被动的采集作业（就像原始人的采果捕猎生活，不是种植农业），好题材经常是可遇不可求，所以记者的成名与付出的辛劳相比并不完全公平。有时初出茅庐的小记者一稿成名，而运气不好的老记者也许十年也没碰到一个大题材、好题材。因此，衡量一个记者的业务实践水平要有两本账，一是有无在社会上引起轰动效应的好稿名稿；二是在某个报道领域有无持续的影响。你可能一锄头挖出个金娃娃，有一篇好稿，但再无下文，名不持久，还不算名记者。你应该是既有一两篇好稿名稿，同时在某一领域又常有好稿。既是一棵大树，但又不是一棵孤树，还得拥有一片树林，这样一个记者的实践才丰满、扎实。

第二层，即第三条，是理论层面。一个人如果只停留在实践层面，只是重复、熟练、多快而已，并不能创新。真正能突破、创新、有自己的个性（风格），必须是在实践的基础上掌握了理论思维，能够自觉地总结自己，借鉴别人，规划未来。他是按航线行船，按规律办事，他的成名不是偶然碰巧，而是水到渠成，能成名更能守其名。作为实践性很强的记者工作，稿件背后要有深厚的新闻传播、写作等理论做支撑，当然最好还应有一点文学、哲学、社会学等学科的知识和理论修养。物理学分实验物理和理论物理，虽然许多实验物理学家都得诺贝尔奖，但他们没有一个人不懂理论。参加书法比赛，你可以以草书、行书作品参赛，但还得附一幅楷书作品，就是看看你的基本功，避免借"花活"偶然得奖。名记者是对一个记者实践成绩的肯定，但这里也包括支持他的实践业绩的理论，这可以通过他的言论、文章、谈话、作品来考察。

第三层意思，指创新层面，即第四条，标志是有一本专著。时下记者编书成风，许多人将自己多年发表的稿件汇集成书出版，这作为纪念性文集是可以的，作为著作则没有意义。新闻是信息，大部分只起即时作用，过时作废，将作废的文字集成书出版，除了自我安慰和纪念没有别的意义。许多记者、通讯员自报成绩，说自己多少年发表了多少万字，这不足评，就像你给人说我多少年来吃了多少顿饭，吃饭多并不就是光荣。像吃饭一样的每日采写播报等新闻实践，应该转化为一个名记者某一方面的创新成果。这可以是一次采访的成果，一种理论的思考，某一方面的研究，等等。而作为文字工作者，这种研究常表现为结晶成一本书。书就是他的名片，但这书要符合两个条件：第一，和记者工作有关，是在记者生涯中产生的作品；第二，不是过时新闻报道的汇集，是一个记者实践积累之后的创新，它超越信息层面而进入知识、思想或审美层面。

一个记者只有从事着丰富的新闻实践，产生了有影响的作品，有较深的理论修养，能将自己的实践和思考结晶为著作，这样他才能称得上是名记者。

## 手中一管墨，胸中墨一桶

1983年8月，《光明日报》在香山卧佛寺安排了一次记者会。卧佛寺外不远有梁启超的墓，一天晚饭后散步，一位老同志同我谈起梁启超来，说他的文章实在美，并随口背了几句："老年人如埃及沙漠之金字塔，少年人如西伯利亚之铁路；老年人如秋后之柳，少年人如春前之草。"我心里一怔，这的确是好文章。是议论却在借用生动的形象，正是韩愈文论中所说的"奇"。后来我查见原文，这一段关于老年人和少年人的分析，连用了8对比喻，16个形象，令人叫绝。那位老同志还谈到梁启超这个老报人主办《时务报》等报刊，反封建顽固，介绍西方文化，犀利生动的文字着实厉害。他的文章为什么能打动人、说服人呢？就是因为他不只就事论事。他讲一个老年和少年的问题，却从8个方面来比，叫你听得服服帖帖，把你的疑虑打消得干干净净。他手中一管墨，胸中墨一桶，左右逢源，用之不尽。

为报纸写了不少稿子的冰心也是一个这样的人物。她从小苦读，老记者白夜在记她的一篇文章中说："在从中剪子巷到贝满女中上学的路上，她就读着《西厢记》《三国演义》《红楼梦》《唐诗三百首》。她的父亲参加过甲午海战，当时任海军部次长，家里藏书很多。冰心左图右史，采英撷华。等到她立马文场之际，笔下已有雄兵十万，可供驱遣了。"记者，总得有可供驱遣的更多的文字兵马，才能挥洒自如地写作。就在白夜记冰心的文章中，也不难看出他驱遣文字的功夫。他写到丁玲和爱人陈明在"文革"中被隔离劳改，常常偷偷地靠近过来，互相望一下，"然而，每次都有董超、薛霸之流，来打破这个场面"。作者不说什么，只用董超、薛霸四字就叫你有无穷的想象，他借来一部《水浒》做援军。

记者的工作不外乎"采"、"写"两个方面，这两方面都离不开知识。

先说"采访"。这首先是一种与人的交往，而且还不纯是一种平等的交往。你是有求于人的，要问人家要东西，要人家给你谈，这首先要建立信任。采访一开始，对方也在研究你，看值得不值得对你谈。这是一次有趣的交谈呢，还是一次受审似的问答？如果你知识贫瘠，像一滩浅水，说出话来一石见底，对方便觉得对牛弹琴，索然无味。如果你学博如海，自然有吸引对方的魅力，他也愿将真话说给你听，就能谈得长，谈得深。还说那个梁启超，他很年轻时由老师康有为推荐去拜谒湖广总督张之洞。张当时住在长江边的江夏（武昌），一见这个文弱书生，便先小看他三分，出了一个上联请他来对："四水江第一，四时夏第二，老夫居江夏，谁是第一，谁是第二？"江、河、淮、汉四水，长江第一；春夏秋冬，夏第二；张之洞朝廷大臣，居江夏。此联极巧，也极难对。自古有儒、佛、道三教，天、地、人三才，不想梁启超这个小书生立即对道："三教儒在前，三才人在后，小子本儒人，岂敢在前，岂敢在后！"张之洞大吃一惊。他从心里佩服这个年轻人，刚见面时那种上下悬殊的地位很快变成相互平等的身份，开始了友好的谈话。记者出门不会有什么专门介绍信来写明你的等级身份的，你的学识、谈吐就是你随身的介绍信。坐下来开口三分钟，你的身份自明，采访能否成功也已见一半。还说前面提到的白夜，他在采访美学老人朱光潜时，朱老谈到他读了梁启超《饮冰室合集》大受感动。白夜就接着问："您读过桐城派的文章吧？"这样，在采访中就开始了对中国文化的探讨，而记者在探讨中再来发现和研究被采访者的思想。如果记者自己没有读过桐城派的文章，他绝不敢提这个问题，他的采访本上将会记不到这方面的东西，被采访者因此将再无兴趣谈与之有关的东西，将造成更大的然而是无形的损失。

再说"写"。记者看到的、采访到的是现实的东西，但要写成文章，只靠这一点是不够的。读者还想了解这事、这人的背景、历史，及与之有关的其他东西，而这些在采访现场常常没有，要靠书，要读大量的书。采访只能给你直接的、现实的素材，书本能补充间接的、历史的素材。只有这两者的结合，才能成为一篇有血有肉的文章。范长江的成名之作《中国的西北角》，里面记了许多他看到的、听到的材料，但同时也引了许多历史典籍、古诗词。他在写嘉峪关时就引了林则徐当年被发配西北时写的诗："天山巉峭摩肩立，瀚海苍茫入望迷。谁道崤函千古险，回看只见一丸泥。"这西北展现在读者面前的就不只是风光，还有历史、有情、有神了。这就要知识，要深厚的知识。我1983年秋也曾到西北采访过一次，一到兰州便开始买书，参观博物馆，搜集有关麦积山、敦煌、吐鲁番等地方和左宗棠、林则徐、斯坦因、斯文·赫定等中外历史人物的资料。后来在写消息、通讯和创作散文时，这些都用上了。文学创作中是很讲究用典的，新闻也是一样。对历史材料的引用与研究是新闻写作中绝不可少的。新闻是将来的历史，那么我们现在写作时就有必要了解一下它过去的历史。这样，从纵的来说，才能使你的作品有历史的厚度，才不至于游离于历史之外，就是说它将不太"易碎"，而有一点历史价值。从横的来说，与文章内容有关的外围知识将使文章本身有一个坚实的基础，更使人爱读。就写作技巧来说，那些历史资料和有关知识，将是你的消息、通讯里的预制件和集成电路板，不需要占多少文字便可使读者得到更多的信息。而当你掌握了足够的知识后再来写一篇千字消息或通讯时，便如用勺子在海里舀水一样轻松自如了。所以无论是从采访还是写作的角度，你只要想当一名记者便首先应打好知识的基础，并且时时要不断地去加固这个基础。要永远保持手中一管墨，胸中墨一桶。

*《天津日报通讯》1985年第1期*

# 新闻的生命力即政治生命力

## 信息定格——新闻是流动中的一瞬

当记者总是希望自己的稿子发表后能被人记住，最好被人永远记住，即稿子能有最长的生命力。这是人之常情，也是一种崇高的追求。

但是，严酷的事实告诉我们，绝大多数新闻稿是读后即忘，并没有长久的生命。这是新闻的信息本质所决定的。信息的特征是稍纵即逝，传递信息的新闻当然也就是"易碎品"了，这是基本规律。要想作品难忘，就要在"易碎品"中寻找"耐用品"，这就注定了当名记者是一件多么不容易的事。

虽然新闻是易碎品，但也不是每一件作品都要被时间之锤敲碎。我们读新闻史，回忆自己几十年间的阅报经历，还是发现会有一些新闻作品留在记忆里，挥之不去。这也说明一个规律，新闻作品易碎，但其中也会有极少数能经得起时光的打磨，永存不灭。怎么掌握规律，寻找这样的作品，追求这个高度，是我们要研究的课题。

稿件是新闻工作的一部分，研究稿件的生命，可先简略研究一下新闻的运转规律。新闻包括它的载体（传媒）和在这载体里工作的人（记者），永是处在动与静、变与不变的矛盾体中，这种矛盾性也决定了稿件易碎或不易碎的两重性，从而又决定了大部分记者只能碌碌一生，只有少数人才有幸与他不碎的作品名垂青史。所谓名记者，有两重含义，一是他的作品与众不同，发表之时就木秀于林，引人瞩目，引起轰动；二是当别人的作品潮来又潮去、无踪无影时，他的作品却如被留在岸边的一块礁石，永远屹立，永远难忘。

由于生活的需要，特别是现代生活方式的需要，人们每天必须接受大量的信息，报纸和记者就是专门提供信息的媒体和职业人。管理学上给报纸下的定义是：散页的连续出版物。这里的关键是"连续"二字，只印一张，不是报纸，只能叫传单。偶然写一条新闻的人也不是记者，只能叫通讯员。只有当报纸和它的记者连续向某一固定层面的受众输送某一类信息时，才被承认是新闻纸和新闻人。就像河里的水不停地流动，才称其为河。这河水第一是不停顿，不干枯，第二是平静地、正常地流动，但是也有百年不遇的大浪。要在大量的、平常的、流动的信息中捕捉到少数特殊的能够定格下来的信息，这是一件很难的事情，所以名稿、名记者总不会太多。

## 目光转换——今天的新闻是明天的历史，名稿则是历史的坐标

新闻是记录每天发生的事情，而今天的生活就是明天的历史，现在登于报上的信息，明天就是史料。这之间却有一个本质的转换，时间是一把大筛子，它要筛掉很多细碎之物，浮屑之尘，只有沉甸甸的东西才能载入史册。我们讨论"生命力"这个词，一定是指它的明天或后天，就是说这事件能经得起历史的筛选。今天新闻所传播的绝大部分事件、人物将不会留存下去，只有极少数的可载入史册。

如果一篇稿子，所写的人或事，被历史留存，它就是历史进程中的一个坐标点。这个事件总是占据着一个转折点的位置，或者因为是"第一"而具有开创性的色彩，或者因为是"最后"而有句号的味道。总之，是两

2015年11月30日，在海南省陵水县采访

个阶段的连续点，我们可以把这种记录称为"坐标效应"，有"坐标效应"的稿子就有生命力。

正如新闻是信息流动的连续运动一样，历史则是由时间之线穿起来的一连串事件的珍珠，其中那些最具光彩的事件就特别珍贵，特别有标志性。

比如，1949年的开国大典，1997年香港回归，这都标志着一个历史阶段的结束和开始。再小一点的，比如1984年我国重返奥运会，许海峰拿到第一块金牌的消息；还有2001年11月，我国终于加入世界贸易组织的消息，等等。新闻记者每天都在追踪这些第一，但历史只能保留那些最大的"第一"。许多在一定时间内还存在的第一，以后就被人们渐渐淡忘。

诚然，记者不是史家，他的第一责任是传播而不是修史，但是当他记录眼前最新发生的事情时，他还要能观照未来，用历史的眼光回看过去，审视现在。历史是奥运会的领奖台，它只要金牌，最低也是铜牌，余皆不要。历史只记录第一，你看一部科学史，都是第一个发现、发明了某事的人，一部社会发展史上都是一些打了第一枪或第一个发表宣言的人。一个记者如果采写到这一类的人和事，就正好是新闻和历史的重合，是当时的轰动和以后的永恒的重合，是易碎品向永久性物品的转化。所以，稿件的生命力，其实就是事件在历史长河中的分量。历史的记录者和历史的创造者是两条并行的红线，他们都同被历史所记录。一名记者虽不能成为创造历史的英雄或伟人（如果能这样他肯定不当记者），但可以记住他们及他们的事件，他和他的稿件一样可以不朽。所以，记者总是瞪大眼睛捕追这种百年一遇的机会。机遇虽然少，但总会被有心人撞到。生物学家法布尔有一句著名的格言："机遇只给那些有准备的人。"必然寓于偶然之中，这也是规律，掌握这个规律，当一个名记者就不再是高不可攀的事了。

## 笔走中锋——稿件的生命力主要是指它的政治生命力

一张报纸，作为大众传媒，它反映着全社会的舆论民情、记录着社会发展的大事。虽然每天也会登些各类其他的信息、花边新闻，但真正能牵动最多人心的还是上升到政治这一层次的事件。政治是什么？是某一时期某一范围的最大之事，是关系全局影响久远的事。所谓政治家办报，就是从全局的、历史的、本质的角度来报道新闻、分析形势、引导舆论。许多著名的政治家本身就是著名的报人，而许多著名的报人都具有政治家的思维和眼光。作为一名记者只有抓到一件能够影响全社会、影响最大多数受众的稿件，甚至影响历史的稿件，才算是写出了最有生命力的稿件。一篇这样的稿件，顶得过百篇、千篇奇闻、趣闻之类的小新闻。

书法家写字，讲究笔走中锋。虽然也会用到偏峰、逆锋、飞白等笔，但最基本的，支撑这一艺术的是中锋。记者观察社会，先要分清社会发展的主流。我们可以把这称作永恒的主题，比如爱国主义、社会道德、民主与法制、经济建设、环境保护与持续发展、党的建设等。任何一个社会发展时期又都有它的阶段性的任务，我们可以称之为阶段性话题，如经济建设这个大主题中现阶段就有加入世贸、国企改革、农民增收、西部大开发等阶段话题；环境保护与持续发展中就有退耕还林还草、防止沙漠化等阶段话题。记者在每日每时眼花缭乱的信息中，首先要抓住两题：永恒主题和阶段性话题。阶段性话题是永恒主题的进一步具体化，这就像学生答卷，把握住了总的方向，起码不会跑题，但是光有这一点还不够，还要再具体一步。新闻不是文件，它是以事件为载体，以受众为对象，寻求有一定信息冲击波和影响力的文体。它要求在体现主题时，必得有一个有个性的事件为载体。事实上围绕主题，我们会观察到生活中有两类事件。一是程序性事情，如各种工作会议，考察访问，春种秋收，节日慰问等，我们可以称之为日常话题。严格说，这类日常话题中许多不是新闻，当然也就更易碎。第二类是重大事件，包括突发事件。这种事情最具影响性，因为它有冲击力。但是，只有当这事件与时代主题，即永恒主题合拍时，它才有意义，这样的稿件才不易碎。所以，记者的稿件要有生命力，说到底是围绕时代主题去捕捉一个典型的事件。先收事件的冲击之效，再求其内含和思想的长久释放，求那个坐标点的永恒。一般来讲，符合这个条件的事件就肯定具有了这个时代的政治含义，有了足够的政治分量。因此在记者的采访本里，永远是选那些关系到时代变革，同时也关系到受众最大利益的大事。只有实在找不到这种事件时，他才笔走偏锋退而选取一些小事，去写奇闻、趣闻、花絮之类的稿子。

2002年4月12日

# "哇"字牌通讯

不知怎么,翻看着新闻参评稿,思维之车一下滑向感叹词这个轨道。古文感叹用"兮",刘邦"大风起兮云飞扬";用"噫",范仲淹"噫!微斯人,吾谁与归";用"哉",梁启超"壮哉,我少年中国"。现代白话文用"啊"、用"呀"、用"哎"。古今文章不知读了多少,不管"兮、噫、哉"还是"啊、呀、哎"都觉得很自然,说话人在流露真情。近年来在都市人的口语中,悄然出现了一个"哇"字。这个字很有意思,妙在它所表现的情感,不但有七分真情还有三分假意。"哇!真好吃。""哇!我好开心。"好吃、开心是真,但真感叹之外还有三分的自我表演与自我欣赏。

现在一些记者不喜写消息喜写通讯,因为消息太简单不便发挥。写通讯又专爱写一种"哇"字牌通讯,一提笔就先"哇"一段感叹的话。你不把这十行八行,甚至几段的"哇"语读完,你真不知道这篇文字要说什么。抗洪救灾的稿子就先说:"在我们这片古老的土地上曾出现过一个大禹……"要记一件事必先说:"历史记下了这个时刻……"要是记一个人可能这样开头:"人和动物的区别在于……"总之它的模式是一定不提事情本身,而是用最大的语气,从最远处大大地"哇"一声,然后才进入报道本身。毛泽东同志在《反对党八股》里批评那种"一国际、二国内、三边区、

1969年,在农村锻炼

四本部"的报告模式。这种通讯是一历史、二哲学、三文学、四才轮到新闻。每次评奖都能遇到这种扯旗唬人、泰山压顶的近万字大通讯。为什么非要从海外、天边不厌其远地扯起呢?据说是追求文章的气魄、力度,高屋建瓴,但这实在不必,新闻不是抒情诗,像李白一开篇就:"噫吁兮,危乎高哉!"不是论文,先摆论点;也不是小说,先设悬念或发议论,像《安娜·卡列尼娜》那个著名的开头。新闻是信息传播,要求直说,不能太长,不许绕圈子,所以这种所谓的气魄、力度是借机自我表现。就如自负又浮浅的姑娘见了好景好物先"哇"一声,其眼睛的余光却在扫着旁人:我的天姿、风度如何?这种通讯的作者开篇先"哇"一段时,也在偷眼看读者的表情：我的知识、才气如何？过去我当记者时与一位青年作家同桌吃饭，他问："记者与作家有什么不同？"我说："你们是为自己的，我们是为他人的。"他大惑不解。我说："比如碰到同一个题材，作家首先想，我能创作一篇好小说，得奖、成名。记者首先想，要将此事用最快的速度、最简洁的手法告诉读者。"文学作品力求有作者的个性，新闻作品则力避作者的影子，力求客观。文学有我，新闻无我。任你才高如山，情炽如火，凡读者不需，一毫而不赘，就是要这种目明如镜，心静如水。有一篇写抗洪中省、地、县三级领导在现场的通讯，第二节直取现场，写人写事让人落泪。可惜开头很长的一段"哇"文十分碍眼。这"碍"有二：一是在事实前插了一堆与事无关的垒块，二是在事实与读者间插进了一个作者的"我"，就像红娘促成了张生与莺莺的幽会，自己却又不走，非要站在中间插嘴不可。

　　新闻又是历史，后人只看事实。作者的这些花腔、花絮不要说什么经历史的风雨，我们现在评稿，时隔不过数月，摆在桌上的"哇"段文字已做作得叫评委们如坐针毡了：好像在看大人表演儿歌，又像看小儿板着脸学大人朗诵。这时如作者在场，也会赧颜避席。司马迁的《鸿门宴》一开头就："沛公军灞上，未得与项羽相见。"地点、人物一下点出。毛泽东同志著名的《我三十万大军胜利南渡长江》新闻稿，开头："英勇的人民解放军 21 日已有大约三十万人渡过长江。"时间、地点、事件，一笔切入，这种文章时间愈久，愈见风骨。如果魏巍当年的朝鲜战场通讯也这样"哇"着写，我们的战士也就不可爱了。

　　虽是普通的感叹，一个"哇"字就与"啊"或"哎"有这么多的区别。每个词的周围都有一种无形的包蕴和气氛，如月亮的晕圈。陈望道的《修辞学发凡》称此为修辞的积极作用："语言文字大抵都有它自己的历史或背景，形成它的品位和风采。""哇"字牌通讯也是一种风采，也有一种作者的心理背景，但这是一种不务实，不全身心为读者，带有三分自我表现的风采，要不得。

《新湘评论》2013 年第 16 期

# "要"字牌言论

十多年前,我写过一篇《"哇"字版通讯》,批评通讯写作的华而不实。这几年看稿多了,又发现一种"要"字牌言论。这种言论,几乎是把文件拆分成段,要这,要那,要读者去照办执行。结构也简单,一"要"到底,有时一篇能数出十多个"要"字。"哇"字牌通讯,透出一种"嗲"气、"浮"气,有做作之态;"要"字牌则不用装模作样,是直截了当的横气、霸气,一股强迫命令之气。

报纸和读者的关系是一种自愿结合的我登你看、我说你听的组合,并表现为一种自愿的市场供求,读者在自由地购买或订阅报纸,这中间没有任何的上下隶属、行政约束。一张报纸好看不好看,有没有读者,全靠两样东西:一、有没有事实信息,这主要靠消息、通讯来传递;二、有没有思想内容,这主要靠言论表达。思想这个东西很怪,至少有两个特点:一是,吃软不吃硬。一个人接受外来的思想时它只表现为理解、接受,而不是盲从。用"要"的方式来命令只会激起逆反和厌弃,就像男女结婚只能通过自由恋爱而不能逼婚。报纸的力量是一种"软实力",不是行政硬实力,它应具有一种让人心悦诚服、自愿接受的思想魅力。二是,必须有个性,用个性去表现共性。世界上的基本道理不论是政治、哲学、科学还是马克思主义原理，最基本的就那么几条，但是为什么又还有那么多的人天天在讲，那么多的书报刊在天天阐述？原来这讲解、阐述的过程是在思考，而不是重复，是加进了个性的创造。比如我们宣传中央的一个政策，自然就加进了当地的实例、群众的实践、干部的体会、作者的理解，还包括不同于文件原文的新的语言表达等。这些个性创造一方面进一步强化、升华了共性原理，另一方面因个性特点让读者对原理感知得更具体，更易接受。如果去掉个性的东西，只把文件拆成几段，多加了几个"要"字，说好听一点是传声筒，说不好听是抄袭，因为这里并没有作者的新创造。就像搬来一堆砖头，硬说自己盖了一所房子；送人一斤面粉，就说我这是送你一块面包。写作常被称为"创作"，关键就在一个"创"字。创者，突破、新生也。你比原来的文件到底新了一点什么？是新例证、新理解，还是新表达？文章五诀：形、事、情、理、典。一篇文章，除了理，总得有点具体的"事"或"形"吧，好引发读者的思考。"情"与"典"要求高了点，暂可不要。

为了强调言论写作的个性，我们可否用一个笨办法，提出这样一个最低的"四有"标准：每篇文章里有一个属于自己悟到的新思想（从中可看出你对原理的理解），有一个自己精心挑选的例子（这证明你已能理论结合实际），有一个贴近的比喻（这考验你是否吃透了原理，能否深入浅出）；有与文件不同的语言。这个办法比较笨，要求也比较低，但只要上这个线，你就可以从"要"字这根带子的捆绑中解放出来了。

道理虽这样讲，可为什么报刊上"要"字牌言论还是这么多呢？细分一下，这种言论的作者有两类人。一是编辑记者自己，原因只有一个"懒"，应付了事，或许他在写稿时心里就在说，反正也没多少人看，自己对这文章便没有兴趣。二是一些官员，坏在一个"权"字。平时"硬实力"用惯了，行政思维，言出成令，现在把千百万读者也当成了他的下属。不管是源于"懒"还是源于"权"，都是既不尊重读者，也不尊重自己的劳动，这言论当然也就成了一件摆设。试想一个作家、画家或音乐家，他在进行自己的创造性劳动时敢这样随意去写文、作画、作曲吗？真这样去作，作品能被人接受而流传开吗？个性是一切作品的生命。有一个误解，以为理论没有个性，其实理论和艺术同样需要个性，而且除形式外，它比艺术又更多一份思想的个性。

　　一篇好的言论是既让读者接收到一个新思想、新观点，又少用或不用"要"字，这叫"不战而屈人之兵"。恩格斯的名文《在马克思墓前的讲话》，无疑是要宣扬马克思，让人们学习他、接受他、继承他，但我数了一遍，全文没有一个"要"字。

《新闻战线》2006年第11期

# 毛泽东怎样写文章

毛泽东是政治领袖,不是一般的文人或专业作家。他的文章源于他的政治生活。一般来讲,政治家的文章天生的高屋建瓴,有雄霸之气;另一方面又理多情少,易生枯燥之感。但毛巧妙地扬长避短,文章既标新立异,又光彩照人。毛之后有许多人学他,也写文章,还出书,但迄今还没有人能超过他。可知历史有它自己的定位,万事有其理,文章本天成,不以哪个人的意志为转移。

历史上能为政治美文的大家不多,毛泽东说:"在中国历史上,不乏建功立业的人,也不乏以思想品行影响后世的人,前者如诸葛亮、范仲淹,后者如孔孟等人。但二者兼有,即'办事兼传教'之人,历史上只有两位,即宋代的范仲淹和清代的曾国藩。"这也可以看出毛泽东心中的文章观和伟人观。造就这种人大概有三个条件:一是有非凡的政治阅历和政治眼光;二是有严格的文章训练,特别是要有童子功的基础;三是能将政治转化文学,有艺术的天赋。可见一个政治领袖的美文是时代铸就,天生其才。

毛泽东由于正当新旧时代之交,既有旧学的功底,又有新学的思想。他一生处于战争和政治的旋涡中,形格势逼,以文章打天下,不得不搜尽平生所学，拿出十八般武艺，来应对这复杂的局面，但正是这种实践造就了他文章的多样性。从大会的报告、讲话到新闻稿的消息、评论，及署名文章、电报、命令、公告、书信，直到祝词、祭文等等，无所不用。这在古今作家、政治家中是绝无仅有的。检点中国政治文库，贵为皇帝，只用诏书、批奏，权臣重相也只有些谏、表、书、奏之类，八大家文人也不过是些记、赋、辞、说，近现代的中外政治家也不过再加上演讲、报告。毛泽东几乎用尽了中国古今文库中的所有文体，随手拈来，指东打西，挥洒自如。

什么是文章？广义的定义是：有内容的单篇的文字。就是说它只要能传达一定的信息，不是口头表达，是文字形式，就是文章，如很多应用文。而且，文章一般指单篇文字，太长了，分出许多章节就变成书本了。狭义定义是：表达思想内容并能产生美感的单篇的文字。这里就有了限制，就是说不只有内容，还得有美感。我们常说的文章其实是这个狭义的定义，如"唐宋八大家"的文章，它不但传播一定的思想信息，还有美感，有艺术价值、审美价值。所以我说，文章是为思想而写，为美而写。如公文类属于前者，我们说写通知、写命令、写决定等，而不说写文章；散文、论文类属于后者，我们可以说写文章；新闻类是介乎二者之间，但是偏重应用类，属于消极修辞，主要是传播事实信息，我们说写消息、写通讯，或说写新闻，也不说写文章。而为新闻所配的评论是表达思想，并注重美感，所以称写文章。

为了研究的方便，我们可以把毛泽东常用的文体大概分为四大类，或者说四种文章，即讲话文章、公文文章、新闻文章和政论文章。从本质上讲，前两类文章都是广义的文章，是为某项具体工作而为的，面对专门的工作对象，是"小众"，不是"大众"。第三类虽是面对"大众"，但并不强调美感。只有第四类是狭义上的文章，真正意义上的文章。除以思想开导人，还要以情动人，以美感人。但是毛泽东才高八斗，在可能的情况下，不管哪一类，他都一律写成美文。下面我们一一分析他怎样写这些文章。

## 毛泽东怎样写"讲话文章"

领袖的讲话是民众智慧的结晶。既做了领导者,施政的第一关就是有口才、善总结、会分析、能鼓动。

"讲话文章"是由讲话、谈话、演说转化而成的文章,之所以独立成题拿来分析,有这样几个理由:一是讲话永远是工作的一部分,过去是,将来还是,是干部的必修课,不可回避;二是由讲话而生的文章比一开始就用笔写的文章另有一种味道,有独特的风格和规律;三是讲话文章在中国散文中是个新品种,诸子散文有谈话式,但还未形成完备的文章结构。到唐宋八大家、明清小品、梁启超等一路下来都是"写"文章,"说"文章的还没有。讲话、鼓动是进入近代社会,特别是民主革命兴起后而大盛的。讲话而后又整理成文,携讲话之势,存讲话之风,又合文章规律,毛是集大成者,至今仍独占鳌头。毛之后无出其右,所以研究毛泽东的"讲话文章",无论从学术角度还是从指导现实角度都是有必要的。

讲话,向来是政治领袖生命的一部分,也是他们文章中的一种。一个一生没有精彩演说和讲话的领袖,就像一个跑龙套的演员。

毛泽东一生在各种大小会上有无数的讲话与报告,后来有不少形成了文字。在他的1至4卷《选集》和1至5卷《文集》(下同)中共收有119篇,我们可以把这些称作为"讲话文章"或"口头文章",它是从讲话而来,而且是从一个始终在一线领导火热斗争的领袖口中而来,于是便有了它的唯一性。天下官员何多,讲话何多,官员印发自己的文章何多,但像毛这样的讲话风格进而成文的却不多。

这类文章的特点是:一要主题鲜明,作者有鼓动家的本事,一席话就能使懦者勇、贪者廉、愚者悟,愤然图进;二是要言语生动,作者有艺术家的本事,让人听得当场眉飞色舞,心花怒放。说到底就是思想性加艺术性。因为是面对面、现时现地交流,最考验讲演者的才华。既要肚子里有货,还要能临场发挥。

毛泽东的讲话文章又可分为两类，一是大型会议的报告，二是各种专门会议的讲话或即席发言。毛在大型会议上的报告（包括开、闭幕词）高屋建瓴，雍容大方，最见领袖风度。一般都是为阐述或解决某一个阶段性的关键课题，分析形势，提出任务，制定目标，总结号召，其结论常为历史发展所验证，成为时代的里程碑。如红军时期的《关于纠正党内的错误思想》（古田会议决议）、《中国的红色政权为什么能够存在》（湘赣边区二次决议）；抗战时期的《中国共产党在抗日时期的任务》（中共全国代表大会上的报告）、《战争和战略问题》（六届六中全会上的报告）、《新民主主义论》（在边区文化协会上的讲话）、《论联合政府》（七大政治报告）；解放战争时期的《关于重庆谈判》（在延安干部会上的报告）、《目前形势和我们的任务》（杨家沟会议上的报告）、《七届二中全会上的讲话》等。第二类是毛在各种专门会议、座谈会上的讲话、谈话，是针对某一个问题。这不像前面那种大型、战略性的重要会议要做较长准备，仔细论证，它甚至是突然性、遭遇式，所以总是有的放矢，击中要害，且常有现场感，即使半个世纪后读来仍如在眼前，有一种促膝谈心、拈花指月的灵动之感，这更见毛的浪漫与风采，如《在延安文艺座谈会上的讲话》《改造我们的学习》《反对党八股》《对晋绥日报编辑人员的谈话》，还有出访苏联时对我留苏学生的谈话等等。

毛的一生几乎在不停地开会、讲话，我们现在的大小官员也还是在不停地开会讲话。这里引出一个问题，讲话是干什么用的？人为了表达思想有两个手段，一是用嘴说，二是用手写，即语言和文字。说，又不只是简单的告诉，还有相互的讨论、交流、集中，这就是会议。所以会议成了工作的主要手段，一个重要的会议就成了一个党派、政权，甚至一个时代的标志点、里程碑。世界上没有没有会议的运动，也没有没有会议的事业，于是讲话、报告就成了一门专门的学问，一门解析、鼓动、号召的学问，特别是成了政治家的专利。一场革命，一个大的群众实践活动，是靠一个个会议讨论、集中而推广开去的，而领袖在会议上的讲话则是这个团体和民众智慧的结晶。既做了领导者，履责、施政的第一关就是有口才、善总结、会分析、能鼓动。革命者、改革者所面对的总是一堆难题、一块坚冰、一团乌云，要靠它的领袖集大众之思，聚胸中之气，口吐长虹，破冰扫云。古今中外之革命、改革，特别是近代以来无不如此。像国外的华盛顿、丘吉尔、卡斯特罗，民国政治人物孙中山、胡适、冯玉祥等都是演说好手，甚至演说成瘾。过去我们把开国皇帝称为"马上天子"，意即亲自打仗开业。以后的太子们坐享其成，就大多无"马上"之能了。近现代的开国领袖则首先是"演说总统"，因为革命的第一件事就是宣传、动员，只可惜这个功能会渐渐退化，我们现时的政坛一切讲话报告都成了念稿子。

领袖人物要讲新话，讲自己的话，用自己的腔调讲自己的思想，而不是念秘书的稿子。毛泽东的讲话有王者之气，灵动之美，语言风趣，警句迭出。

笔者在政界多年，不知接待过多少上面的视察和下面的汇报，生动者不多，可笑者不少。一次我们举办一个小型内部工作展览，请领导视察。看罢，在小会议室坐下，上茶，静候指示。不料领导从上衣西服口袋里掏出两页讲话稿，照读了一遍，全场愕然。这讲稿一定是昨夜小楼又东风，秘书挑灯抄拼成。我百思不解，今日所看之事，怎能入得昨夜之稿？又某次到某省采访，听各方汇报工作，一二十个厅局长一律低头念稿。会议室内，唯闻念经之声，只少一个木鱼。我无奈，只好提一个小小的要求：请发言者抬头看着我的眼睛。然而抬头不到一秒钟，又低头看稿找字，其局促、羞涩之态仿佛是第一次相亲。后来，我曾为此在《人民日报》和《新湘评论》写了《这些干部怎么不会说话》一篇文章。无论大小干部已不能、不会正常使用讲话这个文体、这个最基本的工作手段，可知全党已作风僵化、能力退化到多么可怕的程度。

讲话本来是一种交流，一个随机采集、同步加工的过程，是一种即席的创作。它必然伴随着一种活泼灵动的文风，由此而产生的文字也会是更鲜明更生动。好比树木的嫁接，美酒的勾兑，或者如长江与嘉陵江的汇合，在无形的交融中产生出一个新的品系、新的风格。应该说自有文章以来，口头文学就是书面文章不断更新复壮的源泉,从古老的诗经到宋元平话、明清小说,直到今天的手机"段子",一刻也没有停止过。胡适曾说,真正的文学史要到民间去找,上了书的都已经变味,而能保证不让书面文字变味、变僵、变空、变假的只有口语。对一个领袖人物来说就是要讲新话,讲自己的话,用自己的发现、自己的腔调讲出有思想、有个性的话,而不是念稿。就像毛泽东用湖南腔讲"中国人民从此站起来了",邓小平用四川话讲"不管白猫黑猫抓住老鼠就是好猫"。有的领导全是念稿、背稿,甚至腔调也学播音员,几年也听不到一句自己的话。肢有残,可为帅;不能言,毋为政。中国古代有个孙膑,髌骨被剜,坐在车上打败了仇敌庞涓。美国出了一个著名的总统罗斯福,有点残疾,坐着轮椅照样在二战中指挥盟军战胜法西斯,但从来没有听说哪个哑巴或播音员当领袖的。讲话实为领袖的第一素质,而许多著名的演说也作为文学名篇传之后世,如丘吉尔的《就职演说》、卡斯特罗的《历史将宣判我无罪》等。毛泽东作为领袖,起码在讲话方面是称职的(当然他还有政治、军事、文学等更多方面的成就),他有实践、有创造,把讲话艺术发挥到了极致,有自己的个性。

第一,他的讲话有王者之气,舍我其谁,气壮山河,是宋玉说的大王之风。不像有的领导一上台就紧张,一念稿子就出汗。你看,他宣布:"占人类总数四分之一的中国人民从此站立起来了。"他说:"中国人民将会看见,中国的命运一经操在人民自己的手里,中国就将如太阳升起在东方那样,以自己的辉煌的光焰普照大地,迅速地荡涤反动政府留下来的污泥浊水,治好战争的创伤,建设起一个崭新的强盛的名副其实的人民共和国。"真是气贯长虹。他到重庆谈判,讲了40多天的话,会上讲,会下讲,与各种人谈。山城特务如林,暗夜如磐,戴笠甚至制订了以"便于随时咨询政务"为名扣留毛的计划,但毛的王者之气,潇洒之风,借他的讲话之声扫开了雾城的阴霾,朋友欢呼,敌顽止步,他胜利归来。

第二,他的讲话有灵动之美,尖锐、敏感、善交流,不木讷,不怯场,能始终把握现场,牵引听众。中国有句古话叫"扶不起的天子",不是给你个位置你就会演戏。位高之人讲话常犯两个毛病,要不底气不足,声音发抖；要不爱装个样子，拿腔拿调，失去真我。这些都是不自信的表现。毛本来就是中国革命这个大舞台的总导演兼主角，何惧一场演说、一次谈话？相反，讲话、演说正是他与这个大舞台的有机组成部分。你看他在延安人民追悼平江惨案死难烈士大会上发表演说：

> 今天是八月一日，我们在这里开追悼大会。为什么要开这样的追悼会呢？因为反动派杀死了革命的同志，杀死了抗日的战士。现在应该杀死什么人？应该杀死汉奸，杀死日本帝国主义者。但是，中国和日本帝国主义者打了两年仗，还没有分胜负。汉奸还是很活跃，杀死的也很少。革命的同志，抗日的战士，却被杀死了。……"限制"，现在要限制什么人？要限制日本帝国主义者，要限制汪精卫，要限制反动派，要限制投降分子。（全场鼓掌）为什么要限制最抗日最革命最进步的共产党呢？……（全场鼓掌）

1954年他出访苏联，谈判紧张，难以抽身，但我留学生求见心切，在礼堂一直等了7个小时，不见不走。毛从外事现场赶来，发表了热情、风趣、理性的即席讲话，至今还传为美谈。这是真领袖，有魅力。

第三，言语通俗，善用修辞，讲话不但好懂，又很风趣。毛虽是大知识分子，但不是经院派，始终和农民、工人、战士、干部厮磨滚爬在一起，他上接孔孟，下连工农，已做到集那个时代语言之大成。王明、康生由苏联乘飞机经新疆归来，他在延安的欢迎会上说，今天是喜从天降，我们在这里欢迎从昆仑山上下来的神仙。在延安文艺座谈会上说，我们有武装的和文化的两支队伍，一支是朱（德）总司令的队伍，一支是鲁（迅）总司令的队伍。1956年4月在中央政治局扩大会上，他说春秋战国时的百家争鸣，是两千年前的人民意见，现在我们更应该百花齐放、百家争鸣。1959年1月20日在中央召开的知识分子会议上讲，现在技术革命是革愚蠢无知的命，靠我们老粗是不行的。现在打仗，飞机飞到18000公尺的高空，超音速，不是过去骑着马了，没有高级知识分子不行。你看，说昆仑山下来神仙，是从《封神演义》而来；由朱总司令风趣地过渡到鲁总司令；由春秋战国百家争鸣到现在的双百方针；说到要用高级知识分子，就高到18000米的高空。1939年他在延安讲："我们要用延安作风打败西安作风。"比喻、对称、拈连、借代、反差等修辞格熟练地运用，大幅度地时空调动，自然趣味横生。

第四，这是最重要的，无论什么报告、讲话，总能上升到理性的高度，得出经得起实践和时间检验的结论，许多警句广为流传。一首歌好听不好听，看它是不是能流传开来，能流传多少年；一个领导人的讲话好不好，看这其中的句子能不能让人记住，让人引用，能存在多少年。好的句子是思想的结晶，是文章的名片，是文章传播的商标，能提升文章的品位和知名度。毛的讲话是一个领袖在指导工作，不是一个官员在应付，更不是一个小学生在背书，他的许多讲话、报告就是他对时局、对某个理论的研究成果。即使延安窑洞里那样艰苦的条件，那样紧张的战斗，他还是坚持读书、写作，认真准备讲稿，奠定了抗日战争战略思想的《论持久战》，就是他1938年五六月在延安抗日战争研究会上的讲演。而即使是在一个普通战士追悼会上的讲话，也能谈及人生观、生死观，产生了"为人民服务"这样的名言。出访在外，接见留学生的即席谈话也有"世界是你们的，也是我们的，但归根结底是你们的。你们青年人朝气蓬勃，正在兴旺时期，好像早晨八九点钟的太阳，希望寄托在你们身上"和"世界上怕就怕认真二字，共产党就最讲认真"这样的名言。这是真正的政治家、学问家的讲演，他胸有成竹，词从口出，既无政客式的作秀也没有刻意去附庸什么风雅。虽然，许多现场讲话在后来发表时做了一些修改，但那种轻松、自然、活泼、灵动的风格却留存下来，这是一种内功，单从字面上是永远学不来的。

现在收入《选集》《文集》中的约119篇"讲话文章"无不体现了毛的这种风格。对一个干部来讲，会讲话是能力的表现；对一个领袖来讲，会讲话是领导力的表现。而全党上下讲真话、讲新话，不讲空话、套话，则是党的生命力的表现。

## 毛泽东怎样写公文文章

公文者,因工作而行的文字。因为这是具体事务,通常由公务人员来做。在封建时代衙门里有专职的师爷,后来又叫书记、文案、幕僚、秘书之类。他们是专职的公文写作人员,精于此道,研究此道,时间长了这也就成了一门学问,出了不少人才,留下一些名文,如原为李密义军书记后成了唐太宗名臣的魏征;徐敬业起兵反武则天时,曾为徐幕僚起草了著名的《讨武曌檄》的骆宾王;蒋介石的"文胆"陈布雷。总之,这些公文之类文章,作为一把手的领袖很少亲为。但毛泽东与人不同,战争时期他虎帐拟电文,依马草军书,撒豆成兵。进入建设时期,各种情况送达,案牍如山，他又批示、拟稿，甚至还亲自理稿子、写按语、编书，这确实是中外政治史和领袖丛中的一个特例。半是军情、政情所迫，源自他的亲政、勤政之习；半是才华横溢，文采自流。

第一，这是最重要的，就是亲自动手，不要人代劳。我们现在看到的毛的公文文章是领袖水平，不是秘书水平。

毛泽东一生亲自起草了大量的公文，如决议、通知、指示、决定、命令、电报等等，现收入四卷《选集》和五卷《文集》中的共约348篇。毛是把"亲自动手"作为一项指令、一种要求、一个规定，下发全党严格推行的。这也是他倡导的工作作风，并以身作则，率先垂范。他在1948年为党内起草的《关于建立报告制度》中要求："各中央局和分局，由书记负责（自己动手，不要秘书代劳），每两个月，向中央和中央主席作一次综合报告。"1958年起草的《工作方法六十条》第38条规定"不可以一切依赖秘书"，"要以自己动手为主，别人辅助为辅"。

强调"亲自动手"，事关勤政敬业，事关党风。草拟公文是一个领袖起码的素质，我们不是衙门里的老爷，是为民的公仆，况且所干之事大多为新情况、新问题，必须边调查研究，边行文试行，边总结提高。公文是工作的工具，是撬动难题的杠杆，草拟公文是领导人当然的工作。正如不能由别人代替吃饭一样，草拟公文也不能完全推给部下。领导人的才干、水平在他亲拟的公文中体现，也在这个过程中增长提高。毛泽东在西柏坡期间，一年时间亲手拟电报408封，指挥了三大战役，迎来了新中国的诞生。夺取政权靠枪杆子，更靠笔杆子。笔杆子是战略、策略、思想、方法，枪杆子是实力、武器、行动，毛是用笔杆子指挥着枪杆子夺取政权的。中国革命的胜利靠的是毛泽东思想，而从一定程度上说，靠的是毛泽东的一支笔。他从不带枪，却须臾不可离笔，天天写字行文。在指导公文方面毛甚至殚精竭虑，不厌其烦，经常提醒工作人员"校对清楚，勿使有错"，"打清样时校对勿错"，还经常亲自为公文改错。

1953年4月毛发现他的一个批示印错，便写信：

尚昆同志：

第一页上"讨论施行"是"付诸施行"之误，印错了，请发一更正通知。

毛泽东 四月七日

1958年6月《红旗》杂志第1期刊登毛的《介绍一个合作社》，毛发现多了一个"的"字，即写信：

陈伯达同志：

第四页第三行多了一个"的"字。其他各篇，可能也有错讹字，应列一个正误表，在下期刊出。

毛泽东 六月四日

1958年成都会议期间印了毛主持选编的有关四川的古诗词，阅初稿时毛指出11页2行、13页13行各有一错。经查是李商隐《马嵬》中的"空闻虎旅传宵柝"错为"奉旅"，韦庄《荷叶》中的"花下见无期"错为"花不"。

这好像不可理解，不该是大人物去干的事，但李大钊、陈独秀、毛泽东、周恩来他们常常这样做，周恩来就常为了文件上的用词戴着老花镜查字典。第一代领导人都是知识分子出身，他们把这看得很有必要，又很平常，语言专家季羡林先生也常说不要羞于查字典。真是大音希声，深水不波。而我们现在一些领导干部，不肯亲为公文，却又爱寻词觅句，去做作秀文章。

第二，公文是实打实、一对一的工作指导，直接办公，要想一想是给谁看，必须准确、平实，禁用空话、套话。

公文属应用文、实用文之列，首先的要求是实用，陈言务去，不要套话，直指核心。如果说毛的讲话文章多偏重思想理论的务虚，这一类则是实打实、一对一的工作指导，直接办公。公文不是用嘴，是用笔，它遵循的是文字写作的规律，又是指导工作的原则，所以一要准确，二要平实。准确，就是说出你的思想，你的要求，一针见血，到底要干什么。战争时期，形势瞬息万变，建国初期，百废俱兴，都容不得半点含糊。平实，就是有什么说什么，想要解决什么问题就说什么，不要东拉西扯，穿靴戴帽。同样，那时的形势也容不得你虚与委蛇。毛泽东在1951年1月主持制定的《中央关于纠正电报、报告、指示、决定等文字缺点的指示》中特别加了一段："一切较长的文电，均应开门见山，首先提出要点，即于开端处，先用极简要文句说明全文的目的或结论（现代新闻学上称为'导语'，亦即古人所谓'立片言以居要，乃一篇之警策'），唤起阅者的注意，使阅者脑子里先得一个总概念，不得不继续看下去。"这就是说公文的目的是要人知道你要干什么，你想解决什么问题。他在《反对党八股》中说："共产党员如果真想做宣传，就要看对象，就要想一想自己的文章、演说、谈话、写字是给什么人看、给什么人听的，否则就等于下决心不要人看，不要人听。"以毛草拟的这份电报为例：

  此次再克洛阳，可能巩固。关于城市政策，应注意下列各点。

  极谨慎地清理国民党统治机构，只逮捕其中主要反动分子，不要牵连太广。

  对于官僚资本要有明确界限，不要将国民党人经营的工商业都叫作官僚资本而加以没收。对于那些查明确实是由国民党中央政府、省政府、县市政府经营的，即完全官办的工商业，应该确定归民主政府接管营业的原则。但如民主政府一时来不及接管或一时尚无能力接管，则应该暂时委托原管理人负责管理，照常开业，直至民主政府派人接管时为止。对于这些工商业，应该组织工人和技师参加管理，并且信任他们的管理能力。如国民党人已逃跑，企业处于停歇状态，则应该由工人和技师选出代表，组织管理委员会管理，然后由民主政府委任经理和厂长，同工人一起加以管理。对于著名的国民党大官僚所经营的企业，应该按照上述原则和办法处理。

对于小官僚和地主所办的工商业,则不在没收之列。一切民族资产阶级经营的企业,严禁侵犯。

禁止农民团体进城捉拿和斗争地主。对于土地在乡村家在城里的地主,由民主市政府依法处理。其罪大恶极者,可根据乡村农民团体的请求送到乡村处理。

入城之初,不要轻易提出增加工资减少工时的口号。在战争时期,能够继续生产,能够不减工时,维持原有工资水平,就是好事。将来是否酌量减少工时增加工资,要依据经济情况即企业是否向上发展来决定。

不要忙于组织城市人民进行民主改革和生活改善的斗争。要等市政管理有了头绪,人心已经安定,经过周密调查,弄清情况和筹有妥善解决办法的时候,才可以按情况酌量处理。

大城市目前的中心问题是粮食和燃料问题,必须有计划地加以处理。城市一经由我们管理,就必须有计划地逐步解决贫民的生活问题。不要提"开仓济贫"的口号,不要使他们养成依赖政府救济的心理。

国民党员和三青团员,必须妥善地予以清理和登记。

一切作长期打算。严禁破坏任何公私生产资料和浪费生活资料,禁止大吃大喝,注意节约。

市委书记和市长必须委派懂政策有能力的人担任。市委书记和市长应该对所属一切工作人员加以训练,讲明各项城市政策和策略。城市已经属于人民,一切应该以城市由人民自己负责管理的精神为出发点。如果应用对待国民党管理的城市的政策和策略,来对待人民自己管理的城市,那就是完全错误的。(《再克洛阳后给洛阳前线指挥部的电报》,一九四八年四月八日)

全文900多个字,条分缕析,将我党进入城市后遇到的新问题、新政策说得一清二楚,既好理解又便于执行。不要以为准确、平实是起码、简单的要求，人人都能做到，实际情况是平实最难，正如真人难做。官场的通病是官一当大、当久了就有架子，这"架子"一是为掩饰自己的空虚、低能；二是有意形成一个框子、套子，既能套住别人，自己又可偷懒。无论一个团体、政党还是政府，当上下都已形成老一套时，领导者是最好驾驭的，但这个团体、政党、政府也就老了。与这个"老"相配套的就是空话、老话、套话，写文章就拿腔拿调。韩愈、欧阳修反对的时文是这样，明清的八股文是这样，延安整风反对的党八股也是这样。党老则僵，政老则虚，师老兵疲，文走形式，这是政治规律也是文章规律。

第三，文章、文件尽量要短。主要的和首要的任务，是把那些又长又臭的懒婆娘的裹脚，赶快扔到垃圾桶里去。

毛泽东在《反对党八股》中说，"我们有些同志欢喜写长文章，但是没有什么内容，真是'懒婆娘的裹脚，又长又臭'"，"现在是战争的时期，我们应该研究一下文章怎样写得短些，写得精粹些。延安虽然还没有战争，但军队天天在前方打仗，后方也唤工作忙，文章太长了，有谁看呢？有些同志在前方也喜欢写长报告。他们辛辛苦苦地写了，送来了，其目的是要我们看的。可是怎么看呢？长而空不好，短而空就好吗？也不好。我们应当禁绝一切空话。但是主要的和首要的任务，是把那些又长又臭的懒婆娘的裹脚，赶快扔到垃圾桶里去"。

毛泽东说的长文之风，现在已是见怪不怪。一个不管什么活动的通知，也要"指导思想"、"宗旨"、"目的"、"内容""组织领导"等，一段一段地套，好像长江大桥，前后引桥很长，而不过是一步可跨的小河，也修成这么长的引桥。文风日下，文字日长！我们看毛泽东指挥三大战役的电文，最长的一篇《关于平津战役的作战方针》不过800字；党中央撤出延安、转战陕北这么大的事，只发了两个文件：一个指示，一个通知，加起来700多个字。他为人民英雄纪念碑拟的碑文："三年以来，在人民解放战争和人民革命中牺牲的人民英雄们永垂不朽！三十年以来，在人民解放战争和人民革命中牺牲的人民英雄们永垂不朽！由此上溯到一千八百四十年，从那时起，为了反对内外敌人，争取民族独立和人民自由幸福，在历次斗争中牺牲的人民英雄们永垂不朽！"只有122个字，英雄不朽，文字不朽。"文革"后期，知青问题成了一大社会难题，这是毛泽东当初号召知青上山下乡所始料不及的。为推动解决问题，也是一种表态，毛泽东给反映问题的人回了一信，并公开发表，信只有34个字："李庆霖同志：寄上三百元，聊补无米之炊。全国此类事甚多，容当统筹解决。"就是这34字的信，开始了知青运动的转折。

现在是和平时期，屁股后面没有枪声，我们就更喜欢喝着茶开会，摆开架子念报告，传达一个文件，动辄上万字，这在当年是不可想象的。真正有权威的上级机关或个人是从来不须多言的，只有无权威时才拉旗扯皮，虚造声势，才要长文。而文章一长，人们不读不看等于没有写。明知无用为什么还要写、要发呢？因为是公文，是权力文章，在滥用职权；而职权滥用的结果是脱离群众，脱离实际，政治腐败。什么是政治？孙中山说是治理众人之事，毛泽东说是把我们的人搞得多多的。失去了人众（听公文、执行公文的人），失去了人心，就党亡政息。历史从来如此，又长又空的文风是亡党毁政之兆，也从来如此。魏晋的清谈、明清的八股就是例证。

第四，尽可能生动，多一点美感。哪一年稍稍松动一点，使读者感觉有些春意，因而免于早上天堂，略为延长一年两年寿命呢？

文字写作是一个庞大的体系，公文在修辞学上属于消极修辞，最讲平实，亦很枯燥，但毛泽东写公文也力求生动。他的审美追求无处不在，于鲜明、准确、实用之余，居然还有几分潇洒，这又见出他文人气质的一面。

一般来讲，公文写作要求明白、简洁，不一定求美，但是你不能折磨人。这就像吃饭，不一定是多么好的美味，但你不能总往饭里掺沙子，这谁受得了？作为最高领袖，毛泽东每天要看多少公文，你老折磨他，他也是要发脾气的。1958年9月2日，他批示《对北戴河会议工业类文件的意见》时震怒了："我读了两遍，不大懂，读后脑中无印象。将一些观点凑合起来，聚沙成堆，缺乏逻辑，准确性、鲜明性都看不见，文字又不通顺，更无高屋建瓴、势如破竹之态……讲了一万次了，依然纹风不动，灵台如花岗之岩，笔下若玄冰之冻。哪一年稍稍松动一点，使读者感觉有些春意，因而免于早上天堂，略为延长一年两年寿命呢？"在毛泽东眼里，公文要起调动情绪、统一思想、指导工作的作用。怎样才起作用？除内容外还靠语言的生动，靠美的感召。他说"修改文件，字斟句酌，逻辑清楚，文字兴致勃勃"，使人看了"解决问题，百倍信心，千钧干劲，行动起来"。公文主要是说事、说理，但也不完全排斥形、情、典，用得好事半功倍。中国是个文章的国度，自古实行文官政治，先过科举再当官，到当上官时文章大都过关，所以许多公文亦是美文，传为佳话。李密的《陈情表》是一封写给皇上的当官拒绝的信，丘迟的《与陈伯之书》是一封两军阵前的劝降书，魏征的《谏太宗十思疏》是一份议政的奏折，都是长选不衰，留存于文学史的。现存于《选集》《文集》中毛泽东的约348篇公文中亦有不少美文，如《祭黄帝陵》《中国人民解放军宣言》等。在《宣言》中毛说："总而言之，蒋介石二十年的统治，就是卖国独裁反人民的统治。到了今天，全国绝大多数人民，地无分南北，年无分老幼，都认识了蒋介石的滔天罪恶，盼望本军从速反攻，打倒蒋介石，解放全中国。"这是绝妙的用典，用蒋在抗日声明中的名言来打蒋的耳光。再如这样的句子："本军全体指挥员、战斗员同志们！我们现在担负了我国革命历史上最重要最光荣的任务，我们应当积极努力，完成自己的任务。我伟大祖国哪一天能由黑暗转入光明，我亲爱同胞哪一天能过人的生活，能按自己的愿望选择自己的政府，依靠我们的努力来决定。"这是号召，是动员，也是抒时代之情。

时势异矣，伟人不再，如今，要在公文中找几篇美文几乎不可能了，毛泽东恐怕是共产党公文中"绝无仅有的一朵奇葩"。

## 毛泽东怎样写新闻文章

什么是新闻？新闻是受众关心的新近发生的事实的信息传递。

毛泽东领导中国人民进行伟大的解放事业，无时不在发生重大事件，又无时不在受到解放区内外、国内外受众的关注，连斯诺这样的西方记者也要突破千重阻隔来报道毛泽东和他的事业。写新闻本来不该是毛泽东或政治领袖们干的事情，他们是新闻的主体，是创造时势的英雄，是被采访的对象，各国领袖亲自上阵写新闻的也确实少见。但毛泽东要亲自捉刀，而且还留下了52篇写作和修改的新闻作品，这在中外政治史和新闻史上也是罕见的一例。可能有一个原因，中国革命是农民革命，队伍中的文化人不多，人手不够，毛泽东急而无奈，只好亲自上阵。当然还有一个理由，毛泽东未当领袖时就在北大旁听新闻，又回湖南创办刊物。他身怀绝技，技痒难熬，关键时刻别人撰的稿又不合他意，便拨开众人，亲自拍马上阵。他也确实技高一筹，留下了不朽的新闻名篇和几段新闻佳话。

毛泽东怎样写新闻？有两个鲜明的特点，一是讲政治，有高度，有气势，留下了时代印痕；二是语言生动、简洁，有个性。说到底是杀鸡用牛刀，冰山露一角，这是一个政治家、文学家在借媒体的一角来做文章。本来新闻这个行当有两个重要的助手：政治和文学。汝欲学新闻，功夫新闻外，政治制高点，文学展翅膀。毛泽东政治引领，文学润色，这新闻以外的功夫，不是普通记者、报人所能比的。

第一，用政治家的眼光写新闻。

毛泽东是主张政治家办报的。解放后有一次佛教领袖赵朴初陪毛泽东见外宾，客人未到，毛问道："佛经里是不是有这样的句式：赵朴初不是赵朴初，是名赵朴初。"毛是大政治家，在他眼里，新闻不是新闻，是名新闻，而实质是政治（新闻有四个属性：信息、政治、文化、商品）。他是把新闻当作政治，当作军事棋盘上的棋子来用的。在著名的《对晋绥日报编辑人员的谈话》中，开篇第一句就是："我们的政策，不光要使领导者知道，干部知道，还要使广大的群众知道。"他在《政治周报发刊理由》中说，反攻敌人的方法就是"忠实地报告我们革命工作的事实"。他亲自动笔，用新闻稿、评论、发言人谈话、按语等来宣传群众，反击敌人。

1945年，蒋介石要破坏和平，挑起内战。胡宗南欲进攻陕甘宁边区，毛泽东立即写了《爷台山战事扩大》揭其预谋，制敌于未动。1948年蒋介石、傅作义欲偷袭石家庄，威胁已进驻西柏坡的党中央。毛泽东写了《华北各首长号召保石沿线人民准备迎击蒋傅军进扰》，将蒋军之兵力、部署公之于报端，敌虽出兵，见我有备，只好撤回。其实当时我之守备实在空虚，这是一出名副其实的空城计。而当我军进入反攻阶段后，他的新闻稿《中原我军占领南阳》《我三十万大军胜利南渡长江》《人民解放军百万大军横渡长江》《南京国民党反动政府宣告灭亡》，又是一声声进军的号角。这些新闻稿都是政治炸弹。

虽然是从政治上着眼，为战略服务，毛的新闻稿还是写得中规中矩，时间、地点、人物、现场，跃然眼前，他是用新闻来翻译政治。下面仅举一例：

> [新华社辽西前线二十七日十七时急电]由沈阳进至辽西的蒋军五个军，已全部被我包围和击溃。我军俘敌数万，现正猛烈扩张战果中。此五个军，即新一军、新三军、新六军、七十一军、四十九军，全部美械装备，由廖耀湘统率，锦州作战时即由沈阳进至新民、彰武、新立屯地区。锦州攻克，长春解放，该敌走投无路，全部猬集黑山、北镇、打虎山地区，企图逃跑。我军迅移锦州得胜之师回头围歼，飞将军从天而降，使该敌逃跑也来不及。蒋军尚有五十二军、五十三军、青年军整编二零七师（辖三个旅）及各特种部队、杂色部队，在沈阳、铁岭、抚顺、本溪、辽阳、新民、台安等处，一部占我海城、营口，连廖兵团在内，共有二十二个正规师，加上其他各部，共约二十万至三十万人，为蒋军在东北的主力。廖兵团五个军，则为其主力中的主力。从十五日至二十五日十一天内，蒋介石三至沈阳，救锦州，救长春，救廖兵团，并且决定了所谓"总退却"，自己住在北平，每天睁起眼睛向东北看着。他看着失锦州，他看着失长春，现在他又看着廖兵团覆灭。总之一条规则，蒋介石到什么地方，就是他的可耻事业的灭亡。我东北人民解放军全军现正举行全线进攻，为歼灭全部蒋军而战。（《东北解放军正举行全线进攻，辽西蒋军一个

军被我包围击溃》，一九四八年十月二十七日）

这条465个字的消息又是一颗政治炸弹，是强烈地针对战场形势和国共两党斗争的时局。

开始一句导语"蒋军五个军，已全部被我包围和击溃"之后，就不厌其烦地将战事的时间、地点、过程、结果反复交代，甚至敌军的番号、位置、路线也说得极详细具体。因为是决战的关键时刻，受众（包括敌我双方）对战场上每时每刻的势态、军力变化都亟为关注。不要小看这一点，我们现在的许多记者、通讯员经常在稿件中丢掉重要细节，读者最想知道的要素他就是不说，究其原因是受众意识淡漠。什么是新闻？新闻是受众关心的新近发生的事实的信息传递，1919年徐宝璜在北京大学首开新闻学时就强调，"新闻是阅者所关心之最近之事实"。可惜解放后半个多世纪，新闻教科书中的定义都不提"受众"（阅者）。特别是长期以来机关报一统天下，形成了我说你听的坏文风，更忽视了这个最基本的新闻规律。平时记者写稿经常以我为主，忘了读者是上帝。受众是新闻能成立的前提，没有人看的新闻，说了没用，构不成新闻；受众关心的新闻，你说不全，等于白说，也构不成新闻。没有受众，就没有新闻，就这么简单。学术中许多最基本的原理并不高深，只是自然的存在，只要到实践中一悟就知。毛的军事新闻稿都是用来长我志气、瓦解敌军、扭转形势的，有极强的指向性，在这里他使用新闻要素（军情）如同用兵。相信每读到稿中一个被歼灭的敌军番号，我军民都为之一跃，而蒋介石则心中一阵剧痛。用事实说话，这就是新闻的力量，也正如毛在《政治周报发刊理由》中连说的四个"请看事实"。

第二，用个性的语言写新闻。

长期以来我们的消息、广播，读来、听来都是一个味，谓之"新华体"，没有了个性。我们常说"文如其人"，语言就是作者的镜子，能照见他的风采。毛泽东的新闻语言简练、通俗，这也是新闻写作最基本的要求，但又是最难的，难在出新，难在简练、通俗共性之中的个性。新闻语言有两个源头，一是电报语，要求简而明。因为当初报纸的消息都是电稿，以字算钱，不能奢侈，逼你精短。二是口头语，消息要读，要听，要求通俗，可惜"经院派"、"新华体"都做不到这一点。毛泽东古文底子深，长期以电文指导战争和工作，惜墨如金，数字如珠；又长期与干部、战士、农民生活在一起，声息相通，言语交融。难得他能将这二者完美地结合，如"锦州攻克，长春解放，该敌走投无路，全部猬集黑山、北镇、打虎山地区，企图逃跑。我军迅移锦州得胜之师回头围歼，飞将军从天而降，使该敌逃跑也来不及"。这两句基本上是古文、电文的味道，特别如"猬集黑山"、"迅移锦州"、"飞将军从天而降"更有书卷气，但到最后一句落地"该敌逃跑也来不及"则完全是口语，真是大俗大雅。类似的句式在其他新闻稿中还有不少，如"敌亦纷纷溃退，毫无斗志，我军所遇之抵抗，甚为微弱。此种情况，一方面由于人民解放军英勇善战，锐不可当；另一方面，这和国民党反动派拒绝和平协定，有很大关系。国民党的广大官兵一致希望和平，不想再打了，听见南京拒绝和平，都很泄气"（《人民解放军百万大军横渡长江》）。

这就是毛文，也是毛的新闻稿的魅力，严肃时如宣言，平易处像说话，以叙述为主，却贮满感情，"工人、农民读了不觉为浅，专家教授读了不觉为深"，这种语言的功夫有几人能够。

第三，有新闻以外的功夫，叙事之外的"情"与"理"。

按常规，消息就是客观事实的报道，就是客观叙述，作者不能抒情，不能评论，如实在有话要说，再另写言论。但毛不管这一套，写稿如用兵，不循常规，想说就说，舍我其谁。如本稿中的结尾处"从十五日至二十五日十一天内，蒋介石三至沈阳，救锦州，救长春，救廖兵团，并且决定了所谓'总退却'，自己住在北平，每天睁起眼睛向东北看着。他看着失锦州，他看着失长春，现在他又看着廖兵团覆灭。总之一条规则，蒋介石到什么地方，就是他的可耻事业的灭亡。我东北人民解放军全军现正举行全线进攻，为歼灭全部蒋军而战"。应该说这已超出本消息的事实，可以不要，但毛意犹未尽，随手一笔点评，辛辣地讽刺、调侃、嘲弄，更有一种必胜的豪情。如《中原我军解放南阳》除开头一句导语说最新事实外，整篇都是对形势的叙述评论，结尾一句调侃加幽默"王凌云到襄阳，大概是接替宋希濂当司令官。但从南阳到襄阳，并没有走得多远，襄阳还是一个孤立据点，王凌云如不再逃，康泽的命运是在等着他的"。这种笔法后人是学也学不来的，只有欣赏的份儿了。他是在写新闻，但这是一个政治家笔下的新闻，是"名新闻"，实政治。杀鸡用牛刀，冰山露一角。所谓经典就是空前绝后，因为你再也不可能重回那个时代，不可能有作者那样的经历、那样的气势、那样的修养。大道无形，许多艺术领域都是只可意会。如梁启超说苏东坡的书法不要去学，因为你是学不到的。

在政治家、文章家毛泽东的眼里，新闻确实只是"名新闻"，而更是政治、更是文学。当年在湖南第一师范毛热心读报，细心研究模仿梁启超的报章文字，在北京大学旁听新闻理论，在长沙办《湘江评论》，在广州办《政治周报》，现在他借新闻的外衣来裹滚烫的政治，来吹响战斗号角。他的新闻稿一有新闻之规，二有政治之势，三有文学之美。呜呼，唯其人才有其文，又唯其时才得其文，这恐怕也只能是绝唱了。

新闻消息之外，毛还为媒体写了许多社论、时评、声明、按语、发言人谈话等，都尖锐泼辣，生动活泼，在中国人民解放的大潮中风助火势，起到摧枯拉朽的作用。解放后，毛借新闻指导工作主要是修改社论文章，可惜时势已异，再没有出现新的高峰。

## 毛泽东怎样写政论文

第一，政论文就是政治加文学。

毛泽东写得最多的是政论文，而且大多都写成了美文。本来政论文就是由两个部分组成：政治加文学。这是两个基本点，可惜近年来，文学因素常被忽视，政论文也成了枯燥、生硬的代名词，而被异化出散文领域。殊不知，中国古代散文一直是以政论文为王的，有许多最优秀的篇章恰恰出自政论题材和政治家之手。

政论就是论政，是在进行政治斗争、政治建设，写作之前心中有论敌，有靶子，言必中的；写作中笔下有论点、论据，以理服人。论文是政治家最常用的武器，一个政治领袖不会写论文，犹如一个战士不会放枪。政论文是中国文章史的脊梁，从贾谊到梁启超，代代相续，玉树常青。一部政治文章史就是一部政治发展史，与中国的朝代更替、时代变革相缠相绕，绵延不绝。

政论文是以文论政，是用文学翻译政治，是笑谈真理。一个政治家开会、谈话、制定策略、领导战争和建设，等等，是搞政治。但还有一个重要的手段就是宣传自己的思想，这要用到文字，要借助文学之美，不但入理还要动情。毛泽东是熟读并仔细研究过前人的政论文的，汲取了他们的营养，也学习了他们的技法。毛最佩服贾谊，说他是两汉最好的政论家。毛还推崇范仲淹、曾国藩，说他们既能做事，又会写文章。他又曾有一段时间模仿梁启超的文章，说梁是他写作的老师。他最推崇鲁迅，说："他用他那一支又泼辣，又幽默，又有力的笔，画出了黑暗势力的鬼脸，画出了丑恶的帝国主义的鬼脸，他简直是一个高等的画家。"他说朱自清的文章也好，但不如鲁迅有战斗性，毛是仔细研究过怎样把政治写得更文学一些的。

毛文是典型的政治家文章。一是有强烈的战斗性，不离政纲，旗帜鲜明，指向明确，绝无呻吟之作。毛说："与天奋斗，其乐无穷！与地奋斗，其乐无穷！与人奋斗，其乐无穷！"在他的文章里能体会到与他的政敌搏斗的无穷乐趣。他把笔杆子当作战斗的武器，而毫无文人吟风弄月、玩弄文字之习。这是时代使然，一代领袖占据着空前的政治高度，在用文章指挥队伍冲锋陷阵。二是思想深刻，犀利尖锐，有理有据，绝无空话、套话。他说要用"马克思主义的方法观察问题，提出问题，分析问题和解决问题"，要"想一想在写给谁看"，他是从理论的高度解决实践中的问题。三是学识丰富，用典贴切，是从中国文化、民族传统的角度出发创造性地运用和丰富马克思主义，反过来又发展了中国文化。文章极富有中国特色、中国气魄,这已超出政治范畴而具有了文化意义。四是有自己个性的语言,虽然是在说政治但并不枯燥,既典雅又通俗,既庄重又幽默,既古典又现代,这语言来自古典文学语言、群众语言、报告讲话语、新闻报章语、公文用语,是熔多种语言于一炉冶炼成的高强合金,掷地有声,闪闪发光,斑斓多姿。只有他这样饱读诗书,揭竿起事,信仰马列,历经战火,终成领袖的人才可能造就这种特别的语言。

依其公务之身和领袖之责,毛文的内容总脱不了谈工作、谈政治,但是毛泽东骨子里有文人的一面,有追求文章审美的情怀,毛是把政论当文学来做的。毛身上至少有四重身份:政治家、军事家、哲学家、文章家。他是假文学之手来行政治之责,在工作之时不自觉地创作政治美文。这种手写的文章"比讲话文章"多了书面的讲究,比行政公文脱去了具体事务的枯燥,与新闻稿比又跳出了叙事的体例,不受时空环境的限制,常嬉笑怒骂,更见情见理。每篇文章虽都负有专门的指导任务,但从审美角度看,则都已进入了文学领域。或者作者习以为常,竟未察觉,而后人读来益觉其美。

文学与政治的区别在哪里?政治是理,文学是情;政治是权力,是斗争、夺权、掌权,是硬实力;文学是艺术,是审美、怡情,是软实力;政治文章可以强迫人接受(如布告、命令);文学作品只靠情与理来吸引人阅读。政治是要服从遵守的,文学是可以欣赏的。一篇文章美不美有三个标准:描述的美、抒情的美和哲理的美。在一般专业文人的作品中大都止于前两个层次的美,而一般政治家的文章大都没有前两个层次的美,哲理倒是有一点,但常常表达笨拙、枯燥,也不甚美。我们在毛泽东的文章中除了可以读到深刻的思想,经常能同时欣赏到描述的、抒情的和哲理的美(这在后面有专门介绍),这是毛文的一大特点,是毛的过人之处。中国共产党建党以来经历过众多领袖,特别是早期领袖大多能文,建国后的领袖又有大量的写作班子与之为文,但为什么唯毛文独领风骚呢?奥妙就在这一点,毛从政治跨入了文学,古典文学、民间文学、诗词赋等抒情文学,小说笔记等叙事文学,无所不通。而许多政治领袖没有跨出这一步,又如邓小平无疑是20世纪中国的一个伟人，其思想也达到了新的高度，甚至有超过毛的地方，其文章也很朴实、深刻、干脆，但就差这一点点，少了文采，少了文学的美感。不要小看这一点，就像金属中的合金，加进一点，性质就有了根本的改变，就这一点拉开了距离，硬是赶不上，邓之后就更难有人与毛比肩了。政治美文要能写出美感，能将政治理念表达为美好的可欣赏的东西，这是一门学问，是一门跨界的综合艺术，纯文人或单纯的政治家都干不了。毛是既占有好料又能做出好菜的大厨，是空前绝后的散文大家。

政论文之外，同样是服从于政治斗争，毛还熟练地运用了其他文体，如书信体（致宋庆龄、蔡元培、徐特立等的信）、悼亡体（《为人民服务》《纪念白求恩》）、通电体（类似古代的檄文，如讨汪精卫电）、考察报告（如《湖南农民运动考察报告》）等等。对毛来说已分不清是挟着政治风雷在文学领域振聋发聩、标新立异，还是乘着文学的春风，在政治领域移花接木、植松栽柳。他亦文亦政，亦古亦新，古今领袖唯此一人。

第二，关键是有自己的思想：高屋建瓴，唯求出新。

如前所述，政论文既是政治加文学，那么研究政论文的写法就可以简化为两个问题，一是如何表达思想，即它的内容；二是如何提升美感，即它的形式。

思想即文章的观点、主题、立意，这是政论文的灵魂。一篇文章总要给人一点新的思想，读了才有用。我们都知道是科学推动着社会的进步，科学又分自然科学和社会科学。前者是靠新的发现、发明，被称为科学家；后者是靠新的思想，被称为政治家、思想家。在自然科学界，如果没有新的发现就被人淘汰，历史只记住牛顿、爱因斯坦。在政界如果没有新的思想，也要被人淘汰，历史只记住马克思、毛泽东、邓小平。当前政界、知识界有一种轻浮、狂躁症，急着写文章、出书，为自己贴标签，树形象。曾有一位领导风趣地说：毛泽东是神，邓小平是神，别人不行，无论如何装神弄鬼都不行。不行就是不行，愈描愈黑，愈装愈丑。写政论文就像科学家搞科研一样严肃，是靠思想成果说话。社会、革命、建设、改革就是他的实验室，政论文是他的实验成果报告，所以政论文好不好第一条看他有没有新思想，看立意的高度、深度。这本来也是一切政论文所遵从的规律，如贾谊的《过秦论》，讲一个政权为什么覆灭的道理；魏征的《谏太宗十思疏》，讲一个政权怎样巩固的道理；梁启超的《少年中国说》讲复兴中华的道理。他们讲得对，讲得好，文章就流传下来。

毛是进入20世纪以来的伟人，是当中国处于由封建、半封建向民主主义、社会主义过渡之时的领袖人物，他站在以往所有巨人的肩膀上，讲20世纪的中国怎样革命、进步。他讲历史唯物主义，讲社会历史的演进之理，讲马克思主义怎样与中国的实际相结合，改造旧中国；讲中国共产党建党和中国革命之理；讲人民战争、民族战争取胜之理；讲群众路线之理，讲辩证唯物主义的哲学之理，等等。这些道理都是可以放到每一本政治、哲学、军事专业书里去讲的，但是毛却用文学的语言，结合当时当地的情况，把它表达出来，他是用文学翻译政治的高手。毛泽东是政治家，他写文章的目的是宣传、解释党的方针、路线，团结人民向一个目标奋斗，所以无一文章不在说理。高屋建瓴，唯求一新，毛文的好看，首先是因为他说出了许多新鲜的、深刻的道理。

你看他这样讲革命斗争：

> 斗争，失败，再斗争，再失败，直至胜利——这就是人民的逻辑。（《丢掉幻想，准备斗争》）

> 夺取全国胜利，这只是万里长征走完了第一步。如果这一步也值得骄傲，那是比较渺小的，更值得骄傲的还在后头。……中国的革命是伟大的，但革命以后的路程更长，工作更伟大，更艰苦。这一点现在就必须向党内讲明白，务必使同志们继续地保持谦虚、谨慎、不骄、不躁的作风，务必使同志们继续地保持艰苦奋斗的作风。（《在七届二中全会上的讲话》）

**这样讲战略战术：**

> 外表很强，实际上不可怕，纸老虎。外表是个老虎，但是纸的，经不起风吹雨打。……比如它有十个牙齿，第一次敲掉一个，还有九个，再敲掉一个，它还有八个。牙齿敲完了，它还有爪子。一步一步地认真做，最后总能成功。（《毛泽东文集》第3卷，第73页）

这样讲批评与自我批评：

> 要注意听人家的话，就是要像房子一样，经常打开窗户让新鲜空气进来。为什么我们的新鲜空气不够？是怪空气不是怪我们？空气是经常流动的，我们没有打开窗户，新鲜空气就不够，打开了我们的窗户，空气便会进房子里来。（《毛泽东文集》第3卷，第339至340页）

这样讲认识论：

> 什么叫问题？问题就是事物的矛盾。哪里有没有解决的矛盾，哪里就有问题。（《毛泽东选集》第2版第3卷，第839页）

> 什么叫工作？工作就是斗争。那些地方有困难、有问题，需要我们去解决。我们是为着解决困难去工作、去斗争的。（《毛泽东选集》第2版第3卷，第839页）

> 规律是在事物的运动中反复出现的东西。规律既然反复出现，因此就能够被认识。（《毛泽东文集》第8卷，第105页）

> 我们要使错误小一些，这是可能的。但否认我们会犯错误，那是不现实的，那就不是世界，不是地球，而是火星了。（《毛泽东文集》第7卷，第70页）

在他之前中国的政治家、文学家的作品中没有讲过这些道理，更没有人用亲身的经历来诠释这些道理。我们读毛泽东的文章总是新风扑面，不烦不厌，就是因为他总能说出一点新道理，总能把问题说清、说透，让你茅塞顿开。政论文章最怕没完没了地重复老调，中国到封建社会的末期，就是因为总在重复"子曰"而走向末路；"文革"就是因为总在重复阶级斗争那些老调，再也搞不下去；到1978年真理标准讨论前，就是因为搞"凡是"，总重复毛的语录，党就走向僵化。现在最可怕的是今天重复昨天的，下面重复上面的，这个报告抄那个报告，这个报纸抄那个报纸，层层重复，天天重复，美其名曰"步调一致，形成合力"，结果味同嚼蜡，没有人看。我们看《毛选》，每一篇文章都是何等的鲜活。

第三，永不脱离实践：理从事出，片言成典。

依托实践，从实际出发写作，借事说理，是毛文的一大特点。理论本来就是出于实践又高于实践，指导实践。政论文就是论政、议政，它既是工作的过程，完成任务的工具，又是工作的结果，是工作这棵大树上的花朵。它虽然也是文学，但它不是叙事文、抒情文，更不是诗词歌赋，它是政治，是真理，在文章诸姊妹中是最秉性严肃而作风实在的一个。它主要不是用来抒情、审美，是用来工作，或者是战斗的。这就带出一个基本问题，政论文的写作必须事出有因，通过具体的事来说理，然后上升到理论，也就是我们常说的理论来自实践，指导实践。这在文学创作则是来于生活，高于生活。正如文学与生活不可分，政论文也需要生活，政治生活，单纯在书房里是写不出来的。毛泽东的文章总是自自然然地从其一件事说起，然后抽出理性的结论。不要小看这一点，这就是为什么政治家、领袖的文章总是比专业作家的文章更有力，更好看。

毛泽东的文章都是依据他所经历的中国革命的大事而成的。从1921年建党到1949年建国，凡中国人民、中华民族经历的大事毛文中都写到了，而且往往是直取核心，如大革命时期的农民运动（《湖南农民运动考察报告》），一次内战时期的根据地斗争（《中国的红色政权为什么能够存在》），抗日战争时期的对日斗争（《论持久战》），解放战争时期的战略、策略（《将革命进行到底》）。甚至包括一些重要的事件都有专门文章，如西安事变、皖南事变、重庆谈判。让我们看看毛泽东是怎样从实际斗争中酿造思想的。

重庆谈判，无疑是解放战争期间的一件大事。抗日战争刚刚胜利，国共矛盾又上升到主要矛盾。两党20多年打打停停，怨深似海，蒋介石对共产党言必称匪，这时却突然邀毛去谈判，不知葫芦里卖的什么药。毛慨然前往，并达成协议，全党上下疑问不少。他就写了《关于重庆谈判》，先讲重庆谈判这件事：

> 这一次，国共两党在重庆谈判，谈了四十三天。谈判的结果，已经在报上公布了。现在两党的代表，还在继续谈判。这次谈判是有收获的。国民党承认了和平团结的方针和人民的某些民主权利，承认了避免内战，两党和平合作建设新中国。这是达成了协议的。还有没有达成协议的。解放区的问题没有解决，军队的问题实际上也没有解决。

当时国民党并无诚意，不断制造摩擦，党内外最担心的是毛的安全。毛在重庆说不要怕摩擦，你们狠狠打，你那里打得越好，我这里越安全。他又讲了谈判会场外面的形势：

> 国民党一方面同我们谈判，另一方面又在积极进攻解放区。包围陕甘宁边区的军队不算，直接进攻解放区的国民党军队已经有八十万人。现在一切有解放区的地方，都在打仗，或者在准备打仗。

> 现在有些地方的仗打得相当大，例如在山西的上党区。太行山、太岳山、中条山的中间，有一个脚盆，就是上党区。在那个脚盆里，有鱼有肉，阎锡山派了十三个师去抢。我们的方针也是老早定了的，就是针锋相对，寸土必争。这一回，我们"对"了，"争"了，而且"对"得很好，"争"得很好。就是说，把他们的十三个师全部消灭。他们进攻的军队共计三万八千人，我们出动三万一千人。他们的三万八千被消灭了三万五千，逃掉两千，散掉一千。这样的仗，还要打下去。

然后他得出结论，我们的方针，就是"针锋相对"，他要谈，我们就去谈；他要打，我们就打。

> 他来进攻，我们把他消灭了，他就舒服了。消灭一点，舒服一点；消灭得多，舒服得多；彻底消灭，彻底舒服。事情就是这样，中国的问题是复杂的，我们的脑子也要复杂一点。

中学课堂上作文，老师就开始教"夹叙夹议"。毛这里就是夹叙夹议，但他是这样的举重若轻。谈判和时局说得清清楚楚，而且不乏文学叙述的美感。你看"太行山、太岳山、中条山的中间，有一个脚盆，就是上党区。在那个脚盆里，有鱼有肉，阎锡山派了十三个师去抢"。这种轻松与幽默的叙事，哪里像政论文？最后推出一个大结论，一个中国革命的真理："他来进攻，我们把他消灭了，他就舒服了。消灭一点，舒服一点；消灭得多，舒服得多；彻底消灭，彻底舒服。"这句话已经深入人心，以后在许多地方经常被引用，甚至人们已经不大注意最初的出处。这就叫"理从事出，片言为典"，从一件具体的事出发总结出普遍的真理，浓缩成一句话，而成为经典。青出于蓝而胜于蓝，理论就是这样，它一旦从实践中破壳而出，就有了独立的指导意义。类似的例子我们还可以举出很多，比如著名的"为人民服务"思想就是在一个普通战士的追悼会上说的，而纪念国际主义战士白求恩的文章中则产生了关于做人标准的名言："我们大家要学习他毫无自私自利之心的精神。从这点出发，就可以变为大有利于人民的人。一个人能力有大小，但只要有这点精神，就是一个高尚的人，一个纯粹的人，一个有道德的人，一个脱离了低级趣味的人，一个有益于人民的人。"什么叫经典？常念为经，常说为典。经得起后人不断地重复，不停地使用。理从事出，片言为典，这是毛泽东的本事，是毛文的魅力。

时下政界、报界有一个误区，以为只要组织一个写作班子，起一个响亮的笔名，在报上占大一块版面，就能有轰动的文章。其实这种空中楼阁，没有人看。党的十八大专门就党风、文风的整顿提出"八条"意见，习近平指出"长、空、假"是当前文风的主要毛病。为什么"长、空、假"呢？

主要不是写作技巧问题，而是思想作风层面上的问题，是私心作怪。这又有两个原因。

一是私心所起之虚荣心、功利心。小则把发表文章看成一种荣誉、成绩、才华，用来作秀，从来不想解决什么实际问题；大则把文章当作升官的阶梯，企图引起领导重视，造成社会舆论，为提拔重用铺路。二是私心所起之懒惰心。懒得去深入调查研究，读书思考，加工创造。按照上面的调子套下来，常用的口号填进去，剪贴拼凑一点社论、评论、领导讲话，这就是我们常说的"套话"文章，或者两种心理都有，既想偷懒，又想升官、作秀。这种作风已经脱离了工作的宗旨。毛泽东说："什么叫工作？工作就是斗争。哪些地方有困难、有问题，需要我们去解决。我们就是为着解决困难去工作、去斗争的。"既然是为私，偷懒，不准备斗争、解决问题、解决困难，怎么能望文风出新，文章出新呢。笔者在报社工作多年，深为编读"长、空、假"的稿件所苦（如毛所说："哪一年稍稍松动一点，使读者感觉有些春意，因而免于早上天堂，略为延长一年两年寿命呢？"），深为干部、领导干部争上版面所苦。连头版、二版都要争，字多字少都要比，何谈什么无私、牺牲、创新呢？可见文风之败是因党风、世风之衰。一个干部如果工作能创新，文章也就有新意；如果工作平平，却望借文章出名，那真是欺世盗名。汝欲学文章，功夫在文外，先正人心，再谈技巧。

说到技巧，我这里试开一个药方。依笔者多年编稿所见，干部写作投稿常犯这样几个毛病：①居高临下，发号施令，训话式写作，与读者不平等。②太长太空，没有内容，应酬式、作秀式的写作，没有明确的目标、靶子，本来也不是为解决问题。③枯燥干瘪，没有细节，公文式写作，不会运用形象思维。④语不准确，糊涂为文，基本的概念、逻辑关系都没有搞清。⑤语言不美，动不起来，读书太少，没有修辞训练。当然最根本的解决方法是多读书，提高修养，但这不是一天就可以做到的，只要心诚，不要自欺欺人。

如果真想写作，不妨试一试这个笨办法，也比较好操作：①能提出一个新问题（证明你是在思考，有的放矢）；②有一个自己悟到的新思想（可看出你对理论的理解）；③有一个自己精心挑选的例子（证明你经过了调查研究，已能理论结合实际）；④有一个合适的比喻或典故（这说明你已吃透了原理，能深入浅出）；⑤有与文件不同的语言（说明你不是抄文件、抄社论、讲话）。这个办法是比较笨，但只要上了这个线，你就从党八股中解放出来了，不是文件语、秘书语，是你自己在说话了。

不脱离实践，强调理从事出，这有点像作家不脱离生活，其实是一个道理，只不过文学作品产生的主要是审美效果，政论文产生的主要是思想。

第四，善于综合运用：一字立骨，五彩斑斓。

我曾有专文《文章五诀》，谈作文方法。文章之法就是杂糅之法，出奇之法，反差映衬之法，反串互换之法。文者，纹也，五色花纹交错成锦绣文章。古人云：文无定法，行云流水。是取行云流水总在交错、运动、变化之意，没有模式，没有重样。多色彩，能变化就是美文。怎么变呢？主要是综合运用形、事、情、理、典这五种手段，变化出描述的美、意境的美、哲理的美三个层次，我们姑且叫"三层五诀法"。

因为文章的基本文体是描写、叙述、抒情、说理，所以再复杂的文章总不脱形、事、情、理、典这五个元素。不过因文章的体裁不同，内容、对象不同各有侧重。毛文几乎是清一色的政论文，内容都是宣传政治道理，以理为主，而平庸与杰出的区别也正在这里。一般的政治家总是一"理"到底反复地说教、动员，甚至耳提面命，强迫灌输。而毛文却用杂糅之法，"理"字立骨，形、事、情、理、典，穿插组合，五彩斑斓。毛是善用兵的，他对各种文体的熟练运用犹如大兵团、多兵种战略布局，"五诀"之用则是战术层面的用兵了。

为了说明"文章五诀"的用法，我们不妨先举一个专业作家的例子。朱自清是五四之后现代散文作家的代表，毛对他也喜欢的，曾说过："朱自清的散文写得好，平白晓畅。"他的代表作《荷塘月色》是抒情文，"情"字立骨，其余四字围绕穿插，编织为文。你看文中有"事"：静夜一人出游；有"形"：荷塘月下的美景；有"典"：《采莲赋》《西洲曲》；有"理"：讲独处的妙处。全篇都洋溢着情感，字里行间都是"情"。

再举范仲淹的古文名篇《岳阳楼记》。毛对范也是很崇拜的，范在这篇文章中是想说一个为政的道理，以"理"字立骨，但是他开头先说"事"：滕子京修楼；再写"形"：湖上的景色；又抒"情"：或满目萧然，感极而悲，或把酒临风，其喜洋洋。最后才推出一个"理"："先天下之忧而忧，后天下之乐而乐。"

毛泽东不是专业作家，更不是虚构故事的小说家。他做政治文章目的在说理，但是他不直说、干说、空说，而是借形、事、情、典来辅助地说，如彩云托月，绿叶扶花。就如你是一个善画高山峻岭的山水画家，但只画山不行，你也得辅以石、树、竹、村庄、人物等，并且要有机地组合。毛的文章以理为主，但他善用形、事、情、典去表现、烘托、突出理。

借形说理。形，就是有画面感的形象，包括人物、山水、场景等。这在叙述文、抒情文中是基本要素，在小说中更是一刻也不能少，政论文中却几乎不见，因为它不能直接阐述道理，但是用得好可起烘托作用。毛是熟读中国古典小说的，懂得塑造形象、刻画场景，他拿来在政论文中偶一穿插使用便妙趣横生。如：

  我们脸上有灰尘，就要天天洗脸，地上有灰尘，就要天天扫地。尽管我们在地方工作中的官僚主义倾向，在军队工作中的军阀主义倾向，已经根本上克服了，但是这些恶劣倾向又可以生长起来的。我们是处在日本帝国主义和中国反动势力的层层包围之中，我们是处在散漫的小资产阶级的包围之中，极端恶浊的官僚主义灰尘和军阀主义灰尘天天都向我们的脸上大批地扑来。因此，我们决不能一见成绩就自满自足起来。我们应该抑制自满，时时批评自己的缺点，好像我们为了清洁，为了去掉灰尘，天天要洗脸，天天要扫地一样。（《组织起来》，《毛泽东选集》第3卷1966年7月版，第889页）

这里用了"洗脸"这个形象来喻批评。

我们再看他的人物形象的使用。

> 他们举起他们那粗黑的手,加在绅士们头上了。他们用绳子捆绑了劣绅,给他戴上高帽子,牵着游乡。他们那粗重无情的斥责声,每天都有些送进绅士们的耳朵里去。

这是《湖南农民运动考察报告》里造反农民的形象,我们知道《报告》的主题是讲造反有理,驳斥对农民运动的攻击,所以文中有多处这样的形象。

> 当着国民党军队的将领们都像一些死狗,咬不动人民解放军一根毫毛,而被人民解放军赶打得走投无路的时候,白崇禧、傅作义就被美国帝国主义者所选中,成了国民党的宝贝了。

这是《评蒋傅军梦想偷袭石家庄》里国民党军败将的形象,用在评论中长我志气,灭敌威风。

政治是概念,是逻辑,逻辑思维;文学是形象艺术、形象思维。对于一般人,肯定是愿意看小说而不愿读论文。为了克服逻辑思维的艰涩枯燥,就要借用形象说话,毛文在政论中随时会跳出一个形象,冲淡理性的沉闷,特别是对所要批驳的靶子,常常用形象说出。如:

> 因为大规模的内战还没有到来,内战还不普遍、不公开、不大量,就有许多人认为:"不一定吧!"

这里本可说"许多人有麻痹情绪",但这是用概念,他宁肯换成"许多人认为:'不一定吧!'"

还有:

> 我们在南面扫、北面扫,都不行,后来把扫帚搞到里面去扫,他才说:"啊哟!我不干了。"世界上的事情,都是这样。钟不

敲是不响的。桌子不搬是不走的。

这句话的本意是敌人很顽固，你不打，他不走。毛却把它转化为一个文学形象，就强化了作者的论点。有时候他并不是专门去塑造，而是随口说出便也十分形象生动。如：

> 我们这一代吃了亏，大人不照顾孩子。大人吃饭有桌子，小人没有。娃娃在家里没有发言权，哭了就是一巴掌。现在新中国要把方针改一改，要为青少年设想。

> 有"小广播"，是因为"大广播"不发达。只要民主生活充分，当面揭了疮疤，让人家"小广播"，他还会说没时间，要休息了。

有趣的是毛与蒋介石针锋相对斗了几十年，中国最大的两个政治派别，两个政治人物，不知互相"政论"了多少文章。蒋文中常骂"共匪"、"毛匪"，而毛文中则不忘幽默，为蒋画了一幅又一幅幅的漫画像，这在《毛选》中随处可见：

> 从十五日至二十五日十一天内，蒋介石三至沈阳，救锦州，救长春，救廖兵团，并且决定了所谓"总退却"，自己住在北平，每天睁起眼睛向东北看着。他看着失锦州，他看着失长春，现在他又看着廖兵团覆灭。总之一条规则，蒋介石到什么地方，就是他可耻事业的覆灭。（《东北我军全线进攻，辽西蒋军五个军被我包围击溃》）

> 在中国，有这样一个人，他叛变了孙中山的三民主义和一九二七年的大革命。他将中国人民推入了十年内战的血海，因而引来了日本帝国主义的侵略。然后，他失魂落魄地拔步便跑，率领一群人，从黑龙江一直退到贵州省。他袖手旁观，坐待胜利。果然，胜利到来了，他叫人民军队"驻防待命"，他叫敌人汉奸"维持治安"，以便他摇摇摆摆地回南京。只要提到这些，中国人民就知道是蒋介石。（《评蒋介石发言人谈话》）

抗战胜利的果实应该属谁？这是很明白的。比如一棵桃树，树上结了桃子，这桃子就是胜利果实。桃子该由谁摘？这要问桃树是谁栽的，谁挑水浇的。蒋介石蹲在山上一担水也不挑，现在他却把手伸得老长老长地要摘桃子。他说，此桃子的所有权属于我蒋介石，我是地主，你们是农奴，我不准你们摘。（《抗日战争胜利后的时局和我们的方针》）

这些形象都借形说理，强化了议论效果。

借事明理。事，指过程，情节，故事，是叙述的方法（形是描写的方法）。事与形不同，形是静止的画面，事是动态的过程；形是停留、定格的表面形象，事却有内容、情节。前面已经有专门一节谈"理从事出，片言成典"，是从文章的宏观立意上说毛文总是从大事出发，从实际出发，求真理。这里是从具体方法上谈在文中说理时怎样穿插叙事，借事明理。叙事多用于纪实、新闻、小说，现代论说文中几乎见不到了，毛却常借它来以事见理，以事带理，以事证理。这与毛大量阅读中国史籍文献、古典小说，又常亲自撰写新闻作品有关。如《给傅作义的信》：

红军远涉万里，急驱而前，所求者救中国，所事者打日寇。今春渡河东进，原以冀察为目的地，以日寇为正面敌，不幸不见谅于阎蒋两先生，是以引军西还，从事各方统一战线之促进。

这是《史记》手法，简明的叙述，以证我方的立场。

又如《湖南农民运动考察报告》：

乡农民协会的办事人（多属所谓"痞子"之类），拿了农会的册子，跨进富农的大门，对富农说："请你进农民协会。"富农怎样回答呢？"农民协会吗？我在这里住了几十年，种了几十年田，没有见过什么农民协会，也吃饭。我劝你们不办的好！"富农中态度好点的这样说。"什么农民协会，砍脑壳会，莫害人！"富农中态度恶劣的这样说。

这已是小说手法,有对话,有情节,说明不同阶层对农民运动的态度。下面更是一大段的叙事,讲"我"遇到的真实的事,讲共产党不会上当、不怕威胁、人民必胜的道理:

> 我们要有清醒的头脑,这里包括不相信帝国主义的"好话"和不害怕帝国主义的恐吓。曾经有个美国人向我说:"你们要听一听赫尔利的话,派几个人到国民党政府里去做官。"我说:"捆住手脚的官不好做,我们不做。要做,就得放开手放开脚,自由自在地做,这就是在民主的基础上成立联合政府。"他说:"不做不好。"我问:"为什么不好?"他说:"第一,美国人会骂你们;第二,美国人要给蒋介石撑腰。"我说:"你们吃饱了面包,睡足了觉,要骂人,要撑蒋介石的腰,这是你们美国人的事,我不干涉。现在我们有的是小米加步枪,你们有的是面包加大炮。你们爱撑蒋介石的腰就撑,愿撑多久就撑多久。不过要记住一条,中国是什么人的中国?中国绝不是蒋介石的,中国是中国人民的。总有一天你们会撑不下去!"

除了举出具体事实外,毛还经常引用小说、寓言里的故事说明自己讲的道理,这也是借事明理。如他说:"在野兽面前,不可以表示丝毫的怯懦。我们要学景阳冈上的武松。在武松看来,景阳冈上的老虎,刺激它也是那样,不刺激它也是那样,总之是要吃人的,或者把老虎打死,或者被老虎吃掉,二者必居其一。"

借情助理。情感之美,常常是文学作品的标志。恩格斯在马克思墓前的演说中说"马克思可能有过许多敌人,但未必有过一个私敌"。政治家无私敌、少私情,却有大情。文学史上向来以写大情之作最为珍贵,如诸葛亮的《出师表》、林觉民的《与妻书》、胡铨的《请杀秦桧书》,还有方志敏的《可爱的中国》、丘吉尔的《就职演说》等。毛泽东文章中流露出来的感情都是时代之情、人民之情,他的一生,时刻都被战争、苦难、理想和胜利所激动着。毛的性格有诗人气质,好激动、执着、坚定、浪漫,甚至有时走极端。这种性格在工作上有利有弊，有了革命、建国的成功，也有"大跃进"、"文革"的失败。这在文学方面却是好事，文学需要想象，需要浪漫。毛就很喜欢屈原、宋玉、李白、李贺、李商隐这一类的作家，即使在做严肃的政论文时也掩饰不住他的文学情怀。我们不妨抽取几段：

> 中国革命高潮快要到来……它是站在地平线上遥望海中已经看得见桅杆尖头了的一只航船，它是立于高山之巅远看东方光芒四射喷薄欲出的一轮朝日，它是躁动于母腹中的快要成熟了的一个婴儿。（《星星之火，可以燎原》）

> 中国共产党依据马克思列宁主义的科学，清醒地估计了国际和国内的形势，知道一切内外反动派的进攻，不但是必须打败的，而且是能够打败的。当着天空中出现乌云的时候，我们就指出：这不过是暂时的现象，黑暗即将过去，曙光即在前头。（《目前形势和我们的任务》）

这是在革命低潮时或遇到困难时对胜利充满信心的憧憬之情。

> 我们中华民族有同自己的敌人血战到底的气概，有在自力更生的基础上光复旧物的决心，有自立于世界民族之林的能力。（《论反对日本帝国主义的策略》）

> 诸位代表先生们，我们有一个共同的感觉，这就是我们的工作将写在人类的历史上，它将表明：占人类总数四分之一的中国人从此站立起来了。……让那些内外反动派在我们面前发抖吧，让他们去说我们这也不行那也不行吧，中国人民的不屈不挠的努力必将稳步地达到自己的目的。（《一届政协会祝词》）

这是革命英雄主义的豪情。

> 我们共产党人好比种子，人民好比土地。我们到了一个地方，就要同那里的人民结合起来，在人民中间生根、开花。（《关于重庆谈判》）

这是对人民的眷恋之情。

以上这些是在他政论文中抽出的片段，但完全是诗的语言。任何一个诗人、散文家都不可能有这样大的情感和豪放的语言，在他之前及与他同时的政治家中也没有过这样的情感与语言。这种革命家的豪情贯穿于毛作品的始终，它为毛的政论文配上了一种明亮的底色和嘹亮的背景音乐。虽然都是严肃的政论文，但有感情无感情大不一样，用什么样的口气说出大不一样，这一个"情"字里有力量、态度、决心、方向，领袖情动，群众动情，千军万马，海啸雷鸣。

《论联合政府》是七大的政治报告，主要是阐述党的当前任务。这是一个最后打败日寇、建设新中国的总动员，是共产党在战争时期的最后一次党代会。报告五大部分，阐述形势、任务、政策，是一个典型的、严肃的、庄重的政治报告，但是其中有多处大段的抒情文字以情助理，不但没有冲淡报告的严肃性，反而增强了报告的战斗性和豪迈感。如：

> 在这种情况下，我们应该怎样做呢？毫无疑义，中国急需把各党各派和无党无派的代表人物团结在一起，成立民主的临时的联合政府，以便实行民主的改革，克服目前的危机，动员和统一全中国的抗日力量，有力地和同盟国配合作战，打败日本侵略者……领导解放后的全国人民，将中国建设成为一个独立、自由、民主、统一和富强的新国家。一句话，走团结和民主的路线，打败侵略者，建设新中国。
>
> 我们共产党人从来不隐瞒自己的政治主张。我们的将来纲领或最高纲领，是要将中国推进到社会主义社会和共产主义社会去的，这是确定的和毫无疑义的。我们的党的名称和我们的马克思主义的宇宙观，明确地指明了这个将来的、无限光明的、无限美妙的最高理想。每个共产党员入党的时候，心目中就悬着为现在的新民主主义革命而奋斗和为将来的社会主义和共产主义而奋斗这样两个明确的目标，而不顾那些共产主义敌人的无知的和卑劣

的敌视、污蔑、谩骂或讥笑；对于这些，我们必须给以坚决的排击。

以中国最广大人民的最大利益为出发点的中国共产党人，相信自己的事业是完全合乎正义的，不惜牺牲自己个人的一切，随时准备拿出自己的生命去殉我们的事业，难道还有什么不适合人民需要的思想、观点、意见、办法舍不得丢掉的吗？难道我们还欢迎任何政治的灰尘、政治的微生物来玷污我们的清洁的面貌和侵蚀我们的健全的肌体吗？无数革命先烈为了人民的利益牺牲了他们的生命，使我们每个活着的人想起他们就心里难过，难道我们还有什么个人利益不能牺牲，还有什么错误不能抛弃吗？

成千成万的先烈，为着人民的利益，在我们的前头英勇地牺牲了，让我们高举起他们的旗帜，踏着他们的血迹前进吧！

借典证理。领袖必须是学问家，他要懂社会规律，要知道它过去的轨迹，要用这些知识改造社会、管理社会、引导社会前行。政治领袖起码是一个爱读书、多读书、通历史、懂哲学、爱文学的人，因为文学不只是艺术，还是人学、社会学。只读自然科学的人不能当政治领袖，二战后以色列建国，请爱因斯坦出任总统，他有自知之明，坚决不干。毛泽东熟悉中国的文史典籍，在文章中随手拈来，十分贴切，借过去说明现在。

毛文中的用典有三种情况。

一是直接从典籍中找根据，证目前之理，就是常说的"引经"，比如在《为人民服务》中引司马迁的话：

人总是要死的，但死的意义有不同。中国古时候有个文学家叫作司马迁的说过："人固有一死，或重于泰山，或轻于鸿毛。"为人民利益而死，就比泰山还重；替法西斯卖力，替剥削人民和压迫人民的人去死，就比鸿毛还轻。

他在《论人民民主专政》一文中，引用了朱熹的一句名言：

宋朝的哲学家朱熹，写了许多书，说了许多话，大家都忘记了，但有一句还没有忘记,即"以其人之道,还治其人之身"。我们就是这样做的,即以帝国主义及其走狗蒋介石反动派之道,还治帝国主义及其走狗蒋介石反动派之身。如此而已,岂有他哉!

这就是政治领袖和文章大家的功力:能借力发力,翻新经典,为己所用,既弘扬了民族文化,又普及了经典知识。

二是借经典事例来比喻阐述一种道理。有时用史料,有时用文学故事,就是常说的"据典"。

如他借东周列国的故事说"庆父不死,鲁难未已。战犯不除,国无宁日"。借李密的《陈情表》说司徒雷登"总之是没有人去理他,使得他'茕茕子立,形影相吊',没有什么事做了,只好挟起皮包走路"。

毛的文章大部分是说给中国的老百姓或中低层干部听的,所以他常搬出中国人熟悉的故事。如在七大闭幕词中引了《愚公移山》的故事。毛常将《水浒传》《西游记》《三国演义》这些文学故事当哲学、军事教材来用,深入浅出,生动活泼。他用《水浒》故事来阐述战争的战略战术:

谁人不知,两个拳师放对,聪明的拳师往往退让一步,而蠢人则其势汹汹,劈头就使出全副本领,结果却往往被退让者打倒。《水浒传》上的洪教头,在柴进家中要打林冲,连唤几个"来"、"来"、"来",结果是退让的林冲看出洪教头的破绽,一脚踢翻了洪教头。

孙悟空在他笔下,一会儿比作智慧化身,钻入铁扇公主的肚子里;一会儿比作敌人,跑不出人民这个如来佛的手心。所以他的报告总是听者云集,欢声笑语,毫无理论的枯涩感。他是真正把古典融于现实,把实践融进了理论。

1949年新年到来之际,解放战争眼看就要胜利,蒋介石又要搞假和谈。他立即以新华社名义发表了一个新年献词《将革命进行到底》,巧妙地用了一个伊索寓言典故:

这里用得着古代希腊的一段寓言:"一个农夫在冬天看见一

条蛇冻僵着。他很可怜它，便拿来放在自己的胸口上。那蛇受了暖气就苏醒了，等到回复了它的天性，便把它的恩人咬了一口，使他受了致命的伤。农夫临死的时候说：我怜惜恶人，应该受这个恶报！"外国和中国的毒蛇们希望中国人民还像这个农夫一样地死去，希望中国共产党、中国的一切革命民主派，都像这个农夫一样地怀有对于毒蛇的好心肠。但是中国人民、中国共产党和中国真正的革命民主派，却听见了并且记住了这个劳动者的遗嘱。况且盘踞在大部分中国土地上的大蛇和小蛇、黑蛇和白蛇，露出毒牙的蛇和化成美女的蛇，虽然它们已经感觉到冬天的威胁，但是还没有冻僵呢！

三是用典来"起兴"，与典的内容无关，但可增加文章的效果，妙趣横生。

"起兴"是诗歌，特别是民歌常用的手法，如"山丹丹开花红姣姣，香香人材长得好。玉米开花半中腰，王贵早把香香看中了"。我们现在手机上调侃的段子也常用这种形式，如"曾经沧海难为水，大锅萝卜炖猪腿。在天要做比翼鸟，相约今天吃虾饺。君问归期未有期，去吃新疆大盘鸡"等都很幽默。

毛懂文学，爱诗，写诗，知道怎样让文章更美一些。他这时用典并不直接为"证理"，或者并不主要是"证理"，而是借典"起兴"，引起下面的道理，造成一种幽默，加深印象，是"借典助理"。

如1939年7月7日，他对即将上前线的陕北公学（即后来的华北联合大学）师生讲话，以《封神演义》故事作比：

> 姜子牙下昆仑山，元始天尊赠了他杏黄旗、四不像、打神鞭三样法宝。现在你们出发上前线，我也赠给你们三样法宝，这就是：统一战线、武装斗争、党的建设。

这里只是要从"法宝"的字面引出下文。

他在《别了，司徒雷登》中说：

> 唐朝的韩愈写过《伯夷颂》，颂的是一个对自己国家的人民不负责任、开小差逃跑又反对武王领导的当时的人民解放战争、颇有些"民主个人主义"思想的伯夷，那是颂错了。我们应当写闻一多颂，写朱自清颂，他们表现了我们民族的英雄气概。

这里也是只为从"颂"字引出下文。总之，毛泽东在政论文中大量用典、灵活用典也是前无古人的，《毛泽东选集》四卷中共引用成语、典故342条。

综合运用。下面我们选两篇文章举例，看一看毛文是怎样"一字立骨，五彩斑斓"，综合运用形、事、情、理、典的。

《愚公移山》是毛泽东1945年6月11日在中共七大的闭幕词。七大是很重要的一个会，这是中共自建党以来第一次在自己的政权范围内堂堂正正地开党代会。这之前，或者是秘密召开地下大会，或者跑到境外去开（六大在莫斯科召开）。当时抗日战争将要胜利又面临国共大决战，"两个中国"之命运的决战。这么重要的大会，毛的闭幕词只用了1600余字。他响亮地提出"要下定决心，不怕牺牲，排除万难，去争取胜利"，这是大会的路线，也是文章的立论，是文章要讲的"理"。但是作者没有以理说理，像有些政治报告那样没完没了地、原地踏步式地说教，而是以"事"说理，以"典"证理，以"情"助理。总体来讲，全文的风格是平静地叙说，寓说理于叙事，再助以形象、情感。

文章开门见山，一叙开了一个大会，讲大会路线；二叙一个寓言故事，下定决心，争取胜利；三叙为美国人送行，讲对美政策；四叙这几天国共都在开会，但是结果将会不同。叙述中有具体的事件、人物、情节、形象，跳出了政治报告的老套，拉近了与读者的距离，充分地展示了作者的自信，谈笑间，大局一目了然，前途就在眼前。最后，是一句带感情色彩的结尾。这也说明文章的力量并不只是文字本身，而主要是时势的力量、作者的权威。如果换一个人，同样来讲这一席话，未必有此效果。

〔事〕我们开了一个很好的大会。我们做了三件事：第一，决定了党的路线，这就是放手发动群众，壮大人民力量，在我党的领导下，打败日本侵略者，解放全国人民，建立一个新民主主义的中国。第二，通过了新的党章。第三，选举了党的领导机关——中央委员会。今后的任务就是领导全党实现党的路线。我们开了一个胜利的大会，一个团结的大会。代表们对三个报告发表了很好的意见。许多同志作了自我批评，从团结的目标出发，经过自我批评，达到了团结。这次大会是团结的模范，是自我批评的模范，又是党内民主的模范。

大会闭幕以后，很多同志将要回到自己的工作岗位上去，将要分赴各个战场。同志们到各地去，要宣传大会的路线，并经过全党同志向人民作广泛的解释。

〔理〕我们宣传大会的路线，就是要使全党和全国人民建立起一个信心，即革命一定要胜利。首先要使先锋队觉悟，下定决心，不怕牺牲，排除万难，去争取胜利。但这还不够，还必须使全国广大人民群众觉悟，甘心情愿和我们一起奋斗，去争取胜利。要使全国人民有这样的信心：中国是中国人民的，不是反动派的。

〔典〕中国古代有个寓言，叫作"愚公移山"。说的是古代有一位老人，住在华北，名叫北山愚公。他的家门南面有两座大山挡住他家的出路，一座叫作太行山，一座叫作王屋山。愚公下决心率领他的儿子们要用锄头挖去这两座大山。有个老头子名叫智叟的看了发笑，说是你们这样干未免太愚蠢了，你们父子数人要挖掉这样两座大山是完全不可能的。愚公回答说：我死了以后有我的儿子，儿子死了，又有孙子，子子孙孙是没有穷尽的。这两座山虽然很高，却是不会再增高了，挖一点就会少一点，为什么挖不平呢？愚公批驳了智叟的错误思想，毫不动摇，每天挖山不止。这件事感动了上帝，他就派了两个神仙下凡，把两座山背走了。

〔理〕现在也有两座压在中国人民头上的大山，一座叫作帝国主义，一座叫作封建主义。中国共产党早就下了决心，要挖掉这两座山。我们一定要坚持下去，一定要不断地工作，我们也会感动上帝的。这个上帝不是别人，就是全中国的人民大众。全国人民大众一齐起来和我们一道挖这两座山，有什么挖不平呢？

〔形、事〕昨天有两个美国人要回美国去，我对他们讲了，美国政府要破坏我们，这是不允许的。我们反对美国政府扶蒋反共的政策。但是我们第一要把美国人民和他们的政府相区别，第二要把美国政府中决定政策的人们和下面的普通工作人员相区别。我对这两个美国人说：告诉你们美国政府中决定政策的人们，我们解放区禁止你们到那里去，因为你们的政策是扶蒋反共，我们不放心。假如你们是为了打日本，要到解放区是可以去的，但要订一个条约。倘若你们偷偷摸摸到处乱跑，那是不许可的。赫尔利已经公开宣言不同中国共产党合作，既然如此，为什么还要到我们解放区去乱跑呢？

〔理〕美国政府的扶蒋反共政策，说明了美国反动派的猖狂。但是一切中外反动派的阻止中国人民胜利的企图，都是注定要失败的。现在的世界潮流，民主是主流，反民主的反动只是一股逆流。目前反动的逆流企图压倒民族独立和人民民主的主流，但反动的逆流终究不会变为主流。现在依然如斯大林很早就说过的一样，旧世界有三个大矛盾：第一个是帝国主义国家中的无产阶级和资产阶级的矛盾，第二个是帝国主义国家之间的矛盾，第三个是殖民地半殖民地国家和帝国主义宗主国之间的矛盾。这三种矛盾不但依然存在，而且发展得更尖锐了，更扩大了。由于这些矛盾的存在和发展，所以虽有反苏反共反民主的逆流存在，但是这种反动逆流总有一天会要被克服下去。〔事〕现在中国正在开着两个大会，一个是国民党的第六次代表大会，一个是共产党的第七次代表大会。〔理〕两个大会有完全不同的目的：一个要消灭共产党和中国民主势力，把中国引向黑暗；一个要打倒日本帝国主义和它的走狗中国封建势力，建设一个新民主主义的中国，把中国引向光明。这两条路线在互相斗争着。〔情〕我们坚决相信，中国人民将要在中国共产党领导之下，在中国共产党第七次大会的路线的领导之下，得到完全的胜利，而国民党的反革命路线必然要失败。

这里顺便说一下细节在议论文写作中的运用。《愚公移山》中有一处"昨天有两个美国人要回美国去，我对他们讲了……"一般来讲，这样的句式不用在政论文中。这是描述句，而描写、叙述的句式多用在写景、叙事文中，求形象，要细节，是为调动读者的形象思维；议论文主要用逻辑思维，多用概念、推理。毛文大胆地借用形象思维，使读者于沉闷、枯燥的推理中突然眼前一亮，心中一振。还有，形象思维是管记忆的，细节正是为了强化形象、调动记忆。文中这一句话于文章内容关系不大，于阅读效果则关系极大。一是拉近距离，营造气氛；二是加深记忆。这叫"起棱"，我们看木器家具，比如一个小桌、一个首饰盒，如果四面平光就显得一般，很普通，如果起一点棱，做出点花纹立即就不一样，人们更爱把玩。文章也是这样，不能一块平板玻璃。我在报社工作时见到编辑编稿，总爱把人家文章的"棱"磨掉，这是图省事，不懂读者心理。为此，曾写了一篇《编稿要多用刻刀，少用锉刀》，专讲改稿留棱，不要把文章锉平。比如："毛泽东在接见英国元帅蒙哥马利时说，中国底子薄，要赶上西方先进国家，我看要一百年。""在接见英国元帅蒙哥马利时"，就是文章中起的一个棱，是在借用"形"和"事"说理，而编辑却以为无用，勾掉了，只留"毛泽东说"。殊不知这样一来，文章少了生动，多了平淡，少了一些可记忆的符号。假如我们把"昨天有两个美国人要回美国去，我对他们讲了……"这样的句子都勾掉，《愚公移山》也就不是这个味道了。

再以《别了，司徒雷登》为例，兼谈一下文章中意象的运用。

这篇文章的主题是揭露美国"扶蒋反共"的对华政策。这是政治，是观点和立场，但只有正确的观点、敏锐的目光、深刻的理论还不行。如果只有这些，你去当你的政治家、理论家好了。你现在是要用文章宣传政治、普及政治，要借助文学的外衣产生美感，好让人亲近政治。作为文学作品，要讲形象、生动、含蓄、凝练，要有景、有情，所以政治家为文，或者文学家写政治，要能从政治之理中翻出情，翻出美，这是真功夫。

《别了，司徒雷登》是毛泽东政论文章中最文学性的一篇，所以这样说是因为文中除了"形、事、情、理、典"各要素俱全外，作者还罕见地使用了一个典型的散文手法："意象"，而这正是散文写作的高难动作，就是在一般散文中也不常用的。这里涉及一个创作理论，容我多说几句。

意象是什么？就是最能体现文章立意的形象，是一种象征，是借以还魂的躯壳，是诗化了的典型，是文章意境的定格。此法是纯文学手法，是行家里手的标志，犹如高音歌唱家之花腔，足球之倒钩，篮球之"空中接力"。意象是拿一个景物或一个镜头、一个形象来象征一种情感或阐述一种道理，是借实写虚。

但要注意，意象与其他手法的不同。意象不同于形象，形象侧重视觉效果，意象侧重心理效应，就是说比形象更深了一步，这形象里必须能变出点耐人寻味的东西。意象不是比喻，比喻是两个事物，意象就是从一件物生发开去，是从一颗茧里抽丝。意象与咏物、寓言相近，但也不同。咏物、寓言是直接从景物和故事中生发出情理，而意象是间接说事，如直接考察反与这物、事无关。如《爱莲说》是以莲说理，《愚公移山》是以愚公挖山这个故事说理。莲的形象与品质高洁，《愚公移山》的故事与奋斗坚持的道理都有直接关联。《别了，司徒雷登》中的政治主题与"别了"这个意象反而没有直接的表面的联系，它只取其曲折、隐晦之一点，曲径通幽，自圆其说，解出一篇大文章，所以说意象是集形象、比喻、咏物、寓言于一身。这个"高难动作"在诗歌中会用到（如徐志摩《再别康桥》），在抒情文中也只是偶一为之（如朱自清《背影》），政论文中几乎不见。文似看山不喜平，东边日出西边雨。毛是军事高手，当然懂得暗度陈仓，出奇制胜。

下面我们结合"文章五诀"来看他怎样做这篇文章。

文章开头还是从"事"说起,"白皮书来了,司徒雷登走了",很具体,很形象。作者就从这个小口切入,慢慢道来。中间的文字可以分为两大部分:前一部分从美国的角度讲它的侵略政策和所作所为,包括白皮书的内容;后部分从中国人的角度,谈如何不要受骗,对白皮书进行驳斥解剖。最后两段是收尾部分,却用了一个非常形象的镜头,是"形"字诀:

> 人民解放军横渡长江,南京的美国殖民政府如鸟兽散。司徒雷登大使老爷却坐着不动,睁起眼睛看着,希望开设新店,捞一把。司徒雷登看见了什么呢?除了看见人民解放军一队一队地走过,工人、农民、学生一群一群地起来之外,他还看见了一种现象,就是中国的自由主义者或民主个人主义者也大群地和工农兵学生等人一道喊口号,讲革命。总之是没有人去理他,使得他"茕茕孑立,形影相吊",没有什么事做了,只好挟起皮包走路。
>
> 中国还有一部分知识分子和其他人等存有糊涂思想,对美国存有幻想,因此应当对他们进行说服、争取、教育和团结的工作,使他们站到人民方面来,不上帝国主义的当。但是整个美帝国主义在中国人民中的威信已经破产了,美国的白皮书,就是一部破产的记录。先进的人们,应当很好地利用白皮书对中国人民进行教育工作。司徒雷登走了,白皮书来了,很好,很好。这两件事都是值得庆祝的。

你看,首尾呼应,形象生动。这哪里是政论文,是小说、是杂文、是电影,嬉笑怒骂,冷嘲热讽。国际形势、中美关系、国共之战,这么大的题材全被他压进"别了"这个小葫芦里,把玩于手心。司徒雷登,一个曾创办了燕京大学的文化名人,在最不合适的时候当了驻外使节,也只好代主子挨骂受过了。别了,美国的侵华野心;别了,腐败的国民党政权;别了,中国人曾经受骗上当;别了,一个旧中国、旧时代。"别了"这个意象在作者手里抽出了无尽的诗意。

文中还有不少生动的写"形"之处：

美国出钱出枪，蒋介石出人，替美国打仗杀中国人。

美国人在北平，在天津，在上海，都洒了些救济粉，看一看什么人愿意弯腰拾起来。

闻一多拍案而起，横眉怒对国民党的手枪，宁可倒下去，不愿屈服。

文中带有感情色彩的句子也不少：

多少一点困难怕什么。封锁吧，封锁十年八年，中国的一切问题都解决了。中国人死都不怕，还怕困难吗？……现在这种情况已近尾声了，他们打了败仗了，不是他们杀过来而是我们杀过去了，他们快要完蛋了。留给我们多少一点困难，封锁、失业、灾荒、通货膨胀、物价上升之类，确实是困难，但是，比起过去三年来已经松了一口气了。过去三年的一关也闯过了，难道不能克服现在这点困难吗？没有美国就不能活命吗？

我们中国人是有骨气的。许多曾经是自由主义者或民主个人主义者的人们，在美国帝国主义者及其走狗国民党反动派面前站起来了。

至于用典就更多了："太公钓鱼，愿者上钩"，"嗟来之食，吃下去肚子要痛的"，"民不畏死，奈何以死惧之"，"茕茕孑立，形影相吊"等。

文章五诀，随手拈来，一字立骨，五彩斑斓。

## 毛泽东，不可复制的经典

在文章写作方面，毛泽东是一个高峰，一个历史长河绕不开的高峰。中国共产党从建党到毛泽东，只说名义上的第一把手就有陈独秀、瞿秋白、李立三、向忠发、张闻天，毛是第六位，还不说同期的许多人物如周恩来、刘少奇、朱德，还有王明、张国焘等。这里除向忠发是个工人外都是知识分子，他们或为大学教授，或为留洋归来的马列理论家，或为工人运动、军事斗争的领袖，总之是群雄际会，各有资本。毛所以能脱颖而出，一是脚踏实地，从中国的实际出发，在第一线，在群众中踏踏实实做事；二是饱读书本，包括马列理论，特别是中国各种典籍。三是独立思考，必求创新。他是既虚心好学又雄才大略睥睨一切的，唯此才铸就他的事业与文章，所以毛文有雄霸之气、王者之风、汪洋之姿、阳刚之美、幽默之趣。唯其人，唯其文。

毛文是一个经典，一个不可复制的经典。我在《说经典》一文中说，凡经典一是空前绝后，二是上升到了理性，有指导意义，三是经得起重复使用。毛文堪称空前绝后，他之前没有，他之后也不可能有。毛文所产生的时代已经过去，它指导当时工作的任务也早已完成，但是为什么人们还在读它，用它，一有事就想起它？这就是经典的意义，它早已蜕去了有形的外壳而上升到理性的高度，成为永远悬在天空、时刻启迪我们的星辰。我们至今在做文章时还不得不时时想起它，借鉴它。中国政治史和文学史上有许多经典，都是不断吸收前人的成果，又自己创造生成一座座的高峰，毛泽东就是这样一座离我们最近的高峰。

时下党风、文风弊端丛生，假、大、长、空、媚，泛滥成灾，以至于要党的政治局通过"八条"来整顿党风、文风。在这样的背景下再看看毛文，实在是一面绝好的镜子。当毛泽东120周年诞辰之际，研究一下毛泽东怎样写文章，再检点一下现在的文风，这是我们对他最好的纪念。

《新湘评论》2013年第23、24期，2014年第1、3期

# 《岳阳楼记》是怎样写成的

毛泽东在《讲堂录》中谈道：在中国历史上，不乏建功立业的人，也不乏以思想品行影响后世的人，前者如诸葛亮、范仲淹，后者如孔孟等人。但二者兼有，即"办事而兼传教"之人，历史上只有两位，即宋代的范仲淹和清代的曾国藩。范仲淹正当北宋封建社会的成熟期，他"办事兼传教"，是一个典型的封建官员知识分子。他留给我们的政治财富和文化思考全部浓缩在一篇只有368字的短文中，这就是传唱千古的《岳阳楼记》。

中国古代留下的文章不知有多少，如果让我在古今文章中选一篇最好的，只许忍痛选一篇，那就是范仲淹的《岳阳楼记》。千百年来，中国知识界流传一句话：不读《出师表》，不知何为忠；不读《陈情表》，不知何为孝。忠孝是封建道德标准。随着历史进入现代社会，这两"表"的影响力，已在逐渐减弱，特别是《陈情表》，已鲜为人知。但有一个奇怪的现象，同样产生于封建时代的《岳阳楼记》却丝毫没有因历史的变迁而被冷落、淘汰，相反，它如一棵千年古槐，经岁月的沧桑，愈显其旺盛的生命力。北宋之后，论朝代，已经南宋、元、明、清、民国等朝代的更迭；论社会形态，也经封建社会、半殖民地半封建社会、社会主义社会三世的冲击。但它穿云破雾，历久弥新。呜呼，以一文之力能抗六代之易、三世之变，靠什么？靠它的思想含量，包括人格思想、政治思想和艺术思想。它以传统的文字，表达了一种跨越时空的思想，上下千年，唯此一文。

《岳阳楼记》已经成为一份独特的历史遗产，其中有无尽的文化思考和政治财富。从《古文观止》到新中国成立以后历届的中学课本，常选不衰；从政界要人、学者教授到中小学生，无人不读，不背，这说明它仍有现实意义。

## 独立、理性、牺牲的人格之美

人们都熟知范仲淹在《岳阳楼记》里的名言"先天下之忧而忧，后天下之乐而乐"，却常忽略了文中的另一句话"不以物喜，不以己悲"。前者是讲政治，怎样为政、为官，后者是讲人格，怎样做人。前者是讲政治观，后者是讲人生观。正因为讲出了这两个人生和政治的基本道理，这篇文章才达到了不朽。其实，一个政治家政治行为的背后都有人格精神在支撑，而且其人格的力量会更长久地作用于后人，存在于历史。

"不以物喜，不以己悲"：物，指外部世界，不为利动；己，指内心世界，不为私惑。就是说：有信仰、有目标，有精神追求，有道德操守。结合范仲淹的人生实践，可从三个方面来解读他的人格思想。

一是独立精神——无奴气，有志气。

范仲淹有两句诗最能说明他的独立人格："心焉介如石，可裂不可夺。"范仲淹于太宗端拱二年（989年）生于徐州，出生第二年父亲去世，29岁的母亲贫无所依，抱着襁褓中的他改嫁朱家，来到山东淄州（今山东邹平县附近）。他也改姓朱，名朱说。他少年时在附近的庙里借宿读书，每晚煮粥一小锅，次日用刀划为四块，早晚各取两块，拌一点咸菜为食，这就是成语"断齑画粥"的来历。这样苦读三年，直到附近的书已都被他搜读得再无可读。但他的两个异父兄长却不好好读书，花钱如流水。一次他稍劝几句，对方反唇相讥："连你花的钱都是我们朱家的，有什么资格说话。"

他才知道自己的身世，心灵大受刺激，真是未出家门便感知世态之炎凉。他发誓期以十年，恢复范姓，自立门户。

大中祥符四年（1011年），23岁的范仲淹开始外出游学，来到当时一所大书院应天书院（在今河南商丘），昼夜苦读。一次真宗皇帝巡幸这里，同学们都争先出去观瞻圣容，他却仍闭门读书，别人怪之，他说："日后再见，也不晚！"可知其志之大，其心之静。有富家子弟送他美食，他竟一口不吃，任其发霉。人家怪罪，他谢曰："我已安于喝粥的清苦，一旦吃了美味怕日后再吃不得苦。"真是天降大任于斯人，自觉自愿苦其心志，劳其筋骨。他在大中祥符八年（1015年）中进士，在殿试时终于见到了真宗皇帝，并赴御宴。不久调去安徽广德亳县做官，他立即把母亲接来赡养，并正式恢复范姓。这时离他发愤复姓用了五年。

范仲淹中了进士后被任命的第一个地方官职是到安徽广德任"司理参军"，就是审理案件的助理。当时地方官普遍贪赃爱财，人为制造冤案。他廉洁守身，秉公办案，常与上司发生争论，任其怎样以势压人，也不屈服。每结一案，就把争论内容记在屏风上，可见其性格的耿直。一年后离任时，屏风上已写满案情，这就是"屏风记案"的故事。他两袖清风，走时无路费，只好把老马卖掉。

对历史上有骨气的人，范仲淹非常敬重。1037年，范第三次被贬，赴润州（今江苏镇江）任上时，途中经彭泽，拜谒唐代名相狄仁杰的祠堂。狄刚正不阿不畏武则天的权势被陷入狱，又贬为县令。范当即为其写一碑文，歌颂他：

> 呜呼，武暴如火，李寒如灰，何心不随，何力可回！我公哀伤，拯天之亡。逆长风而孤骞，愬（sù，向）大川而独航。金可革，公不可革，孰为乎刚！地可动，公不可动，孰为乎方！

文字掷地有声，而当时作者也正冒着朝中的"暴火寒灰"，独行在被贬的路上。他所描写的刚不可摧、方不可变，也正是自己的形象。

二是理性精神——实事求是，按原则行事。

范仲淹的独立精神绝不是桀骜不驯的自我标榜、逞一时之快的匹夫之勇，他是按自己的信仰办事，是知识分子的那种理性的勇敢。在我写瞿秋白的《觅渡，觅渡，渡何处》一文中曾谈到这是一种像铁轨延伸一样的坚定。

亚里士多德说："吾爱吾师，吾更爱真理。"范仲淹是晏殊推荐入朝为官的，他一入朝就上奏章给朝廷提意见。这吓坏了推荐人晏殊，说，你刚入朝就这样轻狂，就不怕连累到我这个举荐人吗？范听后半晌没有反应过来，一会儿，难受地说："我一入朝就总想着奉公直言，万万不敢辜负您的举荐，没想到尽忠尽职反而会得罪于您。"回到家他又给晏写了一封三千字的长信说："当公之知，惟惧忠不如金石之坚，直不如药石之良，才不为天下之奇，名不及泰山之高，未足副大贤人之清举。今乃一变为忧，能不自疑而惊呼！为公之悔，倘默默不辨，则恐缙绅先生谤公之失举也。"晏殊是他的恩师，入朝的引路人。这件事充分体现了范爱吾师更爱真理的品格。

宋仁宗时，西北强敌西夏不断侵扰，他被任为前线副帅抗敌。当时朝野上下出于报仇心理和抗战激情，都高喊出兵。主帅命令出兵，皇上不断催问，左右不停地劝说，但他认为备战还不成熟，坚持不出兵。主帅韩琦说："大凡用兵，先得置胜负于度外。"他说："大军一动就是千万人的性命，怎敢置之度外？"朝廷严词催促出兵，他反复申诉，自知"不从众议则得罪必速"，"奈何成败安危之机，国家大事，岂敢避罪于其间！"结果，上面不听他的意见，1041年好水川一战，宋军损失6000人。此后宋军再不敢盲动，最终按范仲淹的策略取得了胜利。这种独立思考的理性精神类似一例就是，900多年后共产党的粟裕将军在淮海战役前中央三下其令要他率师渡江，他三次斗胆向中央和毛主席上书，建议战场摆在江北，终于为毛泽东所接受，这一决策使得解放战争提前胜利三年。①

在人性中，独立和奴气，是基本的两大分野。一般来讲，人格上有独立精神的人，在政治上就不大容易被收买。我们不要小看人格的独立，就整个社会来讲，这种道德的进步经历了一个漫长的过程。奴隶制度造成人的奴性，封建制度下虽有"士可杀不可辱"的说法，但还是强调等级、服从。进入资产阶级民主社会，才响亮地提出平等、自由，人性的独立才成为一种普遍的社会标准和道德意识。这一点西方比我们好一些，民主革命彻底，封建残留较少。②中国封建社会长，又没有经过彻底的资本主义民主革命，人格中的奴性残留就多。③现在许多人也在变着法媚上，对照现实我们更感到范仲淹在一千年前坚持的独立精神的可贵。正是这一点，促成了他在政治上能经得起风浪。做人就应该"宠而不惊，弃而不伤，丈夫立世，独对八荒"。鲁迅就曾痛斥中国人的奴性。一个人先得骨头硬，才能成事，如果他总是看别人的脸色，他除了当奴才还能干什么？纵观范仲淹一生为官，无论在朝、在野、打仗、理政，从不人云亦云，就是对上级，对皇帝，他也实事求是，敢于坚持。这里固然有负责精神，但不改信仰、按规律办事，却是他的为人标准。

"不以物喜，不以己悲"，就是不随波逐流。那么以什么为立身根据呢？以实际情况，以国家利益为根据。用现在的话说就是实事求是，无私奉献。陈云同志讲："不唯上，不唯书，只唯实。"人能超然物外，克服私心，就是一个大写的人，就是君子，不是小人。可惜，千年来人性虽已大有进步，社会仍然没能摆脱这种公与私的羁绊，这个问题恐怕要到共产主义社会才能解决。你看我们的周围，有多少光明磊落，又有多少虚伪龌龊。凡成大事者，首先在人格上要能独立思考，理性处事，敢于牺牲。而那些人格上不独立的人，政治上必然得软骨病，一入官场，就阿谀奉承，明哲保身，甚而阳奉阴违，贪赃枉法，卖身投靠，紧要关头投敌叛变。我在官场几十年，目之所及，已数不清有多少的事例，让你落泪，又让你失望。有的官员，专研究上司所好，媚态献尽，唯命是从。上发一言，必弯腰尽十倍之诚，而不惜耗部下百倍之力，费公家千倍之财，以博领导一喜，这种对上为奴、对下为虎的劣根人格实在可悲。我每次读《岳阳楼记》就会立即联想到周围的现实。"不以物喜，不以己悲"，这种对独立人格的追求，仍然是我们现在所需要的。

三是牺牲精神——为官不滑，为人不私。

"不以己悲"就是抛却个人利益，敢于牺牲，不患得患失。

怎样处理公与私的关系，是判断一个人的道德高下的最基本标准。我们熟悉的林则徐的两句诗"苟利国家生死以，岂因祸福避趋之"，讲的就是这个道理。范仲淹一生为官不滑，为人不奸。他的道德标准是只要为国家，为百姓，为正义，都可牺牲自己。兹举两例。

1038年西北的西夏建国，元昊称帝，战事不断。边防主帅范雍无能，1040年仁宗不得不重组一线指挥机构，任命范仲淹为陕西经略招讨副使（副总指挥）赶赴前线，这年他已52岁，这之前他从未带过兵。范仲淹一路兼程，赶到延州（今延安）。延州经兵火之后，前面36寨都被荡平，孤悬于敌阵前。朝廷曾先后任命数人，都畏敌而找借口不去就任。范说，形势危急，延州不能无守，就挺身而出，自请兼知延州。范仲淹虽是一介书生,但文韬武略,胆识过人。他见敌势坐大,又以骑兵见长,便取守势,并加紧部队的整肃改编,提拔了一批战将,在当地边民中招募了一批新兵。庆历二年(1042年),范仲淹密令19岁的长子纯佑偷袭西夏,夺回战略要地"马铺寨",他引大军带筑城工具随后跟进。部队一接近对方营地,他令就地筑城,十天,一座新城平地而起。这就是后来发挥了重要战略作用,像一个楔子一样打入西夏界的孤城——大顺城。⑥城与附近的寨堡相呼应,西夏再也撼不动宋界。西夏军中传说着,现在带兵的这个范小老子(西夏人称官为老子)胸中自有数万甲兵,不像原先那个范大老子(指前任范雍)好对付。西夏见无机可乘,随即开始议和。范以一书生领兵获胜,除其智慧之外,最主要的是这种为国牺牲的精神。

范与滕宗谅(字子京)的关系,是他为国惜才、为朋友牺牲的例证。滕与范仲淹是同年的进士,也是一个热血报国的忠臣。西北战事吃紧时,滕也在边防效力,知泾州。当时正值好水川一役大败之后,形势危急。滕招兵买马,犒赏将士,重整旗鼓。范又让他兼知庆州,亦治理得井井有条。但正因为他干事太多,就总被人挑毛病,有人告他挪用公款15万贯。仁宗大怒,要查办,但很快查明,这15万贯钱,犒赏用了三千贯,其他皆是用于军饷。而这三千贯的使用也没有超出地方官的权力规定范围,但是朝中的守旧派,咬住不放,乘机大做文章,宰相等也默不作声。范这时已回京,他激愤地说,朝廷看不到边防将士的辛苦和功劳,一任某些人在这些小问题上捕风捉影,加以陷害,这必让将士寒心,边防不稳。他力保滕宗谅无大过,如有事甘愿同受处分。这样滕才没有被撤职,而在庆历四年(1044年)贬到了岳阳,才有后来《岳阳楼记》这一段佳话。如果没有当年范对滕的冒死一保,政治史和文学史都将缺少精彩的一笔。范后来为他写《岳阳楼记》,本身就是一种对朋友、对正义事业的支持,而这是要冒风险、付代价的。他在文章中感叹道:"微斯人,吾谁与归?"他愿意和志同道合的战友一起去为事业牺牲。

任何革命的、进步的团体和事业,都是以肝胆相照的人格精神为基础凝聚力量、团结队伍的。不要奸猾,只要忠诚。"文化大革命"中"四人帮"制造了"61人叛徒集团",诬刘少奇为内奸、叛徒。周恩来1966年11月22日致信毛泽东:"当时确为少奇同志代表中央所决定,七大、八大又均已审查过,故中央必须承认知道此事。"红卫兵要揪斗陈毅,周站在大会堂门口厉声说:"你们要揪,就从我身上踩过去。"而康生对借"伍豪事件"整周恩来却装聋作哑。

## 忧民、忧君、忧政的为官之道

范仲淹对政治文明的贡献,主要体现在一个"忧"字上。《岳阳楼记》产生于我国封建社会成熟期之宋代,作者生于忧患,长于忧患,倾其一生来解读这个"忧"字,好像是中国封建社会发展到转折时期,专门要找一个这样的解读人。

范仲淹的忧国思想,最忧之处有三,即忧民、忧君、忧政。也可以说这是留给我们的政治财富,这是每一个政治家都要面对的问题。

1. 忧民

他在文章中写道,"居庙堂之高,则忧其民",就是说当官千万不要忘了百姓,官位越高,越要注意这一点。

政治就是管理,就是民心。官和民的关系是政治运作中最基本的内容。忧民的本质是官员的公心、服务心,是怎样处理个人与群众的关系。人民永远是第一位的,任何政权都是靠人民来支撑。一些进步的封建政治家也看到了这一点,强调"民为邦本",唐太宗甚至说"水可载舟,亦可覆舟"。范仲淹继承了这一思想并努力在实践中贯彻,他认为君要"爱民"、"养民",就像调养自己的身体,要十分小心,要轻徭役、重农耕。特别是地方官,如果压榨百姓,就是自毁邦本。

范仲淹从1015年27岁中进士到1028年40岁进京任职前,已在基层为官13年。这期间,他先后转任广德(今安徽广德)、亳州(今安徽亳州)、泰州(今江苏泰州)、兴化(今江苏南通一带)、楚州(今江苏淮安)五地,任过一些掌管刑狱的幕僚小职,最后一任是管盐仓的小吏。他表现出一个典型的有知识、有理想,又时时想着报国安民的青年官吏的所作所为。他按儒家经典的要求"达则兼济天下",但是却扬弃了"穷则独善其身",只要有一点机会,就去用手中的权力为老百姓办事,并时刻思考着只有百姓安康,政治才能稳定。

范仲淹的忧民思想体现在三个方面。即:为民请命、为民办实事和为民除弊。

一是为民请命,用现在的话说就是"情为民所系"。

关心民情,是中国古代清官的一种好品质,好传统。就是说先得从思想上解决问题,要有一颗为民的心。郑板桥就有一首名诗:"衙斋卧听萧萧竹,疑是民间疾苦声。些小吾曹州县吏,一枝一叶总关情。"出身贫寒,起于基层的范仲淹一生不管地位怎么变,忧民之心始终不变。1033年,全国蝗、旱灾害流行,山东、江淮地区尤甚。范已调回朝中,他上书希望朝廷派员视察,却迟迟得不到答复,他又忍不住了,冒杀头之祸,去当面质问仁宗:"我们在上面要时刻想着下面的百姓,要是您这宫里的人半天没有饭吃会是什么样子?今饿殍遍野,为君的怎能熟视无睹?"皇帝被他问得无言以对,就顺水推舟说:"那就派你去赈灾吧。"当年他以一个盐吏上书自讨了一个修堤的苦差事,这次他这个谏官,又因言得差,自讨了一份棘手难办的赈灾之事,但从这件事情上倒让我们看到了他的办事才干。他一到灾区就开仓济民,组织生产自救。灾后必有大疫,他遍设诊所,甚至还亲自研制出一种防疫的白药丸。赈灾结束回京后他还特意带回灾民吃的一种"乌味草",送给仁宗,并请传示后宫,以戒宫中的奢侈浪费。他的这个举动肯定又引起宫中人的反感。你去赈灾,完成任务回来交差就是,何苦又要借机为宫里人上一堂课呢?就你最爱表现,这怎能不招人嫉妒?他还给仁宗讲了他调查访问的一件实事。途中,他碰到6个从长沙到安徽的漕运兵,他们出来时30人,现连死带逃,还剩6人,路途遥远,还不知能不能活着回到家。他深感百姓粮饷和运输负担太重,就对皇帝说:"知之生物有时,而国家用度无度,天下安得不困!"

二是为民办实事,用现在的话说就是"利为民所谋"。

思想上爱民还不算,还得办实事,他较突出的一件政绩是修海堤。1021年,范仲淹调泰州,任一个管理盐仓的小官。当时泰州、楚州、通州(今南通)位于淮水之南,东临黄海,海堤年久失修,海水倒灌,冲毁盐场,淹没良田,不但政府盐利受损,百姓亦流离失所,逃荒他乡。范仲淹只是一个看盐场的小吏,这些地方上的政务经济上的事本不归他管,但他见民受其苦,国损其利,便一再建议复修海堤,政府就干脆任他为灾区中心兴化县的县令。他制订规划,亲率几万民工日夜劳作在筑堤工地。一次大浪掩来,百多人顿时被卷入海底,一时各种非议四起,要求停工罢修,范力排众议,身先士卒,亲自督战,前后三年,终使大堤告成。地方经济恢复,国家增收盐利,流离的百姓又回到故乡。人们感谢范仲淹,将此堤称为"范堤",甚至有不少人改姓范,以之为荣。历代,就是直到今天,能为范仲淹之后仍是一种光荣。明朝朱元璋一次审查犯人名单,见一叫范从文的人,疑是仲淹之后,一问,果是其12世孙,便特赦了他。有一土匪绑票,见苦主名范希荣,再问是仲淹之后,立即放掉,可见范在民间的影响之大之远。现在全国为纪念他而建的"景范希望小学"就有39所。

三是为民除弊,用现在的话说,就是敢于改革。

他是一位行政能力极强的政要。他的忧民,绝不像其他官僚那样空发议论,装装样子。他能将思想和具体的行动进一步上升到制度的改革,每治一地,必有创造性的惠民政策。他在西北前线积极改革用兵制度,当时因战事紧张,政府在陕西征农民当兵,士兵不愿背井离乡,便有逃兵。政府就规定在兵的脸上刺字,谓之"黥面"。一旦黥面,则永世甚至子孙后代都不得脱离军籍。范经调查后认为这"岂徒星霜之苦,极伤骨肉之恩",就进行改革,边寨大办营田,将士可以带家眷,又改刺面为刺手,罢兵后还可为民。这些措施,深得百姓拥护。

范仲淹是64岁去世的。在他生命的最后三年,积劳成疾,病体难支,但愈迸发出为民请命、大胆改革的热情。1050年，他62岁时，知杭州，遇大旱，流民遍地。他不只用传统的调粮、赈济之法，而是以工代赈，大兴土木，特别是让寺院参加进来，用平时节余搞基建，增加就业；大办西湖的龙舟赛事，让富人捐助，繁荣贸易，扩大内需；此外，高价收粮，使粮商无法囤粮抬价。这些举措看似不当，也受到非议，但却挖掘了民间财力，使杭州平安度荒。

宋代税收常以实物缴纳，以余补缺，移此输彼，谓之支移，但运输费要纳税人出。1051年，范去世前一年，知青州，这是他生命旅途的最后一站。他见百姓往200里外的博州纳税，往返经月，路途劳苦，还误农时，运费又多出税额的二到三成。农民之苦，上面长期熟视无睹，范心里十分不安。他就改革征税方法，命将粮赋折成现金，派人到博州高于市价购粮，不出五天即完成任务，免了百姓运输之苦，还有余钱。一般地方官都是尽量超征，讨好朝廷，他却多一斤不要，将余钱退给青州百姓。

诚如他言："求民疾于一方，分国忧于千里。"可以看出他的忧民是真忧，绝不沽名，不作秀，甚至还要顶着上面的压力，冒被处分的危险。像上面所举之例，都是问题早就在那里明摆着，为什么前任那么多官都不去解决呢？为什么朝廷不管呢？关键是心中没有装着老百姓。所以"忧民"实际上是检验一个官好坏的试金石，也成了千百年来永远的政治话题。这种以民为上的思想延续到共产党就是彻底地为人民服务，毛泽东专门写过一篇《为人民服务》的文章。2004年，邓小平诞辰一百周年纪念，我受命写一篇纪念文章，在收集资料时，我问研究邓的专家："有哪一句话最能体现邓的思想？"对方思考片刻，答曰："邓对家人说过的一句话可作代表。他说，我这个人没有什么大志，就是希望中国的老百姓都富起来，我做一个富裕国家的公民就行。"

2. 忧君

范仲淹的第二忧是忧君。他说"处江湖之远，则忧其君"，不管在朝在野都不忘君。封建社会"君"即是国，他的忧"君"就是忧国。不管在朝还是在野，时时处处都在忧国。

无论过去的皇帝还是现在的总统、主席，虽位高权重，但却身系一国之安危，于是，以"君"为核心的君民关系、君政关系、君臣关系，便构成了一国政治的核心部分。而君臣关系，直接涉及领导集团的团结，是核心中的核心。综观历史，历代的君大致有明君、能君、庸君、昏君四个档次，臣也有贤臣、忠臣、庸臣、奸臣四种。于是明君贤臣、昏君奸臣，抑或庸君庸臣就决定了一朝政府的工作质量。而又以君臣关系最为具体，君臣故事成了中国政治史上最生动的内容（比如，史上最典型的明君贤臣配：唐太宗与魏征；昏君贤臣配：阿斗与诸葛亮；昏君奸臣配：宋高宗与秦桧等）。

范仲淹是贤臣，属臣中最高一档；仁宗不庸不昏，基本上算是能君，属于第二档。他们的君臣矛盾，是比较典型的能君与贤臣的关系。在专制和权力高度集中的制度下，君既有代表国家的一面，又有权力私有的一面；臣子既要忠君，又要报国。这就带来了"君"的两重性和"臣"的两重性。君有明、昏之分，臣有忠、奸之别。遇明君，则宵衣旰食，如履薄冰，勤恳为国；遇昏君，则独断专行，为所欲为，玩忽国事。"忧君"的实质是忧君所代表的国事，而不是忧君个人的私事。忠臣忧君不媚君，总是想着怎么劝君谏君，抑其私心而扬其公责，把国家治好。奸臣媚君不忧国，总在琢磨怎么满足君的私欲，把他拍得舒服一些。当然，奸臣这种行为总能得到个人的好处，而忠臣的行为则可能招来杀身之祸。范仲淹行的是忠臣之道，是通过忧君而忧国、忧民，所以，当这个"君"与国、与民矛盾时，他就左右为难。这是一种矛盾，一种悲剧，但正是这种矛盾和悲剧考验出忠臣、贤臣的人格。

这种"四重奏"和"两重性"的矛盾关系决定了一个忠心忧国的臣子必然要实事求是，敢说真话，对国家负责。用范仲淹的话说，就是"士不死不为忠，言不逆不为谏"。欧阳修评价他"直辞正色，面争庭对"，"敢与天子争是非"。仁宗属于"能君"，他有他的主意，对范是既不全信任，又离不开，时用时弃，即信即离。而范仲淹既有独立见解，又有个性，这就构成范仲淹的悲剧人生。封建社会伴君如伴虎，真正的忧君，敢说真话是要以生命做抵押的。范仲淹不是不知道这一点，他说："臣非不知逆龙鳞者，掇（duō，遭）齑粉之患；忤天威者，负雷霆之诛。理或当言，死无所避。"他将一切置之度外，一生四起四落，前后四次被贬出京城。他从27岁中进士，到64岁去世，一生为官37年，在京城工作却总共不到4年。

1028年，范仲淹经晏殊推荐到京任秘阁校理——皇家图书馆的工作人员。这是一个可以常见到皇帝的近水楼台，如果他会钻营奉承，很快就可以飞黄腾达。中国历史上有多少宦官、近臣如高俅、魏忠贤等都是这样爬上高位的。但是范仲淹的"忧君"，却招来了他京官生涯中的第一次谪贬。

原来，这时仁宗皇帝虽已经20岁，但刘太后还在垂帘听政。朝中实际上是两个"君"，一个名分上的君仁宗皇帝，一个实权之君刘太后。这个刘太后可不是一般人等，她本是仁宗的父亲真宗的一位普通后宫，只有"修仪"名分，但她很会讨真宗欢心。皇后去世，真宗无子，嫔妃们都争着能为真宗生一个孩子，好荣登后位。刘修仪自己无能，便想出一计，将身边的一位李姓侍女送给皇帝"侍寝"，果然生下一子。她立即抱入宫中，作为己子，就是后来的宋仁宗。刘随即因此封后，真宗死后她又当上太后，长期干预朝政，满朝没有一人敢有异议。范新入朝就赶上太后过生日，要皇帝率百官为之跪拜祝寿。范仲淹认为这有损君的尊严，君代表国家，朝廷是治理国家大事的地方，怎么能在这里玩起家庭游戏。皇家虽然也有家庭私事，但家礼、国礼不能混淆，便上书劝阻："天子有事亲之道，无为臣之礼；有南面之位，无北面之仪。"干脆再上一章，请太后还政于帝。这一举动震动了朝廷。那太后在当"修仪"时先夺人子，后挟子封后，又扶帝登位，从皇帝在襁褓之中到现在已20年，满朝有谁敢置一喙？今天突然杀出了个程咬金，一个刚来的图书校勘员就敢问帝后之间的事。封建王朝是家天下、私天下，大臣就是家奴，哪能容得下这种不懂家规的臣子？他即刻被贬到河中府（今山西永济）任副长官——通判。范仲淹百思不得其解，十三年身处江湖之远，时时想着能伴君左右，为国分忧，第一次进京却一张嘴就获罪，在最方便接近皇帝的秘阁只待了一年，就砸了自己的饭碗。

范仲淹第二次进京为官是三年之后，皇太后去世。也许是皇帝看中他敢说真话的长处，就召他回朝做评议朝事的言官——右司谏。我国封建社会的政府监察体制分两部分，一是谏官，专门给皇帝提意见；二是台官，专门弹劾百官，合称台谏。到宋真宗时，谏官职权已扩大到可议论朝政，弹劾百官。中国封建社会长期稳定，台谏制度有其一功，它强调权力制约，是中国封建制度中的积极部分。皇帝也要有人来监督，勿使放任而误国事。在推行制度的同时又在道德上提倡"文死谏，武死战"，使之成为一种风气。在中国历史上从秦始皇到溥仪共334位皇帝，就曾有79位皇帝下罪己诏260次，做自我批评。这种对最高权力的监督和皇帝的自我批评是中国封建政治中积极的一面。范二次进京所授右司谏官的级别并不高，七品，但权大、责大、影响大。范仲淹的正直当时已很有名，他一上任立即受到朝野的欢迎。这时的当朝宰相是吕夷简，吕靠太后起家，太后一死他就说太后坏话。郭皇后揭穿其伎俩，相位被罢。吕也不是一般人等，他一面收买内侍，一面默而不言，等待时机。时皇帝与杨、尚两位美人热恋，一日，杨自恃得宠，对郭皇后出言不逊，郭挥手一掌向她打去，仁宗一旁急忙拉架，这一掌正打在皇帝脖颈上，吕和内侍便乘机鼓动皇帝废后。

后与帝都是稳定封建政权的重要因素，看似家事，常关国运，就是现代社会，第一夫人也会影响政治，影响国事。以毛泽东那样伟大的人，错娶江青，对他个人、党和国家都带来恶果，不堪回首。范仲淹知道后一旦被废，将会引起一场政治混乱。这种家事纠纷的背后是正邪之争，皇后易位的结果是奸相专权。他联合负责纠察的御史台官数人上殿前求见仁宗，半日无人搭理，司门官又出来将大门砰的一声闭上。他的犟劲又上来了，就手执铜门环，敲击大门，并高呼："皇后被废，何不听听谏官的意见！"这真是有点不知高低，要舍命与皇帝辩论了。看看没有人理，他们议定明天上朝当面再奏。

第二天，天不亮范仲淹就穿好朝服准备出门，妻子牵着他的衣服哭着说:"你已经被贬过一次了,不为别的,就为孩子着想,你也再不敢多说了。"他就把九岁的长子叫到面前,正色说道:"我今天上朝,如果回不来,你和弟弟好好读书,一生不要做官。"说罢,头也不回地向待漏院走去。"漏"是古代计时之器,待漏院是设在皇城门外,供百官暂歇等候皇帝召见的地方。范仲淹这次上朝是在 1033 年,比这早 46 年,公元 987 年,宋太宗朝的大臣王禹偁曾写过一篇很有名的《待漏院记》,分析忠臣、奸臣在见皇帝前的不同心理。他说,当大臣在这个地方静等上朝时,心里却在各打各的算盘。贤相"忧心忡忡",忧什么?有八个方面:安民、扶夷、息兵、辟田、进贤、斥佞、禳(ráng)灾、措刑。等到宫门一开就向上直言,君王采纳,"皇风于是乎清夷,苍生以之而富庶"。而奸相则"假寐而坐","私心慆慆",想的是怎样报私仇、搜钱财,提拔党羽,媚惑君王,"政柄于是乎隳哉,帝位以之而危矣"。⑤他说,既然为官就要担起责任,那种"无毁无誉,旅进旅退,窃位而苟禄,备员而全身"的态度最不可取。他在这里惟妙惟肖地描述和揭示了贤相与明君、奸相与昏君的两个组合,还要求把这篇文章刻在待漏院的墙上,以诫后人。

不知范仲淹上朝时壁上是否真的刻有这篇文章,但范仲淹此时的确是忧心忡忡。他忧皇上不明事理,以私害公,因小乱大。这种家务之事,你要是一般百姓,爱谁、娶谁、休妻、纳妾也没有人管。你是一国之君啊,君行无私,君行无小。枕边人的好坏,常关政事国运。历史上因后贤而国安,后劣而国乱的事太多太多。同是一个唐朝,长孙皇后帮李世民出了不少好主意,甚至纠正他欲杀魏征这样的坏念头;杨贵妃却引进家族势力,招来安史之乱。

范仲淹正盘算着怎样进一步劝谏皇上,忽然传他接旨,只听宣旨官朗朗念道,贬他到睦州(今浙江桐庐附近),接着朝中就派人赶到他家,催他当天动身离京。这果然不幸为妻子所言中,顿时全家老小哭作一团。显然这吕夷简玩起权术来比他高明,事前已做过认真准备,三下五除二就干净利落地将他赶出京城。他 1033 年四月回京,第二年被贬出京,第二次进京做官只有一年时间。

如果说范仲淹第一次遭贬，是性格使然，还有几分书生意气，这二次遭贬，确是他更自觉地心忧君王，心忧国事。平心而论，仁宗不是昏君，更不是暴君，也曾想有所作为，君臣关系也曾出现过短时蜜月，但随即就如肥皂泡一样地破灭。范仲淹不明白，几乎所有的忠臣都如诸葛亮那样希望君王"亲贤臣远小人"，但几乎所有的君王都离不开小人，喜欢用小人。

犯颜直谏的政治品德是超地域、超时代的，是一种可以继承的政治文明。时间过了近千年，到了1979年，庐山发生了一场中共高层领导的争论，当然有对形势和方针方面的认识问题，但也有传统的君臣政治理念和道德、人格上的问题。彭德怀当然是那个事件的一个主角，但在毛泽东的秘书田家英身上却更集中地体现出这种矛盾冲突，而别有一种悲剧色彩。田的身份有点类似范仲淹初入朝在秘阁的工作，是最高领袖的身边人。他虽对毛主席敬之如父，但在外地调查回来却如实反映了毛不愿意听的情况。7月23日那天他在庐山上听了毛泽东批判彭德怀的讲话，更是忧从心底生，既为他所敬重的领袖犯错误遗憾，又为党和国家的前途担忧。他和几个朋友来到山顶的一个亭子里，俯瞰山下万里山河，更加心事沉沉。有人说这空空的亭柱上怎么没有对联，田即张口愤然吟道："四面江山来眼底，万家忧乐到心头。"其忧国、忧民又忧君的矛盾和痛苦可见一斑，他后来他在"文革"中自杀明志，于此例我们也可以看出忧君思想在中国政治长河中的影响。

3. 忧政

忠臣总是一片忠心，借君之力为国家办大事；奸臣总是要尽手段投君所好，为君办私事。范仲淹一生心忧天下，总是在和政治腐败，特别是吏治腐败做斗争，并进行了中国封建社会成熟期的第一场大改革——"庆历新政"。

一个政权的腐败总是先从吏治腐败开始。一个新政权诞生后，第一件事就是安排干部。通常，官位成了胜利者的最高回报，和掌权者对亲信、子女的最好赏赐。官吏既是这个政权的代表和既得利益者，也就成了最易被腐蚀的对象和最不情愿改革的阶层。只有其中的少数清醒者，能抛却个人利益，看到历史规律而想到改革。

1035年，范仲淹因知苏州治水有功又被调回京，任尚书礼部员外郎，知京城开封府。他已两次遭贬，这次能够回京，在一般人定要接受教训谨言慎行，明哲保身，这却让范仲淹更深刻地看到国家的政治危机。他又浑身热血沸腾，要指陈时弊了。

这次，范仲淹没有像前两次那样挑"君"的毛病，他这次主要针对的是干部制度问题，也就是由尽"谏官"之责，转而要尽"台官"之责了。

原来这宋朝的老祖宗，太祖赵匡胤得天下是利用带兵之权，阴谋篡位当的皇帝，他怕部下也学这一招来夺其子孙的皇位，就收买人心，凡高官的子孙后代都可荫封官职。这样累积到仁宗朝时，已官多为患，甚至骑竹马的孩子都有官在身。凡一个新政权大约到50年左右是一道坎，这就是当年黄炎培与毛泽东在延安讨论的"周期率"。到范仲淹在朝时，宋朝开国已80年，吏治腐败，积重难返。再加上当朝宰相培植党羽，各种关系盘根错节。皇帝要保护官僚，官僚要巩固个人的势力，拼命扩大关系网，百姓养官越来越多，官的质量越来越低。这之前，范两次遭贬，三次在地方为官，深知百姓赋税之重，政府行政能力之低，民间冤狱之多，根子都在朝中吏治腐败。他经调查研究，就将朝中官员的关系网绘了一张"百官图"。1036年他拿着这图去面见仁宗，说宰相统领百官，不替君分忧，不为国尽忠，反广开后门，大用私人，买官卖官，这样的干部路线，政府还能有什么效率，朝廷还有什么威信，百姓怎么会拥护我们？范又连上四章，要求整顿吏治。你想，拔起一株苗，连起百条根，这一整顿要伤到多少人的利益，如欧阳修所说："如此等事，皆外招小人之怨，不免浮议之纷纷。"皇帝虽有改革之意，但他绝不敢把这官僚班底兜翻，范仲淹在朝中就成了一个讨嫌的人。吕夷简对他更是恨得牙根痒，就反诬他"越职言事，荐引朋党，离间君臣"。那个仁宗是最怕大臣结党的，吕很聪明，一下就说到了皇上的痒处，于是又把范贬到饶州（今江西鄱阳）。从他1035年三月进京，第三次被起用，到第二年五月被贬出京，又只有一年多一点。这是他第一次试图碰一碰腐败的吏治。

这次，许多正直有为的臣子也都被划入范党，分别发配到边远僻地，朝中已彻底没有人再敢就干部问题说三道四了。范仲淹离京，几乎没有人再敢为他送行。只有一个叫王质的人扶病载酒而来，他举杯道："范君坚守自己的立场，此行比之前两次更加光彩！"范笑道："我已经前后'三光'了。你看，来送行人也越来越少。下次如再送我，请准备一只整羊，祭祀我吧。"他坚守自己的信仰"不以物喜，不以己悲"，虽三次被贬而不改初衷。

从京城开封出来到饶州要经过十几个州，除扬州外，一路上竟无一人出门接待范仲淹。他对这些都不介意，到饶州任后吟诗道："三出青城鬓如丝，斋中潇洒过禅师。""潇洒过禅师"，这是无奈的自我解嘲，是一种无法排解的苦闷。翻读中国历史，我们经常会听到这种怀才不遇、报国无门者的自嘲之声。柳永屡试不中，就去为歌女写歌词，说自己是"奉旨填词"；林则徐被谪贬新疆，说是"谪居正是君恩厚，养拙刚于戍卒宜"；辛弃疾被免职闲居，说是"君恩重，且教种芙蓉"。现在范仲淹也是：君恩厚重，让你到湖边去休息！饶州在鄱阳湖边，风高浪大，范自幼多病，这时又肺病复发。不久，那成天担惊受怕、随他四处奔波的妻子也病死在饶州。未几，他又连调润州（今江苏镇江）、越州（今浙江绍兴），四年换了三个地方。他想起楚国被流放的屈原，汉代被放逐的贾谊，报国无门，不知路在何方。他说："仲淹草莱经生，服习古训，所学者惟修身治民而已。一日登朝，辄不知忌讳，效贾生'恸哭'、'太息'之说，为报国安危之计。情既龃龉，词乃瞋庋……天下指之为狂士。"范仲淹已三进三出京城，来回调动已不下20次。他想，看来这一生他只有在人们讨嫌的目光中度过了。

忠臣注定不得休闲，就像周恩来虽多次遭毛泽东的批评，写检讨，甚至被迫准备辞职，但救火的时候还是要用他。范仲淹也是这样，自1036年被贬外地4年后，西北战事吃紧，皇帝又想起了他。1040年他被派往延州（今延安）前线指挥抗战。1043年宋夏议和，战事稍缓，国内矛盾又尖锐起来。赋税增加，吏治黑暗，地方上暴动四起，仁宗束手无策。庆历三年

(1043年)四月仁宗又将他调回京城任为副相,并免了吕夷简的官,请范主持改革,史称"庆历新政"。这是他第四次进京为官了。

这次,他指出的要害仍然是吏治。前面说过,范仲淹第三次被贬就是因为上了一个"百官图",揭露吏治的腐败。七年过去了,他连任了四任地方官,又和西夏打了一仗,但朝中的吏治腐败不但没有解决,反愈演愈烈。他立即上书《条陈十事》。

他说,第一条,先要明确罢免升迁。现在无论功过,不问好坏,文官三年一升,武将五年一提,人人都在混日子。假如同僚中有一个忧国忧民,"思兴利去害而有为"的,"众皆指为生事,必嫉之沮之,非之笑之,稍有差失,随而挤陷。故不肖者素餐尸禄,安然而莫有为也。虽愚暗鄙猥,人莫齿之,而三年一迁,坐至卿、监、丞、郎者,历历皆是。谁肯为陛下兴公家之利,救生民之病,去政事之弊,葺纲纪之坏哉?利而不兴则国虚,病而不救则民怨,弊而不去则小人得志,坏而不葺则王者失政"。你看"国虚"、"民怨"、"小人得志"、"王者失政",现在我们读这篇"条陈"仍能感受到范仲淹那种深深的忧国忧民之心和急切的除弊救政之志。

他条陈的第二条是抑制大官子弟世袭为官,就是说不能靠出身好当官。现在朝中的大官每年都可自荐子弟当官,"每岁奏荐,积成冗官",甚至有"一家兄弟子孙出京官二十人"。大官子弟"充塞铨曹(官署),与孤寒争路"。范仲淹是"孤寒"出身,深深痛恨这种排斥人才的门阀观念和世袭制度。

他条陈的第三条是贡举选人,第四条是选好的地方官,"一方舒惨,百姓休戚,实系其人"。第五条是公田养廉。十条倒有五条有关吏治,后面还有厚农桑、修武备、减徭役等。我们听着这些连珠炮似的言词和条分缕析般的陈述,仿佛看到了一个痛心疾首、泪流满面的臣子,上忧其君,下忧其民,恨不得国家一夜之间扭转乾坤,来一个河清海晏,政通人和。

毛泽东认为:政治路线确定之后,干部是决定的因素。干部制度向来是政权的核心问题。治国先治吏,历来的政治改革都把吏治作为重点。不管是忧君、忧国、忧民，最后总要落实在"忧政"上，即谁来施政，怎样施政。

"庆历新政"之初，仁宗皇帝对范仲淹还是很信任的，改革的决心也很大，甚至让他搬到自己的殿旁办公。范仲淹派许多按察使到地方考察官员的政绩，调查材料一到，他就从官名册上勾掉一批赃官，仁宗即刻批准。这是一段君臣难得的合作蜜月。有人劝道："你这一勾，就有一家人要哭！"范说："一家人哭总比一州县的百姓哭好吧。"短短几个月，朝廷上下风气为之一新，贪官收敛，行政效率提高。但是，由于新政首先对腐败的干部制度开刀，先得罪朝中的既得利益者，必然会有强大的阻力。他的朋友欧阳修就最担心这一点，专门向仁宗上书，希望能放心用范仲淹，并能保护他，不要听信谗言："凡小人怨怒，仲淹当自以身当，浮议奸谗，陛下亦须力拒。"但是，仁宗皇帝在小人之怨和纷纭的浮议面前渐渐开始动摇了。范仲淹一次又一次地无法"自以身当"，终于在朝中难以立足。庆历四年（1044年），保守派制造了一起谋逆大案，将改革派一网囊括进去。这回还是利用了仁宗疑心重、怕臣子结党的弱点，把改革派打成"朋党"。庆历五年（1045年）初，失去了皇帝支持的改革已彻底失败，范仲淹被调出京到邠州（今陕西彬县）任职，这是他第四次被贬出京了，之后就再也没有回中央工作。

庆历六年（1046年），范仲淹因肺病不堪北地的风寒，要求调邓州（今河南南阳），这年他已58岁，生命已进入最后6年的倒计时。他自27岁中进士为官，四处奔波，四起四落，已31年。自庆历改革失败后，他已没有重回中央的打算。现在他可以静静地回顾一生的阅历，思考为官为人的哲理。一天，他的老朋友滕子京从岳阳送来一信，并一图，画得新落成的岳阳楼，希望他能为之写一篇记。前文已叙，这滕子京与他是同年进士，又在泰州任上和西北前线共过事，是庆历新政的积极推行者。滕的一生也很坎坷，他敢作敢为，总想干一番事业，却常招人忌恨，甚至被陷害。那一次在西北遭人陷害，亏得范力保，虽没有下狱却被贬岳阳，但仍怀忧国之心，才两年就政绩显著，又重修名楼。范仲淹看罢信，将图挂在堂前，只见一楼高耸，万顷碧波，胸中不由翻江倒海，那西北的风沙，东海的波涛，朝中的争斗，饥民的眼泪，金戈铁马，阁中书卷，狄仁杰的祠堂，楔入西夏的孤城，仁宗皇帝忽而手诏亲见，忽而挥袖贬逐，还有妻子牵衣滴泪的阻劝，长子随他在西北前线的冲杀……一起浮到眼前。他心中万分激动，喊一声："研墨！"挑灯对图，凝神静思，片刻一篇368字的《岳阳楼记》就如珠落玉盘，风舒岫云，标新立异，墨透纸背。他把自己奋斗一生的做人标准和政治理想提炼为"不以物喜，不以己悲""先天下之忧而忧，后天下之乐而乐"，震大千而醒人智，承千古而启后人。文章熔山水、政治、情感、理想、人格于一炉，用纯青的火候为我们铸炼了一面照史、照人的铜镜。文章说是写岳阳楼，实在是写他自己的一生。现在我们来看一下范仲淹怎样写文章。

## 文章的"三境之美"

### 1. 一文、二为、三境、五诀

在中国古代，文章是官员政治素质的一部分，"立功、立德、立言"三者缺一不可。古今有三种文章，一是官场应景，空话、套话，人们很快忘记；二是有一点思想内容，但行文不美（如大量的奏折、记、表等），人们也已经忘记；三就是以《岳阳楼记》为代表的既有思想内容，又有艺术高度，是一种思想美文。

《岳阳楼记》到底好在什么地方？在下评语前，我们不妨先探究一下好文章的标准，概括地说可以叫作"一文、二为、三境、五诀"。

"一文"是指文采。首先你要明白，你是在做文章，不是写应用文、写公文。文者，纹也，花纹之谓；章者，章法。文章是一门以文字为对象的形式艺术，它要遵循形式美的法则，并通过这个法则表达作者的精神美。中国古代文、言相分，说话可以随便点，落成文字，就要讲究美，诏书、奏折、书信等文件、应用文字也一样求美。古代是把文件写成美文，而我们现在是把美文改成了文件。

"二为"是写文章的目的,一为思想而写,二为美而写。既要有思想,又要有美感。文章有"思"无美则枯,有美无"思"则浮。

"三境"是指文章要达到三个层次的美,或曰三个境界。古人论诗词就有境界之说,我现在把文章的境界细分为三个层次:一是景物之美,描绘出逼真的形象,让人如临其境,谓之"形境",类似绘画的写生;二是情感之美,创造一种精神氛围叫人留恋体味,谓之"意境",类似绘画的写意,如徐渭(青藤);三是哲理之美,说出一个你不得不信的道理,让你口服心服,谓之"理境",类似绘画的抽象,是毕加索。这三个境界一个比一个高。

"五诀"是指要达到这三境的方法,我把它叫作"文章五诀",即"形、事、情、理、典"。文中必有具体形象,有可叙之事,有真挚的情感,有深刻的道理,还有可借用的典故知识。这一切,又都得用优美的文字来表达,这就是"一文、二为、三境、五诀"之法。

以这个标准来分析《岳阳楼记》,我们就会惊喜地发现它原来暗合作文和审美的规律,所以成了一篇千古不朽的范文。

请看全文:

> 庆历四年春,滕子京谪守巴陵郡。越明年,政通人和,百废俱兴,乃重修岳阳楼,增其旧制,刻唐贤今人诗赋于其上,属予作文以记之。
>
> 予观夫巴陵胜状,在洞庭一湖。衔远山,吞长江,浩浩汤汤,横无际涯;朝晖夕阴,气象万千;此则岳阳楼之大观也,前人之述备矣。
>
> 然则北通巫峡,南极潇湘,迁客骚人,多会于此,览物之情,得无异乎?若夫淫雨霏霏,连月不开;阴风怒号,浊浪排空;日星隐耀,山岳潜形;商旅不行,樯倾楫摧;薄暮冥冥,虎啸猿啼;登斯楼也,则有去国怀乡,忧谗畏讥,满目萧然,感极而悲者矣。

至若春和景明，波澜不惊，上下天光，一碧万顷；沙鸥翔集，锦鳞游泳；岸芷汀兰，郁郁青青。而或长烟一空，皓月千里，浮光跃金，静影沉璧，渔歌互答，此乐何极！登斯楼也，则有心旷神怡，宠辱皆忘，把酒临风，其喜洋洋者矣。

嗟夫！予尝求古仁人之心，或异二者之为，何哉？不以物喜，不以己悲，居庙堂之高，则忧其民；处江湖之远，则忧其君。是进亦忧，退亦忧；然则何时而乐耶？其必曰：先天下之忧而忧，后天下之乐而乐欤！噫！微斯人，吾谁与归！

时六年九月十五日。

全文共有六个自然段。

第一段叙写这件事的缘起。以事起兴，做一个引子，用"事"字诀。

第二段描写洞庭湖的气象，铺垫出一个宏大的背景。借山川豪气写忠臣志士之志，用"形"字诀。

第三四段作者借景抒情，设想了两种"览物之情"，创造出一悲一喜的意境。通过景物描写营造气氛，水到渠成，即用"形"字诀和"情"字诀，由"形境"过渡到"意境"，连用淫雨、阴风、浊浪、星隐、山潜、商断、船翻、日暮、虎啸、猿啼等十个恐怖的形象，推出"去国怀乡，忧谗畏讥，满目萧然，感极而悲"的伤感情境。连用春风、丽日、微波、碧浪、鸟飞、鱼游、芷草、兰花、月色、渔歌等十个美好的形象，推出"心旷神怡，宠辱皆忘，把酒临风，其喜洋洋"的快乐情境。

第五段，导出哲理，作者将形和情有意推向理的高度，设问：有没有超出上面那两种的情况呢？有，那就不是一般人，而是"古仁人之心"了。这种人超出物质利益的诱惑，超出个人的私念：在朝为官，不忘百姓；被贬江湖，不忘其君。太平时忧天下，危难时担天下。进也忧，退也忧，那么，什么时候才乐呢？到文章快结束时才推出一声绝响，一个响亮的哲理式结论："先天下之忧而忧，后天下之乐而乐"。做官要做这样的官，做人要做这样的人！用我们现在的话说，就是无私奉献，全心全意为人民服务，用的是"理"字诀。这个道理一下讲透了，这个标准一下管了一千年，而且还要永远管下去！这是文章的高潮，全文的主题，是作者一生悟出的真理，也是他的信念。不管哪个时代、哪个国家的官员都有忠奸、公私、贤愚、勤庸之分，而公而忘私、"先忧后乐"是超时代、超阶级的道德文明、政治文明，是人类共同的、永远的精神财富。范仲淹道出了这种为人、为臣的本质的理性的大美，文章就千古不朽了。作者讲完这个结论后，文章又从"理"回转到"情"："噫！微斯人，吾谁与归"，前不见古人，后不见来者，写出了一种超时空的向往和惆怅。

第六段，不经意间再轻带一笔转回到记"事"："时六年九月十五日"，照应文章的开头，像一个绕梁的余音，至此文章形、事、情、理都有（注意本文没有用典），形美、情美、理美三个层次皆具，已达到了一个完美的艺术境界。

这篇文章的核心是阐述"先天下之忧而忧，后天下之乐而乐"的道理，但如果作者只说出这一句话，这一个理，就不会有多大的感染效果，那不是文学艺术，是口号，是社论。好就好在它有形、有景、有情、有人、有物的铺垫，而且全都用优美的文字来表述，用了许多修辞手法。在"理境"之美出现之前，已先收"形境"、"意境"之效，再加上贯穿始终的文字之美，形美、情美、理美、文美，算是"四美"了，在内容和形式两方面都分别达到了很难得的高度，借用王勃在《滕王阁序》里的一句话，就是"四美俱，二难并"了，是一种高难度的美。

2. 两类作者，两类文章

虽然我们给出了一个"一文"的要求、"二为"的宗旨、"三境"的标准、"五诀"的方法，但并不是谁人拿去一套，就可以写出好一篇好文章。就像数学课上，不是老师教给一个公式，人人都能得一百分，这还得有一个艰苦的修炼过程。

凡古今文章，从作者角度分有两大类。一类是文人、专业作家，如古代的司马相如、李白、王勃，现代的许多专业作家。作者先从文章形式入手，已娴熟地掌握了艺术技巧，然后再努力去修炼思想，充实内容，但无论如何，由于阅历所限，其思想总难拔到多高的境界。就像一个美人，已得先天之美，又想再成就一番英雄业绩，其难也哉！第二类是政治家、思想家，如古代的贾谊、诸葛亮、魏征、韩愈、范仲淹，近代的林觉民、梁启超，现代如毛泽东等人。这类作者是从思想内容入手，他并不想以文为业，只是由于环境、经历使然，内心积累甚多，如火山之待喷，不吐不快，就借文章的形式表达出来。当然，大部分政治家是写不出好文章的，他们忙于事务，长于公文、讲话、指示等应用文字而不善美文，或者根本就没有修炼到思想的美，很难做到"四美俱，二难并"。但也有少数政治家、思想家，或因小时就有文章阅读或写作训练的童子功（如人外表的先天之美），或政务之余不忘治学（如人形体的后天训练），于是便挟思想之深又借艺术之美，登上了文章的顶峰。就像一个美女后来又成就了伟功大业，既天生丽质，又惊天动地，百里挑一。

因为有两类作家，也就有两类文章，"文人文章"和"道德文章"。中国文学传统很重视政治家的"道德文章"，政治家为文是用个性的话说出共性的思想（如诸葛亮说的"鞠躬尽瘁，死而后已"，毛泽东说的"帝国主义和一切反动派都是纸老虎"）。如果只会用共性的语言说共性的思想，就是官话、套话，有理而无美，这不叫文章，也不可能流传。"文人文章"，求"美"而不求"理"，是以个性的语言说出共性的美感，常"美"有余而理不足（如王勃的"落霞与孤鹜齐飞，秋水共长天一色"）。因为文章第一位是表达思想，"理境"为"三境"中最高之境，所以相对来讲，先入艺术之门，再求深造思想难；先登思想之峰，再入艺术之门易。所以真正的大文章家，由政治家、思想家出身的多，而专攻文章，以文为业的反倒少。历史上的范仲淹是一个政治家、军事家、学者，也许他从来也没有把自己当成一个作家。后人在排唐宋八大家之类的排行榜时，他也无缘入列，但这恰恰是他胜过一般文人之处，或者历史根本就不忍心将他排入文人之列。这倒给我们一个启示，每一个政治家都有条件写出大文章，都应该写出大文章。

这篇文章是对我国封建政治文明的高度总结。中国封建社会两千余年，政界人物多得数不清，历朝皇帝334个（按理，他们是当然的大政治家），大臣官员更不知几多，但能写出《岳阳楼记》，并被后人所记住、学习和研究的只有范仲淹一人。现在我们知道要出一篇好文章是多么不容易了，要做文，先做人。金代学者元好问评价范仲淹说："范文正公，在布衣为名士，在州县为能吏，在边境为名将。其材、其量、其忠，一身而备数器。"我们还可以再加上一句：在文坛为大家，其思想、其文采，光照千年。⑥

好文章是一个人在一定的时代背景下全部知识和阅历的结晶，是他生命的写照，其中不知要经历多少矛盾、冲突、坎坷、辛酸、成功与失败。这非主观意志可得，只可遇而不可求，因此一篇好的文章就如一个天才人物、一个历史事件，甚或如一个太平盛世的出现，不是随便就有的，它要综天时地利之和，得历史演变之机，靠作者的修炼之功，是积数十年甚或数百年才可能出现的一个思想和艺术的高峰。千军易得，一将难求；千年易过，好文难有。

范仲淹为我们写了一篇千古美文，留下了一笔重要的文化遗产和政治财富，同时他也以不朽的政治家、思想家和文学家之名载入史册。

2009年7月18日，中央部长文史知识讲座文稿

注：①1948年1月中央决定分10万兵南渡长江，由粟裕统率。1月12日粟电中央，过江后无后方，不利。建议不过，在中原打大仗。1月27日，中央再令粟最迟5月渡江。1月31日，粟以2000字长电二次电中央，建议三个野战军联合在中原打大仗，将敌主力消灭在江北。2月1日，中央再电令3月渡江，后又令5月渡江。4月18日，粟面见陈毅，重申己见。4月29日又赶赴城南庄，直接向五大书记汇报，终于说动中央，搞淮海大决战，保证歼敌50万到60万，结果歼敌80万。

②英国布莱尔任首相时，苏格兰北部落后地区一女学生考上牛津大学，这在当地百年一遇，但面试未通过。地方政府请教育大臣出面说情，学校未许。大臣又托副首相去学校说情，未许。副首相找到布莱尔，学校对布说："任何人无权改变教授面试的结论。"布只好同意，但背后发了一句牢骚，说这个学校也太古板了。学校大怒，宣布取消原定授予布莱尔荣誉博士学位的计划。

③1971年7月1日《新京报》消息：北京市建成第一批廉租房，市委领导为住户发钥匙，住户代表跪地而接，向领导表恩。

④范仲淹词《渔家傲》：塞下秋来风景异，衡阳雁去无留意。四面边声连角起。千嶂里，长烟落日孤城闭。浊酒一杯家万里，燕然未勒归无计。羌管悠悠霜满地。人不寐，将军白发征夫泪。

⑤1931年12月，国民党南北两派勉强联合，召开四中全会，但仍钩心斗角，会前一齐谒中山陵。鲁迅有诗讽刺："大家去谒陵，强盗装正经。静默十分钟，各自念拳经。"

⑥冯玉祥曾有一联号召学习范仲淹："兵甲富胸中，纵叫他虏骑横飞，也怕那范小老子；忧乐观天下，劝今人砥砺振奋，都学这秀才先生。"

# 为文第一要激动

我常听到这样的话：你看到此情此景又可写一篇好文章了。但我大多数情况下却心静如水，没有创作的激动。

写作就是一种感情和思想的喷发。你可以在学识、技巧各方面已有足够的准备，但是没有一个契机，它还是不能成文。就像一座火山它可能百年千年才喷一次，也可能永远地怀抱岩浆，沉默不语。

文章之有激动和无激动大不一样。有激动为真文章，能感到作者想说话，说真话，读者就有新感觉，新启发。无激动，作者所含必抄袭，必重复，必说教，读来令人心烦生厌。无激动之文有四种。一是新手学而为文，比如学生作文。这时作者的主要目标在掌握文字技巧，训练对文字的驾驭能力，文字通顺皆可，重在掌握形式，还不能以气贯文，所以也多找不到什么激动之情。二是外行为文。有一部分人并不是当作家的料，但是对写作十分爱好，十分投入，而且自以为找到了感觉，自我陶醉，一篇接一篇，一本接一本地写。我们一些领导干部也会犯这个毛病，实际上他是在照样画葫芦。他从一开始就没有找到那个激动点，没有找到进山的路。如果他有发表的条件，就更促成了这种恶性循环。甚至他一生就这样穿着皇帝的新衣，接受吹捧，出席作家会议，上台领奖，为人签名，等等。三是匠人

2010年8月,我在青海采访王洛宾旧事

原地踏步为文。有的人确实写过几篇成名作,但是再找不到新突破,又不甘心被人忘掉,就在自己原有的高度上不断重复。像一个匠人,在熟练地重复工作,所提高的只是速度,增加的是产量,与结构、造型的新突破无关,上不到大师这个台阶。四是老手敷衍为文。文章写多了就累人,名家也难篇篇激动,老手在为文债所逼时也会敷衍为文,并不去动真情。就像一个名演员,一生总演这一出戏,也有腻的时候,要他场场激动受不了。这四种人,第一种是根本不知道为文要激动,第三种是丢失了激动,第四种是懒得激动。

  为文为什么要激动,就是为了产生一种爆发力,爆炸力,这样才能震撼人心,感动读者。读者捧读一篇新文章前,本来心静如水,全靠作者这一粒石子投入他心海之中,激起情感的涟漪,能不能投石入心是关键。而投之前，又要看作者是不是自己先激动，即先产生投的欲望，刘勰所谓"目既往还，心亦吐纳"。心不动，难为文。如果作者心如止水，又怎么能奢望读者心潮澎湃呢？激动者，情为所激，心为所动，实际上是一个由写作对象到作者，再到读者的联动过程，必得"双动"才行。作者不动情，不能为文；就算为文，读者不动心，不算好文。所以这个"激动点"一般要找在最大多数人的共振点上，才能收大激动、大影响之效。最好是时代的共振点。比如，家家婚丧嫁娶，都有个人之喜，个人之悲，但这并不是社会全体之喜、之悲，这种文章写出来自己激动，别人并不激动，这就是为什么小情小景不足取。凡历史上留下来的名篇都是大激动之文，虽也有取之常情常景者，如朱自清《背影》，但实际上它已超越个人，寓共性于个性揭示出人伦之大情。

怎样才算是有激动之文呢？简单说，就是无中生有，死中求活。无论是作者内心平静的世界，还是外部的客观事物（对象），原本是孤立的，不成文章。只有两相一激，才无中生有，生出新的思想，便于死寂之中跃出活灵灵的情感。像春天第一声春雷，震醒冬眠的蛰伏之物，像春雨浸润土中的种子，催生新芽。作家的满腹的修养学识经外部事物这一激，就如原子辐射产生生物变异，就激发出作者的新思想，新情意，新文章。作家许多时候并不想为文，但忽遇外事外景所激，反会顺手写出一篇好文，正所谓"文章乃天成，妙手偶得之"。我写过许多山水文章，对象都是万年旧物，前人咏过何止千遍，但仍觉有可激动之处；也写过许多历史题材的文章，都是旧人旧事，别人也写过多遍，但仍有激动我的地方。也还有许多的山水人物我不知看过想过多少遍，但就是不想写，因为我还没有发现激动我的那个点。

一个作品的成功过程，概括来说是"二次激动"、"三点一线"。先要作者激动，并发而为文，像杜甫那样"感时花溅泪，恨别鸟惊心"，再用这种文章去激动读者，洛阳纸贵。作者、写作对象、读者三点一线，在激动这根弦上共振才行。鲁迅说写不出时不要硬写，不激动时，就不要提笔。

1999 年 6 月 28 日

# 词汇的力量

文章最基本的单元是字,但如果要能表达一个完整的概念和含意,必须用到词。汉字的好处是一个单音字常常就是一个词,外国的拼音文字很少能做到这一点,所以文章的修炼应从词汇开始。

## 准确使用动词和形容词

文章中的词分实词、虚词,实词主要是名词、动词和形容词,但无论实、虚,其发挥魅力的前提是要准确。就是福楼拜说的:"你要描写一个动作,就要找到那个唯一的动词,你要形容一个东西,就要找到那个唯一的形容词。"好比射击运动员,只要每枪打十环就能拿冠军,用不着像花样滑冰、花样游泳、艺术体操等那样去费力玩许多特别的花样。一锤定音是最省事的方法。名词使用要准确自不待说,那是约定俗成的一个概念,张冠不能李戴,而文章最出彩的地方是怎样用好动词和形容词。

动词是描述动作的,事物总是动比静更复杂,对应其状态的复杂,词汇自然也就更多,这就更要求我们去找那个"唯一"的,也就是最准确、最生动、最有美感的词。比如,要把一件物体分开,可以有切、砍、劈、掰、撕、铡、剪等多种动作,分别对应的就是:切肉、砍树、劈柴、掰玉米、撕纸、铡草等等。这要看动作的对象,即它后面的宾语是什么;还要看主语,即动作的主体是谁;又要看现场、背景、气氛;要看作者想追求一种什么效果,等等。《水浒传》上常写到李逵挥斧砍杀,不用这个"砍"字,也就没有了李逵。再比如你帮一个人上楼梯,可以用"扶"或"搀"这两个动词,但"扶"是你用力三四分,他用力六七分,"搀"是你用力六七分,他用力三四分。动词常要和其他词连用,比如"里"和"中"这两个方位词,同样有内中、里面、中间的含义,但是"里"具体一点,有方有棱;"中"抽象一点,圆润虚幻。"这件事要保密,让它烂在肚子里",不说"肚子中";"文化大革命"中唱"我们心中的红太阳",不唱"心里的红太阳",也不说"文化大革命里";"他伸手摸到口袋里"比用"口袋中"更有实感。实际上每个词就像用秤称过它的重量,或者用化学试剂测过它的酸碱度,用光谱分析仪分析过它的色彩组成,用碳14测过它的年代一样,都有极细微的差别,以适应不同的环境和用途。大致说来动词在文中用得是否准确,要看四点:对象、主体、背景、效果。文章是一个有机整体,牵一"词"而动全身,这在古典诗词中更为严格,是牵一"字"而动全身,所以古代诗人的一项基本功是炼字。杜甫"两句三年得,一吟双泪流。吟安一个字,捻断数根须"。古人常有一字师的故事,现在我们写文章可以放宽点,但虽不炼字也要从炼词开始。

　　再说一下形容词的使用。形容者,外表也,形体、容貌、势态,所以形容词常和名词、动词连用。本来最简单的动宾结构就能说明事物,如果再一加形容就更魅力无穷,更好看,更生动,内涵更丰富,好比是素描稿上了色彩。"他走在路上",可以;"他愉快地走在路上",更生动。"她笑了",可以;"她笑得像一朵花一样",更好。显然,稍加形容就立见光彩。

　　无论是客观形态还是人的心理都是复杂的,如"笑"有微笑、大笑、苦笑、窃笑、嬉笑等;怒,有大怒、震怒、恼怒、愠怒等。用形容词是为了表现作者主观想要强调的一面,好比用一个多棱镜,折射出不易看到的那一束光彩。形容词的作用与名词、动词的不同点是,它更强调主观色彩。名、动词是线条,形容词是颜色。名→动→形,是一个逐渐从客观到主观、从静态到动态的过渡。形容词最能体现作者主观的动态的心理,也最能煽动读者的情绪。一篇文章全部用名词是写不出来的，只用名词和动词勉强可以，但不会生动，不美，特别少情感之美。只有名、动、形兼用才能动起来，美起来，才能达到作者与读者的交流和共鸣。比如笔者下面这两段写夏与秋的文字：

> 充满整个夏天的是一个紧张、热烈、急促的旋律。

> 好像炉子上的一锅冷水在逐渐泛泡、冒气而终于沸腾一样。山坡上的纤纤细草渐渐滋成一片密密的厚发，林带上的淡淡绿烟也凝成了一堵黛色的长墙。轻飞慢舞的蜂蝶不见了，却换来烦人蝉儿，潜在树叶间一声声的长鸣。火红的太阳烘烤着金黄的大地，麦浪翻滚着，扑打着远处的山，天上的云，扑打着公路上的汽车，像海浪涌着一艘艘的船。金色主宰了世界上的一切，热风浮动着，飘过田野，吹送着已熟透了的麦香。那春天的灵秀之气经过半年的积蓄，这时已酿成一种磅礴之势，在田野上滚动，在天地间升腾。夏天到了。（《夏感》）

> 这花毯中最耀眼的就是红色。坡坡洼洼，全都让红墨汁浸了个透。你看那殷红的橡树，干红的山楂，血红的龙柏，还有那些红枣、红辣椒、红金瓜、红柿子等，都珍珠玛瑙似的闪着红光。最好看的是荞麦，从根到梢一色娇红，齐刷刷地立在地里，远远望去就如山腰里挂下的一方红毯。点缀这红色世界的还有黄和绿。山坡上偶有几株大杨树矗立着，像把金色的大扫帚，把蓝天扫得洁净如镜。镜中又映出那些松柏林，在这一派暄热的色彩中泛着冷绿，更衬出这酽酽的秋色。金风吹起，那红波绿浪便翻山压谷地向天边滚去。登高远望，只见紫烟漫漫，红光蒙蒙，好一个热烈、浓艳的世界。（《秋思》）

我们可以仔细品一下，作者与读者的交流是在大量的形容中完成的，如果只用名词、动词就不能有这个效果。夏与秋对人来讲会有各种感觉，如秋之悲凉、寂寞、冷清，夏之烦躁、酷热、湿闷等，但作者单取了秋之浓艳与夏之热烈，靠相关的形容词表现了出来，只让你看秋或夏的这一面。

这是一种阅读诱导，你不自觉地就中了埋伏，跟着作者喜怒哀乐去了。

汉唐文章庄重典雅，许多词汇已作为文化遗产进入辞典，现在仍然使用。如"拾遗补阙"、"救死扶伤"（司马迁语），"鞠躬尽瘁，死而后已"（诸葛亮语），"载舟覆舟"、"居安思危"（魏征语）。中国古典小说《金瓶梅》故事内容虽有诸多非议，但因其更市民化、世俗化，用词也就更活泼、更讲究。潘金莲在西门庆眼里第一次出场是"翠弯弯的新月眉儿，清冷冷杏子眼儿，香喷喷樱桃口儿"，一连几个叠词写出潘的妖美和西的浮浪。而她在月娘眼里第一次出场是"眉似初春柳叶，常带雨恨云愁；脸如三月桃花，暗带风情月意"，却又美得娇艳，往回扳正了几分，也暗写了月娘的慈善、公允。同样是一个描写对象，因为视角不同，就用不同的形容词来制造出不同的氛围和效果。古文、电文之所以含蓄、精练，口语之所以生动、活泼，首先得益于词汇的锤炼。

## 合成词和组合词的运用

现代汉语中有单纯词，只能代表固定的概念，如江、海、山、沙发、秋千等。有合成词，虽然由单纯词合成而来，但绝大部分情况下仍然有一个固定的概念，如天地、邮局、学习等。文章为了新鲜就要能打破这种旧的概念，在词的外形、内涵上给人耳目一新的感觉，要重新合成。在合成词中有一类"偏正合成词"，前面为偏后面为正，用形容词、副词等修饰后面的名词或动词，这个词一下子就生动起来。就像书法，不能总是横平竖直，那样就成了印刷体，而常常是左低右高，上大下小，险中求奇地揖让呼应。又好比红花配几片绿叶，歌手配一个乐队。一个或几个辅助词与一个主要词组成一个合成词，就是一个大容量的部件，好比电脑里的一个芯片。这样，用一个词或词组来表达出复杂的内容和情感，实际上是在用词去完成句子的功能了，文章自然就容量大，而且干净、生动。

这有两种情况。一是一个副词与一个动词的简单组合，如：

> 当我以十二分的虔诚拜读文物柜中的这些手稿时，顿生一种仰望泰山，遥对长城的肃然之敬，不觉想起……（《最后一位戴

罪的功臣》)

  大家便准备上车走路，但那玩蛇的汉子却拦住路不肯放行，说少给一点也行，又突然将夹在腋下的竹盘一翻，那蒙在布里本来蜷成一盘的蛇突然人立前身，探头吐信，咝咝逼人。(《到处都伸出一双乞讨的手》)

  这里"仰望"、"遥对"、"人立"（像人一样立起来）都是副、动词的组合。也有形容词、副词等加名词的组合，如"春江"、"悲秋"等。就是用一个副词去对主词辅助一把，立即使一个动作、一件事物、一个景增加了不尽的意境，这不只是形象上，还有心理和情感上的色彩。

  第二种情况，这种组合是一连串动作的缩写，是一个词或词组对一个主要词（名词、动词）的修饰组合，通常多用副词"而、及、于"等连接。如"仰药而亡"，是仰着脖子喝药自杀的缩写。这四个字里"亡"是动词，是主词，是结果。前面有个过程，喝药，喝与亡是两个动作，两个动词，这里却故意省掉"喝"这个动词，用"仰"来代替，"仰"本来是修饰"喝"的，现在只说"仰"以副代主。从后面与"药"、"亡"的关联中读者完全能理解自杀的本意，词中却无杀字，从形象上更含蓄、生动，从心理上又多了决绝、无奈、痛惜、感慨等效果。这四个字，足可以代替一段文字。类似的如鹤步而行、拾级而上、戛然而止等。前面提到的"初春柳叶、雨恨云愁、三月桃花、风情月意"等词，也是这种组合。

  有时没有现成的组合词，作者就临时创造，这样更见个性和风格。你创造得好，别人就承认就学习，文字就这样一代一代地发展丰富。如：

  当地风俗"谁家昨日添新鬼，一夜歌声到天明"。你看那个主唱的男子，击鼓为拍，踏歌而舞，众人起身而合，袖之飘兮，足之蹈兮，十分洒脱。生死有命，回归自然，一种多么伟大的达观，仿佛到了一个生死无界，喜乐无忧的神仙境界。(《心中的桃花源》)

  "击鼓为拍、踏歌而舞、起身而合、生死无界、喜乐无忧"都属于这样的词组，一组词就是一个画面，一个境界。

以上是写动作的，再看这一段写静物的用词：

> 我选了一块有横断面的石头，斜卧其旁，留影一张。石上云纹横出，水流东西，风起林涛，万壑松声，若人之思绪起伏不平，难以名状。脚下一块大石斜铺水面，简直就是一块刚洗完正在晾晒的扎染布。（《长岛读海》）

"水流东西、风起林涛、万壑松声、起伏不平、难以名状"，这几个词极有动感，但都是在写一块静的石头。当然，造词时要十分小心，不要生造。

用词的讲究不只是在文学语言中，就是公文中也常斟酌分寸，表情达意，如《人民日报》发表的为统一大业1982年7月24日廖承志致蒋经国信：

> 祖国和平统一，乃千秋功业。台湾终必回归祖国，早日解决对各方有利。台湾同胞可安居乐业，两岸各族人民可解骨肉分离之痛，在台诸前辈及大陆去台人员亦可各得其所，且有利于亚太地区局势稳定和世界和平。吾弟尝以"计利当计天下利，求名应求万世名"自勉，倘能于吾弟手中成此伟业，必为举国尊敬，世人推崇，功在国家，名留青史。所谓"罪人"之说，实相悖谬。局促东隅，终非久计。明若吾弟，自当了然。如迁延不决，或委之异日，不仅徒生困扰，吾弟亦将难辞其咎。再者，和平统一纯属内政。外人巧言令色，意在图我台湾，此世人所共知者。当断不断，必受其乱。愿弟慎思。

我们可以设想一下，一篇文章从选词、用词开始（古人叫遣词，像元帅运筹帷幄调兵遣将一样深谋细虑）就很讲究，这文章是怎样的功夫了。它美得细密，美得扎实。又像一个艺人织地毯，别人是精选图案，他还要精选每一缕丝线，又先加工过每一缕丝线，一出手就与众不同，在用材上就先玩出了一个花样，一个绝活。又好比两个女子比美，一个是单眼皮，一个是双眼皮，在美的细部上先就拉开了差距。这就是词汇的力量。

《新湘评论》2013年第9期

# 影响中国历史的十篇政治美文

从古至今，以一篇文章而影响了中华民族政治文明、人格行为和文化思想的美文为数不多。这里说的是"政治美文"，就是说既要有思想，还要文字美，要符合三个条件：一是文章提出了一种影响了中华民族政治文明、人格行为的思想；二是文章中的一些名句熟词广为流传，成为格言、成语、座右铭，有的已载入辞典，丰富了民族语言；三是文章符合艺术规律，词、句、章、形、情、理都达到了美的要求。如果我们只是就文字"选美"，当然还会选出更多，如王勃的《滕王阁序》等，但那是另一个范畴。下面按这个标准一一分析。

贾谊的《过秦论》探讨一个政权为什么会灭亡。为政者必须施仁政，不能反人民。后来提到农民起义时常用的"斩木为兵，揭竿为旗"一词，即出自本篇。

司马迁的《报任安书》探讨生命的价值，提出一个做人的标准："人固有一死，死或重于泰山，或轻于鸿毛，用之所趣异也。"成语"士为知己者死，女为悦己者容"即出自本篇。

诸葛亮的《出师表》提出忠心耿耿的为臣之道和勤恳不怠的敬业精神。

名句"鞠躬尽瘁，死而后已"、"亲贤臣，远小人"、"受任于败军之际，奉命于危难之间"等广为流传。

陶渊明的《桃花源记》以文学的手法描绘出一个理想社会的蓝图，从中可以看出老庄哲学与空想社会主义的影子，西方的政治名著《乌托邦》《太阳城》与其相类。"桃花源中人"、"不知有汉，无论魏晋"，已成后人常用的成语，而"桃花源"已经是理想社会和优美风景的代名词。

魏征的《谏太宗十思疏》探讨一个政权怎样才能巩固，并且塑造了一个较理想的君臣关系样板。文中指出"居安思危，戒奢以俭"、"载舟覆舟，所宜深慎"，"凡昔元首，承天景命，善始者实繁，克终者盖寡"。这就是1945年黄炎培与毛泽东在延安谈的政权周期律。后人常说的"居安思危"、"善始善终"、"水可载舟，亦能覆舟"，主要出于此。

范仲淹的《岳阳楼记》提出"先天下之忧而忧，后天下之乐而乐"的为人、为政理念，这句名言几乎成了范之后所有进步政治家的信条。范的这篇文章和陶渊明的《桃花源记》都做到了形美、情美、理美，是用文学来翻译政治的典范。

文天祥的《正气歌序》提出的为人要有正气的气节观鼓舞了历代的民族英雄，成了中国人的做人标准。"正气"成了战胜一切邪恶、腐败势力的旗帜。

梁启超的《少年中国说》反对保守，提倡革新。提出抛弃老朽的中国，创造一个少年中国，振兴中华，几乎通篇都是美言美句。

林觉民的《与妻书》呼唤共和，敲响了数千年封建王朝的丧钟，再次响亮地喊出"老吾老以及人之老，幼吾幼以及人之幼"，牺牲个人，报效祖国。

毛泽东的《为人民服务》提出的为人民服务思想成了共产党人立党立国的宗旨，并已是检验一个政权成败、好坏的标准。

这些文章已经成为中华文化的经典，什么是经典？经典是一个时代的

梁启超

林觉民

标志，空前绝后，比如我们现在不可能再写出唐诗、宋词；已上升到理性，有长远的指导意义；能经得起重复，即实践的检验，会常读常新。人们每重复一次都能从中开发出有用的东西，这就是经典与平凡的区别。一块黄土，雨一打就碎，而一块钻石，岁月的打磨，只能使它愈见光亮。

好文章是替时代立言，是一个人在一定的时代背景下全部知识和阅历的结晶，是他生命的写照。其中不知要经历多少矛盾、冲突、坎坷、辛酸、成功与失败，这非主观意志可得，只可遇而不可求。因此，一篇好的文章就如一个天才人物、一个历史事件，甚或如一个太平盛世的出现，不是随便就有的，它要综天时地利之和，得历史演变之机，靠作者的修炼之功，是积数十年甚或数百年才可能出现的一个思想和艺术的高峰。千军易得，一将难求；千年易过，好文难有。

2012 年 5 月

梁衡 – 跋

# 文章为思想而写

人们为什么写文章？可以有很多目的。比如，为了传递信息，传播知识；为了创造艺术，创造美感。但还有更深的一层，就像开矿一样，是为了开采新的思想，交流新的思想。当然，并不是每一篇文章都能有新思想，但有新思想的文章肯定是好文章。这也是写作者追求的理想。

我自己最早写文章是学生时代作文，那主要是为了学习字词句的组合，好比小孩学步，只要会走，还谈不上走的目的。再后来写文章是当记者，是为传播信息。新闻属平实一类的文体，以陈望道先生修辞学的分类法，是消极修辞，只求内容之实，不敢求形式华丽。但因采访之需，要接触各种人和事，感情常被感染，于是我又明白，文章是表达情感的。又因南北奔波常行名山大川之间，感于自然之美，再勾起肚子里小时候读进去的那些美文，又明白文章是要表达和创造美感的。但随着年龄的增长和阅历的增加，许多事理在胸中冲撞、激荡和沉淀，许多想法从无到有，许多事从不懂到懂，我渐渐明白，文章还有更深一层的目的，它是用来开采和表达新思想的。

前些年，我曾写过一篇文章，提出散文美的三个层次。第一层是描写叙述的美，写景、状物、叙事、传播信息知识等，求的是准确、干净。第二层是意境之美，即要写出感觉、感情、美感。第三层是哲理之美，即要写出新的思想。这种美在文学作品中有，在许多政论、哲学和科学论文甚至讲话中都可找到。只要有新的思想，就有美的魅力（当然，兼有其他的美更好）。我们平时看报纸，读社论，听讲话，大部分时候留下的印象不深，就是因为这些文章讲话只到了传递信息、决定、指示这一层，还没有给人以新思想。而一篇文章或一篇讲话中有了新思想的火花，便如闪电划过夜空，你会有永久的记忆。比如"文化大革命"十年，我们已经习惯了一切按最高指示办，报上文章无不重复着这样的话。

　　但到1978年5月，《光明日报》突然冒出一篇文章说"实践是检验真理的唯一标准"，提出一个很有震撼力的新思想，所以至今人们对这篇文章记忆犹新。再细想一些古文名篇之所以能留传下来成为经典，除有艺术之美外，大都是因为它首先说出了一种前人没有说出的新思想，如"业精于勤荒于嬉，行成于思毁于随"，如"天将降大任于斯人也，必先苦其心志，劳其筋骨，饿其体肤"，如"桃李不言，下自成蹊"，如"亲贤臣，远小人"等，这些哲理名言都让人常读常新，而这些文章也得以代代流传，可以说裹藏在文章中的思想，是这些文章在人们头脑里代代繁殖的种子。当然，光有种子的颗粒还不行，还得有茂盛的枝干花叶，所以文章还得有文采，还得有前两个层次的衬托。作为文学作品，如果三个层次都达到了便是不朽好文。比如《岳阳楼记》，有洞庭湖景色的描写之美，有作者由此引发的情感之美，而最后又推出作者独自悟出的思想"先天下之忧而忧，后天下之乐而乐"，达到了一种哲理之美。这篇文章之所以能流传千古，气贯百代，老实说，主要是因为这句话，这一个新思想。

人们或许会问，社会上每天文章千千万，哪能篇篇都有新思想？是的，许多文章只是完成着传递信息、传播知识、讲述故事的任务，作为一般人，这就够了，但作为作家、思想者，这却不够，他必须使自己的文章有新思想，要挖出别人没有表述过的思想。对这种新思想的追求就像铸炼新词新句一样，务求个性，务求最新。"语不惊人死不休"，篇无新意不出手。因为你是"专门家"，弄文章的"专家"，当然就与其他人的文章不同。就像跑步，一般人快点慢点都无所谓，而运动员则不同，他必须跑出比别人快的成绩，因为他是专门干这个的。如果百米纪录是十秒，所有跑十秒零几的人都不算数，都不会被人记住，唯有跑到九秒几的人才会被人记住，这零点一二秒才是运动员生命的意义。同理，文章中的新思想才是作家生命的增长点。

历史老人将首先选择那些有新思想、有新鲜艺术感的文章传之后代，并根据其思想和艺术水平的程度决定它存留的时间。

梁衡

2016年1月6日

# 青年文摘图书中心精品书目

### 青年文摘白金作家系列

《给自己的头脑几分尊重》（梁晓声著）
《困境赐予我的》（梁晓声著）
《我相信中国的未来》（梁晓声著）
定价：39元（平装）58元（精装）

### 毕淑敏作品珍藏系列

《女生，我悄悄对你说》（毕淑敏著）
定价：32元（平装）48元（精装）
《男生，我大声对你说》（毕淑敏著）
定价：32元（平装）48元（精装）
《青春当远行》（毕淑敏著）
定价：32元（平装）48元（精装）
《出发和遇见》（毕淑敏著）
定价：32元（平装）48元（精装）

### 青年文摘彩虹书系·第一辑

《亲爱的玛嘉烈》（恋情卷）
《年轻总免不了一场颠沛流离》（青春卷）
《别在能吃苦的时候选择安逸》（人生卷）
《谢谢你，让我成为更好的人》（智慧卷）
《成为所有地方的所有人》（旅行卷）
《每个人都有泪流满面的秘密》（暖爱卷）
《内心没有方向，去哪儿都是逃离》（励志卷）
定价：28元（单册）196元（套装）

### 青年文摘彩虹书系·第二辑

《17岁的怦然心动》（成长卷）
《每个人都有自己的红地毯》（励志卷）
《遇到你，是我最美好的时光》（爱情卷）
《所有的相遇，都是久别重逢》（温情卷）
《走到哪儿，哪儿就是你的路》（人生卷）
《谢谢你，让我更爱自己》（哲思卷）
定价：28元（单册）168元（套装）

### 青年文摘典藏系列·第二辑

《那段奋不顾身的日子，叫青春》（成长卷）
《当我已经知道爱》（爱情卷）
《赠我一段逆流路》（励志卷）
《爱是永不止息》（温情卷）
《梦想照耀未来》（人生卷）
《生命从不绝望》（哲思卷）
定价：22元（单册）132元（套装）

当当网、亚马逊、京东网、淘宝网及各大新华书店均有销售　　青年文摘　中国青年出版社

青年文摘图书中心　电话：010-57350371　邮箱：qnwzbc@163.com　新浪微博：http://weibo.com/qnwzbook　腾讯微博：http://t.qq.com/qnwzbook